MORTS SUSPECTES

Patricia Cornwell est internationalement connue pour la série Kay Scarpetta, traduite en trente-six langues dans plus de cent vingt pays. Son premier roman, *Postmortem*, a créé le genre qui a inspiré tant de séries télé consacrées aux experts scientifiques. Pour écrire *Quantum*, le premier opus des aventures du capitaine Calli Chase, elle a effectué deux ans de recherches sur la technologie spatiale, la robotique et les derniers protocoles de sécurité au sein de la NASA, des services secrets américains, de Scotland Yard et d'Interpol.

Paru au Livre de Poche :

Les enquêtes de Kay Scarpetta
POSTMORTEM
MÉMOIRES MORTES
ET IL NE RESTERA QUE POUSSIÈRE
UNE PEINE D'EXCEPTION
LA SÉQUENCE DES CORPS
UNE MORT SANS NOM
MORTS EN EAUX TROUBLES
MORDOC
COMBUSTION
CADAVRE X
DOSSIER BENTON
BATON ROUGE
SIGNE SUSPECT
SANS RAISON
REGISTRE DES MORTS
SCARPETTA
L'INSTINCT DU MAL
HAVRE DES MORTS
VOILE ROUGE
VENT DE GLACE
TRAÎNÉE DE POUDRE
MONNAIE DE SANG
INHUMAINE
CHAOS
AUTOPSIE
LIVIDE

Les enquêtes de Judy Hammer et Andy Brazil
LA VILLE DES FRELONS
LA GRIFFE DU SUD
L'ÎLE DES CHIENS

Les enquêtes de Win Garano
TOLÉRANCE ZÉRO
TROMPE-L'ŒIL

Les enquêtes de la capitaine Chase
QUANTUM
ORBITE

JACK L'ÉVENTREUR : AFFAIRE CLASSÉE

PATRICIA CORNWELL

Morts suspectes

TRADUIT DE L'ANGLAIS (ÉTATS-UNIS)
PAR DOMINIQUE DEFERT

JC LATTÈS

Titre original :

UNNATURAL DEATH
Publié par Grand Central Publishing,
un département de Hachette Book Group USA.

© Cornwell Entertainment, Inc., 2023.
© Éditions Jean-Claude Lattès, 2024, pour la traduction française.
ISBN : 978-2-253-25305-1 – 1re publication LGF

*À Staci,
toi qui rends tout possible.*

« Étais-je donc un monstre, un accident sur la terre que tous les hommes fuyaient et rejetaient ? »

Mary SHELLEY,
Frankenstein ou le Prométhée moderne (1818).

1

Je sors de l'ascenseur au niveau de la morgue. L'air empeste le désinfectant. Le clignotement d'un tube fluo souffreteux me donne le vertige, le carrelage blanc est sale et maculé de sang frais. Les murs de parpaings sont éraflés, couverts de taches, et les poubelles rouges pour les déchets dangereux débordent.

Il est 9 heures passées, le 1er novembre, et hier, la soirée d'Halloween a été la plus sanglante de toute cette partie nord de la Virginie. Les gens se sont littéralement entretués, et pour compliquer le tout il y avait de l'orage. J'ai quitté mon bureau d'Alexandria tard et j'étais de retour à pied d'œuvre avant l'aube. Nous sommes loin d'avoir rattrapé notre retard. Et en ce moment même, je serais en salle d'autopsie si l'on ne m'avait pas demandé de me rendre en urgence sur une scène de crime qui promet d'être un cauchemar.

Deux campeurs ont été tués près d'une mine d'or abandonnée, à cent kilomètres d'ici, au sud-ouest. Buckingham Run n'est pas un lieu de promenade, ni pour les locaux, ni pour les touristes. Je me suis renseignée sur l'endroit, histoire de savoir où je vais mettre les pieds. Depuis sa création, voilà quatre-vingts ans, la médico-légale de Virginie n'a eu aucune affaire à traiter dans ce secteur. Bien sûr, on ne peut rien en conclure : certaines morts violentes ont pu rester inconnues.

Buckingham Run n'est pas indiqué sur les cartes et aucune route n'y mène. Même à pied, je ne m'y risquerais pas. Ces centaines d'hectares sont un vrai gruyère parsemé de chausse-trappes avec une myriade de puits de mines et de galeries – un danger mortel auquel s'ajoutent des risques réels d'empoisonnement. Et allez savoir ce qui vit dans ces vastes bois où aucun humain ou presque ne s'est aventuré depuis la guerre de Sécession !

Bien sûr, il y a là-bas des animaux sauvages, peut-être plus dangereux encore que des ours ! Les vidéos que tourne Marino depuis son arrivée sur les lieux se succèdent sur mon téléphone : *une femme nue avec des bâtons de marche plantés dans le dos, flottant au milieu d'un lac où se reflètent les couleurs de l'automne ; un bivouac monté près de l'entrée de la mine abandonnée, flanquée de ses panneaux où les avertissements sont encore lisibles après plusieurs siècles. DANGER. ACCÈS INTERDIT.*

En s'éclairant d'une lampe torche, il a filmé un puits de mine où gît le corps d'un homme coincé dans l'ancien étayage en bois, au visage ensanglanté, aux yeux ouverts et figés. Puis la caméra bouge. J'entends les pas de Marino crisser sur les pierres et les éboulis au fond d'une galerie. Le faisceau de sa lampe illumine de vieux rails rouillés… un wagonnet recouvert de toiles d'araignées… Puis il s'écrie : « Putain, c'est quoi ce truc ! » Le rond de lumière s'est arrêté sur une empreinte de pied nu ; elle est si grande qu'elle semble avoir été laissée par un géant.

Je lui envoie immédiatement un SMS sur son téléphone satellite.

```
Je me mets en route.
```

Marino est un ancien inspecteur de la brigade criminelle, et j'ai travaillé avec lui quasiment toute ma vie. Aujourd'hui, il est devenu mon enquêteur de terrain. Quelques heures plus tôt, il a été déposé sur les lieux par hélicoptère avec une équipe du Secret Service. Marino fait du repérage avant mon arrivée, et il est excité comme une puce par *sa découverte du siècle,* comme il dit. Je ne partage pas son enthousiasme. Quand c'est trop sensationnel, c'est qu'il y a un loup. Moi, face à cette empreinte, je sens les problèmes arriver. Tout en entrant dans les toilettes pour dames, je lui propose :

```
Tu veux que j'apporte quelque chose ?
```

Je cherche à tâtons l'interrupteur. La pièce n'est qu'un vulgaire cagibi, avec un petit lavabo, une cuvette et une chaise en plastique branlante. Avec l'expérience, j'ai appris à prendre mes précautions. Au début de ma carrière, j'étais souvent la seule femme sur une scène de crime (à l'exception parfois de la victime). Et il m'était impossible d'utiliser les W-C sur les lieux, si tant est qu'il y en ait eu.

Pendant que je me lave les mains avec ce savon bas de gamme que l'on trouve dans toutes les administrations, ma smart ring me prévient que Marino répond à mon texto. Je me sèche les doigts avec des serviettes en papier et prends mon téléphone.

```
Apporte un coupe-boulons, écrit-il.
```

J'y ai déjà pensé.

```
C'est prévu. Autre chose ?
```

Un kit antivenin.

J'en ai pas.

Il y en a un dans mon Raptor.

Ça sert à rien, réponds-je.

On a eu cette discussion des dizaines de fois.

C'est mieux que rien du tout.

Faux.

Et si quelqu'un se fait mordre ? ajoute-t-il avec un émoji de serpent.

Je lui renvoie les émojis « hélicoptère » et « hôpital », et range mon téléphone. Après m'être passé un coup de baume sur les lèvres, aspergé le visage d'écran solaire doublé d'une bonne dose d'antimoustiques, je ramasse mon porte-documents en Kevlar, un cadeau d'anniversaire de ma nièce, Lucy Farinelli, agent émérite du Secret Service. Au moment de passer la sangle sur mon épaule, je surprends mon reflet dans la glace.

Comme prévu, j'ai une sale tête. À force de passer tout mon temps à l'IML, à manger sur le pouce et boire trop de café, j'ai du sommeil en retard. Quand Lucy m'a parlé des deux victimes à Buckingham Run, elle m'a conseillé de m'habiller en prévision de conditions difficiles. C'est sûr qu'une grosse chemise, un pantalon cargo et des rangers, ça ne met pas une femme en valeur ! Par SMS, je préviens Lucy : je vais quitter le bâtiment mais d'abord, je dois m'entretenir avec Henry Addams. Inutile de lui en dire davantage. Elle sait pourquoi.

Le patron de l'entreprise de pompes funèbres est en chemin pour récupérer un corps, concernant une tout autre affaire, un prétendu suicide datant de la veille. Je lui ai envoyé un message pour le prévenir que je souhaitais le voir avant de partir. Il ignore tout des événements à Buckingham Run. Rien n'a filtré dans les médias. Mais il doit se douter qu'il se passe quelque chose.

En remontant le couloir, les hublots de chaque côté révèlent leur collection d'horreurs : dans la salle de conservation des pièces, je repère les costumes de clown ensanglantés que portaient deux ex-détenus la nuit d'Halloween au moment d'attaquer la maison qu'il ne fallait pas. (Les *Bozos*, comme on les surnomme ici, ont eu droit à de la chevrotine à la place des bonbons !) À côté, il y a des baskets, avec leurs doubles nœuds intacts, récupérées sur la chaussée après qu'une voiture a percuté un piéton avant de prendre la fuite. Et aussi, une montre brisée, bloquée à 21 heures, l'heure à laquelle une personne a été agressée sur le parking d'une maison de retraite. Ou encore cette prédiction d'un biscuit chinois, *Votre chance va tourner,* retrouvée dans la poche d'une femme, présage qui s'est réalisé quand elle a basculé du haut d'un mirador de chasse.

Dans la pièce du scanner, les écrans affichent les images d'un crâne fracturé. En salle de décomposition, le rouge est allumé. À l'intérieur, il y a un corps en état de putréfaction avancée, retrouvé dans le Potomac. La dernière fois qu'on a vu la victime, une semaine plus tôt, elle partait à la pêche.

Au moment où je passe devant les réserves, Fabian Etienne en sort. Comme par hasard. Pour être crédible, il a dans les bras une boîte de gants chirurgicaux. Mais je connais son petit jeu.

*

— Bonjour, docteur Scarpetta ! lance Fabian, interrompant le fil de mes pensées. Attendez !

Il m'adresse un grand sourire. À l'évidence, il surveillait les écrans, dans l'attente de me voir sortir du bâtiment.

Fabian tente sa chance, au cas où j'aurais changé d'avis. Je comprends sa frustration. Bien sûr, il a besoin d'action. Il s'ennuie facilement et regrette qu'on ne recoure pas à « tous ses talents », comme il dit. Il est originaire de Baton Rouge, en Louisiane, et s'est fait de l'argent de poche en emmenant des touristes dans le bayou dès qu'il a été en âge de conduire.

Son père était coroner, et Fabian a grandi « avec la mort dans la maison », pour reprendre encore ses propres mots. Pas grand-chose ne lui fait peur, et il voudrait être sur toutes les affaires. Rien ne le rebute. Malheureusement, il ne peut venir à Buckingham Run avec moi, et ce pour tout un tas de raisons. D'abord, le Secret Service refuserait qu'il soit présent sur la scène de crime, et j'ai interdiction de parler des meurtres – à lui ou à quiconque. Mais, surtout, j'ai besoin de lui ici.

— J'ai aidé Lucy à charger le matériel dans l'hélico, et elle m'a laissé jeter un coup d'œil au poste de pilotage. (Il a davantage l'accent de New York que celui du vieux Sud.) La vache, ce truc est mortel ! Il paraît que ça peut voler à plus de 350 kilomètres à l'heure et qu'on peut y monter des mitrailleuses sur tourelle ! En plus, il voit à travers le brouillard. Vous êtes sûre que je ne peux pas vous accompagner ? Je vous serais utile, docteur.

Ses longs cheveux bruns et lisses lui descendraient jusqu'au milieu du dos, s'ils n'étaient retenus par son calot de chirurgien noir flanqué d'une tête de mort. Sa blouse, également noire, laisse entrevoir ses tatouages d'inspiration gothique et son corps longiligne, aussi sec et nerveux qu'un whippet. Globalement, les gens le trouvent beau gosse. Ultra-sexy, selon Shannon, ma secrétaire, qui le qualifie d'hybride parfait de Cher et d'Harry Styles.

— Je ne suis jamais monté dans un hélicoptère, et encore moins dans ce monstre sur le parking. On croirait ce truc sorti des Avengers ! Emmenez-moi avec vous, vous ne le regretterez pas.

— Ce n'est pas moi qui dirige l'enquête.

Je lui ai répété ça cent fois.

— Mais c'est vous la médecin légiste en chef. Vous avez le droit de faire venir qui vous voulez pour vous seconder.

— L'accès à la scène de crime est strictement limité, pour des raisons de sécurité – entre autres. La priorité c'est que vous soyez là où j'ai le plus besoin de vous, réponds-je avec une patience qui s'évapore à la vitesse grand V. On manque de personnel et on est débordés. Je ne peux pas vous avoir tous les deux là-bas, Marino et vous.

— Je croyais que j'allais faire du terrain pour me former, réplique Fabian. Vous m'aviez promis.

Il me lance son regard de chien battu. Une nouvelle fois, je faillis à mon rôle de mentor, je me sens coupable – et c'est exactement l'effet recherché.

— Je suis désolée de vous décevoir.

Décidément je lui présente bien trop souvent mes excuses, tout ça parce qu'il n'accepte jamais un refus.

Je déteste me retrouver dans cette position – celle qui ne répond pas à ses attentes, ruine tous ses espoirs.

Benton, mon mari profiler, soutient que Fabian joue inconsciemment le fils mal-aimé et me place dans le rôle d'une mère vénérée, débordée par son travail qui ne lui accorde pas assez d'attention. Et qui, par conséquent, est la cause de tout son mal-être. Selon Benton, nous avons Fabian et moi une relation œdipienne. Peut-être. Il n'empêche que Fabian peut être insupportable quand on ne cède pas à ses caprices !

— Il faut quand même que je sache à quoi m'attendre. C'est important, continue-t-il. Toutes ces messes basses... il est évident qu'il se passe quelque chose de grave. J'ai posé quelques questions à Lucy, des questions absolument anodines, mais elle n'a rien voulu me lâcher, hormis que deux personnes sont mortes à Buckingham Run. Et c'est le Secret Service qui a la main. Rien que cela, ça en dit long et prouve qu'on a affaire à du lourd. Du très lourd.

— On ne sait pas grand-chose, en fait. Alors ne partez pas dans des délires, Fabian. (Je refuse de m'aventurer avec lui sur ce terrain.) J'ai besoin de vous pour garder la maison en l'absence de Marino et moi. Le camion doit être décontaminé et rééquipé. Je sais que le Secret Service dirige les opérations et qu'ils vont apporter du matériel. On doit suivre leur modus operandi. Et tout devra être en place quand on reviendra avec les corps.

— Pourquoi lui, il y va, et pas moi ? insiste Fabian.

Il serait temps que ces deux-là arrêtent leur guéguerre !

Quand Lucy a trouvé les cadavres, celui qu'elle a appelé, après moi, ce n'est pas Fabian, bien sûr. Elle connaît Marino depuis qu'elle est enfant. Lucy lui a donné rendez-vous dans le hangar du Secret Service à la périphérie de Washington, dans le Maryland. Elle l'a alors emmené en hélicoptère sur la scène de crime, alors que le soleil se levait à peine. Marino a été mes yeux et mes jambes, avant mon arrivée sur place. Et dans l'esprit de Fabian, c'est comme s'il avait gagné le gros lot.

— C'est moi qui ai besoin d'expérience, poursuit-il, plaidant sa cause dans le couloir. Marino a tous les bons coups. Et moi, il me reste que des broutilles où je n'apprends rien.

— Préparer le matériel pour une affaire qui s'annonce complexe n'est pas une broutille, Fabian. Si, une fois sur place, je n'ai pas tout ce qu'il me faut, ce serait catastrophique.

— Comme dirait ma mère : « Je n'ai pas signé pour ça. » (Fabian est un adepte des guillemets mimés.) Je suis censé être enquêteur, pas « grouillot » ni « larbin ». (Encore une série de crochets en agitant ses doigts.) Le Dr Reddy me laissait les coudées franches, c'est pour cette raison que j'ai accepté ce boulot. Bon, en même temps je ne regrette pas son départ. Mais je ne veux pas régresser et me retrouver à ne plus rien faire d'intéressant.

Je n'ai pas embauché Fabian. C'est mon prédécesseur qui l'a fait. Méthodiquement, Elvin Reddy a réduit en charpie tout le service médico-légal de Virginie et, à la moindre occasion, il en fera de même avec moi. Nous avons travaillé un court moment ensemble à nos débuts et avons un lourd passif. En prenant mes fonctions à l'IML, je me méfiais de Fabian, comme de tout le personnel.

À mon arrivée à Alexandria, la loyauté n'était pas au programme. Je ne savais pas à qui faire confiance. Mais, en absence de preuve du contraire, les gens sont présumés innocents. C'est comme cela que cela doit fonctionner. Je ne peux me permettre de perdre Fabian. Il ne nous reste que trois enquêteurs en comptant Marino – et le troisième est à mi-temps et attend la retraite ! Fabian a beau m'agacer de temps en temps, je sais qu'il est doué. J'ai une responsabilité envers lui, et aussi de l'affection.

— Il y a tellement de choses où vous pourriez m'être d'une grande aide si vous acceptiez de suivre mes instructions, réponds-je. Je vous rappelle qu'on a d'autres enquêtes à boucler.

— Je ne demande qu'à être utile, docteur. (D'un coup, son humeur s'allège.) Trouver les indices qui expliquent toute l'histoire, c'est mon truc. C'est pour ça que j'étais si bon comme assistant médical. (Avec sa modestie habituelle, il évoque ses débuts :) Je repérais des détails chez les patients, des trucs qui échappaient complètement aux médecins. C'était carrément au-delà de leur entendement. Et ces choses changeaient tout en termes de diagnostics. Comme mon père le disait toujours, l'important c'est de savoir « écouter ». (Et j'ai encore droit aux guillemets mimés !)

— Nous terminerons cette conversation plus tard, si vous voulez bien.

— Docteur, vous comprenez ce que ça signifie ? « Écouter » ce que les gens vous disent. Prêter attention à eux. Vous savez comme c'est une qualité rare de nos…

— Oui, Fabian, je sais. Mais je dois y aller.

Sur un écran, j'aperçois Henry Addams au portail. Il va arriver dans quelques minutes.

— La Famille Addams vient récupérer Nan Romero, le suicide d'hier soir, lui dis-je en montrant le moniteur.

— Je m'en occupe tout de suite. (Enfin, Fabian dépose les armes !) D'ailleurs, ce cas est bizarre. Qu'est-ce que vous a dit le Dr Schlaefer ?

— On n'a pas eu le temps d'en parler.

— Moi, ce sont ces spires d'adhésif qui me perturbent, m'explique Fabian en m'emboîtant le pas. Pourquoi quelqu'un s'enroulerait ce machin au bas du visage ? En particulier une femme.

— L'inspectrice Fruge aura peut-être des infos à nous communiquer. Elle sait que nous attendons les résultats de la toxico pour nous prononcer sur les conditions du décès.

Fabian retourne vers l'ascenseur tandis que je poursuis mon chemin. Le couloir mène là où tout commence : l'aire de réception, le passage obligé pour tous les patients de ma petite clinique macabre. Pas besoin de rendez-vous, ni de payer quoi que ce soit. La mort se fiche des origines, tout le monde est traité à la même enseigne. Nos patients ont tous un point commun, souvent le seul : jamais, ils n'auraient pensé se retrouver là.

Quand les cadavres arrivent sur leur chariot, on les place sur la balance au sol pour être pesés. Puis ils sont mesurés à l'ancienne avec une toise en bois, et enfin ils reçoivent un numéro en attendant d'être conduits en chambre froide et rangés dans un tiroir. Leurs noms sont consignés à la main dans le « registre des morts », à savoir un grand livre noir posé sur le vieux comptoir en Formica, juste devant la guérite du gardien.

De l'autre côté de la vitre blindée, la veste de Wyatt Earl repose sur le dossier de sa chaise. Sur son bureau, j'aperçois les restes d'un plat à emporter, et dans un coin la batte de baseball en aluminium qu'il a chipée dans le labo d'anatomie où les corps donnés à la science sont stockés avant d'être incinérés.

Nous sommes obligés de broyer les gros os sinon les cendres ne tiendraient jamais dans les urnes que nous rendons aux familles. Wyatt prend toujours cette batte avec lui quand il fait ses rondes. À l'inverse de moi, il craint plus les morts que les vivants.

2

Wyatt se trouve dans l'aire de livraison lorsque la grande porte de métal se lève en cliquetant. Sur l'écran, je le vois s'approcher du corbillard Cadillac qui pénètre dans l'espace.

La fenêtre côté conducteur se baisse. Henry Addams est au volant et les deux hommes commencent à bavarder. Les micros du système de vidéosurveillance captent leur conversation. Ils parlent de la pluie et du beau temps, se demandent mutuellement des nouvelles de leurs familles. Et c'est ainsi que j'apprends que la femme d'Henry est désormais dans une maison de retraite médicalisée. Elle ne vit plus avec lui.

J'ai vu Henry voilà un mois, et même si je l'ai trouvé fatigué et préoccupé il ne m'en a pas parlé. Je savais que Megan n'allait pas bien, mais je ne soupçonnais pas que c'était si grave. Wyatt enfile ses lunettes de soleil et se dirige vers l'ouverture béante où le soleil flamboie.

Des curieux se sont rassemblés derrière les grilles pour contempler l'hélicoptère impressionnant de ma nièce, baptisé l'*Aigle de l'Apocalypse*. L'appareil est posé dans un coin du parking, protégé par des plots de signalisation. Lucy continue de charger la cabine arrière. J'ai veillé à emporter une caisse d'équipements de protection individuelle (des EPI) de catégorie 2, indispensables quand il y a des risques de contaminations ou de contacts avec des animaux ou organismes inconnus.

— Bon sang de bois ! lâche Henry en bataillant pour sortir le chariot métallique du corbillard. (Il a toujours eu l'accent de Virginie, mais aujourd'hui, il semble bien plus présent.) Satané machin…

Sur mon téléphone, j'ai une application pour piloter le système, elle me permet de couper les caméras couvrant l'aire de chargement. Une série d'images passent au noir sur les écrans. Puis j'envoie un texto à Wyatt pour le prévenir. Comme il connaît mes habitudes quand je veux avoir un peu d'intimité, il me répond aussitôt :

```
Bien reçu, docteur. Il y a un groupe
d'une trentaine d'individus dehors. Je
surveille ça.
```

Que personne ne s'approche !

Il me renvoie un pouce levé et ajoute :

```
On a déjà des plaintes. De la sorcière,
évidemment.
```

Ainsi que prévu, Maggie Cutbush profite de la moindre occasion pour nous causer du tort. Quand j'ai remplacé Elvin Reddy au poste de chef de la médecine légale, j'ai hérité de sa secrétaire. Pendant deux ans, elle m'a fait vivre un enfer. Récemment, ils ont été limogés, ou plutôt « mutés » comme c'est la routine chez les fonctionnaires de l'État. Maggie ne travaille plus pour moi, mais reste une présence indésirable, telle une douleur fantôme, voire carrément un spectre malveillant.

Buckingham Run, une affaire sensible a priori, est une vraie aubaine pour elle. Elle va pouvoir me critiquer. Elle a d'ailleurs commencé son travail de sape. Je n'ai pas encore quitté l'IML qu'elle se plaint déjà de la présence de l'hélicoptère ! Elle sait que je vais en entendre parler. Elle adore m'agacer, parasiter mon travail. Je réponds à Wyatt :

`N'intervenez pas. Je m'en occuperai plus tard.`

Je pénètre dans l'aire de livraison qui a les dimensions d'un petit hangar. Dans un coin sont entassées des palettes d'eau de javel et autres désinfectants, ainsi que des caisses d'EPI. Il y a aussi des piles de bidons estampillés d'une tête de mort – du formol, des produits d'embaumement... Les murs et les sols sont enduits de résine époxy pour pouvoir être lavés au jet. Toutefois, le dernier grand nettoyage date de mathusalem. Le temps nous manque.

La rampe de ciment est maculée de traces de sang et de stries noires laissées par les roues des brancards. Des nuées de mouches bourdonnent autour des poubelles. Des moineaux vont et viennent, comme chaque fois que la porte roulante est levée. De plus en plus de gens descendent voir ce qui se passe sur le parking, et dans le groupe je reconnais Shannon Park. Elle est immanquable, dans sa robe vert pomme des années 1970.

Son bob est lui aussi d'époque, et elle devra bien le tenir quand Lucy allumera les moteurs. Shannon est une ancienne greffière, ma toute nouvelle recrue au poste de secrétaire, et elle n'a pas son pareil pour délier les langues. La connaissant, elle doit jouer les espionnes, collecter du renseignement telle une agente de la CIA. Elle pourrait même enregistrer en catimini toutes les conversations autour d'elle. D'ailleurs elle l'a déjà fait.

— Crénom de nom ! peste Addams qui s'est coincé le pouce dans les montants articulés du chariot.

— Bonjour Henry ! lancé-je en arrivant au bas de la rampe.

Il relève la tête, surpris.

— Oh, vous êtes là ? Bonjour, Kay. Pardon, je ne vous avais pas vue. (Il semble sur les nerfs, ce qui n'est pas son habitude.) Je me battais avec mon chariot. Quel empoté je suis !

— Vous vous êtes fait mal ? m'enquiers-je en m'approchant.

— Juste un pinçon. Je survivrai.

— Sinon, vous êtes au bon endroit !

— Sauf votre respect, docteur, je ne tiens pas à me retrouver entre vos mains.

Il m'adresse un sourire, mais je vois bien qu'il a l'esprit ailleurs. Il est grand, élégant, avec des cheveux poivre et sel, une fine moustache, et porte un costume noir assorti d'un gilet écossais. Au revers de sa veste, il a accroché une rose et un brin de gypsophile. Je le trouve amaigri, fatigué, et triste.

— Quoi de neuf, Henry, hormis que vous ne mangez pas assez ? (C'est ma façon de prendre de ses nouvelles.) À l'évidence, je vais devoir passer chez vous avec mes lasagnes. Et si mes souvenirs sont bons, vous aimez bien aussi mes cannellonis et ma panzanella.

Depuis mon retour en Virginie, voilà trois ans, je lui ai apporté de temps en temps un plat cuisiné quand sa femme commençait à perdre la tête. Mais j'ignorais que la démence avait empiré à ce point, et si vite.

— Pour tout vous dire, Kay, j'ai été obligé de placer Megan. Dans un établissement à Fairfax. (Il me donne le nom de ce centre de soins spécialisé et m'indique depuis combien de temps elle s'y trouve.) La maladie s'est déclarée il y a quelques années comme vous le savez. Mais, récemment, c'est devenu ingérable, et son AVC a tout aggravé.

— Je suis vraiment désolée, Henry.

— Elle ne peut plus marcher ni se nourrir. Elle ne me reconnaît même plus.

— C'est terrible.

— Je lui rends visite tous les jours. Elle me prend pour un infirmier, précise-t-il tandis que ses yeux s'embuent.

— La biologie est sans pitié.

— Il y a deux semaines, Megan s'est mise à porter l'alliance d'un autre patient. Elle se croit mariée avec lui et pense qu'ils ont passé toute leur vie ensemble.

Il refoule un sanglot.

— Et vous Henry ? Vous prenez soin de vous ?

— C'est vrai que je ne me nourris pas bien.

Il attrape à nouveau le chariot et le secoue avec un agacement que je ne lui connais pas.

— Attendez. Je vais vous aider.

Je passe sous le hayon ouvert et me penche à l'intérieur de l'habitacle. Il a réussi à enfoncer un montant dans le revêtement matelassé du corbillard. S'il tire, il va tout déchirer.

— Je n'en peux plus, ça me rend fou. (Il s'écarte et s'essuie les yeux.) Et pour couronner le tout, j'arrive chez un client et découvre que le matériel est HS. C'est une chose que je n'ai jamais tolérée dans mon entreprise. On est débordés, la tête dans le seau, et on doit utiliser des trucs bons pour la casse !

— Je compatis. C'est pareil chez nous. On n'a que du matériel de récupération. Et encore, vous nous avez donné plein de choses, ce dont je vous suis très reconnaissante.

*

Tout notre équipement provient des rebuts des hôpitaux, des pompes funèbres, et autres services de secours. Je passe mon temps à mendier. Kits de suture, scalpels, appareils de radiographie antédiluviens, vieux scanners, brancards endommagés, kärchers, aspirateurs industriels, ordinateurs obsolètes, véhicules en fin de vie – je prends tout ce qu'on me donne !

— L'une des ridelles est tordue et ne veut pas se verrouiller, dis-je après avoir analysé le problème.

Henry me regarde soudain de la tête aux pieds.

— Vous partez pour un safari ? Et vous empestez l'antimoustique.

Nous parvenons enfin à sortir le chariot, le posons par terre et déplions les pieds à roulettes à la hauteur qu'il désire.

— Je ne vous demande pas ce qui se passe, reprend-il. (Pourtant, c'est exactement ce qu'il fait !) Mais si vous m'avez attendu, ce n'est pas par hasard.

— Vous connaissez Buckingham Run ?

— Disons que je suis passé à côté en voiture. Si je me souviens bien, c'est plein de vieilles mines là-bas, mais ça n'a pas l'air de se visiter. Il y a des panneaux d'interdiction partout. Cela fiche plutôt les jetons, d'ailleurs.

— J'ai coupé les caméras et les micros, lui précisé-je. (Il n'est pas surpris. Ça m'est déjà arrivé avec lui, pour lui parler en privé.) On a un gros problème, Henry.

— Je m'en doutais. Qu'est-ce que je peux faire pour vous, Kay ?

— Je vais vous confier deux corps, si vous êtes d'accord. L'affaire est grave. Et les ennuis ne font que commencer. En toute honnêteté, je ne sais pas comment on va pouvoir gérer les conséquences de tout ça. Et ce dossier inquiète les autorités fédérales. Si on ne procède pas avec précaution et une extrême discrétion, il risque d'y avoir un vent de panique dans la population.

— Il suffit de voir l'attroupement sur le parking ! réplique Henry en désignant l'hélicoptère et les curieux.

Le gros de la foule est contenu derrière les grilles. Hérissées de piques acérées, elles protègent tel un rempart mon bâtiment de trois étages. Il y a un mois encore, je le partageais en paix avec les labos de sciences médico-légales, le service d'anatomie et le département de protection des mineurs, spécialisé dans la détection des signes de maltraitance. Mais la gouverneure Roxane Dare a créé l'ORSUS, l'Office de régulation des situations d'urgence sanitaire. Elle a sorti ça de son chapeau sans aucune raison valable.

Cet organisme est totalement redondant et inutile, encore un gâchis d'argent public. Elvin Reddy a été recyclé, et le voilà promu directeur du tout nouveau

ORSUS. Il a retrouvé son pouvoir et a droit à un beau bureau dans le palais de la gouverneure à Richmond. Son adjointe n'est autre que Maggie Cutbush, qui rêve de se venger. Et j'ignorais tout ça quand l'ORSUS a pris ses quartiers au dernier étage de mon immeuble. Je n'ai rien vu venir.

La plupart des employés de cet organisme de pacotille sont justement attroupés autour de l'hélicoptère. J'imagine leurs commentaires sarcastiques quand ils vont me voir décoller avec Lucy. Maggie et Elvin ont déversé leur fiel et monté tous leurs salariés contre moi – et ils me le montrent bien !

— Quelles infos je peux avoir ?

— D'abord, sachez qu'il y a plus de questions que de réponses. Lucy a déposé tôt ce matin une équipe d'enquêteurs à Buckingham Run. Deux personnes ont été retrouvées mortes près de l'entrée d'une mine. Apparemment, elles campaient là-bas depuis plusieurs mois, en gros depuis la fin de l'été.

— C'est bizarre. Pourquoi choisir un endroit pareil ?

— Il y a tant d'inconnues encore ! En revanche, on sait que les victimes ont été attaquées cette nuit vers 3 heures du matin, alors qu'il pleuvait à verse. C'est un fait établi. La tente a été renversée et aplatie, les objets projetés un peu partout, et globalement, à en croire les images que j'ai reçues, ce qui s'est passé a été très violent, comme si l'agresseur avait été pris d'une rage aveugle. Petite précision : on ne connaît pas encore l'identité des victimes.

— Vous avez une idée ?

— On pense qu'il s'agit de deux baroudeurs, amateurs de vie au grand air, Huck et Brittany Manson.

D'après Lucy, ils étaient recherchés par les fédéraux pour de multiples cyberattaques, impliquant les Russes, voire les Chinois. Apparemment les Manson s'étaient réfugiés dans les bois, car il était plus difficile de surveiller leurs activités.

— Peut-être de l'espionnage ? C'est possible ?

— Je ne connais pas les détails. Lucy me fera un topo pendant le vol. Mais une chose est sûre : les Manson étaient en relation avec des gens très dangereux, très puissants, et il ne faut pas les sous-estimer. Donc, je vous le dis, Henry. Si vous ne voulez pas être mêlé à ça, je comprendrai.

Par honnêteté, je dois lui révéler les risques. Et ce n'est pas la première fois que nous gérons ensemble des situations périlleuses. L'été dernier, il s'agissait du meurtre d'un homme travaillant pour la CIA. Et avant ça, il y avait eu ce témoin sous protection du FBI, dont la couverture avait été grillée quand il avait emménagé à Arlington.

— Et vous ? Vous en pensez quoi ? Vous avez une idée de ce qui a pu leur arriver ? (Tout comme moi, il jette régulièrement des coups d'œil vers la porte ouverte pour s'assurer que personne ne peut nous entendre.) Un ours ? Un gros mâle énervé peut faire de sacrés dégâts. Ou alors une meute de loups, voire un seul, en particulier s'il a la rage. J'ai vu ce genre de choses, croyez-moi. Et dans ces cas-là, il n'est pas question de laisser le cercueil ouvert.

— D'après mes infos, je ne crois pas qu'on ait affaire à un animal, que ce soit ours, loup, lynx, sanglier, réponds-je. La nourriture n'a pas été touchée. Il n'y a aucun indice en ce sens – pas d'empreintes, pas d'excréments. Les victimes vivaient là depuis des mois. Je n'ai guère d'expérience en matière d'attaques d'animaux, mais pourquoi ce serait arrivé seulement cette nuit, après tout ce temps ?

— Si la nourriture n'a pas été mangée, vous avez raison ; cette piste ne tient pas. C'est presque toujours ce qui attire les bêtes quand on campe. En plus ce n'est pas l'époque où les ours ont leurs petits, ni les loups, ni les autres grands mammifères. Ce n'était donc pas pour protéger leur progéniture. Où se trouvaient les victimes au moment de l'attaque ? Endormies dans leur tente ?

— Apparemment, ils ont été alertés par leurs caméras à capteurs de mouvements. Mais il n'y a rien sur les images infrarouges, aucune signature thermique. D'après Lucy, il paraît qu'on entend des bruits, quelque chose qui se déplace mais on ne voit rien.

— C'est bizarre, effectivement.

— Il semble aussi que cette chose soit à l'épreuve des balles, car ils ont tiré dessus avec des armes de gros calibre.

— Qu'est-ce qu'on a retrouvé ?

— Des restes écrasés de Bear Load, en 10 mm. Les projectiles ont touché leur cible mais ont rebondi dessus.

— C'est carrément mystérieux ! Comment sont les corps ? Pas beaux à voir, j'imagine ?

— Ils gisent en pleine nature depuis des heures. Ils ne vont pas être en bon état. Et on ignore à quoi ils ont été exposés – vapeurs empoisonnées, micro-organismes divers – et cela va être pareil pour nous. Je m'attends à tout.

Par sécurité, je vais traiter les dépouilles comme si elles représentaient un risque biologique ou chimique.

Il faut que les cadavres soient confinés. Personne ne sait ce qui peut traîner à Buckingham Run. L'eau, comme le sol, est sans doute contaminée – arsenic, cyanure, mercure, plomb et autres polluants liés à l'exploitation minière.

Plus inquiétant encore, ce sont les éléments pathogènes que pourraient porter les corps à la suite d'un contact avec des animaux sauvages. Ils deviendraient alors des vecteurs de maladies dangereuses pour le reste de la population – tels le SRAS, transmis pense-t-on par les chauves-souris, ou la variole du singe dont les rongeurs sont porteurs. Les ours, les loups, les lynx peuvent également avoir la rage. Les tatous la lèpre.

3

— Le Secret Service dirige l'enquête et travaillera avec vous comme les autres fois, dis-je à Henry, toujours à proximité du corbillard. Bien sûr, si vous acceptez de nous donner un coup de main.

— Tant que vous veillez sur mes équipes, car leur sécurité est toujours mon souci premier. En particulier dans cette situation. Je n'ai aucune envie que notre entreprise et les données de mes clients soient piratées par les Russes, les Chinois, ou Dieu sait qui. Ces bandits sont capables de tout, comme vous le savez. On m'a déjà volé des corps contre rançon. Ou pour leur infliger des choses absolument indignes. (Henry dépose une couverture pliée sur le matelas du chariot.) Et, bien sûr, ce sont des assassins.

— La police assurera la protection, ici comme chez vous.

Les corps ne vont jamais entrer à l'IML, des procédures spéciales seront mises en place pour les labos. Les examens post mortem seront menés à l'extérieur, dans notre Module opérationnel pour biorisques létaux. Le MOBILE, comme son acronyme le laisse entendre, est une unité d'autopsie que l'on peut déplacer, un système complet et autonome installé dans un camion semi-remorque. J'ai participé à l'élaboration de ce prototype, avec d'autres experts, tels qu'Henry, Lucy et Benton.

Nous siégeons tous au Conseil intergouvernemental de la Prévention et Gestion de crise. Plus connu sous le nom de commission Apocalypse, ce conseil réunit des professionnels nommés par la Maison Blanche dont la mission est d'améliorer la sûreté de la planète. Cela fait plusieurs années que nous développons le MOBILE, un véhicule équipé d'un laboratoire classé P4, un bunker roulant capable de confiner des agents pathogènes avec une sécurité maximale. Il m'a été livré cet été.

Avec lui, je peux traiter des cadavres à hauts risques, ayant été exposés à des radiations mortelles ou infectés par un virus inconnu. Jusqu'à aujourd'hui, le MOBILE n'est pas beaucoup sorti. La dernière fois, c'était il y a un mois, quand onze personnes ont été retrouvées mortes dans un motel. Fausse alerte : après examen, nous avons établi qu'elles avaient toutes succombé à une overdose de fentanyl. Avant cela, il y avait eu un crash d'avion ayant fait vingt-deux morts ; les corps avaient brûlé et été dangereusement contaminés au kérosène.

— Je sais que vos chambres froides sont équipées contre les risques biologiques, sinon je ne vous demanderais pas de conserver ce genre de dépouilles.

Techniquement, je n'ai pas le droit de choisir un prestataire de services et encore moins de lui donner des consignes. Le conflit d'intérêts est tout de suite évoqué quand le chef de la médico-légale collabore avec une entreprise de pompes funèbres. Mais je ne peux faire tourner le service sans m'entourer d'un réseau d'experts en qui j'ai toute confiance. L'Addams Family Mortuary officie à Old Town depuis le milieu du XVIIe siècle, et offre des prestations d'exception à ses riches clients d'Alexandria. Dignitaires, célébrités, tous font appel à ses services.

Henry a l'habitude de travailler avec le Secret Service, le FBI, la CIA, le Pentagone et autres grandes agences fédérales. Il inhume ainsi de grands gangsters, des agents secrets, des vedettes, des généraux quatre étoiles et d'anciens présidents des États-Unis. Henry est un agent de l'État assermenté, il porte une arme et jouit d'une habilitation sécurité défense de haut niveau.

— Vous connaissez sans doute le magasin des Manson, poursuis-je, certaine que personne ne peut nous entendre. Le Wild World, au bas de votre rue. Ils vendent entre autres des articles de chasse et de pêche. Et c'est à côté de chez moi aussi.

— Cette boutique est à eux ? Je ne connais pas les propriétaires, mais leur commerce tourne bien. J'y commande souvent des choses en ligne. Leurs prix sont imbattables.

— Évidemment. La boutique leur sert à blanchir de l'argent et à Dieu sait quoi encore. Wild World est condamné. On ne pourra plus y faire nos emplettes. Et c'est bien dommage.

Leur magasin est aussi grand qu'un supermarché. Il propose du matériel de sport et de randonnée, des accessoires automobiles, des ustensiles de cuisine, des vêtements tactiques, des armes à feu et tout ce qui va avec. J'adorais leur rayon coutellerie. J'y trouvais des lames et des aiguiseurs absolument parfaits pour les autopsies. Il y a un immense rayon outillage, de grandes bobines de papier boucherie, des rouleaux d'adhésif qualité pro, des élastiques et toutes sortes de choses à prix cassés – le dixième de ce que j'aurais payé chez un fournisseur de matériel médical.

— C'est peut-être à cause de leurs activités criminelles qu'ils sont morts, suggère Henry. C'est la piste de la police ?

— C'est du moins ce que pense Lucy. Apparemment c'est l'explication la plus plausible pour l'instant. Mais il reste beaucoup de zones d'ombre et d'éléments difficiles à expliquer, comme je vous l'ai dit. Par exemple : j'imagine mal quelqu'un s'aventurer dans ces bois touffus en pleine nuit et sous une pluie battante.

— Il devait connaître le chemin, avoir des lunettes de vision nocturne. Ou alors, ce n'est pas un humain. Beaucoup d'animaux voient très bien dans l'obscurité. Je me souviens encore des recommandations de mon père quand il m'emmenait camper : « Si tu entends un bruit dans le noir et que les yeux sont rouges dans le faisceau de ta lampe, ce n'est pas un humain ! » Puis il me demandait ce que je devais faire dans ce cas. Et je répondais : prendre mon fusil et attendre – parce qu'il me disait toujours : « Ne tire jamais sans savoir ce que tu vises. »

— Sage précaution. J'aimerais qu'on collabore à nouveau, Henry, si vous n'y voyez pas d'inconvénients. Auquel cas, le Secret Service nous aidera.

— Bien sûr que je suis d'accord. On sait comment ils sont morts ? Ce sont deux homicides, évidemment.

— Si des humains ont tué d'autres humains, oui, on peut parler d'homicides. Mais si c'est un animal, alors c'est une autre histoire. Personnellement, je n'y crois pas, mais on ne doit négliger aucune piste.

Dans le cas, peu probable, où l'on aurait affaire à une attaque d'ours ou d'un gros animal, les gardes-chasses vont prendre le relais, organiser des battues pour éliminer le danger. Je devrai alors déclarer les morts accidentelles. Il n'y aura pas d'enquête de police. Lucy et ses collègues n'auront plus autorité pour mener des investigations, hormis celles concernant les activités criminelles des victimes.

— Pour l'instant, je vais qualifier les décès en « morts suspectes », lui expliqué-je. Mais je ne pense pas qu'un animal sauvage soit en cause. Je n'ai jamais entendu parler d'une bête ayant enlevé les vêtements de ses proies. Ni qu'elle leur ait planté dans le corps des bâtons de randonnée avant d'en balancer un dans un lac, et l'autre dans un puits de mine.

— Seigneur. C'est effectivement très troublant.

— Et il y a cette empreinte humanoïde qui pose question. Un pied nu, très grand, extraordinairement grand – vous voyez ce que je veux dire ? Marino l'a trouvée au fond de la mine.

— Pas possible ! s'exclame Henry. Un leurre, je suppose.

— Peut-être. Sans doute. C'est ce qui se dit. Mais pour être honnête, je n'en sais rien.

— Vous avez eu une photo de la chose ? Ça paraît authentique ?

— Plutôt, reconnais-je. Mais cela ne prouve rien.

Ce qu'on peut faire avec l'impression 3D aujourd'hui est quasiment sans limite. La technologie est de plus en plus performante, facile d'emploi et à la portée de toutes les bourses. On peut créer toutes sortes d'objets, sans formation technique et sans sortir de chez soi.

*

— Les armes imprimées en 3D sont courantes. On en a plein les armoires de nos labos, dis-je à Henry. Des couteaux, des armes à feu, totalement fonctionnels. On peut tout se fabriquer. L'autre jour, on a eu un pistolet 9 mm monté sur un drone. Ils en ont parlé à la télé. Un type pas content, et hop ! cela a été sa façon de régler son différend avec le voisin.

— Le monde est fou.

— J'ai eu aussi un visage imprimé en 3D utilisé comme masque pour tromper les systèmes de reconnaissance faciale. (La liste est longue comme le bras.) Des prothèses en tout genre, telles qu'un gant portant les empreintes digitales d'une autre personne, pour ouvrir des serrures biométriques.

— Et ce serait l'explication ? Quelqu'un aurait fabriqué ce pied géant ?

— Ou juste le dessous pour pouvoir le presser dans le sol. En attendant, cette découverte complique tout.

— Je ne suis pas expert en Bigfoot, Sasquatch, Yéti, selon le nom qu'on leur donne. Mais c'est un sujet très populaire. Un adjoint du shérif avec qui je vais pêcher jure ses grands dieux qu'il a vu un gros machin poilu traverser la route un soir. Ça marchait debout comme un humain. Environ deux mètres cinquante de haut et les épaules larges comme sa voiture. À ma connaissance, il n'y a jamais eu d'attaques de

Bigfoot contre un humain. À supposer que cette chose existe.

— Je n'en sais rien. Mais vous avez raison, renchéris-je, dans aucun récit, cette créature n'a agressé qui que ce soit. J'ai examiné les images que m'a envoyées Marino. Il a découvert cette empreinte entre deux rails de mine vieux de plus de cent ans. Les agents du Secret Service, pour certains arrivés plusieurs heures avant lui, sont passés totalement à côté.

— C'est embêtant que Marino soit le seul à l'avoir vue, réplique Henry. Tout le monde va croire qu'il a monté un canular.

— Ce n'est pas son genre, vous le savez bien.

— Peu importe ce que je sais ou non. Je pense juste à la façon dont les médias et tous les autres vont traiter cette info.

— Apparemment, l'empreinte de pied a été laissée au fond d'une galerie, et le Secret Service ne s'est pas aventuré aussi loin. De plus, la marque est peu profonde et difficile à distinguer.

— Le fait qu'elle soit à peine visible, cela va à l'encontre de l'hypothèse d'une mauvaise blague. Si on veut créer une supercherie, on s'arrange pour que le faux machin soit immanquable, non ?

— Je ne sais que penser, réponds-je.

Par la porte ouverte, je vois Lucy qui vient dans notre direction. J'annonce à Henry que je vais reconnecter les caméras. Sitôt fait, Fabian apparaît en haut de la rampe. Il claque des doigts en fredonnant la musique de la série *La Famille Addams,* des années 1960.

— Ta da-da-da ! lance-t-il avant de claquer des doigts. Ta da-da-da ! (*Clac ! Clac !*)

Henry ne réagit pas. Il a entendu cette plaisanterie toute sa vie.

— Lucy vous attend, docteur ! reprend-il. Tout est prêt. (Il se tourne vers Henry.) Mon personnage préféré, c'était l'oncle Fester…

Je sors dans l'air frais du matin. Les arbres avec leurs feuilles rousses flamboient dans l'azur, aussi pur et intense que du verre de Murano. L'automne a tardé à arriver après cet été caniculaire. Lucy me rejoint, gardant ses distances avec les spectateurs derrière les grilles, dont la plupart filment la scène avec leurs téléphones.

Le fait qu'on soit littéralement « descendu du ciel » pour me chercher est une première depuis mon retour en Virginie. D'ailleurs, je suis certaine que cela n'est jamais arrivé à personne ici, pas même à la gouverneure. Il n'y a pas d'helipad à l'IML, pas même un terrain à l'écart pour atterrir. C'est sûr que ça va faire jaser. Mais rien n'arrête Lucy.

— Toujours aussi discrète, dis-je en sinuant avec elle entre les voitures garées.

— On ne se refait pas !

Elle a un joli visage, et ses cheveux auburn ont des reflets roses sous le soleil.

Je la sens préoccupée – c'est presque palpable –, et cela n'augure rien de bon. Quelque chose accapare toutes ses pensées. Elle n'a pas l'air commode avec sa combinaison de pilote noire, ses rangers et son Desert Eagle .44 Magnum sanglé à sa cuisse. Quant à mon arme, elle est restée chez moi, dans le tiroir de ma commode. Je l'emporte rarement au travail.

De toute façon mon petit pistolet 9 mm n'est pas adapté pour l'endroit où nous allons. J'ai dans mon porte-documents un gros flacon d'antimoustiques et une corne de brume capable de réveiller les morts.

— Pour l'instant, tout va bien. Rien du côté des médias, dis-je. Et rien non plus sur Internet.

— Profitons-en parce que ça ne va pas durer.

De près, l'hélicoptère est carrément effrayant, avec son look d'engin furtif, ses larges patins et ses multiples antennes. Les radomes sous le fuselage cachent des lasers et des caméras capables de « voir » dans toutes les conditions météo. Sans cette technologie, Lucy n'aurait jamais pu repérer le campement de nuit et sous des trombes d'eau.

Bien sûr, elle n'aurait pas fouillé cette zone si les Manson n'avaient pas été sous surveillance. Leur ferme à l'abandon se trouve aux alentours de Buckingham Run, et ils se sont taillé un chemin dans la végétation pour installer leur camp à côté de l'ancienne mine d'or, sur les berges d'un lac. Ils ont placé des caméras infrarouges sur la sente, que le Secret Service a aussitôt piratées. C'est ce que m'apprend Lucy.

Elle fait un tour d'inspection de l'appareil tout en ouvrant les portes. Je récupère les plots et vais les déposer près de la clôture, suffisamment loin pour qu'ils ne soient pas emportés par le souffle des pales.

— J'ai envoyé des SMS à Benton, dis-je à ma nièce. Mais je n'ai pas de nouvelles de lui. Tu en as ?

— Il sait ce qui se passe, il est déjà sur le pont.

Benton, mon mari, est conseiller spécial auprès du Secret Service quand la sécurité de l'État est en jeu. Il est en salle de crise depuis des heures.

— Et il en dit quoi, pour l'instant ? m'enquiers-je en déposant ma sacoche dans la cabine arrière.

— En gros : les victimes ont été choisies, et le niveau de violence est destiné à envoyer un message.

Elle vérifie le rotor de queue, le fait tourner lentement.

— Il est au courant de l'empreinte trouvée par Marino ?

— Au premier regard, il a pensé qu'il s'agissait d'un attrape-nigaud. Et Marino est la cible toute trouvée ! Évidemment, je ne le dirais jamais devant lui, mais Marino est le maillon faible de l'équipe. On sait tous qu'il croit à Bigfoot. Et il ne s'en cache pas.

— C'est vrai.

— Depuis qu'on est revenus en Virginie, il va à tous les festivals du Sasquatch et autres événements du même acabit, explique-t-elle alors que nous grimpons sur les plateformes des patins. Et on sait qu'il part régulièrement à la chasse au Bigfoot avec son appareil photo et son appeau – un prétendu enregistrement des cris de la bête. Il diffuse ça tous azimuts avec l'espoir de l'attirer ou même qu'elle lui réponde !

— Cela ne plaide pas en sa faveur, j'en conviens.

— Si ça se sait, ils vont se foutre de lui, insiste Lucy. Et ce sera la cata. Marino n'a aucun sens de l'humour dans ces cas-là.

— Comme beaucoup de gens, dis-je en montant dans le cockpit côté copilote.

L'habitacle sent le neuf, l'air est chaud.

J'ai volé plusieurs fois avec Lucy, mais jamais sur l'*Aigle de l'Apocalypse*. Alors que je passe une jambe par-dessus la commande du pas cyclique, je suis bien contente de ne pas être en jupe. Non, cela n'a rien d'élégant !

— Quand je ne pourrai plus faire ces contorsions, c'est qu'il sera temps que j'aille me la couler douce sur une plage.

— Toi ? Tu prendras ta retraite quand il gèlera en enfer ! raille Lucy en s'installant prestement dans son siège.

— Va savoir, avec le dérèglement climatique !

4

Nous bouclons nos harnais quatre points, mais Lucy et moi laissons les portes ouvertes pour l'instant. Le soleil chauffe à travers le plexiglas, et la brise dehors est agréablement fraîche. Un temps idéal. Benton et moi comptions faire une balade à vélo en fin de journée. Quand je me suis levée ce matin, j'espérais rentrer tôt à la maison pour une fois.

Nous avions envisagé de parcourir une quinzaine de kilomètres le long du Potomac, puis de préparer un barbecue et inviter Lucy, Marino et ma sœur Dorothy. Maintenant, tout est à l'eau. Je ne compte plus les projets avortés que nous avons connus mon mari et moi. On a beau s'y habituer, c'est parfois agaçant.

— ... ceintures de sécurité bouclées, contrôles de vol OK...

Lucy égrène la longue check-list de l'hélicoptère. Au loin, je vois Fabian sortir du bâtiment. Il nous lance un regard envieux, et se dirige vers notre camion semi-remorque réfrigéré, dont le blanc scintille sous le soleil.

Notre MOBILE catégorie P 4 est garé au bout du parking, contre les grilles. Fabian va vérifier le groupe électrogène, faire le plein de propane, laver et désinfecter l'intérieur, et s'assurer que le matériel est complet.

— Commande des gaz fermée. Altimètre calé sur...

J'envoie un texto à Wyatt qui garde un œil sur la foule, le prévenant que nous allons démarrer les moteurs. Il lève la main, paume en avant comme un flic faisant la circulation et crie des ordres aux badauds que je n'entends pas. Il veille à ce que tout le monde reste à distance, même si à l'évidence personne n'a l'intention de s'approcher.

— ... batterie *ON*...

Lucy poursuit ses vérifications, coupe l'alarme de bas régime rotor. J'ai l'impression d'être dans un vaisseau spatial. Sur les écrans, s'affichent les conditions météo et le relief du terrain alentour, des formes mouvantes aux couleurs vives. Les images sur les moniteurs correspondent à ce que je vois derrière le pare-brise.

— Tension OK... feux de navigation allumés...

Elle teste le palonnier, actionne la pédale de droite puis celle de gauche, la tringlerie et les vérins émettent des bruits métalliques.

— Manette gaz OK... (Elle la tourne dans un sens puis dans l'autre.) On a ce qu'il faut en carburant. Cinq cents litres...

Sous les rayons du soleil, je remarque les fines rides qui trahissent son âge, et la chair rosée de sa cicatrice au bord du col. À cinq millimètres près, l'éclat aurait sectionné sa carotide. Elle n'est plus une enfant. Et n'est pas immortelle non plus.

— Rien à droite, annonce-t-elle.

— Rien à gauche, réponds-je en vérifiant par la fenêtre.

— Gaz turbine 1 sur ralenti. Allumage.

Le premier moteur s'allume et les pales commencent à tourner. *Flap ! Flap ! Flap !* De plus en plus vite.

— Gaz turbine 2 sur ralenti… Allumage.

Un nouveau vrombissement emplit l'habitacle. Les vibrations du rotor me pénètrent jusqu'aux os.

Lucy poursuit sa procédure, faisant défiler les pages de la check-list sur l'affichage tête haute. Elle vérifie les données de l'ordinateur de bord, les pompes hydrauliques et autres systèmes, actionnant un à un tous les interrupteurs de commande. Elle branche l'alimentation électrique et l'avionique, chausse son casque avec son support micro qui touche sa bouche. Désormais, nous allons converser par l'intercom de bord. Nous fermons les portes et vérifions les loquets de sécurité.

— Prête ? Il est encore temps de dire non, sinon numérote tes abattis, madame Patate, ça va secouer. (L'humour de Lucy est souvent très ringard.) Je suis sérieuse, tante Kay. (Elle m'appelle comme ça uniquement en privé.) La zone d'atterrissage là-bas, c'est pas du gâteau ! Ça va te faire tout drôle.

— Cela ne peut pas être pire qu'ici, répliqué-je en contemplant les obstacles alentour – les grilles, les lampadaires, les mâts des drapeaux, les véhicules garés partout.

— Crois-moi, c'est pire. Et tu vas bientôt le découvrir, répond-elle en augmentant le régime moteur. Sans ce petit bijou, ce serait le casse-pipe assuré.

— Tu sais à quelle heure on arrive ? (Je sors mon téléphone.) Je veux prévenir Marino.

— Dans vingt minutes, quand on aura décollé. Tout dépend de ce qu'on va rencontrer sur notre route. (Elle lance la ventilation et nous réglons les bouches d'aération.) Le trafic aérien est particulièrement chargé par ici, comme tu le sais. Mais on a de la chance, avec l'orage et le brouillard plein de vols ont été annulés. Mais on peut avoir d'autres ennuis à gérer.

Pendant qu'elle écoute le dernier bulletin météo, j'écris à Marino que nous sommes sur le point de décoller. Je lui demande de sécuriser l'aire d'atterrissage à Buckingham Run. J'ajoute :

```
Lucy espère qu'il n'y a pas de curieux.
Je viens de vérifier. Pas âme qui vive.
Je vais y retourner.
```

— Le stroboscope anticollision devrait être allumé... Oui, c'est bon. Feux de position *ON*, phares d'atterrissage *ON*, annonce-t-elle en abattant les interrupteurs. Je veux montrer à tout le monde qu'on est là.

— À mon avis, c'est le cas, dis-je. On nous voit certainement de l'espace !

— Tu ne crois pas si bien dire. RAS à droite, déclare-t-elle, en surveillant à nouveau son côté.

— Pareil pour moi.

Par la fenêtre, je constate que la foule a grossi. Les gens attendent que notre oiseau de métal m'emporte avec lui. Tout le monde se demande ce qu'il se passe et les spéculations doivent aller bon train.

— J'ai les infos de l'ATIS, déclare Lucy. Les conditions météo sont parfaites. Mais on aura quelques turbulences à cause du relief et l'alarme ne va pas arrêter de sonner avec tous ces immeubles.

De l'index, elle appuie sur le bouton de la radio et prévient la tour de contrôle de l'aéroport Washington National.

— Niner-Zulu paré au décollage de notre position actuelle, annonce-t-elle.

— *Niner-Zulu. Identification.*

— Identification envoyée.

Elle allume le transpondeur pour qu'on puisse nous repérer sur les radars.

— *Destination ?*

— Buckingham Run. Comme précédemment.

Je sens l'hélicoptère se faire tout léger sur ses patins quand Lucy actionne le collectif pour augmenter la portance. Un nuage de feuilles s'élève, dans un chatoiement d'ocre et de rouge. Les arbres sont secoués par le souffle du rotor. Lentement nous montons au-dessus de l'IML d'Alexandria.

— *... OBSTACLE !... OBSTACLE !...* s'affole le GPS avec sa voix de femme.

Mon bâtiment est construit sur un terrain de deux hectares en bordure des marais et d'une centrale électrique. Nous sommes une île, comme Alcatraz, et personne n'a envie d'être notre voisin. Malgré mes meilleures intentions, notre activité est mal-aimée, en particulier quand le four du crématorium est allumé. Des incinérations étaient justement programmées ce matin. Les corps donnés aux facultés de médecine nous sont rendus après utilisation et nous devons nous en débarrasser.

J'ai demandé à Fabian de reporter les crémations. Inutile d'avoir un panache de fumée au-dessus de notre toit. Je me suis fait assez d'ennemis comme ça pour aujourd'hui. L'IML n'a pas de budget pour aménager le terrain ou rendre l'endroit plus accueillant. Il n'a ni poubelles de tri ni toilettes publiques, pas même un distributeur d'eau.

— ... *OBSTACLE !...*

Elvin Reddy a fait démanteler le jardin du souvenir et la flamme du recueillement avant mon arrivée. Tout ce qu'il reste, en signe d'hospitalité, ce sont deux bancs de ciment peints en vert et couverts de fientes. Nos effectifs ont été réduits à une peau de chagrin. Il ne nous reste que trois vigiles, dont un seul est digne de confiance : Wyatt.

— ... *OBSTACLE !...*

Le hall n'est plus ouvert au public, les portes sont fermées par une grosse chaîne et cadenassées. Je n'ai plus de réceptionniste pour répondre aux questions, et nous n'autorisons plus les visites des familles. Les cendres et les effets personnels ne sont plus remis en personne, mais envoyés par UPS, et ce n'est jamais un colis agréable à découvrir sur le pas de sa porte.

— ... *OBSTACLE !...*

Je n'ai même pas de quoi remplacer ou réparer ce qui existe. Les gens devraient être traités avec respect et égards quand un de leurs proches est chez nous. Mais le monde a changé.

*

Lucy nous maintient en vol stationnaire à cent cinquante mètres au-dessus de mon bâtiment de brique et de la foule massée contre les grilles. Le corbillard est sorti de l'aire de livraison, et Henry est en train de discuter avec Shannon, ma secrétaire. J'ai du mal à voir, à cette hauteur, mais j'ai l'impression qu'il lui donne quelque chose. Je ne savais pas qu'ils se connaissaient.

— ... *OBSTACLE !...*

— Si tu veux avoir une photo aérienne de ton « Hôtel de la Mort », c'est le moment, me lance Lucy tandis que les messages d'alerte se succèdent.

— Oui, pourquoi pas, dis-je en sortant mon téléphone.

— Tu pourras t'en servir comme carte de vœux à Noël.

— Vu d'en haut, cela paraît encore plus sinistre.

Notre toit-terrasse est un rectangle gris, parsemé de tuyaux rouillés, d'antennes de guingois, de paraboles sales, percé par la haute cheminée du four – une horreur en ciment. Les fenêtres sont minuscules, voire inexistantes selon ce qui se cache derrière les murs. L'aire de livraison en saillie évoque un sas de sécurité, et l'ensemble ressemble à une usine ou une prison.

— *... OBSTACLE !... OBSTACLE !...*

— C'est bon, on a compris ! grogne Lucy tandis que la voix de synthèse s'époumone.

Elle lève le bras et actionne un interrupteur au-dessus de sa tête. Les avertissements stridents cessent enfin.

— C'est comme crier au loup ! commenté-je. Au bout d'un moment, on n'y croit plus.

— Elle parle bien trop.

— C'est pas risqué de débrancher l'IA de bord ?

— Il va falloir revoir le programme parce que c'est insupportable. En attendant, si je ne la coupe pas, elle va brailler jusqu'à ce qu'on sorte de la ville, explique-t-elle. Maintenant, accroche-toi.

Elle effectue un virage serré à droite et la force centrifuge me pousse sur le côté. Nous arrivons pile au-dessus de la Shady Acres Funeral Home et de son

cimetière. Le grand centre funéraire, qui borde West Braddock Road, est clos d'un grand mur de pierre, flanqué d'un porche prétentieux, juste en face d'un panneau publicitaire annonçant VISITES HANTÉES. FRISSONS GARANTIS.
— J'aurais préféré qu'on fasse un détour.
Inutile de lui rappeler que ces gens nous détestent et profitent de la moindre occasion pour se plaindre de nous. La raison de cette inimitié est toute simple : je ne leur donne pas d'affaires. Ils étaient habitués à avoir les faveurs de l'IML. Pendant plus de vingt ans, Elvin et Maggie ont eu un partenariat financier très lucratif avec eux. Et cette collusion doit toujours se poursuivre, d'une manière ou d'une autre.
— Pas de panique. Je vais rester polie, répond Lucy en tirant la commande de pas collectif pour gagner de l'altitude.
Nous survolons ce complexe hybride, une maison funéraire qui propose à la fois un centre de retraite spirituelle et un parc d'attractions. J'aperçois des zones de prières, un petit amphithéâtre à la romaine, des aires de pique-nique et un lac artificiel avec des pédalos en forme de cygne. Des employés ratissent les feuilles mortes, taillent les haies et tondent des pelouses dignes d'un green de golf.
Les appareils d'arrosage sont en marche ; une myriade de petits arcs-en-ciel flotte dans l'air tandis qu'une pelleteuse creuse une tombe. Au-dessous de nous, les gens s'immobilisent et lèvent la tête au passage de notre dragon noir qui traverse l'azur avec un bruit de tonnerre. Les bâtiments de brique sont peints en blanc, leurs toits de tuiles orange sont surmontés

de clochetons. Un décor des années 1950, et c'est évidemment l'effet recherché.

L'architecture cherche à susciter un sentiment de nostalgie, se veut une ode à la tradition et aux valeurs du bon vieux temps. C'est mot pour mot ce que disent leurs publicités. Shady Acres explique que ses nombreux services et prestations sont comme les vingt-huit parfums de glace qui faisaient la renommée jadis des restaurants Howard Johnson's.

— Pour nous, ce sera des beignets de palourdes et un milk-shake chocolat ! raille Lucy en faisant mine de passer une commande. Tu veux que je le leur demande sur les haut-parleurs ?

— S'il te plaît…

— Parce qu'il y a une sono d'enfer sur cet engin !

— Lucy, si on leur cause le plus petit dérangement, je vais le payer très cher.

— Vingt-huit parfums, vingt-huit façons de se faire plumer ! Allez-y ! Faites votre choix ! (Elle survole la chapelle en plein air où des rangées de chaises blanches ont été installées.) Prenez donc deux boules de cupidité dans un cornet de fausse compassion, le tout décoré de fleurs en plastique. C'est vous, les pigeons !

Elle effectue un nouveau virage à droite, et je suis à nouveau plaquée contre la porte. Nous rejoignons l'I-395 qui est bouchée dans les deux sens. Lucy réenclenche l'alarme radar.

— Le vrai problème, ce sera au retour, quand on reviendra avec notre chargement, déclare-t-elle. À tous les coups, Dana Diletti sera là et ne va pas en perdre une miette. Mon petit doigt me dit que l'affaire a déjà fuité.

Je regarde autour de moi, craignant d'apercevoir la journaliste vedette avec son équipe, dans un van ou un hélicoptère de la télévision. Nous dépassons des prés parsemés de ballots de paille, des champs de colza d'un jaune flamboyant. Le musée de la guerre de Sécession avec ses canons de campagne ressemble à une construction Lego, et les buses qui volent sous nous à des cerfs-volants noirs.

— Son hélico est sur l'héliport de Dulles, quasiment prêt à décoller, annonce Lucy. (Ce sont ses lunettes connectées qui lui fournissent ces informations – informations que je ne pourrais voir même si les verres ne s'étaient pas teintés avec ce soleil.) Autrement dit, elle est au courant !

— Comment cela a pu fuiter si vite ? À moins qu'il y ait une taupe chez les enquêteurs. En attendant, j'espère qu'elle ignore la découverte de Marino.

— Non, rien sur Bigfoot. C'est déjà ça. Mais l'hélico de Diletti fait le plein en ce moment même. Et une équipe de tournage attend d'embarquer. Aucun plan de vol déclaré, comme d'hab. Mais je suis à peu près sûre de leur destination.

— Il ne faut pas qu'ils nous filment pendant qu'on récupère les corps.

J'imagine déjà les images de cette femme flottant sur le lac, hérissée de bâtons de marche comme une pelote d'épingles. Ce serait terrible.

— Leur pilote est une pétasse.

— Vous vous connaissez ?

— Lorna Callis, vingt-cinq ans. Elle vient tout juste d'avoir sa licence, sortie première de sa promo. (À ces mots, une image de cette Lorna s'affiche sur l'un

54

des écrans.) Plus de diplômes que d'expérience. Elle commet souvent de grosses erreurs d'appréciation. Et on va en avoir la preuve bientôt. C'est couru d'avance.

Je l'ai déjà vue à la télévision. Elle n'avait pas l'air sympathique avec sa coupe militaire et ses cheveux complètement rasés sur les côtés. Sur la photo que le logiciel a choisie, Lorna pose devant un hélicoptère, un Robinson R66 flanqué du logo de la chaîne d'infos.

— Comme tu l'as compris, nous ne sommes pas en bons termes.

— J'espère qu'elle ne va pas s'approcher de nous. En même temps, je ne vois pas comment on pourrait l'en empêcher.

— Je vais interdire le survol du secteur.

— Mais s'ils ne veulent pas t'écouter ?

— J'ai les moyens de me montrer persuasive. Le vrai problème, c'est au retour. La chasse sera alors ouverte pour ces vautours en quête de sensationnel. Lorsqu'on décollera de Buckingham Run, on ne pourra pas cacher ce qui sera sanglé sur les patins.

— J'aurais préféré un mode de transport plus discret.

— Il n'y en a pas d'autres. On ne va pas installer les cadavres dans la cabine avec nous.

— Même moi, je mettrais mon veto.

— Niner-Zulu, nous sommes à dix kilomètres de vous, à mille pieds, annonce Lucy à la tour du Washington National, alors que nous dépassons des bois orange, rouge et jaune.

5

— *Niner-Zulu, placez-vous en attente*, répond la tour.
— Niner-Zulu, bien reçu. On attend, confirme Lucy.
— C'est une blague ?

Je regarde son visage agacé, alors qu'elle inspecte ses écrans et le ciel dehors.

— En plus des annulations de vols à cause de la météo, ce qui a fichu un beau bazar, le secteur nord de Washington est temporairement interdit parce que la vice-présidente se rend à Baltimore en fin de matinée.

— Même avec ton statut spécial ? Tu es le Secret Service quand même. Cela me paraît bizarre qu'ils osent te faire attendre. Les contrôleurs doivent savoir que tu es en mission.

— Hormis dans les cas de poursuites ou de manœuvre d'interception, je dois suivre les mêmes règles que les autres. Enfin, presque toutes.

— *Niner-Zulu, quelle est votre route ?*

— Nous aimerions virer au deux cent trente et continuer en direction de…

Ma smart ring m'informe que j'ai de nouveaux messages de Marino. Pendant que ma nièce négocie avec la tour, je regarde les dernières images qu'il m'a envoyées. Toujours aussi protecteur, il veut me montrer les dangers qui m'attendent. Il a pris en photo un gros arbre creux abritant une ruche, couvert d'une toile d'araignée géante digne d'un film de Tarzan.

Quelques minutes plus tôt, Marino a failli marcher sur un serpent-taureau. Ils sont inoffensifs mais ils ressemblent à des serpents à sonnette. Donc Marino a tiré d'abord et observé ensuite. J'ai droit à un selfie de lui brandissant le reptile. Il mesure bien deux mètres de long et son corps est gros comme mon bras. *Un monstre !* Marino force son sourire et fixe l'objectif avec de grands yeux. Il paraît néanmoins un peu sous le choc.

D'autres clichés montrent des habits ensanglantés – vestes, pantalons, sweat-shirts et sous-vêtements, tous réduits en lambeaux, tailladés à même la peau. De toute évidence, les victimes étaient dehors quand elles ont été attaquées.

— Huck et Brittany Manson ont été avertis par les caméras installées sur le chemin d'accès. Ils se sont habillés, armés, et sont sortis de leur tente, explique Lucy. Ils devaient se demander ce qui se passait quand l'intrus est arrivé. Mais comme je l'ai dit, on n'a rien sur les caméras thermiques. Juste de petites taches de lumières orangées, accompagnées de bruits de pas lourds, et des feuilles mortes qui bougent au sol.

— Je suppose que les Manson ont eu l'alerte en même temps que toi, puisque vous avez piraté leur système de surveillance.

— Exact. Les capteurs des caméras se sont déclenchés à 3 heures du matin.

Les Manson, Lucy, mais aussi d'autres personnes importantes ont été prévenus, tels que Sierra Patron, sa collègue au Secret Service que tout le monde appelle

Tron. Les deux femmes sont des expertes en informatique et travaillent avec la CIA.

— Huck et Brittany se sont sans doute préparés au mieux quand ils ont su que quelqu'un ou quelque chose approchait de leur camp, poursuit Lucy. Mais il n'y avait aucune fuite possible. Le seul accès, c'est ce chemin, comme tu vas t'en apercevoir. Ils étaient coincés.

— Ils n'ont pas tenté d'appeler de l'aide ?

— Non. Ils savaient que personne ne pourrait atteindre leur camp sous ce déluge.

— Personne sauf toi.

— Pour un hélico classique, c'était mission impossible. Mais pas pour ce petit bijou. Malheureusement, je suis arrivée trop tard.

Elle opère un grand détour au-dessus d'un ranch pour éviter d'effrayer les chevaux et le bétail. Droit devant, je reconnais le Manassas National Battlefield Park, le site de la première grande bataille entre le Sud et le Nord durant la guerre de Sécession. Je distingue les palissades de bois, les canons, et les monuments commémoratifs. Des gens font leur jogging, se promènent sur les chemins, certains avec leurs chiens.

— Les Manson ont entendu l'intrus arriver. Et ensuite ? m'enquiers-je.

— Leur seul espoir c'était de lui tendre une embuscade, répond-elle. Ils ont fait leur possible pour garder l'initiative. Le combat a eu lieu dans les bois, juste à la sortie du chemin. Je n'ai pas encore visité la zone. J'ai passé mon temps à faire le taxi. Tron est là-bas, avec un détecteur de métaux.

Les Manson auraient attendu, tapis dans les buissons, avec leur arme. Quand l'intrus est arrivé, ils ont ouvert le feu, mais les balles ont ricoché, et l'assaillant a continué d'avancer comme si de rien n'était.

— Et donc, non, ce n'est pas Bigfoot. Ou alors, il portait une armure, ajoute-t-elle.

— ... *OBSTACLE... ! OBSTACLE... !*

Nous évitons une antenne-relais qui ressemble à une fourche géante, avec ses haubans fins comme des traits de crayon.

— On sait si les Manson avaient des liens avec des groupes extrémistes du secteur ? Je me demande avec qui ils collaboraient avant de s'isoler ainsi dans les bois. Ils avaient des visiteurs ? Des Russes ou autres ?

— Ils étaient des solitaires dans l'âme. C'est d'ailleurs pour cela qu'ils ont pu perpétrer leurs crimes sans être inquiétés. Ça m'étonnerait qu'ils aient de grandes convictions politiques ou des relations étroites avec qui que ce soit, répond Lucy. Ils ne s'intéressaient qu'à eux.

Nous sommes à quinze kilomètres de notre destination. Le vent est globalement faible, malgré une bourrasque de temps en temps qui secoue l'appareil. Notre ombre file sur les champs et les prairies.

— D'accord, on ne voit rien sur les caméras. Mais peut-être entend-on autre chose que des bruits de pas et de feuilles écrasées ? (Je veux rassembler un maximum d'informations avant d'être sur place.) Rien qui puisse nous donner un indice sur ce qui s'est passé ?

— Non. Juste le souffle du vent. Et les tirs. Une succession rapide, répond Lucy. Plusieurs armes semi-automatiques. Au vu de ce qu'on a trouvé sur la scène de crime, les Manson ont fait feu avec leur pistolet, peut-être avant même de savoir à qui ou à quoi ils avaient affaire.

— Et ensuite ? Qu'est-ce qu'on entend ?

— Rien. Un silence de mort, sans jeu de mots.

— Combien de temps l'intrus est-il resté sur les lieux ?

— Assez pour tout ravager, y compris les cadavres. Évidemment, on n'a aucun son. Une heure et demie après, on l'entend repartir. Il repasse devant les caméras en empruntant le même chemin. Je survolais la zone à ce moment-là et n'ai eu aucune signature thermique. Rien. Ce peut être un homme, une femme. Aucune idée. Mais ce n'est ni Bigfoot, ni un ours. Notre monstre est de l'espèce homo sapiens.

— Probable. Quelle distance il y a entre le campement des Manson et leur ferme ?

— Un bon kilomètre.

— Ça fait beaucoup de broussailles à dégager pour avoir un chemin.

— Ils ont fait ça à coups de lance-flammes et de pesticides, en se fichant des dégâts pour la faune et la flore. C'est typique des soi-disant amoureux de la nature. Quand il n'y a personne, ils se lâchent complètement. Le chemin est le seul moyen d'accès au campement. Et à moins d'être dans le secret, on ne pourrait pas soupçonner son existence.

— Autrement dit, l'intrus était un proche des Manson.

— Absolument.

— Tu penses qu'il était au courant pour les caméras ?

— Sans doute.

— Et cela ne l'a pas dissuadé.
— Parce qu'il était équipé en conséquence. C'est pour ça qu'on n'a rien sur les images, hormis ces taches de lumière de temps en temps. Mais oui, on entend un truc lourd se déplacer. Rien qu'au son, ça fait froid dans le dos.

Lucy avait vu les feuilles qui remuaient le long du chemin, les branches qui se pliaient, certaines même se cassaient net.

*

— C'est comme si on avait affaire à un poltergeist, du genre très énervé, reprend Lucy tandis que les rayons du soleil chauffent notre cockpit. Vu la hauteur des feuillages endommagés, l'intrus mesure entre un mètre cinquante et un mètre quatre-vingts. Il n'a laissé aucune empreinte au sol. Juste quelques traces dans la boue, inexploitables.

À 4 h 30, l'assaillant était reparti par le même chemin qu'à l'aller. Il avait atteint la ferme des Manson vers 5 heures. Une fois là-bas, il était hors du champ des caméras et des microphones. Mais il peut toujours être dans le secteur.

— Soit il a récupéré son véhicule garé quelque part et s'est carapaté. Soit il est resté dans le coin. En tout cas, mon arrivée en hélico a dû lui causer un choc.

Il ne s'imaginait sans doute pas que le camp des Manson serait aussi étroitement surveillé, ni que quelqu'un débarquerait si vite, surtout par ce temps de chien. Quand il a entendu le bruit des turbines, il a dû être à la fois inquiet et curieux. Il a pu se cacher dans le sous-bois tandis que Lucy fouillait le secteur avec ses projecteurs.

— Mes caméras infrarouges n'ont rien vu, elles ont été aussi aveugles que celles des Manson.

Elle entre une nouvelle fréquence radio dans le système de communication.

— Tu vois une explication ?

— Apparemment, il a trouvé le moyen de tromper les capteurs. Mais encore une fois, je n'ai pas eu le temps d'analyser les données. Va savoir ce que je vais trouver.

Ma nièce ne me dit pas tout, et je n'ai aucune chance de lui tirer les vers du nez. Elle me parlera quand elle le jugera opportun – et ce pourrait être jamais.

— Hélicoptère Niner-Zulu, en approche à huit kilomètres au nord-est, annonce-t-elle sur la fréquence de l'aéroport régional de Manassas.

— *Niner-Zulu, quelle est votre route ?*

— Nous voudrions traverser l'espace de l'aéroport, répond Lucy.

Au loin, une saignée de bitume défigure le paysage. J'aperçois des hangars, une tour de contrôle. Des avions décollent et atterrissent.

— *Rappelez quand vous serez à cinq kilomètres et montez à mille pieds. Vous avez un amphibie à une heure.*

— Bien reçu. Je recontacte à cinq kilomètres et j'ai l'appareil en visuel, répond-elle en me le montrant à l'horizon.

Celui-ci est à peine visible. Il apparaît par intermittence entre les arbres. J'aperçois ses flotteurs en forme de canoë surmontant le train d'atterrissage, les bandes rouges sur le fuselage. Mais quelque chose attire mon regard.

— Il y a un radome sous son nez ! Un peu comme le tien, dis-je à Lucy. Tu crois que c'est un avion d'une chaîne TV ? Un truc pour filmer ?

— Non, rien à voir avec les médias, réplique Lucy, visiblement plus informée que moi.

— La police ? C'est possible ?

J'essaie quand même d'obtenir des réponses, parce que je préfère toujours savoir ce qui m'attend.

— Non, il n'est pas de chez nous. Et il traîne dans le secteur depuis que le brouillard s'est levé. Je l'ai vu plusieurs fois aujourd'hui pendant que je faisais la navette.

— Tu penses que c'est un problème ?

— Disons que ce n'est pas inhabituel de voir cet avion quand la météo lui permet de voler. Il appartient aux Manson. (Je n'en reviens pas.) Ils l'ont acheté quand ils se sont installés dans leur ferme au milieu de nulle part.

— C'est bizarre que cet engin se promène justement aujourd'hui, dans le secteur où les proprios ont été tués. À quoi leur sert ce zinc ?

— Wild World prétend l'utiliser pour des sorties Nature & Découvertes. À en croire ce que raconte leur site, l'hydravion est très prisé par les plongeurs ou par les adeptes de sports extrêmes. L'appareil servirait aussi pour des prises de vues aériennes. Toujours officiellement. Pour faire un tour, c'est quatre mille dollars de l'heure. Les Manson déclarent au fisc tirer des millions de son exploitation, mais c'est faux. Il n'y a jamais aucun client.

— Et tu ne peux pas me dire qui est à bord, ni pourquoi cet avion vole aujourd'hui ? insisté-je.

Je cherche l'appareil des yeux mais il a disparu de ma vue.

— Pour la même raison que d'habitude, j'imagine. (Une fois de plus, elle ne répond pas à ma question.) Aucun plan de vol n'a été déposé, et celui qui est aux commandes n'est pas très causant.

— J'ai du mal à croire que tu ne saches pas qui est le pilote.

Je regarde son profil acéré et ses lunettes teintées en vert sombre.

— Non, j'ignore qui c'est.

L'hydravion est en vol à vue (VFR), et il n'a pas besoin d'en référer au contrôle aérien. Autrement dit, le pilote peut rester muet comme une carpe, m'explique-t-elle. Plus Lucy me parle, moins je la crois.

— Il pourrait se poser sur le lac à Buckingham Run ? La question s'impose, non ? C'était peut-être leur moyen de quitter le campement discrètement ? Peut-être avait-il rendez-vous avec eux ce matin pour les emmener quelque part ?

— Non, ce n'est pas le cas. Et de toute façon, ce serait impossible. Le lac est trop petit et bordé de grands arbres. Aucun aéronef à voilure fixe ne pourrait se poser là. Même les hélicoptères ont du mal. Et la nuit, c'est mort de chez mort. Comme je te l'ai dit, il faut un engin high-tech comme celui-là.

— Combien de temps pour rejoindre le camp à pied ?

— Le sentier est étroit ; une seule personne de front. Et les bois sont particulièrement denses. Si tu quittes le chemin, tu es sûre de te perdre. Et personne ne risque de te retrouver. Sans parler de tomber dans un puits de mine ou sur une bête sauvage ! Deux cents ans sans présence humaine, c'est pas rien.

Le trajet devait prendre au moins une demi-heure le jour et par beau temps. L'assaillant n'était pas aidé. C'était la nuit sous une pluie battante, et pourtant il ne s'était pas égaré. Lucy annonce à la radio qu'elle est à cinq kilomètres de l'aéroport régional. Quelques instants plus tard, nous traversons la piste. Les Blue Ridge Mountains se profilent à l'horizon.

Elle m'indique une masse de grands conifères presque noirs : c'est Buckingham Run, du nom de la rivière qui sinue entre ces arbres vénérables. La ruée vers l'or du début du XIXe siècle avait tout changé dans la région. La Virginie était devenue l'État le plus prospère du pays. Puis la guerre était arrivée entre les Unionistes et les Confédérés, et les mines avaient été laissées à l'abandon. Jamais, elles n'avaient rouvert.

— Je me demande si les Manson connaissaient les dangers auxquels ils s'exposaient à camper dans ce coin pendant aussi longtemps.

— À mon avis, ils étaient au courant.

— Ils avaient de quoi filtrer l'eau pour éliminer les métaux lourds ? Tu crois qu'ils consommaient des poissons du lac, se douchaient avec cette eau, ou faisaient leur vaisselle avec ? Ce n'est pourtant pas recommandé.

— Ils s'en fichaient.

— Comme bon nombre de choses, apparemment.

6

— Ils ne s'imaginaient pas rester aussi longtemps, ils se pensaient plus futés que tout le monde. Et invincibles, reprend Lucy alors que nous survolons Gainesville, célèbre pour ses grands magasins d'usine. Les Manson se croyaient le centre du monde.

— Ils devaient savoir les ravages écologiques qu'avaient causés les mines puisqu'à l'époque il n'y avait aucune législation. Et aussi que la zone était devenue une réserve naturelle, interdite au public.

— Ils versaient dans les théories du complot et réfutaient tous les faits scientifiques qui ne leur convenaient pas, poursuit Lucy. Qu'il s'agisse des élections, des vaccins, ou de la pollution de l'eau.

En campeurs expérimentés, les Manson pouvaient supporter des conditions de vie extrêmes. Mais ils restaient arrogants, prétentieux, avec un ego démesuré, ils ne s'encombraient guère de scrupules. Seul leur bénéfice personnel importait. Et cette dérive s'était fortement aggravée ces dernières années. Plus ils s'enrichissaient, plus ils trempaient dans des affaires criminelles.

— C'est leur cupidité qui les a perdus. Ça et de mauvaises fréquentations, conclut Lucy.

— Tu as eu l'occasion de les rencontrer ? Ensemble ou séparément ?

— Oui, mais à leur insu.

— Jamais en direct ?

— Disons qu'ils n'ont jamais su que j'étais là.

Nous atteignons le lac Manassas ; l'eau ressemble à un miroir où se mirent les berges boisées. Il n'y a personne. Bateaux et baignades sont strictement interdits. À cause des risques de contamination, et aussi de la menace terroriste, le réservoir est un no man's land depuis des dizaines d'années. Les centaines d'hectares au bord de l'eau n'ont jamais été habitées ni aménagées. L'endroit est sinistre.

— On sait si quelqu'un avait déjà rendu visite aux Manson ? Des Russes par exemple ? Qui connaissait l'existence de ce camp, et celle du chemin d'accès ? L'intrus y a débarqué en pleine nuit, ce n'est pas rien.

— On ignore qui était dans la confidence, mais cette attaque n'était pas improvisée. (Nous survolons le gros barrage de pierre.) Je te le répète : on ne peut distinguer le chemin, à moins de savoir exactement où chercher. En tout cas il est totalement invisible des airs, à cause de la végétation.

Ces derniers mois, Lucy avait surveillé les allées et venues des Manson entre le camp et leur ferme. Ils allaient faire leurs courses en ville avec leur pick-up, achetaient de la nourriture et autres articles utiles, et veillaient à être vus de tout le monde. Le couple agissait comme si tout était normal, laissait entendre que Wild World les occupait beaucoup et que c'était la raison pour laquelle on ne les voyait pas souvent ici.

Ils prétendaient voyager aussi, emmener leurs clients dans des lieux exotiques pour marcher, camper et faire des safaris-photos. Le reste du temps, ils travaillaient chez eux, derrière leurs ordinateurs, ou remontaient à Alexandria faire tourner la boutique. Voilà ce qu'ils racontaient à tout le monde.

— Que des mensonges, bien sûr, ajoute Lucy alors que le soleil éclaire de nouveau sa cicatrice.

Si la carotide avait été touchée, c'était la mort assurée. Je n'aurais pu la sauver, même si j'étais là quand c'est arrivé.

— En réalité, reprend-elle, cela faisait des années qu'ils n'organisaient plus la moindre expédition. Ils étaient les seuls à voyager. Et d'un coup, voilà quelques mois, ils sont allés s'isoler dans la forêt. Ils ne sortaient plus du camp, sauf pour aller se ravitailler et payaient toujours en liquide. Ils avaient un tas d'argent là-haut. Le gros y est toujours.

De retour des courses, ils déposaient les vivres dans la ferme et chargeaient dans des sacs à dos ce dont ils avaient besoin, y compris les bouteilles de gaz pour leur réchaud et le chauffe-eau. Ils devaient sans doute faire la navette plusieurs fois par semaine.

— Ils retournaient au camp toujours avant la nuit, précise Lucy.

Pour connaître autant de détails, ma nièce ne se contentait pas de les surveiller par le cyberespace. Elle devait être présente en personne. Peut-être même qu'elle a visité leur campement à leur insu. Connaissant Lucy, elle avait certainement trouvé le moyen de ne pas se faire repérer par les caméras des Manson.

— Ils avaient installé un système de minuterie dans la maison qui gère l'allumage et l'extinction des lumières, poursuit-elle. Leur pick-up est garé dans l'allée, et pour le quidam moyen, la ferme paraissait habitée. Les Manson étaient très prudents, en particulier avec leurs communications électroniques. N'importe quel escroc ayant deux sous de jugeote en fait autant. Ils savaient que des gens comme moi traquaient tous leurs signaux – téléphones, wifi, liaison satellite, et j'en passe.

— Des gens comme toi ? répété-je. Les Manson savaient qui tu es ? Ils connaissaient ton nom ?

— Possible. Je n'en sais rien. (Et je sens à nouveau qu'elle me cache quelque chose.) C'est difficile à dire. Ils n'écrivaient jamais rien qui puisse nous être utile dans leurs e-mails ou SMS.

Nous survolons à présent le domaine viticole que Benton et moi avons visité. À cette heure, le parking est désert. Droit devant, j'aperçois le Prince William Golf Course. Des gens jouent sur le parcours ou se déplacent à bord des voiturettes, profitant de cette belle matinée ensoleillée.

— C'était également difficile de savoir avec qui les Manson étaient en contact, ou quel type d'infos ils recevaient. Tant qu'ils ne répondaient pas, on ne pouvait rien détecter. Au campement, ils devaient passer des heures à éplucher leurs courriels, leurs SMS, et à étudier je ne sais quels fichiers. Et pendant ce temps-là, leurs logiciels tournaient sur des serveurs de toute la planète et pirataient des sociétés, des agences de presse, des administrations ou des institutions publiques.

Grâce aux caméras IR des Manson, Lucy voyait le couple passer sur le chemin, chargé comme des mulets, avec leurs armes, et bavarder comme si de rien n'était. Ils se servaient de bâtons de marche pour leur progression, ceux-là mêmes que l'on a retrouvés plantés dans leur corps.

— J'entendais ce qu'ils se disaient. À l'évidence, ils se doutaient que je m'étais introduite dans leur système de surveillance – ils n'étaient pas stupides. Ils pouvaient être espionnés aussi par leurs amis russes. Ou chinois. Huck et Brittany savaient qu'il était plus compliqué de les épier quand ils étaient au fond des bois. Et c'est pour cela qu'ils s'étaient installés là-bas.

Lorsque les Manson avaient quitté Alexandria trois ans plus tôt, officiellement pour fuir le covid, ils avaient opté pour une vie simple. C'est ce qu'ils avaient raconté en arrivant à Nokesville, et ses mille trois cents âmes.

— C'est le genre de petite ville où tout le monde connaît tout le monde, explique Lucy. Pas d'industrie, et quasiment rien à faire. Juste un coin tranquille pour échapper à l'agitation de la ville. Autrement dit, le lieu idéal pour se cacher en pleine lumière.

*

La bourgade n'a ni gare, ni police municipale, ni hôpital. Le centre-ville se résume à quelques commerces le long de la Route 652. Un supermarché Dollar General, quelques garages autos, un 7-Eleven, un coffee-shop. J'y suis passée il n'y a pas si longtemps.

— La ferme qu'ils ont achetée est proche de la mine abandonnée dans Buckingham Run, reprend Lucy. Et c'était l'essentiel pour eux.

— C'est ce qui rend ce coin particulièrement dangereux, réponds-je alors qu'on dépasse un parc de mobile-homes ainsi qu'une église flanquée de son cimetière.

— Être sur le versant d'une colline, entouré de grandes parois rocheuses, cela peut être parfois un plus car... (Quelque chose attire soudain l'attention de Lucy.) Aïe ! voilà les problèmes.

Elle désigne un petit point noir dans le ciel. C'est l'hélicoptère de Dana Diletti. Lucy lance un message à la radio qui peut être capté par tous les pilotes écoutant cette fréquence :

— Enquête de police en cours à Buckingham Run. Aucun trafic aérien n'est autorisé dans cette zone.

Une façon polie de leur dire « du balai ! ».

— Seven-Charlie-Delta en approche, à huit kilomètres au nord-est, répond Lorna Callis. La zone n'est pas interdite de vol.

Son visage s'affiche sur l'un de nos écrans. C'est une vue en temps réel du poste de pilotage. L'IA de Lucy a piraté le cockpit de leur hélicoptère.

— Nous demandons qu'aucun appareil non autorisé s'approche au sud-ouest de Nokesville. Opération de police en cours, répète Lucy dans la radio.

— Négatif. Demande invalide. La zone n'est pas officiellement interdite, rétorque Lorna Callis. (Elle ignore que nous la voyons en gros plan.) Nous maintenons notre cap. En respectant les règles et distances de sécurité. Et vous feriez bien de faire pareil.

Lucy se tourne vers moi.

— Tu entends ça ? Elle nous envoie carrément nous faire foutre ! Ce n'est ni amical, ni respectueux. Et pas patriote non plus ! Je t'ai bien dit que c'était une pétasse.

— À l'évidence, il y a un loup entre vous.

L'hélicoptère vient dans notre direction. J'observe la pilote aux commandes.

— Elle ne me porte pas dans son cœur, c'est vrai. Et elle m'aura encore plus dans le nez si elle découvre qu'on la regarde en ce moment. (Elle reprend le micro.) Bien reçu, Seven-Charlie-Delta.

— Ravie que les choses soient claires, lance Lorna avec arrogance. On se voit là-bas.

Lucy coupe le micro.

— En attendant, on te voit déjà, ici et maintenant, chérie. Cette fille a vraiment un gros problème d'ego.

— Elle sait pour qui tu travailles ? Elle a forcément remarqué que tu ne pilotes pas un appareil civil.

— C'est bien le problème. Une bleue qui veut impressionner la galerie. Mais elle a choisi la mauvaise personne. Visiblement, elle n'a pas compris.

— Qu'est-ce qu'on fait ? m'enquiers-je en regardant Lorna sur l'écran.

Elle fonce vers nous, avec un petit sourire aux lèvres, du genre malveillant et allumé.

— Je vais lui donner une petite leçon, réplique Lucy. Ça lui fera un truc à raconter. Ensuite Dana Diletti pourra faire sa belle à l'antenne en disant qu'elle a frôlé la mort pour ramener des images.

Lucy réduit l'allure et fait défiler les menus sur son écran de contrôle. Elle active les balises et les feux stroboscopiques. Face à l'hélico de la chaîne d'infos, on doit clignoter comme un OVNI. Avec un air menaçant, Lucy se place en vol stationnaire pile sur leur trajectoire, et enclenche un dispositif qu'elle a surnommé *le tueur d'ambiance*. Il doit s'agir d'une sorte de brouilleur, car dans l'instant Lorna disparaît de notre écran.

— Mince alors ! Elle a perdu toute l'avionique ! lance Lucy. Tout s'est éteint. D'un coup ! Elle tente la radio, l'intercom, rien. Nada. Tout est HS. Même les téléphones et les caméras des passagers.

— Elle ne risque pas de se crasher ? dis-je en regardant l'hélicoptère de la télé se cabrer et ralentir, tel un cheval dont on tire brusquement les rênes.

— Elle s'en sortira, si elle ne fait rien de stupide.

J'imagine la pilote paniquée, tentant de comprendre ce qu'il se passe.

— Son oiseau est sourd, muet et aveugle ! continue Lucy. Pourquoi ? Qu'est-ce qui se passe ?

Nous sommes si près que je peux distinguer le logo de la chaîne sur leurs portes, alors que l'appareil s'immobilise en vol stationnaire. Lucy garde le nez de l'*Aigle de l'Apocalypse* pointé sur l'engin, une manœuvre ouvertement agressive. Ma nièce est calme, aucunement stressée. Un soldat en mode action. Elle se penche à nouveau vers l'écran de contrôle.

— C'est bon. Le courant revient. Plus de peur que de mal ! Mais Lorna n'a pas aimé. Ça lui a fichu un coup. Elle se pose plein de questions. Et, pour couronner le tout, les caméras sont HS. La liaison vidéo est coupée. C'est vraiment agaçant ! (Lucy marque une pause théâtrale.) Non, elle n'est pas rassurée du tout. Il faut rentrer au bercail, atterrir de toute urgence. (Elle ricane.) Vous n'avez pas le choix. Fuyez pauvres fous !

L'hélicoptère de la télévision décrit lentement un cent quatre-vingts vers le nord. Lorna appelle la tour de contrôle de Dulles, annonce que son appareil a de graves problèmes avec l'instrumentation de bord, que les commandes ne réagissent plus normalement. À son ton, on la sent paniquée lorsqu'elle demande un couloir aérien dégagé.

— J'espère que vous pourrez régler vos problèmes techniques, Seven-Charlie-Delta, lance Lucy à la radio. Bon retour.

— Vous allez en entendre parler ! menace Lorna.

En réalité, elle est terrorisée et humiliée – un mélange dangereux qui mène souvent à la vengeance.

— Elle pourrait nous causer des problèmes ? m'enquiers-je.

— Oh, elle va essayer. C'est une grande gueule.

— Cela fait combien de temps qu'elle pilote pour Dana Diletti ?

— Environ six mois.

— Et avant ? Elle faisait quoi ?

— Pourquoi toutes ces questions ?

— Parce qu'à l'évidence il y a un passif entre vous.

J'observe ma nièce, son profil, la ligne volontaire de sa mâchoire, ses lunettes sombres sous le soleil.

— Depuis qu'elle est dans le métier, elle a été un peu pressante envers moi, pour ne pas dire envahissante.

Lucy est du genre sauvage et a toujours eu du mal à se faire des amis. En revanche, pour se faire des ennemis, c'est une championne !

— Peut-être qu'elle t'apprécie un peu trop ? Et c'est ça qui pose problème.

Ce ne serait pas une première avec ma nièce.

— Il se trouve que ce n'est pas réciproque, déclare Lucy. En attendant, on a gagné un peu de temps. Elle va devoir lancer des diagnostics, s'assurer que tout est OK. Elle ne reviendra pas avant une heure et demie. Au bas mot.

Nous reprenons notre route. Nous survolons un magasin de pneus, une école, une bibliothèque, la caserne des pompiers volontaires. Le centre-ville de Nokesville passe sous nous en un rien de temps. Les maisons laissent place à des champs de maïs en friche, vérolés de silos rouillés et de hangars décatis. Nous dépassons une pépinière qui fait pousser des sapins de Noël, de grandes serres, puis des plantations de citrouilles piquetées de points orange.

Nous approchons de notre destination. Au moment de traverser la Route 646, Lucy réduit l'altitude. Je reconnais la ferme laitière avec son étang au milieu des pâtures, ses hangars métalliques, sa grande bâtisse de brique et ses dépendances construites à côté d'un cimetière. Sur le vieux silo bleu, on peut toujours lire le nom de l'exploitation : ABEL DAIRY. J'explique à Lucy le cas de cet homme qui est mort écrasé par son tracteur, voilà quelques mois.

— C'est bizarre, poursuis-je. Quand j'étais sur place, je ne me suis pas rendu compte que c'était aussi près de Buckingham Run. D'en haut, tout paraît tellement différent. D'ailleurs, je n'ai jamais été très convaincue par cette histoire. Un fermier qui se serait mis soudain à conduire son tracteur n'importe comment au point de le faire basculer ? L'autopsie me dit ce qui a tué Mike Abel, mais pas comment c'est arrivé ; il n'y a rien de plus frustrant. Je n'ai toujours pas déclaré les conditions de la mort. Il y a une enquête en cours, mais elle traîne. Tu imagines la pression des assurances.

— Il avait une grosse assurance décès ?

— Faut croire.

— Ils veulent un suicide, je parie, lance Lucy. Les contrats ont d'ordinaire des clauses restrictives lorsque l'assuré se tue volontairement. Souvent, cela annule tout.

— Pour tout dire, je ne crois pas que cet homme se soit suicidé. Pas comme ça. Ce serait vraiment tordu et sans garantie.

— Ou alors il voulait que cela ressemble à un accident pour que les bénéficiaires touchent l'assurance. S'il s'était tiré une balle dans la tête, ou avait avalé des cachets, ç'aurait été plié. Mais être écrasé par son tracteur ? Ça peut le faire.

— J'ai interrogé un tas de gens pour comprendre l'état psychologique de la victime, et sa situation générale. Je n'ai rien trouvé qui ait pu le pousser à mettre fin à ses jours.

7

Fabian et moi, nous nous sommes rendus à l'Abel Dairy. C'est pour cette raison que les lieux ne me sont pas inconnus.

— Et elle jouxte la ferme des Manson, précise Lucy en montrant le patchwork des cultures.

Tout autour, la forêt de Buckingham Run s'étend comme un océan enflammé, parsemé d'îlots verts où se blottissent des grappes de conifères. La propriété de cinquante hectares des Manson se trouve sur la même route que l'exploitation laitière de Mike Abel. Huck et Brittany connaissaient peut-être l'homme qui a été broyé sous son tracteur dans des circonstances mystérieuses. Et aujourd'hui, tous les trois ont péri de mort violente.

— On voyait les traces des roues dans le champ de maïs, comme s'il avait fait un écart pour éviter quelque chose, lui expliqué-je en me remémorant la scène.

— Éviter quoi ?

— De prime abord, on s'est dit qu'il avait peut-être roulé sur un nid de guêpes, ou quelque chose comme ça. Ou qu'il avait fait un infarctus. Mais je ne lui ai trouvé aucune pathologie cardiaque. La police a donc conclu que quelque chose l'avait effrayé.

Nous approchons de la ferme des Manson, et depuis les airs les six véhicules du Secret Service ressemblent à des voitures Dinky Toys. Les enquêteurs sont équipés de combinaisons qui les couvrent de la tête aux pieds. Ils ont l'air de sortir de *SOS fantômes* avec leurs détecteurs de métaux et analyseurs de spectre. Pendant ce temps, des maîtres-chiens fouillent les sous-bois avec leurs malinois.

— Je vais faire deux tours de reconnaissance avant de nous poser. Un en altitude, un autre en rase-mottes, m'avertit Lucy. On aura ainsi une vue d'ensemble et on s'assurera qu'il n'y a rien de suspect dans la zone. On va tout filmer, tout enregistrer. On analysera les données plus tard.

Il y a beaucoup de bosquets et de fourrés où un danger pourrait être tapi, explique Lucy alors que nous amorçons une longue boucle. Je distingue les vestiges d'une grange rouge, du matériel agricole dans un champ envahi par les ronces. La maison à deux niveaux, bâtie sur une hauteur, date d'avant la guerre de Sécession, une construction de brique avec des colonnes blanches en très mauvais état. La pelouse a disparu sous un tapis de kudzus, le terrain est parsemé d'ormes et de chênes vénérables.

La fontaine en pierre n'a sans doute pas fonctionné depuis des dizaines d'années. L'auvent est affaissé, la maison penche d'un côté, et les plaques de zinc du toit sont par endroits tordues et enroulées sur elles-mêmes comme des couvercles de boîte de sardines. À l'arrière, le jardin est un dépotoir : des pneus, une machine à laver, un sèche-linge, un réfrigérateur et d'autres appareils d'électroménager hors d'usage.

Apparemment, Huck et Brittany Manson n'ont effectué aucune réparation, hormis l'installation d'un groupe électrogène, d'une antenne satellite et d'une citerne de gaz. Leur pick-up blanc est garé dans l'allée où manquent quantité de pavés, le long d'une haie de buis qui aurait grand besoin d'être taillée. Vue du ciel, la ferme semble en ruine, le fantôme de ce qu'elle a été. Une maison mal entretenue, délaissée.

Durant la ruée vers l'or, cette propriété avait dû être magnifique. Je m'imagine sous l'auvent, savourant une limonade ou quelque chose de plus fort. Ce devait être agréable de regarder les champs de maïs, les bêtes paissant à côté de la grande grange, avec en arrière-plan la forêt et les montagnes.

— Voilà l'autre particularité qui les a séduits, précise Lucy en m'indiquant une piste d'atterrissage, une bande d'herbe à peine visible au milieu des cultures. Ils sortaient la manche à air uniquement quand ils attendaient leur avion amphibie. C'était le seul moment où ce terrain était repérable. Ils ne voulaient pas attirer l'attention sur leurs allées et venues.

— Depuis quand tu t'intéresses à eux ?

Je sais que Lucy peut avoir un côté obsessionnel.

— Environ six ans.

Je n'en reviens pas. À l'époque, elle n'appartenait pas au Secret Service. Du moins pas à ma connaissance. En même temps, elle pouvait très bien collaborer avec eux et traquer les Manson sans que je le sache. Bien sûr, Benton aurait été au courant – mais il ne me l'aurait pas forcément dit.

— Huck et Brittany étaient l'une de mes cibles principales quand je travaillais avec Scotland Yard et

Interpol, m'explique Lucy alors que nous amorçons notre second passage autour du domaine, en volant plus bas et à vitesse réduite.

Elle était consultante en cybersécurité à l'époque, du moins c'est ce qu'elle prétendait. Pendant plusieurs années, Lucy avait un appartement à Londres et ne m'avait guère donné de détails. Elle avait alerté les autorités sur les activités des Manson. Le couple était en lien avec une organisation criminelle russe qui détournait des milliards et avait le projet de saper la démocratie américaine.

— Tu en sauras plus tout à l'heure sur cette mafia, mais sache qu'il s'agit de gens très dangereux et sans scrupule. Il ne faut pas se mettre en travers de leur chemin. Vu les horreurs dont ils sont capables, Huck et Brittany ont été plutôt chouchoutés.

— Je ne suis pas sûre qu'ils soient de cet avis.

Nous entrons dans la forêt de Buckingham Run. Lucy allume sa caméra thermique. En infrarouge, les bois et fourrés apparaissent nettement sur l'écran, le chemin que les Manson se sont ouvert au lance-flammes forme un long lacet sous les frondaisons.

— Plus tu me parles de ces gens, plus je suis inquiète pour toi, lui dis-je, profitant de ce dernier moment d'intimité. Tu as suffisamment frôlé la mort comme ça récemment.

Je regarde à nouveau sa cicatrice et les souvenirs me reviennent, avec les images et les sensations.

Je me rappelle le staccato des coups de feu dans le rayon des fruits et légumes, je revois le bac de laitue aspergé de sang. Je perçois à nouveau l'odeur de sang. Mais ce n'est pas moi qui étais blessée.

— Je sais très bien à qui j'ai affaire. Bien mieux que tu ne le penses. C'est pour cela que nous cherchons une éventuelle carte de visite qu'ils auraient pu laisser.

Les démineurs et leurs chiens sont invisibles sous les arbres. Mais sur l'image infrarouge, je vois des silhouettes blanches qui arpentent le sentier à la recherche de systèmes explosifs ou autres pièges. Plus loin, je distingue des ombres gracieuses de cervidés, leur queue blanche frémissante, les nuages jaune ocre de leur haleine.

Je songe aux étranges lumières orangées dont Lucy m'a parlé, captées par les caméras des Manson. Un cerf avec ses grands bois lève la tête alors que nous survolons ce territoire strié de ruisseaux et d'anciens rails de mines comme autant de balafres. Puis, la forêt cède la place à des marais hérissés de racines aériennes de cyprès, tels des pieux dressés à la verticale, avec au loin la Buckingham Run qui se jette dans un lac aux eaux bleu sombre, presque noires.

*

La femme est à peine visible à la surface. Sa tête et ses membres sont immergés, son corps dérive avec le faible courant, loin de la berge, trop loin. La récupérer va être compliqué, et il est impossible de prévoir les dangers d'une telle opération. Nous ignorons la profondeur du lac, et ce qui s'y trouve, en plus des tortues serpentines et des mocassins d'eau qui pullulent dans cette région.

Marino et moi allons devoir enfiler des combinaisons flottantes Mustang, et braver les éléments pour ramener le corps sur la terre ferme sans canot ni barque. Je l'entends déjà se plaindre, mais il assurera. On a déjà récupéré des corps dans l'eau. En revanche, aller chercher la seconde victime, celle sous terre, est une autre histoire. J'ai compris le problème dès que j'ai vu les images.

Marino va dire qu'il est trop gros pour entrer dans le puits. Il mesure plus d'un mètre quatre-vingts et frôle le quintal. Cela fait beaucoup pour un harnais. Il vaut mieux envoyer quelqu'un de plus petit. Moi, par exemple ? Ben voyons ! Mais ce n'est pas pour ça qu'il voudra passer son tour. En parlant du loup, j'aperçois sa silhouette de bodybuilder cent mètres en contrebas.

Écouteurs sur les oreilles, détecteur de métaux au bras, il n'entend pas l'*Aigle de l'Apocalypse* arriver, qui fait pourtant un bruit de locomotive à vapeur. Comme les cinq enquêteurs du Secret Service, il porte une combinaison Hazmat jaune. Ils ont monté une tente près de l'entrée de la mine qui ressemble à une gueule noire sur le flanc de la colline. Puis je les perds de vue, la forêt s'étend à nouveau devant moi.

— C'est maintenant que ça devient amusant, m'annonce Lucy en amorçant sa descente. L'astuce, c'est d'être patient. Prendre son temps. (Les arbres sont dangereusement près et s'agitent comme des pompons de pom-pom girls. L'appareil commence à pivoter.) Tout doux... comme je dis toujours, il n'y a aucune urgence à mourir.

Elle ralentit, se place en vol stationnaire. Je ne vois qu'au dernier moment l'ouverture dans la végétation, juste au-dessous de nous. L'endroit est minuscule : le lit d'un torrent à sec, encombré de rochers et de troncs d'arbres morts. On n'a pas droit à l'erreur. Notre trajectoire doit être une verticale parfaite, comme celle d'un ascenseur. Si ce n'était pas Lucy aux commandes, je me mettrais à prier et me signerais à qui mieux mieux, en vieille catholique ringarde que je suis.

— Souhaite-moi bonne chance, lance ma nièce goguenarde alors que nous commençons notre descente.

Je regarde droit devant moi, m'efforçant de garder mon calme, alors que les arbres se cabrent en tous sens, secoués par le souffle des pales. On dirait une foule haineuse qui se referme sur nous, brandissant ses bras vengeurs. Le sol monte, les hautes herbes et les buissons ondulent, s'agitent comme des serpents. Lucy trouve un endroit plat et pose ses patins sur un espace grand comme un timbre-poste, au milieu d'une forêt qui semble surgie du jurassique.

Le petit disque de ciel bleu d'où nous venons est comme un portail donnant sur une autre dimension. Je cherche des yeux Marino. Lucy remet le collectif à zéro, baisse le régime de la turbine et coupe les alarmes. La canopée multicolore faseye sous les rafales du rotor, des feuilles mortes volettent autour de nous, telle une nuée de papillons affolés.

— J'espère que Marino va bien, murmuré-je, tandis que les pales fendent l'air dans une pulsation sourde.

Je ne le vois nulle part.

— Le connaissant, il ne s'approchera que lorsque j'aurai coupé le moteur. Il déteste l'hélicoptère encore plus qu'avant ! (Elle commence sa check-list tout en gardant un œil sur l'horloge.) Quand je l'ai lâché tout à l'heure, il n'a pas voulu descendre tant que le rotor tournait. Lorsqu'il s'est enfin décidé à sauter, il a couru en rentrant la tête dans les épaules, comme si on lui tirait dessus.

— Oui, ça ne s'arrange pas. Il s'angoisse pour un rien et trouve toujours une bonne excuse après coup.

J'ai remarqué le changement après son anniversaire en juillet, et cela n'avait rien à voir avec l'âge. Ma sœur lui a fait une surprise en lui achetant un nouveau bateau pour aller pêcher, un modèle plus récent, plus grand, plus cher, « celui dont tu rêvais », a-t-elle écrit sur sa gentille carte de vœux. Et il n'est pas sorti avec plus d'une fois ou deux.

— Maman lui met la honte, mais elle ne veut rien entendre. Il y a des choses qui ne changeront jamais. Plus elle lui offre de cadeaux, plus il se sent mal, explique Lucy.

Je savais que cela arriverait quand Dorothy et Marino se sont mariés pendant la pandémie. C'était couru d'avance. Elle en a fait son jouet, comme avec tous les autres hommes de sa vie. Ma sœur a la manie de vouloir changer les gens, pour les rendre conformes à ses souhaits. La plupart du temps, cela part de bonnes intentions, assorties de solides arguments, mais, inévitablement, ça finit mal pour tout le monde. Marino n'a jamais été aussi couvé, et ce n'est pas sans conséquences. Lui ôter son statut de mâle alpha, c'est comme exposer Superman à de la kryptonite.

— Il y a toujours quelqu'un qui lui fait perdre son assurance, réponds-je pour ne pas enfoncer ma sœur. Moi, par exemple. Benton. Dorothy, évidemment. Et toi aussi, Lucy. Marino pense qu'il n'est plus ton héros.

Je ne lui apprends rien.

— Quand il se comporte comme un connard, c'est sûr que non !

Elle se penche pour serrer la commande du cyclique en position centrale, poursuivant la procédure de mise à l'arrêt de l'appareil.

— C'est compliqué quand les rôles de dominant sont inversés. Peu de gens s'en accommodent. C'est dans la nature humaine.

— Entre Marino et moi, ça ne date pas d'hier, explique-t-elle toujours par l'intercom. Mais il n'arrive pas à lâcher l'affaire. (Elle coupe les feux et les phares d'atterrissage.) Quant à la nature humaine, je me la tape à longueur de temps, tante Kay.

— Dans son esprit, il t'a enseigné tout ce que tu sais. Je ne cherche pas à justifier son comportement, Lucy. Mais fais quand même un effort de mémoire. Il croit encore que tu as besoin de ses conseils. Du moins, il l'espère.

— Tu le connais. C'est une vraie tête de mule. Quand il a décidé que c'est lui le plus qualifié pour quelque chose, on ne peut rien lui faire entendre. (Elle coupe d'autres interrupteurs.) Comme de mouler cette empreinte de pied. Du coup, on se retrouve avec un nouveau problème sur les bras qui risque de parasiter toute l'enquête. Et c'était peut-être justement le but recherché. Bravo, Marino !

— Possible.

— Certain ! L'idée, c'était de foutre le bordel avec Marino en guest-star.

— On ne sait pas si cette empreinte est un indice, ni même si cela a un rapport avec les meurtres, la tempéré-je. On n'a pour l'instant aucune explication.

— Il a fallu que ce soit lui qui fasse cette découverte ! Tron dit qu'il se comporte comme s'il faisait partie de notre équipe.

— Le souci, c'est que parfois Marino est effectivement celui qui a le plus d'expérience et de savoir-faire, réponds-je.

— Sans rien demander à personne, il a sorti la bombe de laque, gâché le plâtre de Paris, un plâtre à prise rapide, et a fait son truc.

— Avec tous les moulages d'empreintes qu'il a réalisés dans sa carrière, on ne remettra pas en cause ses compétences au tribunal. Mais oui, ce n'était pas à lui de le faire. L'enquête n'est pas sous son autorité. Et cela crée une faille dans toute la procédure, j'en conviens.

— Il est tellement persuadé d'être le meilleur... Il faut toujours qu'il la ramène, qu'il roule des mécaniques, en particulier avec moi. Ce serait bien qu'il arrête de me traiter comme si j'avais dix ans.

Elle éteint l'instrumentation de bord. L'intercom est soudain muet. Nous raccrochons nos casques en silence. Elle met à zéro la commande des gaz, la turbine s'arrête. Les pales commencent à ralentir. Elle tire le frein du rotor, coupe l'alimentation, et soudain c'est le silence. Je regarde autour de moi. J'ai l'impression d'être remontée dans le temps ou d'avoir atterri sur une autre planète.

Je m'attends presque à voir un dinosaure sortir de la forêt. Ou un ptérodactyle traverser le ciel en poussant des cris terrifiants. Peut-être que des extraterrestres vont apparaître et nous emmener à leur chef ? Je scrute les sous-bois noyés d'ombre, avec la désagréable impression d'être épiée. Je ne vois toujours pas Marino, ce qui n'arrange pas mon malaise. Malgré moi, un frisson parcourt ma colonne vertébrale.

Lucy et moi détachons nos harnais et ouvrons les portes. L'air est vif et parfaitement respirable. Alors que nous posons les pieds par terre, j'entends des feuilles mortes et des brindilles craquer quelque part dans les sous-bois.

— J'espère que c'est Marino, dis-je alors que les bruits se rapprochent.

Soudain, il apparaît, tel un grand fantôme jaune fluo. Il a dans les bras une grosse boîte blanche, scellée avec du scotch rouge. Il a descendu sa capuche sur ses épaules. Sous son crâne rasé, son visage est écarlate et en sueur. À sa ceinture, je reconnais son pistolet : un GI 1911, avec des chargeurs de rechange. Il porte également un fusil à pompe en bandoulière.

— Je commençais à me dire que quelque chose dans les bois t'avait attrapé, lui dis-je.

— T'es tombé sur Bigfoot ? raille Lucy. Tu lui as demandé où il se trouvait à l'heure de l'attaque ? T'as vérifié son alibi, pris son ADN et tout le tralala ?

— J'attendais que tu coupes tout, par sécurité, répond Marino, pas du tout amusé par les moqueries de ma nièce. Aucune envie de me ramasser le souffle de ton machin alors que j'ai dans les mains un truc très fragile. (Il pose délicatement sa boîte en carton sur la plateforme du patin. C'est fou, j'ai toujours la sensation qu'on m'épie.) À mon avis, c'est toi qui as tout foutu sens dessus dessous ! C'est comme si une tornade était passée par là.

— J'ai peut-être fait voler quelques trucs, répond-elle avec détachement. J'étais au-dessus des arbres, à environ quinze mètres de hauteur, quand j'ai découvert leur cachette. Bien sûr, ça a fait un peu de vent.

8

— J'ai l'impression qu'on nous observe. C'est sans doute dans ma tête, mais ça ne me lâche pas, dis-je en regardant autour de moi.

— J'ai eu la même impression, toute la matinée. (Marino tourne la tête tous azimuts.) Ça me fait comme un picotement.

— C'est pas impossible. Quelqu'un peut nous espionner, annonce Lucy, imperturbable. De nos jours, il vaut mieux partir du principe que c'est le cas. Ne jamais se croire à l'abri.

— Et d'où on nous regarderait ? lâche Marino en scrutant les frondaisons.

— Aucune idée. Peut-être un satellite qui utiliserait la bande L, de 1 à 2 gigahertz, des ondes qui peuvent traverser l'épaisseur des feuillages. (Elle agite la main en direction du ciel.) *Privet tam !* Ça signifie « coucou tout le monde ! » en russe.

— Quelqu'un pourrait nous surveiller en ce moment même, et le Secret Service ne serait pas au courant ? s'étonne Marino. Je croyais que tu te trimballais partout avec ton bidule à antennes ?

— Il y a des choses qu'on voit, réplique Lucy. Et d'autres pas.

Elle utilise un analyseur de spectre pour repérer des signaux suspects qui pourraient indiquer une présence malveillante. Elle en met partout. Notre vieille demeure où nous vivons Benton et moi est scannée H-24, et aussi la petite maison d'amis qu'elle a transformée en un véritable centre de cybersécurité.

— Quelque chose pourrait nous observer en ce moment. Même si on détectait le signal on n'y pourrait pas grand-chose. (Lucy commence à explorer le lit du torrent qui nous a servi d'helipad de fortune.) Tout évolue si vite. Ce qui était de la science-fiction il y a un mois pourrait être vrai aujourd'hui.

Elle se lance dans des explications techniques pendant que je continue à surveiller les sous-bois. Les jeux d'ombres et de lumières me jouent des tours. Dès que je crois voir une silhouette, elle disparaît de ma vue.

— ... un signal peut toujours échapper au logiciel, poursuit Lucy en ouvrant la cabine arrière, quand le lieu est saturé d'ondes qui rebondissent partout. Ou lorsque le signal espion se cache derrière un autre.

— En parlant d'espionnage, intervient Marino, il y a un hydravion qui se balade dans le coin. Blanc avec des bandes rouges. La dernière fois qu'il est passé, c'était il y a une heure. Je me suis dit que ça pouvait être un engin de la télé. Mais je n'en sais rien. En tout cas, ce truc n'est pas clair. Je l'ai signalé à tes copains. Mais ils ont eu l'air de s'en foutre.

— Oui, on l'a vu aussi aux alentours de l'aéroport de Manassas, précisé-je à Marino tandis que je récupère mon porte-documents à l'arrière de l'appareil.

— J'ai fait une recherche sur Google avec le numéro d'identification, explique Marino. L'engin appartient à une société enregistrée dans le Delaware. Autrement dit, je ne suis pas plus avancé. Mais vous, vous devez savoir qui se promène dans le coin, et pourquoi.

— C'est un Twin Otter de 2015 qui vaut dans les sept millions de dollars. Propriété de Wild World. (Elle lui donne les mêmes infos qu'à moi.) Ils ont plusieurs pilotes. Je ne sais pas qui était aux commandes ce matin.

— Merci pour le renseignement ! On fouille la scène de crime et le zinc des victimes se balade au-dessus de nos têtes. Pourquoi tu me le dis maintenant ?

— Ceux qui avaient besoin de l'information l'ont eue.

Elle ne dit pas explicitement que certains détails de l'affaire ne le regardent pas. Mais le message est clair. Ce n'est pas la première fois qu'elle doit lui rappeler qu'il travaille désormais pour la médico-légale, plus pour la police. Marino n'a ni l'autorité de Lucy, ni son pouvoir.

— Ç'aurait été pas mal que je le sache plus tôt.

— Qu'est-ce que cela aurait changé ?

— Je me serais débrouillé pour qu'il ne nous survole pas !

Elle fait le tour de l'appareil pour ramasser les branches d'arbre arrachées par le souffle. Marino lui donne un coup de main. Ils vont les jeter plus loin en se regardant en chiens de faïence, comme à leur habitude.

— L'hydravion sert aux sorties qu'organisent les Manson. Du moins, c'est ce qu'ils prétendent. (Elle retire d'autres débris à côté des patins.) C'est le moyen de transport proposé pour leurs « packs aventure ».

— Et c'est ce qui se passait ce matin ? insiste Marino. Ils avaient des clients à bord ?

— C'est peu probable, répond-elle en écartant quelques grosses pierres. L'avion est le plus souvent vide.

— Si tu sais tout ça, c'est donc que tu les surveilles depuis un moment. (Elle ne répond pas. Évidemment.) Le souci, c'est que ce putain de zinc est passé trois fois depuis que tu m'as déposé ici. Il volait à faible vitesse, comme pour nous filmer.

— Je ne sais pas ce qu'ils fichaient au juste. Mais tu fais fausse route.

— Qui connaissait l'existence de ce camp ? C'est là toute la question, dis-je à Lucy. Ce qui s'est produit ici n'est pas l'œuvre d'un détraqué qui se promenait par hasard dans le coin. Ça semble prémédité.

— C'est même une certitude, affirme-t-elle en ouvrant le compartiment à bagages. Quelqu'un en savait long sur eux. Et ceux qui ont organisé cette attaque voulaient que ça se sache. Ils se sont débrouillés pour que Dana Diletti l'apprenne. C'est eux qui ont fait fuiter l'info, j'en suis certaine.

Je sors mon téléphone satellite de mon porte-documents et l'allume.

— L'ennemi auquel on a affaire s'y connaît en communication. Ils veulent faire parler d'eux, ajoute-t-elle.

Je récupère une bombe de répulsif pour ours. Elle est fournie avec un étui de plastique que j'accroche aussitôt à ma ceinture.

— Quel ennemi ? lance Marino. À t'entendre, on dirait que tu les connais.

— Non, je ne sais pas qui a tué les Manson, rétorque-t-elle. Prenons un max de matériel et j'enverrai deux hommes chercher le reste.

Pendant qu'elle et Marino discutent de ce qu'il faut emporter en priorité au lac, j'envoie un texto à Benton pour le prévenir que je suis arrivée sans encombre, mais que la situation s'annonce compliquée. Puis je préviens Shannon : jusqu'à nouvel ordre, je ne suis joignable que sur mon téléphone satellite.

Elle me répond aussitôt :

Vous avez le temps d'appeler la gouverneure ? Elle veut vous parler d'urgence.

Elle sait où je suis et pourquoi ?

J'ai dit que vous n'étiez pas à l'IML sans lui donner de détail. Vous pouvez la contacter sur son portable.

Je remercie Shannon, cherche le numéro privé de la gouverneure dans mes contacts et l'appelle.

— Roxane, c'est Kay Scarpetta, dis-je tout en scrutant de nouveau les bois, car je sens encore cette présence invisible.

— Merci de me rappeler. Je vous expose tout de suite le problème : mes services ont reçu une information et il me faut une confirmation. Ou mieux, une infirmation, parce que j'espère que c'est le canular d'un hurluberlu qui veut attirer l'attention.

Je songe tout de suite à l'empreinte trouvée par Marino. Le Secret Service est au courant et travaille en lien avec la police d'État. J'ignore ce qu'ils leur ont révélé de l'affaire et si la partie « Bigfoot » a été abordée.

— Il se trouve que j'ai du mal à avoir des infos. En fait, on me balade carrément ! Je suppose que vous, vous allez pouvoir me dire s'il y a une once de vérité dans ce communiqué que je vais vous lire.

Il semblerait que deux personnes aient été tuées. Ou plutôt « exécutées ».

*

Roxane Dare m'explique que quelqu'un a laissé un message sur une ligne du palais qui renvoie directement les appels sur la boîte vocale. C'est automatique. Et le personnel fait ensuite le tri.

— *« Regardez ce qui arrive aux traîtres. »* (Roxane me lit la transcription du message en question, reçu une heure plus tôt.) *« Deux d'entre eux gisent à Buckingham Run, où la justice a été rendue avant l'aube. Mort à ceux qui défient La République. Prenez garde, madame la gouverneure. La sentence a été prononcée. Et ce qu'il s'est passé là-bas n'est que le commencement. »* La voix était mécanique, précise-t-elle. La personne devait se servir d'une application du type Voice Changer. C'est ce que m'a indiqué mon équipe informatique.

L'individu aurait utilisé une série de serveurs proxy et un téléphone occulte (TOC). Un vautour urubu s'élance brusquement du faîte d'un arbre. Des libellules volettent, certaines se posent sur l'hélicoptère.

— … Les policiers qui s'occupent de ma sécurité collaborent avec le FBI, et allez savoir qui d'autre encore. Pour des raisons qui m'échappent, on ne me dit rien, insiste-t-elle alors que Lucy me regarde et hoche la tête.

Ma nièce est donc au courant de cet appel anonyme passé au palais de la gouverneure. La République est une organisation terroriste locale, qui a des cellules dans tout le pays. Leur camp de base se trouvait à une trentaine de kilomètres d'ici, à côté de Quantico, jusqu'à ce que les fédéraux y fassent une descente en juillet. Le groupe avait commis une série de crimes, et tenté d'assassiner le Président qui devait assister à une cérémonie funéraire au cimetière de Old Town.

— Vous êtes peut-être au courant ? J'ai besoin de savoir ce qui est arrivé là-bas et s'il y a un risque pour la population.

Je l'ai mise sur haut-parleur pour que Marino et Lucy entendent. La gouverneure attend une réponse.

— Roxane, je suis à Buckingham Run, avec une équipe du Secret Service. Et il y a effectivement deux morts. (Le soleil commence à chauffer sur ma tête, le bourdonnement des insectes me stresse.) C'est exact. Mais je ne peux pas vous en dire beaucoup plus.

— Mon Dieu ! Ce n'est pas ce que j'espérais entendre ! s'exclame-t-elle. (C'est curieux ; d'ordinaire, elle ne laisse guère transparaître ses émotions.) Il faut donc en conclure que l'individu qui a laissé ce message appartient au groupe qui revendique les meurtres. Autrement dit, sa menace est à prendre au sérieux.

— Cela prouve simplement que celui qui a appelé est au courant de ce qui s'est passé ici.

Je jette un regard circulaire, je me sens toujours épiée.

— Je ne veux pas créer une panique générale.

— C'est exactement le but recherché, si j'en crois ce qui s'est produit ici.

Et elle est loin de tout savoir !

— Ce n'est donc pas fini. Il faut s'attendre au pire.

95

— Connaissant la brutalité de ces extrémistes, oui, c'est bien possible.

— Qu'est-ce que vous comptez raconter aux médias ? me demande-t-elle, alors que Marino fronce les sourcils, agacé.

Il ne porte pas Roxane Dare dans son cœur depuis qu'elle a créé l'ORSUS et sauvé la peau d'Elvin et Maggie pour des raisons qui nous échappent. Il plonge la main dans la poche de sa combinaison et en sort un couteau pliable et une lampe torche. Lucy, quant à elle, pianote sur son téléphone.

— En quoi cela regarde le Secret Service ? continue la gouverneure. C'est une affaire interne de la Virginie, et c'est à la police d'État de s'en occuper, pas aux fédéraux, n'est-ce pas ? Quel bout de l'histoire me manque ? Éclairez-moi, s'il vous plaît.

Elle enchaîne les questions ; une vraie manie chez elle.

À mes débuts, Roxane était procureure du comté de Henrico, à la périphérie de Richmond où je vivais. On se rencontrait souvent à l'époque, puisqu'on travaillait sur les mêmes affaires. Elle était alors une magistrate opiniâtre. Un vrai pitbull. Et aujourd'hui, elle est la gouverneure de l'État !

Elle m'a convaincue de revenir en Virginie après de longues années d'absence. Ma mission était de redonner ses lettres de noblesse à la vénérable médico-légale. Roxane était certaine que je pouvais relever le défi. Si elle n'est pas satisfaite de mon travail, elle peut me demander de faire mes valises séance tenante.

— Vous êtes sur place, poursuit-elle. Qu'est-ce que vous voyez ? Vous pouvez m'envoyer des photos, des vidéos, pour que je comprenne un peu mieux ce qui se passe ?

— Pour l'instant, je n'ai pas vu grand-chose.

Bien entendu, je ne vais rien lui montrer.

— Je me demande si c'est un coup politique, une mise en scène pour déchaîner les complotistes contre moi. Je n'ai pas besoin de ce genre de parasitage.

— Une mise en scène ? En tout cas, les deux morts sont bien réels.

Je remets mon porte-documents dans la cabine arrière. Ici, personne ne viendra me le voler.

— Qu'est-ce qui leur est arrivé, au juste ?

— Je vais déclarer les morts suspectes. C'est tout ce que je peux dire à l'heure actuelle.

Et elle n'en saura pas plus.

— On sait de qui il s'agit ? Pourquoi eux ? Qu'est-ce qu'ils fichaient à Buckingham Run ?

— Leur identité n'est pas encore confirmée. Le mieux, c'est que vous voyiez ça avec le Secret Service.

Elle connaît bien Benton. Je lui suggère de passer par lui.

— Ça ne peut pas tomber plus mal. Et plus j'y pense, plus je suis convaincue que ce n'est pas un hasard. Dans moins d'une semaine, ce sont les élections générales, c'est un moment important, en particulier pour la Virginie du Nord. Une affaire comme celle-ci, si elle sort dans les médias, risque d'avoir des conséquences fâcheuses. Cela pourrait dissuader les gens de se rendre aux urnes, de crainte d'être pris pour cible.

— C'est exactement ce que souhaite celui qui a laissé ce message. Créer le trouble, engendrer la peur et faire parler de La République.

— Dès que vous avez des éléments nouveaux, tenez-moi au courant. Je compte sur vous, Kay.

Elle raccroche.

— Ils cherchent à la manipuler, déclare Lucy. Et elle risque d'aggraver le problème. C'est pour cette raison qu'ils sont passés par cette ligne téléphonique. Le but est que la gouverneure fasse peur à la population, parce qu'elle va vouloir tirer la situation à son avantage. Un classique chez les politiques. C'est plus fort qu'eux. Tout ce qui importe, c'est faire parler d'eux, engranger des voix.

— Imagine sa réaction si elle apprend ce que j'ai trouvé ! lance Marino en s'asseyant sur le patin de l'appareil, à côté de sa boîte en carton. Pour l'instant, elle ne sait rien. Et on a de la chance ! (Il la soulève et la pose délicatement sur ses genoux.) En photo, ça ne rend pas grand-chose. Je crois que c'est mon plus beau moulage de pieds, et pourtant, j'en ai réalisé un paquet ! Mais jamais celui d'un Sasquatch. Du moins, jusqu'à aujourd'hui.

— Je comprends ton excitation, lui dis-je, mais ce n'est pas une bonne nouvelle, ni pour toi, ni pour personne. Bon, ce qui est fait est fait. Il n'empêche que ça va être difficile d'expliquer pourquoi un employé de l'IML a effectué un moulage d'une empreinte sur la scène de crime de deux homicides. Si tu m'en avais parlé avant, je t'aurais dit de garder les mains dans tes poches, Marino.

Mais il ne m'a rien demandé, et pour cause ! J'ignorais l'existence de cette empreinte jusqu'à ce qu'il m'envoie les photos. Il ne m'a jamais parlé de son intention. Il m'a mise devant le fait accompli.

— Il fallait préserver l'indice. Et je sais y faire. (Marino ne veut rien entendre !) Le meilleur moyen de l'analyser, c'était de relever l'empreinte, réaliser un moulage fidèle. On y voit tous les détails. C'est ultra-précis.

— Parce que c'est un faux, intervient Lucy. Un truc créé avec une imprimante 3D dans un matériau résistant mais souple, comme du silicone, du caoutchouc. Il n'y a pas mieux pour avoir un rendu réaliste.

— Je ne dis pas le contraire. C'est peut-être une supercherie. Mais à moi, elle m'a semblé authentique. Quand je l'ai vue, ça m'a fait un choc. Mes cheveux se sont dressés sur ma tête.

— Si tu en avais ! ironise Lucy.

Marino sourit, malgré lui.

— C'est une trouvaille plutôt inattendue, reprends-je. Et on va devoir maintenant la traiter comme toutes les autres pièces prélevées sur place.

— Il nous faut un spécialiste pour analyser le moulage et les photos de l'empreinte originale, s'empresse-t-il d'ajouter.

Il tranche l'adhésif rouge qui scelle la boîte.

— Je ne crois pas que le Smithsonian ait un podologue, raille à nouveau ma nièce. Ni un cryptozoologiste.

9

— Il y a une professeure à Charlottesville que l'on voit beaucoup à la télé, m'informe Marino. Cate Kingston, tu en as entendu parler ?

Elle enseigne l'anthropologie à l'université de Virginie, et il a fait sa connaissance au Shenandoah Sasquatch Festival en juin dernier. Il se déroulait à Luray, au mont Lydia, et il a passé le week-end dans une cabane en rondins. Je me souviens qu'il était parti à Luray quand Dorothy était en Floride chez des amis. Mais il ne m'a jamais dit qu'il se rendait à un rassemblement de fans de Bigfoot.

— Cate Kingston était la conférencière vedette. Elle nous a montré des photos et des moulages, et indiqué ceux qui étaient authentiques ou faux, et pourquoi.

— Tu aggraves ton cas, lance Lucy en fouillant le compartiment à bagages pour récupérer une bombe de répulsif insectes éco-compatible. En particulier si tu as vu de près d'autres moulages dans ce festival. (Elle se met à asperger tout autour de l'hélicoptère pour tenir à distance moustiques et autres bestioles indésirables.) J'espère pour toi qu'aucun ne ressemble au tien.

— Montre-moi ce que tu as, proposé-je à Marino en m'asseyant à côté de lui sur la plateforme.

Il retire le couvercle et éclaire l'intérieur de la boîte. Tout emmailloté de cellophane, le moulage est impressionnant. On dirait un trésor archéologique posé sur un coussin de draps d'examen jetables.

— Reconnais que ça en jette, lance-t-il encore tout excité par sa découverte.

— Oui. Carrément.

— Comme tous les pilotes le savent, dans les nuages, les trous de ciel bleu sont des leurres, commente Lucy.

Ma nièce jette un coup d'œil dans la boîte, tente de cacher sa surprise, et poursuit sur son mode cynique :

— Une fois dedans, tu te retrouves piégé. Donc, demande-toi si quelqu'un ne te veut pas du tort, à toi en particulier.

— À moi ?

— Exactement.

— Tu as un nom en tête ?

— La liste de tes ennemis est trop longue !

À nouveau, je sens qu'elle nous cache quelque chose.

Dans la boîte il y a une réglette de quinze centimètres qui sert à donner l'échelle des objets photographiés. Marino soulève l'empreinte et approche l'instrument. Le pied, de forme humaine, mesure plus de quarante-cinq centimètres, du talon au gros orteil. Et vingt-trois de large. C'est gigantesque. Les médias vont être hystériques s'ils voient ça.

— Effectivement, ça risque de faire sensation, lancé-je.

— Cela signifie que le Bigfoot dépasse les deux mètres cinquante de haut et pèse dans les deux cent cinquante kilos. Une créature de cette taille est forcément un mâle, explique Marino, comme si le taxon existait et avait été documenté. Grâce aux fossiles préhistoriques trouvés dans les cavernes, on sait que ces êtres peuvent être gros, et qu'ils se nourrissent principalement de végétaux.

— Les restes dont tu parles sont des dents et des bouts d'os retrouvés en Chine, réplique Lucy. Pas en Amérique du Nord.

— Ah ! Je vois qu'on s'est renseigné sur Google.

— Non, mes données me proviennent par une autre voie. Mais oui, je me renseigne. Et si tu veux tout savoir, c'est ce que je fais encore pendant que je te parle, indique-t-elle en désignant ses lunettes connectées.

— Les Bigfoots ont existé. C'est un fait établi, argue Marino. Et rien ne prouve que certains d'entre eux n'ont pas survécu dans des endroits reculés de la planète. Comme ici, par exemple.

— Ce n'est pas ce qu'affirme la science, insiste Lucy. L'espèce du genre *Gigantopithecus* s'est éteinte il y a plusieurs centaines de milliers d'années, lors de la dernière glaciation.

— C'est ce qu'on dit. Mais on n'en a pas la preuve.

Marino explique que la formation des glaces a fortement abaissé le niveau de la mer et que des terres ont émergé entre les continents, les reliant pendant une longue période. Certains de ces grands primates auraient quitté la Chine et seraient venus ici par le détroit de Béring comme les premiers hommes, à savoir par le pont de terre soudant la Sibérie à l'Alaska.

— C'est juste une marche de deux ou trois cents kilomètres, selon l'endroit où ils ont traversé l'isthme.

Si les humains l'ont fait, pourquoi pas les Sasquatchs ? s'obstine Marino.

— Sauf qu'on n'a aucune trace de la présence de Gigantopithèques en Amérique du Nord, répète Lucy.

— Ah oui ? Les Amérindiens les ont dessinés partout, et ils en parlent dans leurs contes depuis mille ans ! Personne ne peut affirmer que ces grands humanoïdes ont totalement disparu de la planète.

— D'accord. Et aujourd'hui ils massacrent des gens qu'on allait arrêter, ce qui nous évite de dépenser l'argent public pour le procès et la prison. Big up à Bigfoot !

— Je n'ai pas dit qu'un Sasquatch a tué qui que ce soit, se défend Marino. La présence de cette empreinte est peut-être sans rapport avec les deux morts.

— C'est un trou dans les nuages ! Un attrape-couillon !

Lucy recommence à fouiller dans le coffre et en sort de grandes sangles rouges pour arrimer le rotor.

— Il y a deux poils pris dans le plâtre. Noirs argentés, annonce Marino en braquant sa lampe dessus. (Je me penche pour mieux voir.) Et on remarque l'absence de voûte plantaire. Le pied est complètement plat. Typique d'un Sasquatch.

— C'est un attrape-couillon, je te dis ! s'agace Lucy.

— Va savoir ce qu'on va trouver au niveau microscopique ! poursuit Marino, faisant fi des sarcasmes de ma nièce. On aura peut-être même une touche avec l'ADN.

— Ben voyons ! Un match avec un Bigfoot dans le fichier du FBI ! Attraper enfin l'abominable homme des neiges et savoir qui sont vraiment Grendel et King Kong !

Elle passe une sangle sur une pale, la fait glisser jusqu'au bout pour introduire l'extrémité dans le manchon protecteur, et arrime le tout à une traverse sous les patins.

— On constate que l'un des orteils est déformé, continue Marino. Comme s'il y avait eu une fracture.

— Une seule ? raille Lucy en s'attelant à sécuriser une seconde pale. C'est fou comme tu es perspicace.

— Regarde le bord du pied, Doc. (Marino éclaire l'empreinte en lumière rasante, faisant apparaître de fines lignes, des stries sinueuses, parmi les débris de terre et de végétation accrochés au plâtre.) C'est si précis qu'on pourra établir une correspondance.

— Avec quoi ? demande ma nièce qui refuse de lui ficher la paix.

— Avec une autre empreinte. Si on en trouve ailleurs, répond-il.

— Une autre et une autre encore. Et toutes appartiendraient au même Sasquatch ? C'est un faux, un miroir aux alouettes, un piège à cons ! Quelqu'un se fiche de nous. Et de toi en particulier.

— Pour l'instant, la seule qui se fiche de moi, c'est toi !

*

— Marino, je te prépare simplement à ce qui va t'arriver, explique Lucy en vérifiant que les quatre pales sont bien attachées. Il aurait mieux valu que ce soit quelqu'un d'autre qui ait réalisé ce moulage, quelqu'un de chez nous. Un point, c'est tout.

— Mais personne ne l'a fait. Et on a eu de la chance que je tombe dessus.

— Tu parles ! Je suis sûre que c'était le plan.

— Quel plan ?

— Même si quelqu'un d'autre avait découvert l'empreinte, ça se serait terminé pareil. C'est toujours comme ça quand il y a un allumé dans l'équipe. Et pour info, le plâtre de Paris ça se gâche dans un seau.

— Au moins, moi j'ai pensé à en apporter.

— Justement ! Pourquoi tu avais ce plâtre ? Tu comptais découvrir quelque chose de spécial ?

— J'en ai toujours un paquet avec moi quand je vais sur une scène de crime. Et non, je ne suis pas un allumé, rétorque-t-il en la fusillant du regard. Tu crois bien aux OVNI, toi.

— Parce qu'ils existent ! Même si on ne sait pas ce que c'est exactement, ni d'où ils viennent.

J'interviens :

— Raconte-moi comment tu as trouvé cette empreinte, dis-je en me relevant. Dans quelles conditions. Il me faut des détails. Si les gens ont vent de cette histoire, toi et moi, on va se retrouver sur la sellette. Ils ne vont pas nous lâcher. Lucy a raison sur ce point.

— Dès que je me suis équipé à mon arrivée, Tron m'a conduit à la mine. (Marino sort de sa poche son rouleau de scotch rouge.) On a discuté du corps, de la meilleure façon de le récupérer. Je passais ma lampe partout dans le trou. Il y avait des bruits bizarres au fond.

— Quel genre ?

Ça m'intéresse parce que c'est moi qui vais me retrouver harnachée et devoir descendre dans le puits.

— Comme si quelque chose bougeait plus bas, dans le noir. (Il recommence à sceller sa boîte.) Alors je me suis enfoncé dans la galerie. Et pendant que j'explorais les lieux avec ma lampe, j'ai vu que le sol n'était pas égal à l'entrée d'un autre tunnel.

Des stries, peut-être une empreinte partielle d'un talon et un peu plus loin Marino avait découvert la trace d'un pied complet, entre les rails des wagonnets.

— C'était loin du puits où se trouve le corps ? À quelle distance au juste ?

— Une dizaine de mètres. Ce qui fait profond quand tu es dans ce boyau.

Quelque chose ne colle pas.

— Si cette empreinte est un leurre, leur dis-je, pourquoi la mettre si loin des regards ?

— Tôt ou tard, on l'aurait trouvée, réplique Lucy.

— Foutaises ! Tes gars l'ont loupée.

— On aurait quand même fini par la voir.

— Pas si sûr. Il faut avoir l'expérience de ce genre de choses, comprendre ce que tu as sous les yeux. (Marino récupère une caisse de couvertures qu'il pose au sol.) Et quand bien même, l'un de tes enquêteurs aurait marché dessus exprès, en feignant de ne pas l'avoir vue. Et pourquoi ? Parce qu'ils n'auraient pas voulu se retrouver dans la merde, comme moi maintenant !

— Quelqu'un savait que tu réagirais comme ça et que tu nous sortirais ce laïus idiot, persiste Lucy. En d'autres termes, tu es manipulé.

— Et par qui ? À t'entendre, on dirait que tu sais qui est derrière tout ça.

— Que cette empreinte soit authentique ou non, interviens-je, personne ne sait au juste depuis combien de temps elle est là. Si ce machin a été laissé dans un lieu protégé, au fond d'une ancienne mine, il est possible qu'il soit là depuis des lustres.

— Auquel cas, cela prouve qu'elle est réelle. Ou alors le tueur l'a placée là des jours, des semaines avant. Voire des mois. Ou bien, c'est une facétie des Manson – et c'est quand même une hypothèse très tirée par les cheveux.

— Tu mesures ce que tu insinues ? grogne Lucy.

— Trouver une empreinte dans un endroit pareil ne me surprend pas, reprend Marino. Les Bigfoots vivent le plus souvent sous terre, dans des mines abandonnées, des cavernes. (Il range son couteau et son rouleau d'adhésif dans les poches de sa combinaison.) Pendant les travaux de déblaiement des grottes de Luray, les équipes sont tombées sur d'énormes créatures qui vivaient là-dessous. Certains ouvriers se sont enfuis de terreur et ne sont jamais revenus. Et c'est arrivé plus d'une fois. Il y a des histoires similaires aux quatre coins du globe.

— Ces personnes sont sûrement honnêtes pour la plupart, mais elles racontent uniquement ce qu'elles ont cru voir – sauf que c'est faux, dis-je en sortant de la cabine deux nacelles de sauvetage.

— Ou alors, c'est la stricte vérité, objecte Marino. Va savoir ce qui se cache dans ces bois ? C'est comme le fond des océans, on ne sait pas grand-chose. Pour rappel, c'est toi qui dis qu'il faut toujours garder l'esprit ouvert.

— On te donne juste un avant-goût de ce que tu vas subir, insiste Lucy en l'aidant à sortir des packs d'eau de l'hélicoptère. Je veux que tu tiennes ta langue. Déjà que tu dis à qui veut l'entendre que tu crois aux Bigfoots ! Il n'y a qu'à voir ta page Facebook !

— J'ai entendu parler des Bigfoots toute ma vie. Quand j'ai grandi dans le New Jersey, les gens n'arrêtaient pas de raconter qu'ils en avaient vu ou rencontré un. Comme Bobby O'Reilly, le gars que j'entraînais à la salle de boxe. Un jour qu'il chassait sur ses terres, il est tombé nez à nez avec un Sasquatch, un petit, sans doute un jeune avec des longs poils partout. Il a sauté d'un arbre et a détalé sur ses deux jambes. Il l'a vu comme je te vois ! Il avait des yeux humains, et une petite voix lui a dit de ne pas tirer.

— Garde cette histoire pour toi, s'il te plaît, grommelle Lucy en déchargeant les dernières caisses contenant des EPI et autres équipements.

J'y ai ajouté des sacs étanches contenant des snacks, des boissons énergétiques, et quelques accessoires indispensables en extérieur tels que des toilettes de camping pliables et un paquet de douze rouleaux de papier hygiénique. Alors que Lucy verrouille les portes, j'entends un bruit étrange dans les bois, comme si quelqu'un frappait le tronc d'un arbre avec un gros bout de bois, lentement, à une cadence régulière.

— Chut ! lance Marino.

Le bruit s'arrête. Je scrute la forêt, traversée de rais de lumière, comme autant de barreaux. Puis ça reprend. Quelques coups réguliers. Et ça s'arrête à nouveau. Mon pouls s'accélère.

— Putain. C'est pour nous ! s'exclame Marino, les yeux écarquillés. C'est comme s'il nous avait entendus parler.

Immobiles, nous attendons que l'étrange pulsation recommence. Mais tout demeure silencieux.

— Tu as déjà entendu ce machin depuis que tu es là ? lui demande Lucy.

— Non. (Marino tourne la tête en tous sens. Je ne l'ai jamais vu aussi effrayé.) Pas ici, mais ailleurs. Quand je cherchais les Sasquatchs. Le même bruit, comme si on me disait de ne pas m'approcher.

— Un pivert ? suggère Lucy.

— Ça, c'est pas un pivert.

— Un castor se faisant les dents ? Ou juste quelqu'un qui nous fait une blague.

— Ici ? C'est peu probable, réponds-je. Je ne sais pas ce que c'est, mais ce n'est pas un de tes enquêteurs. Parce que la scène de crime, c'est de l'autre côté. Et je ne vois pas qui pourrait se trouver dans ce secteur.

— À mon avis, ce truc est à cinq ou six cents mètres, précise Marino à la fois tendu et fasciné.

— Si on a un intrus qui nous espionne, on va le savoir tout de suite, réplique Lucy en posant une caisse sur la plateforme.

Elle ouvre le couvercle et sort un drone équipé d'une caméra. Elle déplie les quatre bras en carbone et pose l'appareil au sol.

— Je vous présente Pepper. Pas besoin de télécommande. J'ai une appli sur mon téléphone. Son système de reconnaissance vocale n'est pas mauvais, mais ce n'est pas encore ça. Et il a fait pas mal d'allers et retours à l'atelier pour corriger des bugs. Mais passons.

Elle approche le téléphone de sa bouche et dit : *Pepper, réveille-toi.* Les lumières du quadricoptère s'allument et se mettent à clignoter en rouge et vert.

— *Pepper, démarre.*

Les hélices commencent à vrombir, émettant un bourdonnement aigu.

— *Pepper, chasse.*

Le drone s'élève dans les airs. Vingt mètres, trente mètres. Et davantage. Une fois au-dessus des arbres, il cesse son ascension et s'élance.

10

— Il va tourner au-dessus de la zone pendant que nous travaillerons. S'il y a un truc de gros là-dessous, je le verrai sur l'écran, explique Lucy en montrant sur son téléphone le secteur survolé par Pepper. Je reçois aussi les images sur mes lunettes.

Comme l'*Aigle de l'Apocalypse*, le drone est équipé d'un lidar, un système de télédétection par laser, et d'un GPS à bande L, capable de pénétrer les frondaisons les plus denses. Si quelqu'un ou quelque chose de dangereux est tapi dans ces bois, Pepper le repérera.

— Pour l'instant, il n'y a rien. Ni ours, ni lions, ni tigres. Rien d'aussi gros, indique Lucy pendant que nous chargeons les sacs sur nos épaules et prenons les caisses. Et plus important : aucun humain. Personne venu nous donner une leçon, ou exécuter un contrat à la russe.

Nous nous mettons en marche avec notre matériel. Les arbres sentent l'automne, le soleil darde ses rayons à travers le couvert végétal.

Nos chaussures font bruisser l'épais tapis de feuilles mortes, encore trempé de la pluie d'hier. Nous repoussons les branchages qui entravent notre chemin en veillant à ce qu'ils ne viennent pas cingler celui qui se trouve derrière. Durant tout le trajet, j'ai encore et toujours l'impression qu'on m'observe.

Marino est en tête, Lucy à sa suite et je ferme la marche, sans pouvoir m'empêcher de me retourner de temps en temps. Je sais, c'est ridicule. Mais cette histoire d'empreinte et ces *tac !* *tac !* sur les arbres m'ont déstabilisée. Je surveille tout, les ombres et les lumières, les feuilles qui bougent, les branches qui se balancent sous la brise. Un écureuil détale sur un tronc. Un lapin file dans un fourré. La faune reprend ses activités maintenant que l'hélicoptère s'est tu.

Marino me montre un carré de mousse de la largeur d'une cabine téléphonique. Dans le brouillard ou la nuit, il serait indiscernable. Et même en plein jour, je ne sais pas ce que c'est.

— C'est un ancien puits. La terre et la végétation l'ont recouvert, explique-t-il. Le sol en est truffé. Et ces machins sont carrément profonds. Aucun plan ne répertorie leurs emplacements. Imagine que tu passes là en quad ou quelque chose comme ça. Ou pire, si tu marches dessus...

Autrement dit, il faut faire attention où on met les pieds. Et l'avertissement est valable aussi pour Lucy. Elle n'a vu les lieux que du ciel. Elle n'a jamais quitté l'hélicoptère depuis qu'elle a assuré la navette toute cette nuit. Elle avance avec précaution, son regard se portant tous azimuts comme un rayon laser, la main posée sur la crosse de son Desert Eagle.

— ... ce serait comme passer à travers une trappe et être enterré vivant, poursuit Marino. Tu ne seras sans doute pas tuée sur le coup. Tu vas agoniser pendant des jours et personne ne pourra te retrouver...

Son laïus terroriserait n'importe qui, et je m'efforce de penser à autre chose. Nous progressons lentement entre les arbres morts, les rochers, les sumacs vénéneux, les ronces. En cognant contre mes hanches, les sacs me déséquilibrent, leurs sangles meurtrissent mes épaules, et ça commence à me brûler.

À présent, je comprends pourquoi on n'a pas retrouvé de traces de pas, qu'elles soient animales ou humaines. C'est la même chose pour nous, on ne laisse aucune empreinte, car le sol est couvert de feuilles pourrissantes ou parsemé de cailloux. Il y a très peu de zones de terre nue. Par conséquent, personne ne peut savoir qui est passé par là.

— Je fais un détour pour éviter l'énorme ruche avec la toile d'araignée, nous prévient Marino. Elle est droit devant. Suivez-moi et tout ira bien.

— T'inquiète, on ne risque pas d'aller se promener, lui assuré-je.

— On se croirait en Afrique. L'araignée est grosse comme ma main avec des pattes jaunes. Je ne sais pas ce que c'est comme espèce et je n'ai pas eu envie de m'attarder.

Mais il a pris une vidéo qu'il s'est empressé de m'envoyer. Je fais de mon mieux pour oublier ces images. Il continue la visite guidée, signalant une succession de dangers. Je me sens de moins en moins à l'aise. Dans mon métier, je supporte des horreurs qui feraient défaillir le commun des mortels. Toutefois, les insectes, et tout ce qui rampe, me fichent vraiment les jetons.

Bien sûr, il me montre la souche pourrie au milieu des rocailles, là où il a rencontré le serpent. Les impacts de balles et les éclats de bois sont immanquables. Les taches noires au sol doivent être du sang.

— Il était enroulé là. Gros comme un tuyau d'incendie, le machin ! Je ne l'ai vu qu'au dernier moment, j'étais si près qu'il pouvait me mordre. Je lui ai fait sauter la tête. C'est seulement après avoir tiré que j'ai compris à quoi j'avais affaire.

— Autrement dit, la « méthode Marino », ironise Lucy en se baissant pour passer sous un arbre qui sent comme un sapin de Noël.

— Ça m'a fichu une peur bleue. J'ai failli marcher dessus.

— Il y a des gens qui ont des serpents-taureaux en animal de compagnie, réplique-t-elle. Le spécimen que tu as tué devait avoir vingt-cinq ou trente ans à en juger par sa taille. Et c'est dommage, parce qu'il était totalement inoffensif.

— Tu parles ! Ils tuent en étouffant leurs proies. Celui-là aurait pu se faire un chevreuil, voire un homme. Et si j'en ai vu un, c'est qu'il y en a d'autres. (Il me lance un regard en coin.) Alors ouvre l'œil, Doc.

— Qu'est-ce que tu as fait de la carcasse ? m'enquiers-je.

— T'inquiète, je l'ai balancée. Mais comme je l'ai dit, quand Tron et moi on fouillait la mine, on a entendu des bruits, un truc s'est enfui et ça a fait bouger des pierres. Donc on ne sait pas ce qui vit dans ces tunnels.

Une fois sortis de la forêt, nous découvrons le lac miroitant dans son écrin d'arbres. En m'approchant du bord, j'aperçois des dizaines de billets flottant à la surface, au milieu des feuilles mortes. Une vision aussi déconcertante qu'un tableau surréaliste.

— Quand on m'a dit que les Manson avaient beaucoup d'argent liquide ici, je ne m'attendais pas à ça, commenté-je en désignant les billets de cent dollars qui dérivent lentement avec le courant.

— Il y a des biffetons partout, comme si on avait explosé une piñata pleine de fric, précise Marino. Pour l'instant, on a récupéré plus de quarante mille dollars. Mais il en reste dans des endroits inaccessibles, dans les arbres ou sur ce lac. Quand on y ira chercher le corps, on essaiera d'en ramasser un max.

La femme est à quinze mètres du rivage, ses fesses et son tronc affleurent à la surface. J'aperçois les deux bâtons de randonnée plantés dans son dos, dressés en oblique, qui dessinent un grand « V » ressemblant au signe « peace and love ». Le corps a séjourné dans l'eau suffisamment longtemps pour que la vie aquatique ait déjà causé des dégâts, je le sais. Mais le cadavre dans le puits de mine m'inquiète davantage. C'est le plus compliqué à récupérer, et le plus risqué.

Depuis la grève, je distingue le campement mis à sac, à côté de l'entrée de la mine effondrée. Les vêtements sont éparpillés, certains sont accrochés dans les branches, avec des billets de banque tout autour. C'est normal que Marino pense que c'est à cause du souffle de l'hélicoptère. Moi non plus je ne vois pas d'autres explications.

Des appareils électriques, des batteries, des panneaux solaires jonchent le sol couvert de feuilles mortes. Comme si quelque chose d'énorme et furieux avait piqué une grosse colère. La tente au motif camo est couchée par terre. Les enquêteurs du Secret Service sont encore en train de collecter des indices. Ils prennent des photos, des vidéos. L'un d'eux découpe quelque chose dans le tronc d'un peuplier aux feuilles d'un jaune flamboyant. J'entends la scie électrique siffler et grignoter le bois.

— Il y a des billets de banque partout, et aussi des cartes de crédit, des permis de conduire, continue Marino. Les passeports ont été déchiquetés, les pages arrachées, comme à dessein. Aucune marque de dents apparente.

— Pourquoi un ours ou un autre animal viderait des portefeuilles et déchirerait des passeports ? dis-je.

— Un animal non, mais un assassin, oui, intervient Lucy. Une brute lambda qui a un message à faire passer.

— Les Manson ont énervé les mauvaises personnes, conclut Marino. Voilà ce que j'en dis.

— Ils n'auront plus besoin de passeports ni de papiers d'aucune sorte, renchérit Lucy. Terminé les virées au bout du monde. Les Manson n'iront plus nulle part. Voilà le message.

— Je me demande ce qu'ils mijotent maintenant, reprend Marino en regardant autour de lui. Parce que ce n'est pas fini, c'est sûr. Je sens un gros problème arriver. C'est dans l'air comme un truc vaudou.

— Plus comme une énergie sombre, précise Lucy avec un sous-entendu qu'elle ne prend pas la peine d'expliciter. Ça s'appelle la haine. Et cela a la force d'un trou noir.

Une myriade de petits fanions délimitent la zone. Benton en sait long sur ce qu'on peut laisser derrière soi. Les émotions et sentiments peuvent imprégner l'air, subsister comme une odeur, un écho. Et c'est le cas pour le mépris, la rage, l'arrogance. Personnellement, j'ajouterais à la liste le nihilisme ardent, le besoin de destruction, l'envie de tout saccager. Et aussi l'effroi, l'horreur. Lucy a raison quand elle parle de haine. C'est là. Tangible. Tel le ressac nauséeux d'une vague.

Nous suivons Marino sous le barnum que l'équipe a monté sur la grève. Le matériel y est rangé à l'abri du soleil, mais pour l'intimité c'est raté. Nous déposons nos caisses et nos sacs, commençons à déballer nos affaires et à parler procédures. Je leur tends des bouteilles d'eau et des snacks. Il faut se nourrir et s'hydrater.

— Tout l'argent récupéré est ici, précise Marino en désignant un grand sac en papier. Les biffetons sont encore mouillés. J'ai cru que c'étaient des faux. Mais maintenant, je n'en suis plus si sûr. Quand on les regarde à la lumière, on distingue les filigranes.

— Nos techniciens vont s'en occuper, annonce Lucy. (Une façon de lui rappeler qui est responsable de l'enquête.) S'il s'agit de contrefaçons, on le saura vite et avec un peu de chance on découvrira d'où proviennent ces billets.

— Les Manson auraient pu verser dans le faux monnayage ? s'enquiert-il.

Marino et ses expressions d'un autre âge !

— Ils mangeaient à tous les râteliers, tant que c'était sans danger et rentable, réplique Lucy.

— C'est peut-être pour ça que l'assaillant n'a pas pris l'argent ? poursuit Marino. (En pleine réflexion, il fait les cent pas sous la tente, le visage écarlate ruisselant de sueur.) Il savait que c'étaient de faux billets, et que cela aurait été hyperchaud de s'en servir.

Il vide d'un trait la bouteille que je viens de lui donner et la jette dans un sac-poubelle.

— Ou alors l'argent n'était pas le motif de sa visite, dis-je. (Je mords dans ma barre de céréales tandis que Lucy retire son holster de cuisse.) Peut-être que le plan était simplement d'occire Huck et Brittany ? Il est évident que quelqu'un voulait leur mort.

— N'empêche que les biffetons ont été envoyés en l'air. Pourquoi ? persiste Marino en adressant un regard noir à Lucy. T'es sûre que ce n'est pas ton engin de la mort qui a foutu tout ce bordel ? Si c'est le cas, pas de souci, reconnais-le et avançons. Tout le monde peut faire une connerie.

— Comme je l'ai précisé, il y a eu sans doute un peu de vent, mais cela n'a fait qu'agiter les feuilles.

Elle pose son Desert Eagle .44 Magnum sur une caisse et s'assoit.

— Je ne suis pas le seul à me poser cette question, s'obstine Marino. Deux de tes hommes se disent la même chose.

Marino lui tend une combinaison en Tyvek jaune citron comme la sienne. Elle commence à l'enfiler.

— Tout est filmé, objecte-t-elle. Quand je visionnerai la vidéo, je te montrerai que l'endroit était dans cet état avant mon arrivée. On verra précisément ce que j'ai créé comme perturbation – à supposer que ce soit le cas.

— Je ne vois pas comment tu pourrais savoir dans quel état était la scène de crime avant que tu t'en approches, interviens-je. Je pense en particulier aux billets, aux armes, aux appareils électroniques. On ignore ce que l'assaillant a fait avant de…

— Oh-oh…, lance Lucy, troublée, en regardant son téléphone. Encore ! C'est vraiment pas le moment !

Elle nous montre l'image en temps réel envoyée par le drone : des branches d'arbres, des épines de pins. Pepper s'est planté dans les arbres. Adieu la surveillance de Buckingham Run ! D'ailleurs, à voir son état, il ne survolera peut-être plus rien.

— *Pepper, retour maison,* ordonne Lucy à son appli. Trois hélices tournent encore, mais ça ne sert à rien. Il ne peut plus bouger.

Elle essaie une nouvelle fois : *Pepper, décolle.* L'engin ne réagit pas.

— Dernièrement, on a eu un problème avec les contrôleurs Pixhawk qui ordonnaient au drone de piquer sans raison, explique-t-elle. Et c'est ce qui vient encore de se produire ! Je ne sais pas comment le récupérer. Il ne répond plus.

Pendant que Lucy nous raconte ses déboires techniques, l'enquêteur muni de sa scie sur batterie s'approche de nous avec une collection de sacs plastique étanches. Il ôte sa visière, son masque et repousse sa capuche. C'est Tron !

— Bonjour, docteur Scarpetta. Comment allez-vous ?

Tron ne m'a jamais appelée par mon prénom, même quand elle vient manger à la maison.

— Je suis désolée de vous faire venir ici. Ça ne va pas être une partie de plaisir. Je vous présente d'avance mes excuses. Mais nous sommes bien contents de vous avoir avec nous.

Tron est une beauté exotique, avec des yeux noirs et des cheveux bruns. Elle porte une combinaison comme tout le monde. Il ne faut pas se fier à son sourire facile et son air avenant. Elle peut se montrer féroce si on la cherche. Professionnellement, c'est la partenaire idéale pour ma nièce.

— Pepper s'est planté, lui annonce Lucy. Il nous a fait un saut de l'ange dans les sapins !

— Encore ? Ça fait combien de fois ? Cinq ? Pourquoi ce bug n'est pas réglé ? (Elle regarde les images sur le téléphone de Lucy.) Comment on va le récupérer là-haut ?

— Bonne question. Il est coincé à vingt mètres du sol. On n'a pas d'échelle de pompiers ni d'équipe de cordiers ! Notre seul espoir, c'est de voler tout près avec l'hélico et d'essayer de le décrocher avec le souffle du rotor. Mais il risque d'atterrir sur une branche en dessous. Et je n'ai aucune envie de me crasher pour un putain de drone !

— Sage décision, commenté-je.

— Ça n'empêche qu'il faut trouver un moyen. On ne peut pas le laisser là, rétorque Tron. Pepper embarque de la technologie secret-défense.

— Pour l'instant, je coupe l'alim, annonce Lucy. Inutile de vider la batterie. S'il est perdu, je ferai un reboot et remettrai les réglages usine. Ni vu ni connu.

— Donc, on n'a plus de grand œil dans le ciel ! raille Marino. C'est ballot, vu qu'on ne sait pas ce qui rôde dans le secteur. J'espère qu'on ne risque rien. Et là, je suis très sérieux.

— On sera quand même avertis si quelque chose vient dans cette direction, tempère Lucy.

— Quelle chose ? insiste Marino.

— D'autres drones, d'autres aéronefs. Par exemple, l'hélico de la télé.

— Ce qui ne va pas tarder, peste Tron. Dépêchons-nous de récupérer les corps.

Tron range la scie dans sa caisse en plastique.

— Je suppose que vous n'avez pas trouvé d'autres empreintes de pieds ? s'enquiert Marino.

Elle secoue la tête.

11

— Il s'est passé quoi cette nuit, selon vous ? m'enquiers-je en tendant une bouteille d'eau à Tron.

— Celui qui est responsable de ça nous a volontairement compliqué la tâche.

— Et, en plus, il se fiche de nous, ajoute Lucy en désembuant la visière d'un masque à gaz. Toute cette agitation des derniers jours est destinée à faire la une de la presse, et avec ce qui s'est produit ici, c'est gagné.

— Justement. (Tron brandit les sacs transparents et, sans les ouvrir, nous montre ce qu'il y a à l'intérieur.) J'ai récupéré ça.

Elle nous explique que les quatre balles écrasées et leurs fragments ont été retrouvés là où débouche le chemin. Les Manson étaient postés à cet endroit, cette nuit, sous la pluie battante.

— Les douilles étaient par terre, sur les feuilles. (Elle glisse les sachets dans une enveloppe kraft qu'elle étiquette au feutre indélébile.) On a aussi récupéré dix cartouches non utilisées. Et je viens de trouver ça...

Dans un autre sac en plastique, elle nous montre une balle à chemise de cuivre, brunie comme un vieux penny. La pointe de la balle est à peine émoussée et de couleur jaune.

— C'est une balle perforante, explique Lucy en l'observant de plus près.

Un éclair de colère passe dans ses yeux.

— Probable. Tout dépend de quoi est faite l'ogive, intervient Marino tandis qu'on continue de s'équiper sous la tente. En tout cas, ce n'est pas du plomb, sinon la balle aurait été déformée ou cassée au moment de l'impact contre l'arbre.

— Si c'est ce que je crois, l'ogive est en acier durci, reprend Lucy.

— Tu as déjà vu ce genre de munition ? demande Marino en lui jetant un regard chargé de méfiance. Qu'est-ce que tu nous caches encore ?

— Je suppose qu'elle a été tirée par un fusil, pas par un pistolet, mais il est trop tôt pour en être certain. Les labos vont l'examiner.

Elle n'en dit pas plus.

— C'est ça que vous retiriez du tronc quand on est arrivés ? m'enquiers-je.

— Oui, confirme Tron. Elle n'était pas très enfoncée. Et c'est le détecteur de métaux qui m'a signalé sa présence.

— Et c'est la seule de ce type ?

— Exact. Mais il peut y en avoir d'autres.

— Reste à savoir depuis combien de temps cette balle est là, dis-je. Je suppose que les Manson avaient toutes sortes d'armes. Il est possible qu'ils aient tiré plus tôt dans cette zone avec un fusil. Ou avaient une arme de poing équipée pour supporter ce type de munition.

— D'après ce qu'on sait, Huck et Brittany ne s'entraînaient pas au tir ici. De crainte d'attirer l'attention, explique Tron. Pour le moment, on ignore qui a tiré cette balle. Et quand. Et de quel endroit exactement.

— D'ordinaire les pointes de ce type de balles sont en plastique, pas peintes. Et elles ne sont pas jaunes, déclare Marino en examinant le contenu du sac sous tous les angles. Elle doit bien peser quinze grammes. Voire plus.

Il prend des photos du projectile à travers le plastique – bien entendu, je ne suis pas dupe : il est en train d'envoyer les clichés à notre experte balistique Faye Hanaday. Et il fait ça en douce, au nez et à la barbe du Secret Service. Lucy a sans doute compris, mais n'intervient pas. Puisque rien ne lui échappe, ou presque, et qu'elle le laisse faire, c'est qu'elle s'en fiche. Pourquoi ? Mystère.

— Tout ce qu'on peut affirmer, c'est que l'ogive a basculé au moment de l'impact et a fait voler un bon morceau d'écorce.

— Une balle aussi lourde qui tourne en traversant la cible a un énorme pouvoir d'arrêt et fait beaucoup de dégâts, répond Marino. Peut-être que l'assaillant fabriquait lui-même ses cartouches ?

— Ça m'étonnerait beaucoup, réplique Lucy avec assurance.

— Rien ne nous dit qu'elle ne tournait pas déjà sur elle-même après avoir traversé une première cible, suggéré-je en prenant le sachet.

J'examine le projectile et distingue les rayures laissées par le canon de l'arme.

— C'est vrai qu'il peut y avoir plusieurs raisons à cet effet de bascule, concède Lucy.

— Les dégâts sur le tronc semblent frais, précise Tron en jetant dans la poubelle ses gants maculés de terre. Mais cela ne date pas forcément de cette nuit.

— Et je parie que vous n'avez pas retrouvé la douille, ajoute Marino. Parce que cela nous révélerait bien trop d'éléments. Voire tout le puzzle.

— Non, confirme Tron. Ni l'arme qui va avec.

— On ne trouvera rien, reprend Lucy. Le tueur est très précautionneux concernant ce genre de choses. Mais il a pu commettre une erreur ailleurs.

— Les deux pistolets qu'on a récupérés n'ont pas tiré de telles munitions, précise Tron. En tout cas, pas hier.

Ils ont ouvert le feu avec des Glock calibre 10 mm, chacun équipé d'un chargeur de quinze balles. À en juger par le nombre de douilles collectées jusqu'à présent, ils ont fait feu à plus de dix reprises sur l'intrus.

— Il restait sept cartouches dans l'un des pistolets et dix dans l'autre. Les deux armes avaient une balle dans la culasse.

— Ils se seraient enrayés ? avancé-je.

— Je ne pense pas. Mais le labo nous le confirmera. Les victimes mitraillaient à tout va, et ça s'est arrêté net, comme si elles avaient été neutralisées.

— Qu'est-ce qu'on a au son ? On entend des cris ?

— Non, juste une série de coups de feu, rapides, vers 3 h 30 du matin, répond Lucy. Cela a duré environ trente secondes. Puis plus rien. Mais je n'ai pas analysé l'enregistrement en profondeur, en tentant tous les filtres audio. On trouvera peut-être quelque chose.

— Le tueur devait avoir une armure costaude pour résister à ce canardage, ajoute Marino. Ça ne l'a même pas ralenti.

— Une armure, oui. Je ne vois pas d'autres explications, assure Tron.

— Pour autant ça n'explique pas tout. Quand on reçoit un pruneau avec une plaque pare-balles, qu'elle soit en acier, en céramique ou même en composite high-tech, c'est comme prendre un coup de masse. Il a pu reprendre sa progression, mais il a dû le sentir passer et se retrouver les quatre fers en l'air à chaque impact.

— Cet individu devait être particulièrement bien équipé, reprend Tron. Peut-être avec du matériel militaire de pointe. Il était téméraire et motivé, ou carrément fou furieux quand il a marché sur le campement. À en croire le sang au sol, les Manson ont été frappés et mutilés quasiment à l'endroit où ils attendaient en embuscade.

— Mettre si vite deux adultes hors d'état de nuire n'est pas une mince affaire. Ils n'ont pas tenté de fuir ?

— Aucun indice en ce sens, répond Tron.

— Et pour aller où ? intervient Lucy. C'est un cul-de-sac. Leur seul espoir, c'était de tirer les premiers.

— Reste à savoir comment il les a tués, lance Marino. Les deux autres l'ont canardé en vain, d'accord. Et ensuite ?

— On n'a pas pu s'approcher des corps. Je ne sais pas exactement ce qu'il leur a fait, hormis que c'était violent, commente Tron. À un moment, ils ont été traînés au sol ou portés avant d'être balancés dans le lac et dans le puits.

— Les planter avec les bâtons de marche, cela a été l'ultime infamie, ajoute Lucy. Mais ils étaient sans doute déjà morts, ou pas loin de l'être.

— J'espère que c'était le cas, dis-je en enfilant des surchaussures en Tyvek.

Je fourre des paires de gants dans une poche. C'est tout ce dont j'ai besoin pour un premier repérage.

— Comment voulez-vous procéder, docteur Scarpetta ? s'enquiert Tron. Encore une fois, mille excuses de vous faire travailler dans des conditions pareilles. Comme on ne peut avoir de véhicules ici, on a dû tout porter à dos d'homme et faire l'impasse, par exemple, sur les groupes électrogènes. On n'aura pas d'éclairage de campagne, j'en suis désolée.

— Je veux m'occuper en premier de l'homme dans le puits, dis-je. Vous allez me descendre dans le trou, et j'espère qu'on pourra le remonter sans trop d'encombre. D'après les vidéos, l'ouverture s'est effondrée au fil des ans et c'est plutôt étroit.

— Un mètre cinquante, au mieux. Tout un côté s'est éboulé.

— Il ne faudrait pas que le reste s'écroule aussi. C'est profond ?

— Assez pour qu'on ne voie pas le fond avec nos lampes, indique Marino.

Je réprime un frisson.

— Vous n'avez pas besoin d'y descendre vous-même, me rassure Tron. Lucy et moi avons une formation de sauvetage en hauteur. On peut récupérer le corps, et vous nous donnerez vos instructions d'en haut.

— Je ne doute pas que vous soyez bien plus qualifiées que moi pour ce genre d'exercice, mais les victimes sont sous ma responsabilité. Si quelque chose se passe mal, c'est moi qui devrai en assumer les conséquences.

— Et moi, gros comme je suis, je ne pourrai jamais entrer là-dedans, commence Marino en se cherchant des excuses. Il vaut mieux que je reste en surface pour aider aux cordes.

Tout le monde sait qu'il est claustrophobe. Jamais, il ne descendra sous terre, retenu seulement par un filin de nylon et se balançant au-dessus d'un puits qu'il imagine sans fond. On a déjà eu notre compte de lieux confinés, comme des ruines d'un bâtiment après un incendie ou une explosion.

Et aussi des cages d'ascenseur, des égouts, des tunnels de service. Il n'y a pas si longtemps, on s'est retrouvés dans un puits à sec où le meurtrier avait jeté sa victime. Il est tellement terrorisé par les endroits exigus qu'il ne peut passer une IRM sans sédatif.

— Il va me falloir des sacs-poubelle, des élastiques, des gants de caoutchouc et la pince-monseigneur, annoncé-je à la cantonade. Lorsqu'on aura sorti l'homme, Marino et moi on s'occupera de la femme.

Avant tout, une visite s'impose. Je veux voir de mes propres yeux comment l'assaillant est arrivé au camp. Et que Tron me montre l'emplacement de la caméra la plus proche dans le chemin.

— Pendant ce temps-là, prévient Marino, je vais emmener Lucy faire le tour du propriétaire.

*

Entre la tente et les bois, le sol est jonché de fanions indiquant l'emplacement des indices. Un scanner laser a été installé, et des enquêteurs prennent des relevés 3D.

— Vous avez besoin d'aide ? lance l'un d'eux en nous voyant passer, Tron et moi.

— On ne va pas loin. Juste là où se trouve la dernière caméra. Si tu m'entends tirer sur quelque chose, ramène-toi !

Le chemin se trouve juste à côté de l'entrée de la mine, dotée de ses panneaux « Interdiction d'entrer ». À mesure que l'on s'approche, je distingue les séquelles du lance-flammes et de l'herbicide dans la végétation. J'imagine la scène : les Manson tapis dans les bois, armes au poing, alors qu'un intrus qu'ils ne peuvent voir s'approche d'eux.

— Cela devait être terrifiant d'entendre les balles toucher l'assaillant sans pouvoir l'arrêter, dis-je à Tron.

C'est la première fois qu'on peut parler tranquillement. J'ai quelques questions qui me trottent dans la tête, auxquelles Lucy a refusé de répondre.

— Ils ont compris que leur heure était venue, c'est sûr, déclare Tron.

— Pourtant, ils étaient deux contre un, et Huck et Brittany n'étaient pas des enfants de chœur.

— Ils ont été totalement dépassés.

— Comment c'est possible ?

— Je ne peux pas encore vous le dire, répond Tron. Tout dépend de ce qu'on va trouver. Je ne sais pas comment ils sont morts, juste que cela a dû être très désagréable.

— Ils s'éclairaient avec des lanternes ou des lampes quand ils ont été attaqués ? Quelles pièces du puzzle avez-vous reconstituées jusqu'à présent ?

Je songe à cette balle à pointe jaune qu'elle a récupérée dans l'arbre. Cela semble signifier que l'intrus était armé. S'il connaissait les victimes, il savait qu'elles avaient de quoi se défendre. L'assassin n'était pas arrivé les mains dans les poches. Et, comme le dit Marino, *on ne vient pas avec un couteau si on s'attend à une fusillade !*

— Les lampes ont été balancées aux quatre coins du camp, explique Tron. Mais je ne pense pas qu'elles étaient allumées. Les interrupteurs étaient sur *off*.

— Vu le temps, on n'y voyait pas à dix pas. L'un ou l'autre a pu prendre son téléphone pour continuer à regarder les images transmises par leurs caméras. Au son, ils savaient que quelque chose de gros venait dans leur direction.

— À mon avis, ils n'avaient aucune lumière. Il faut faire bien sûr d'autres analyses, mais c'est vraiment l'impression que j'ai. Sinon, ils auraient fait des cibles trop visibles. Puisqu'il n'y avait aucune fuite possible, leur réflexe a été de se cacher. Ils se sont terrés dans le noir, armes à la main, prêts à tirer, en priant pour leur survie.

— Ils n'avaient pas de système de vision nocturne ? On en est certains ?

— On a trouvé une lunette de visée infrarouge, mais cassée comme tout le reste. De toute façon, ça ne leur aurait pas servi à grand-chose. L'intrus était invisible sur leurs caméras thermiques, comme sur celles de notre hélico.

— Vous avez une explication ?

— Un système de camouflage à base de capteurs thermiques.

— Et pourquoi avoir tout saccagé ?

— Pour détruire d'éventuels indices et nous faire un doigt d'honneur. Enfin, c'est ce que je me dis.

— Je me demande si les Manson savaient qui arrivait.

— Je pense que oui, vu leurs fréquentations. (Tron soulève la branche d'un houx, constellée de baies rouges. Je baisse la tête et passe dessous.) Comme on dit, on meurt comme on a vécu. Et Huck et Brittany étaient en affaire avec des personnes dangereuses, même si c'était à distance.

Nous traversons une petite clairière tapissée de bois morts. Une branche craque quelque part dans l'ombre des sous-bois et ça me fait sursauter. Ça recommence. Je sens une présence, mon pouls s'accélère, un frisson me parcourt la colonne.

— C'est moi, ou il y a quelque chose de bizarre ? dis-je. J'ai l'impression qu'on m'observe.

— Non, ce n'est pas vous. Des tas d'animaux vivent ici et n'ont pas l'habitude d'être dérangés. Ce qui m'inquiète le plus ce sont les ours. Je n'ai aucune envie de me retrouver nez à nez avec l'un de ces bestiaux. Ou avec un puma. Il paraît qu'il n'y en a plus en Virginie, mais je connais pas mal de gens qui soutiennent le contraire. (Elle se retourne et regarde ma bombe de répulsif à la ceinture.) Je ne veux pas gâcher l'ambiance, mais à la vitesse où attaquent les ours et les pumas, vous avez intérêt à dégainer vite. Si tant est que votre machin fonctionne.

Une bombe au poivre peut dissuader un ours ou un lynx trop curieux, mais pas un en mode prédateur. Et même s'il s'enfuit, il pourra toujours revenir, ajoute-t-elle pendant que je la suis sur le tapis de feuilles encore humide et glissant. J'ai autopsié de mon côté beaucoup de morts ayant été attaqués par de gros animaux, ils avaient des membres amputés, voire la tête fracassée. Tron n'a pas besoin d'en rajouter.

— On arrive, prévient-elle alors que je remarque des branches cassées récemment.

— Vous avez pris ce chemin jusqu'au bout ? Jusqu'à la ferme des Manson ?

— Non. D'autres enquêteurs sont sur place là-bas. Ils n'ont pas trouvé grand-chose, hormis un truc en plastique rouge coincé sur la branche d'un buisson. Un machin de forme rectangulaire, comme le capuchon d'un inhalateur.

— Il était où exactement ?

— À mi-parcours, dans le sentier. C'est peut-être important.

— Tout dépend de qui l'a perdu, réponds-je. Peut-être les Manson durant leur navette entre la ferme et le camp. L'un d'eux avait des allergies ? De l'asthme ?

— On n'a trouvé aucune ordonnance dans ce sens. Mais ils ont pu l'acheter en vente libre. Ils étaient prudents avec leurs déchets, ils ne mettaient jamais leurs poubelles dans la même benne pour qu'on ne puisse pas les fouiller. Je ne crois pas que ce capuchon soit là depuis longtemps. Les pluies et les coups de vent l'auraient décroché.

— Vous avez remarqué des trucs de ce type dans le camp ? Un inhalateur ou quelque chose comme ça ? Ou des médicaments contre l'inflammation des voies respiratoires ? On sait si les Manson ont eu le covid, par exemple ? Ils avaient des problèmes de santé ?

— Non. De ce point de vue, ils étaient parfaitement en forme.

12

Le sentier sinue entre les fourrés et les arbres qui bloquent quasiment toute la lumière. Soudain, on entend une nouvelle fois le bruit : quelque chose, quelqu'un, frappe un tronc avec un gros bâton, lentement. Tron enregistre le son avec son téléphone. Quand cela cesse, on reste immobiles un moment. Le silence. Rien ne bouge.

— C'est vraiment bizarre, ce truc.
— On l'a déjà entendu quand on déchargeait l'hélicoptère.
— Oui, moi aussi, confirme-t-elle alors que nous reprenons notre marche.

Je remarque de plus en plus de branches cassées des deux côtés du chemin. Les dégâts semblent avoir été causés par quelqu'un de ma taille, voire plus grand, pour écarter le feuillage qui gênait sa progression.

— Quand êtes-vous arrivée ici ?
— J'étais dans l'hélico avec Lucy quand on cherchait les victimes. À l'aube, elle m'a déposée avec la première équipe, et elle est partie récupérer les autres, dont Marino.

— Vous voulez bien me résumer les événements dans l'ordre chronologique ? Je sais que vous et Lucy avez été alertées en même temps, quand les caméras se sont déclenchées vers 3 heures du matin.

— C'est exact. Les Manson semblaient en grand danger. Alors on a pris nos voitures, sachant d'avance qu'on arriverait trop tard.

Lucy et Tron s'étaient retrouvées au hangar de l'*Aigle de l'Apocalypse*, et en moins d'une heure elles avaient décollé. Lorsqu'elles avaient repéré le campement, elles ignoraient s'il y avait plusieurs victimes.

— Depuis l'appareil, on voyait juste le corps de la femme dans le lac, le matériel éparpillé par terre et la tente renversée.

— Et pour le mari ? Qu'est-ce que vous vous êtes dit ? Comme vous les surveilliez, vous saviez que Huck et Brittany étaient ensemble ici.

— Qu'il était mort aussi. (Tron enjambe une souche pourrie.) Auquel cas, lui aussi pouvait avoir été balancé à la flotte. On a fouillé le lac et les berges en hélico, en vain. En même temps, Huck avait pu tuer Brittany. C'était peut-être lui qu'on avait entendu gravir le chemin et en redescendre.

— Il pouvait effectivement avoir mis en scène cette attaque pour se débarrasser à bon compte de Brittany. Et pendant qu'on cherchait son corps ici, il en profitait pour quitter le pays.

— Leur relation idyllique était de la poudre aux yeux, comme pour le reste, précise Tron. Ils se trompaient sans vergogne, et ont failli divorcer il y a quelques années. On ne savait pas tout sur eux. J'ai même envisagé la possibilité que ce ne soit pas leurs cadavres, qu'ils aient monté tout ce simulacre pour pouvoir s'enfuir – par exemple, prendre un jet privé à destination de Moscou ou Dubaï.

— Vous croyez ? En tout cas, on va bientôt être fixés sur l'identité des victimes.

— C'est juste une idée qui m'a traversé l'esprit. Je suis quasiment sûre qu'il s'agit bien des Manson. Je ne vois pas qui ça pourrait être d'autre. Mais on n'a pas affaire à un assassin lambda. C'est évident. Et comme vous l'avez compris, on ne peut pas tout vous dire.

— Pourquoi cette balle avec la pointe peinte en jaune ? Je connais le code couleur, noir, rouge, violet. Mais pas jaune. Et sûrement pas peint.

— Je n'ai jamais vu ce genre de munition. Pas pour des balles perforantes, répond-elle. D'ordinaire, la pointe jaune, c'est pour les balles d'entraînement qui émettent une lumière à l'impact et un petit nuage de fumée. Un peu comme des balles traçantes pour régler sa mire. Mais ce n'est pas ça qui était fiché dans l'arbre.

— Je me demande si c'est l'assaillant qui a tiré cette balle. Il a dû venir armé, non ?

— À sa place, c'est ce que j'aurais fait.

Le sentier décrit un coude, les feuilles mortes tombent des frondaisons, traversent les rayons de soleil. Je perçois l'odeur des pins, mêlée à celle de l'humus. Les moustiques bourdonnent autour de nous, comme une nuée d'avions kamikazes.

— Quand Marino est arrivé, vous l'avez emmené dans la mine, c'est bien ça ? demandé-je. Quand a-t-il trouvé l'empreinte ?

— En un rien de temps. Personne ne l'avait remarquée avant.

— Où étiez-vous, quand il l'a découverte ?

135

— Juste à l'entrée du tunnel, avec mon détecteur de métaux. Les autres agents étaient plus loin, occupés à autre chose.

— Je ne vais pas tourner autour du pot, Tron : pensez-vous que Marino ait pu placer lui-même cette empreinte ?

— Impossible.

— Ou quelqu'un de chez vous ?

— En aucun cas.

— Vous imaginez ce qu'on va subir quand cela va se savoir. Les suspicions vont aller bon train ! Tout le monde va tomber sur le dos de Marino.

— Je le sais, croyez-moi. Plusieurs de nos hommes se posent déjà des questions.

— Pourquoi a-t-il décidé de faire ce moulage tout seul ? Il vous a prévenue ou il vous a mise devant le fait accompli ? Techniquement, il n'avait pas autorité pour le faire. Ce n'est pas à lui de collecter ce genre d'indices. Pourquoi s'en est-il chargé ?

— L'explication est toute simple. Marino avait du plâtre à prise rapide dans ses caisses. On n'avait rien dans notre matériel pour faire un moulage, parce qu'on s'en sert rarement. Et il semblait savoir comment s'y prendre.

— Bien sûr qu'il sait. Et c'était pour aider. N'empêche, ça va nous créer un tas de problèmes.

— C'est déjà la cata, je le crains, lâche-t-elle d'un ton sinistre. Mais je ne veux pas vous inquiéter, docteur Scarpetta.

— Je le suis déjà. Alors mettez-moi au courant.

— Il se trouve que la gouverneure n'est pas la seule à avoir reçu un message anonyme de La République revendiquant la mort des deux traîtres, explique Tron. Il y a aussi des chaînes de télé, des journaux, comme CNN et le *Washington Post*. Et, bien sûr, Dana Diletti qui n'arrête pas de raconter à l'antenne son duel aérien contre *l'hélicoptère de combat de la cheffe de la médico-légale.*

— Les gens divaguent sur le budget de l'IML !

*

Tron désigne un chêne le long du chemin. Il y a un fanion planté dans le tronc, à un mètre cinquante de hauteur. C'est là que se trouvait la dernière caméra.

— On est à cinquante mètres du camp, explique-t-elle. Aucun son provenant de là-bas ne peut être entendu, sauf quelque chose de très fort, comme des coups de feu.

— Combien de caméras ont installé les Manson ?

La trace continue devant nous, s'enfonçant dans les bois.

— Une dizaine. Toutes dans des endroits stratégiques. Évidemment, il n'y en avait aucune dans le campement ni dans leur maison. Ils souhaitaient protéger leur intimité, ne pas être espionnés par leurs propres mouchards.

— Vos équipes ont trouvé des choses intéressantes dans la ferme ou ailleurs ? (Nous faisons demi-tour et remontons vers la mine.) Aucun signe d'effraction ? Si les Manson ont été éliminés, l'assassin a pu s'intéresser à ce qu'il y avait dans la maison ou les lieux que le couple fréquentait ?

— Des agents fouillent en ce moment Wild World, répond-elle. Et aussi leur entrepôt. Ça m'étonnerait qu'ils découvrent grand-chose. Quand Huck et Brittany se sont installés dans ces bois, ils ont pris tout ce qui avait de la valeur : portefeuilles, passeports et autres documents. On a tout retrouvé déchiqueté, comme vous le savez.

À mesure qu'elle me décrit leur campement, je m'aperçois que la vie là-haut était loin d'être un retour à l'état sauvage. Ils avaient des matelas, des sacs de couchage, du linge de maison, un ventilateur, un radiateur, le tout installé dans une tente spacieuse parfaitement isolée avec une glacière équipée de loquets anti-ours contenant des steaks, du poulet et toutes sortes de denrées. Ils avaient également des snacks en pagaille et autres douceurs, y compris de l'alcool.

— Et aussi le wifi pour l'internet haut débit, et de quoi charger leurs ordinateurs, leurs téléphones satellites, poursuit Tron. Ils avaient un système de filtration pour l'eau, et des panneaux solaires qui leur permettaient de rester ici durant des semaines, du moins jusqu'à être à court de vivres.

Nous retrouvons Marino et Lucy à la sortie du chemin. Sur un côté se dressent de grands sapins et le sol est constellé de jalons marquant l'emplacement des indices.

— C'est là que ça s'est passé, déclare Marino. Ils se cachaient derrière ces arbres quand l'affreux est arrivé à découvert. On a retrouvé ici les douilles, les balles écrasées. Comme tu le vois, il y a plein de traces de sang. J'ai veillé à récupérer tous les échantillons.

Je me baisse pour regarder l'endroit qu'il m'indique. Une nuée de mouches vole autour de l'hémoglobine coagulée et des restes de cervelle. J'aperçois plus loin l'arbre d'où Tron a extirpé la balle de fusil. La tente aux motifs camo, couchée par terre, est assez grande pour accueillir six personnes. Tron m'assure qu'à leur arrivée en hélicoptère le campement était sens dessus dessous.

— La tente était déjà renversée, explique-t-elle. Comme si quelque chose d'énorme et très puissant avait été pris d'une rage destructrice.

— Attention au choix de vos mots, raille Marino. Vu l'empreinte que j'ai trouvée, cela pourrait prêter à confusion.

Lorsque nous retournons sous le barnum du Secret Service, Lucy me tend une combinaison Mustang Survival orange fluo, totalement étanche avec bottes intégrées, gants et cagoule. Je l'ouvre, l'étale au sol et m'assois dedans. Je n'ai jamais été fichue d'enfiler un tel machin debout ! Je glisse mes pieds dans des sacs plastique pour faciliter le passage des jambes dans le néoprène. Ensuite, je me relève et m'échine à enfiler mes bras dans les manches, et enfin je remonte la fermeture presque jusqu'en haut.

Je fourre une lampe, des sacs à glissière et des élastiques dans les poches de la combinaison, attrape un masque à gaz que j'enfilerai plus tard. Puis, avec tout le matériel, nous nous approchons de l'entrée de la mine, étayée de poteaux et de planches patinés par le temps. Nous allumons nos lampes, baissons la tête, et pénétrons dans le tunnel. Dans l'instant, l'air est devenu froid et humide. Une odeur de poussière et de bois pourri me saute aux narines.

Puis la galerie s'agrandit, et Marino peut se redresser. Les racines des arbres ont percé la voûte et se dressent devant moi comme des griffes. À chaque contact, je me raidis. J'aperçois des restes d'outils et, plus loin, le wagonnet couvert de toiles d'araignée que Marino m'a montré dans ses vidéos. Nos faisceaux strient les ténèbres jusqu'à trouver l'entrée du puits.

Les étais autour sont brisés et une bonne partie s'est effondrée. De petits drapeaux marquent les endroits où Marino a trouvé du sang. Apparemment, la victime a été traînée au sol. Je scrute la zone avec ma lampe. Je ne vois que quelques traces.

— Il n'y en avait pas beaucoup, confirme Marino. J'ai quasiment tout récupéré.

— Le gars était sans doute déjà mort, expliqué-je.

— Je te montre l'empreinte originale ? lance Marino. Du moins ce qu'il en reste.

Il dirige le faisceau de sa lampe vers l'entrée d'un tunnel, derrière le puits de mine. Le sol et les parois scintillent. Sans doute des paillettes d'or. Il me conduit vers une boîte d'archives retournée au sol. Il la soulève. Les contours du grand pied dans la terre grise sont à peine visibles.

— Bien sûr, on le voyait mieux avant que je verse le plâtre, explique-t-il. J'ai mis un masque, des gants et tout. J'ai fait attention à ne rien contaminer.

— Je n'ai pas l'impression que l'eau ruisselle jusqu'ici, commenté-je. Parce que la terre me paraît bien sèche malgré le déluge d'hier.

— C'est exactement ce que je me suis dit, Doc. On ne peut pas savoir depuis quand cette empreinte est là.

Il replace la boîte dessus pour la protéger.

— Tu penses que les Manson venaient ici ?

— Je n'ai trouvé aucun indice en ce sens, répond-il. Mais je ne me suis pas aventuré plus profond. C'est trop dangereux.

Nous retournons à l'air libre et déballons deux sacs mortuaires en vinyle. Pendant que Marino en place un dans l'autre pour avoir une double couche de protection, Tron et Lucy m'aident à m'équiper. Elles accrochent des mousquetons à mon harnais, montent la corde, installent un descendeur.

Je m'approche du puits. Ma lampe éclaire le coffrage en partie effondré. L'échelle est vermoulue et disparaît dans les profondeurs ; il lui manque des barreaux. Dans le faisceau, j'aperçois le corps nu de l'homme coincé entre les étais. Comment vais-je pouvoir le sortir de là ?

— Il ne tient pas à grand-chose. Juste avec les bâtons de marche plantés dans le corps. Et ils sont déjà bien pliés, dis-je à Marino. Sans eux, il serait déjà au fond, va savoir combien de mètres plus bas ? Finalement, je me demande si le tueur voulait qu'on retrouve les cadavres.

— Je me suis posé la même question, me répond-il en éclairant à son tour le puits. (Je ne vois toujours pas le fond.) Il est en équilibre instable. Pas sûr que l'assassin ait vu qu'il était coincé dans le conduit. Cela ne va pas être une partie de plaisir, Doc. Si le cadavre ou un morceau de bois bouge, la gravité va l'emporter. Alors s'il tombe, ne tombe pas avec lui.

— Merci du conseil ! lancé-je gaillardement avant qu'il achève de me terroriser.

— S'il se décroche, on ne pourra pas le récupérer, continue-t-il. Il restera là-dessous ad æternam. Il ne faut pas que ça arrive. Sinon, on va se faire remonter les bretelles.

13

— Quand tu seras à côté, on diminuera la tension au niveau du tronc, ce qui te permettra de basculer sur le ventre, m'explique Lucy. (Nos lampes génèrent une série d'ombres mouvantes sur les parois.) La corde de sécurité dans ton dos te maintiendra en position. Quand tu seras bien stable, tu lui enfileras ça. Et cela devrait marcher.

Elle attache un harnais de sauvetage à une autre corde. J'enfile mon masque à gaz. D'un coup, je m'entends respirer comme si j'étais en plongée avec un détendeur.

— Prête ?
— On va dire ça.

Ma voix est assourdie par la soupape d'expiration.

Je m'accroupis au bord du trou, avec la sensation de me trouver devant une bouche noire, dépourvue de dents, puis m'assois lentement, passe les jambes dans le vide en m'efforçant de ne pas regarder en bas. De la terre et de petits cailloux tombent et ricochent contre je ne sais quoi. Je quitte le bord, et oscille au-dessus du gouffre qui s'ouvre sous moi.

Les blocs de granit scintillent dans le faisceau de ma lampe tandis que je descends lentement, assise dans mon harnais, les sangles serrées sous mes aisselles et mes cuisses. Veillant à ne pas heurter les pierres ou les planches de coffrage, je me stabilise en plaçant les pieds sur la paroi opposée. L'ouverture au-dessus de moi rapetisse, s'éloigne. Je dois être à cinq mètres de profondeur. Et je continue à descendre. Sept mètres...

— TOUT VA BIEN ? me crie Tron en se penchant au-dessus du bord, tout là-haut.

— OUI, réponds-je en levant mon pouce.

— ON PEUT T'ENVOYER L'AUTRE HARNAIS ?

— OUI. ÉCLAIREZ-MOI AU MAX.

Le harnais arrive, suivi du coupe-boulons. Gardant les pieds plaqués contre la paroi, je descends pas à pas et m'arrête à quelques centimètres du corps. Je vais avoir besoin de mes deux mains. J'éteins ma lampe et la glisse dans une poche. Je me retrouve dans un clair-obscur, attachée au bout d'une corde.

J'essaie d'ajuster ma position sans perdre mes appuis. Je n'ai aucune envie de me balancer dans le vide et de heurter les rochers saillant de toutes parts. Et surtout pas le bardage vermoulu hérissé de clous rouillés. Le corps est effectivement coincé, retenu par les bâtons de marche qui le traversent de part en part. Un faux mouvement, et il tombe au fond du trou.

Doucement... très doucement, je pivote et me place sur le ventre, suspendue au point d'ancrage dorsal. Alors que j'attrape le harnais qui oscille à côté de moi, j'entends du bruit montant du fond du puits. Des cliquetis de cailloux. Il y a quelque chose en bas, et ça bouge ! Puis je distingue une respiration, et carrément un grognement. Un frisson de terreur me remonte dans tout le dos. Une ombre passe à côté de moi en poussant un cri aigu, sans doute une chauve-souris, suivi par d'autres grognements. Et ça se rapproche !

La visière de mon masque touche presque la tête de l'homme. Une portion du crâne manque, comme une bonne partie du cerveau. Du sang coule sur ma manche, gouttant d'un lambeau de cuir chevelu. Je sors de ma poche un sac en plastique noir, le secoue pour l'ouvrir, l'enfile sur la tête du cadavre et l'attache avec un élastique. Malgré mes gants épais qui gênent mes mouvements, je parviens à passer le harnais sous les bras du mort et en travers de sa poitrine. Puis je clipse les sangles et les serre.

En revanche, boucler les cuissardes est une autre affaire. Les jambes sont raides et rendues glissantes par le sang. La rigor mortis est bien avancée, et le corps est difficile à bouger. S'il bascule, c'est la catastrophe. Les bâtons font un mètre vingt de long. Ils sont enfoncés dans le dos et l'extrémité ressort par la poitrine. Je remarque d'autres perforations.

Avec le coupe-boulon, je sectionne les tiges d'aluminium pour libérer le corps de l'enchevêtrement de bois. Je glisse les morceaux dans un sac que j'attache à la corde. J'entends un nouveau grognement, presque un marmonnement, alors qu'on me remonte vers la surface. L'ascension est bien trop lente à mon goût. Je rallume ma lampe, deux yeux orange me fixent soudain dans une anfractuosité de la roche.

Un hibou, décidé-je. Ils ne cillent pas quand je passe devant. Enfin, Tron et Lucy m'extirpent du trou tandis que Marino entreprend de remonter le cadavre avec un treuil électrique. Pendant un moment, j'ai les jambes en coton, mais je ne laisse rien paraître. J'espère que c'est la dernière fois que je devrai faire une chose pareille. Puis la tête couverte de son sac noir apparaît à l'orée du puits.

La victime est recroquevillée comme une grenouille dans le harnais, ses bras et jambes sont pliés selon des angles improbables, ses mains blessées sont couvertes de sang séché. La coloration sombre de certaines parties du corps et l'avancée de la rigidité cadavérique prouvent que l'homme était dans cette position quand il est mort.

— À première vue, je dirais que le décès remonte à huit heures, à en juger la fraîcheur qui règne dans la mine.

Et il est près de midi.

— Ce qui colle avec l'heure de l'attaque, annonce Tron. C'est à 3 h 30 qu'on a entendu les coups de feu.

Nous sortons le cadavre du trou. Marino saisit le harnais par le dos et, sans l'aide de personne, soulève le corps de cinquante centimètres. Je vois mieux les écorchures et les lacérations, preuves que le corps a été tiré sur les cailloux avant d'être jeté dans le puits. La jambe gauche est fracturée, le fémur cassé a transpercé la cuisse, et les animaux ont commencé leur besogne. Un pied, le gauche, a été emporté, l'autre est à moitié dévoré.

— Ce sont des dégâts post mortem, peut-être un lynx, un puma, un ours. Mais les estafilades rectilignes aux poignets et aux mains n'ont pas été causées par des dents ou des griffes. Ce sont des incisions. (Je leur montre les blessures.) Pratiquées avec un objet tranchant, comme un couteau.

— Il a peut-être reçu des coups en tentant de se défendre ? suggère Marino.

— J'en doute fortement. (Je l'aide à placer le cadavre dans notre double housse mortuaire.) Quand quelqu'un se protège face à un couteau, les entailles sont un peu partout sur les bras. Ici, elles sont uniformes, comme si la victime ne bougeait plus quand elle a été mutilée.

— C'est bizarre. Pourquoi lui faire ça ? me demande Tron.

— Pour l'instant, je n'en ai aucune idée. Mais ces blessures ont été pratiquées après la mort, ou juste avant.

Pendant que Marino prend des photos, je sors ma loupe lumineuse et examine le trou sur la face antérieure du cou qui pourrait être en lien avec le cratère dans le haut du dos, gros comme une orange. Je tourne le corps sur le côté. Je pense que c'est ici le point d'entrée. Du sang se met à couler.

— Et là c'est le point de sortie, dis-je en montrant la zone arrachée entre les omoplates.

— Un coup avec un bâton de marche ? avance Marino en me donnant une serviette.

— Ça ne ressemblerait pas à ça. Toute la structure du cou a été détruite, j'ai déjà vu ce genre de lésions sur des victimes de fusil d'assaut.

— Cela pourrait expliquer cette balle en cuivre plantée dans l'arbre.

— Possible, réponds-je. Et une autre balle aurait pu causer les dégâts au crâne, fracasser l'os occipital à l'arrière.

— Ou alors dans la panique, Huck et Brittany se sont tiré dessus sans le vouloir, lâche Marino en remontant la fermeture des sacs.

— Leurs vêtements pourraient nous apprendre des choses, dis-je. Où sont-ils ?

— Déjà emballés, indique-t-il pendant qu'on dépose le corps sur une civière. Le couple était visiblement habillé : jogging, chaussettes, chaussures, manteau, et tout est couvert de sang.

— Leurs affaires semblent avoir été tailladées avant d'être éparpillées dans le camp, ajoute Tron. Ce qui est bizarre, comme tout le reste. Pourquoi déchiqueter des habits ?

— Il faudra veiller à ce qu'ils soient bien à bord de l'hélicoptère, dis-je à Marino.

— Le tueur devait avoir une haine viscérale pour les Manson, commente-t-il en m'aidant à soulever le brancard.

— Ou alors, il cherchait quelque chose, suggère Lucy.

— Il y a des impacts de balles dans les vêtements ? m'enquiers-je. Ou autres traces qui puissent nous dire comment ces blessures ont été infligées.

— Comme ils sont en charpie, c'est difficile à voir, répond Marino.

*

Nous laissons la civière sous le barnum, à l'ombre. Je me nettoie à l'eau distillée et me désinfecte tandis que Marino retire son EPI en Tyvek jaune. Il récupère une combinaison étanche comme la mienne, l'étale au sol et s'assoit dedans, utilisant la même méthode que moi pour l'enfiler.

— Tu vas prendre ton arme ? demande Lucy en le voyant s'équiper.

— Absolument. Comme ça, je l'aurai sous ma combi. Et s'il y a un gros souci, on aura une chance de s'en sortir.

— Au cas où Bigfoot pointe son nez ? Ou le monstre du Loch Ness ! raille-t-elle.

— On sait que dalle sur ce lac ! Hormis qu'il est alimenté par la rivière. (Il passe ses pieds dans des sacs-poubelle.) C'est donc de l'eau douce. Au moins on ne risque pas de rencontrer de requins. Mais on ignore les saloperies qui peuvent vivre dans cette flotte. Et je ne tiens pas à une rencontre du troisième type. C'est pour cela que je t'ai demandé d'apporter un kit antivenin, ajoute-t-il en se tournant vers moi.

— Cela ne servira à rien.

— Les mocassins sont les plus dangereux. Quand tu les vois, c'est qu'il est déjà trop tard. (Et il en remet une couche :) Si tu te fais mordre par un de ces serpents, t'es foutu. Alors si l'un d'eux montre son nez, je l'explose. Point barre.

— Essaie de ne pas me tirer dessus quand même, réponds-je.

Avec force jurons et grognements, il parvient à passer ses jambes dans la doublure de néoprène, puis c'est au tour des bras, jusqu'aux mains qu'il doit introduire dans les gants thermosoudés aux manches. Il s'échine, se bat, et cela le met de très mauvaise humeur. Nous récupérons deux nouvelles housses mortuaires, une civière et un flotteur orange vif attaché à une corde.

— ... Les mocassins peuvent dépasser les deux mètres, poursuit Marino alors que j'accroche un sac étanche à un anneau de ma combinaison.

Nous traversons la grève rocailleuse. Engoncés dans nos Mustang Survival, nous remontons nos cagoules, fermons les zips. Nous n'avons ni masque ni tuba. L'idée est de nager sur le dos et de garder la tête hors de l'eau.

— Deux mètres de long ! répète Marino. Et je ne parle pas des silures. Ils peuvent être énormes. Ils bouffent tout, y compris des cadavres. Personne n'a jamais pêché ici, ni chassé. Alors imagine la taille qu'ils peuvent faire !

— Je préfère ne rien imaginer du tout, réponds-je alors que je m'enfonce dans l'eau jusqu'à la taille.

En soufflant dans des tubes, nous gonflons nos coussins de flottaison sous le cou. Le néoprène flotte naturellement et nous maintient sur le dos. Nous progressons en pagayant des bras et des jambes. L'eau sent la vase.

— Il pourrait y avoir eu un effet Tchernobyl, continue Marino définitivement intarissable. Avec tous ces contaminants, les animaux ont pu muter à force d'être exposés au mercure, au plomb et autres cochonneries. À la longue cela pourrait peut-être changer leur ADN, non ?

— Les métaux lourds peuvent en effet créer des malformations à la naissance.

— Autrement dit, on pourrait se retrouver devant un serpent à deux têtes ou je ne sais quel monstre.

— Marino, tu sais que tu plombes l'ambiance ?

Pendant que je progresse sur le dos, je regarde le ciel d'un bleu éclatant sous le soleil. Mon écran solaire est parti avec ma sueur, et je sens ma peau qui commence à chauffer. Je me demande ce qui peut nager en dessous de nous et être attiré par nos mouvements. Je surveille la surface, inquiète.

— Il y a des biffetons là-bas, lance Marino en accélérant l'allure pour aller récupérer quelques centaines de dollars.

Nous attrapons ce que nous pouvons sans trop nous écarter de notre trajectoire. Je range des billets dégoulinants dans le sac étanche attaché à ma combinaison. En quelques minutes, nous avons ramassé quelques milliers de dollars.

— Il doit bien y avoir encore vingt mille à la baille, s'émerveille Marino. Et je ne compte pas ce qui a coulé au fond ou a été emporté par le courant.

La femme est juste devant nous, avec un billet de cent dollars coincé dans ses cheveux bruns étalés en corolle. J'attrape doucement la poignée du bâton de marche qui lui transperce le tronc. Il y en a deux ; leur extrémité est aussi effilée que la pointe d'une flèche. Alors que je tire le corps vers moi, je repère l'ombre des poissons qui s'enfuient.

Je place la bouée orange sous elle, nous refermons la sangle et la retournons. Elle me regarde de ses orbites vides, les dents à nu. Lèvres, oreilles et autres parties tendres de son visage ont déjà été dévorées.

— Merde ! lâche Marino. Je ne m'y ferai jamais à ces horreurs. Être bouffé par les poissons, y a pas pire.

— Elle a le visage dans l'eau depuis sa mort, ou presque, lui précisé-je.

La rigor mortis est bien installée, ses membres sont figés dans leur position, comme s'ils avaient été arrêtés en plein mouvement. La face et la cavité abdominale sont violacées. Le sang qui ne circulait plus s'est accumulé à ces endroits, et a formé ce qu'on appelle des lividités cadavériques.

— À première vue, comme Huck, elle est morte depuis huit heures environ. Au moins.

— Et à seulement quelques minutes d'intervalle, ajoute Marino.

Alors qu'on entreprend de remorquer le corps vers la berge, il y a une secousse sur la corde. Le cadavre s'enfonce sous l'eau. Puis remonte.

Et ça recommence aussitôt.

— Putain c'est quoi ça ? lance Marino en tendant le cou pour voir ce qui se passe.

C'est pas bon. Pas bon du tout !

Je me retourne vers la rive. Elle n'est pas trop loin, Dieu merci ! Encore quelques brasses.

— Qu'est-ce qui se passe ? crie Tron.

— Un truc énorme essaie de becqueter le corps ! répond Marino.

Et une tête de reptile, tout droit sorti du jurassique, grosse comme un ballon de football, émerge de l'eau, juste à côté de nous !

— Putain de merde ! s'écrie Marino.

Et il se met à pagayer des bras comme un dératé, en soulevant des gerbes d'eau saumâtre.

À peine apparue, la créature replonge, sa masse noire disparaissant dans les profondeurs glauques. Il y a une autre secousse sur la corde. Nous nageons de plus belle, traînant derrière nous notre chargement morbide.

— Une tortue ! Une serpentine ! hurle Marino, au bord de la panique. Elle est énorme ! Encore plus grosse que celle que j'ai vue en arrivant !

— Oublie ton flingue ! lui dis-je en le voyant ouvrir sa fermeture. Ne commence pas à tirer partout. Nage et tais-toi.

— Ce truc peut t'arracher la main ! Et peut-être bien la jambe ! crie-t-il toujours sous le choc. Quel âge elle a celle-là ? Elle doit avoir connu la guerre de Sécession !

Malgré la peur qui lui coupe le souffle, Marino ne se tait toujours pas !

14

Enfin, je sens les cailloux sous mes pieds et patauge jusqu'au bord. J'attrape le cadavre par les genoux, Marino par les aisselles, et nous le portons sur la terre ferme. Les paumes et la plante des pieds sont fripées à cause du long séjour dans l'eau. Je perçois l'odeur astringente de la décomposition, la peau est froide et visqueuse.

Au premier coup d'œil, impossible de reconnaître Brittany Manson – trente-huit ans, cheveux bruns et yeux noisette –, telle qu'elle figure sur la photo de son permis de conduire et de son passeport. La morte est à la fois plus mince et plus musclée. Et je ne saurais dire si elle a trente ou quarante ans.

Ses blessures ressemblent à celles que j'ai vues sur l'homme. Et oui, je suis de plus en plus convaincue que ces deux-là sont décédés quand ils se cachaient dans les bois. Puis l'assaillant s'est acharné sur leur corps avec rage et les a traités comme de vulgaires immondices. Je me demande s'ils savaient qui les attaquait. Certes, comme le dit Marino, les Manson ont pu se tirer dessus accidentellement.

Mais cela n'explique pas ce qu'on leur a fait subir ensuite, les mettre en pièces aussi sauvagement, au point de les rendre méconnaissables. Les housses attendent ouvertes sur la civière. Nous y déposons la dépouille de la femme. Tron et Lucy ont pensé à apporter le coupe-boulons. Je ne touche à rien avant de m'être décontaminée. Je ferme les yeux, retiens mon souffle pendant qu'on m'asperge de la tête aux pieds avec un produit qui sent le Lysol.

J'ouvre ma combinaison trempée pour pouvoir ôter ma cagoule, dégage mes bras des manches, et la laisse pendre à la taille. Je remets à Lucy le sac étanche avec les billets, enfile un masque et des gants chirurgicaux. Je récupère la pince-monseigneur et la désinfecte.

— Ça m'embête de couper ces bâtons, mais c'est le seul moyen si on veut fermer les housses. Filmez bien tout. Tous nos faits et gestes doivent être enregistrés pour le dossier. En outre, les pointes pourraient causer d'autres blessures.

Marino maintient le cadavre sur le flanc pendant que je glisse des sacs plastique sur les poignées des bâtons, puis je sectionne les tiges au ras du corps, devant et derrière. J'insère les morceaux dans un autre sac que Tron tient ouvert à côté de moi.

— Ce sont les mêmes que les autres, commente Marino en zippant les sacs mortuaires.

Les quatre bâtons sont de la même marque, un modèle haut de gamme – légers, télescopiques, et pouvant se ranger facilement dans un sac à dos. On peut les utiliser comme arme de défense face à un animal. Et, bien sûr, ils sont vendus par Wild World.

— J'en ai acheté une paire pour mes chasses au trésor, explique Marino. On peut y visser différents embouts, y compris ces pointes qui les transforment en véritables épieux. Du coup, c'est facile de transpercer quelqu'un de part en part, pour peu qu'on ne tombe pas sur un os.

— C'était le coup de grâce et également destiné à faire peur, réponds-je.

Nous soulevons la civière et récupérons le matériel.

— De la cruauté gratuite, renchérit Lucy tandis que nous regagnons la tente. L'œuvre d'un sadique qui veut terrifier les gens, les soumettre à sa volonté. Il doit prendre son pied en faisant cela, ou trouver ça amusant.

— Terroriser le commun des mortels semble être le but recherché, confirme Tron avec une vibration dans la voix.

Pourtant, elle n'est pas du genre à laisser paraître ses émotions.

— Un besoin de dominer, de mutiler, ajoute Lucy. Pour nous impressionner, nous narguer. Une démonstration de force. Il s'agit évidemment d'une vengeance.

— Une vengeance ? répète Marino. Contre qui ?

— Certaines personnes ont ça dans le sang, réplique-t-elle. Elles naissent pleines de colère. Et au moindre prétexte, elles se sentent investies d'une mission punitive ; cela devient leur obsession. Et quand tu leur demandes pourquoi elles font ça, elles te disent que tout est de ta faute.

— C'est ce qu'on appelle un psychopathe, ajoute Tron. Et nous avons affaire à ça.

— Quel psychopathe exactement ? insiste Marino.

— Malheureusement, il n'y en a pas qu'un seul, précise Lucy.

— J'aimerais bien savoir ce qu'en pense Benton, interviens-je.

— Pas besoin d'être un grand profiler pour voir qu'on en voulait personnellement aux Manson, raille Marino.

Nous déposons la civière dans le barnum, à côté de la première, à l'ombre d'un érable dont les feuilles rouges flamboient sous la lumière du jour. Il est plus de 14 h 30. La température baisse, le soleil descend dans le ciel. La météo annonce un nouveau front froid, avec de la neige. Mais ça va souffler d'abord en mer avant de nous toucher.

— Cela ne ressemble pas à un contrat classique, déclare Marino en ouvrant sa combinaison. D'ordinaire, le tueur fait son boulot discrètement et repart aussitôt. Il ne cherche pas à attirer l'attention. Et ne laisse pas des messages sur des répondeurs pour se vanter d'avoir fait le coup. Celui qui les a tués connaissait les victimes, et les détestait à mort.

Nous ôtons entièrement nos combinaisons en néoprène et nous désinfectons à nouveau. Je suis bien contente qu'il n'y ait pas de miroir. Je dois faire peine à voir, avec mes cheveux trempés plaqués sur le crâne et mon nez tout rouge. Il faut s'hydrater et s'alimenter. C'est crucial. Je distribue des boissons et des snacks. Nous allons satisfaire d'autres besoins naturels avant de retourner dans les bois avec le matériel et les civières.

Marino ouvre le convoi, Lucy est juste derrière. Tron et deux autres enquêteurs ferment la marche. Nous progressons lentement avec nos civières qui se prennent dans les branches, heurtent les troncs. Une couleuvre traverse le lit de feuilles devant nous. Nous attendons qu'elle aille se cacher dans un bosquet. Une buse nous observe du haut d'un arbre mort.

Un cerf de Virginie bondit dans les fourrés. Et il y a d'autres bruits, d'autres animaux qui fourragent alentour. Je pense à ma bombe au poivre accrochée à ma ceinture. Un gros ours ou un félin pourrait nous attaquer... je chasse aussitôt cette pensée de mon esprit. La forêt se réveille ; il y a bien plus d'animaux partout. Quand nous approchons du torrent à sec, d'un coup, j'ai un mauvais pressentiment.

*

— C'est quoi ce bordel ? souffle Lucy en se figeant.

Les quatre pales de l'hélicoptère tournent lentement au gré du vent. J'aperçois les sangles rouges par terre, loin de l'appareil. Elles sont posées sur une roche plate, à côté de Pepper, comme s'il était tranquillement rentré à la base. Ses lumières sont éteintes. L'alimentation est coupée.

— Putain de merde ! s'exclame Marino en refermant la main sur son arme.

— Personne ne bouge, ordonne Lucy en lâchant les caisses qu'elle avait dans les mains. Restez où vous êtes.

Elle sort son Desert Eagle et s'approche de l'*Aigle de l'Apocalypse*.

— Je veux m'assurer qu'on n'a pas de la compagnie, explique-t-elle en tenant son pistolet à deux mains, pointé devant elle.

En arrivant devant le rocher, Lucy examine les sangles.

— Elles n'ont pas été coupées ni déchirées, nous dit-elle. Juste détachées.

— Comment est-ce possible ? lance Marino. Quel idiot irait ôter les attaches d'un rotor ? (Il se tourne vers Tron.) Qui s'est approché de l'hélico ? (Il désigne ostensiblement les deux agents qui nous accompagnent.)

— Personne de chez nous ne ferait une chose pareille, répond l'un des deux.

— Quand on est venus décharger le reste du matériel, les sangles étaient en place, ajoute le second. Et le drone était toujours coincé dans les arbres.

— Depuis, plus personne n'est revenu ici, explique Tron. À cause du crash de Pepper, on n'avait plus d'images de la zone. Une chose est sûre, ça ne vient pas de chez nous, et je n'ai aucune explication.

— C'est donc autre chose qui a fait ça, conclus-je. Et qui a des pouces opposables.

— Chargeons et tirons-nous d'ici, lance Lucy.

Elle se sent menacée. Comme toute l'équipe. Nous déposons vite le matériel au pied de l'appareil et commençons par harnacher les civières sur les plateformes extérieures. Avec minutie, Lucy fait le tour de son hélicoptère pour s'assurer que personne n'y a touché. Elle examine en particulier le radome, les patins.

Elle grimpe sur la carlingue et, accrochée à l'appareil tel Spiderman, soulève le capot de la turbine, inspecte le rotor.

— RAS, annonce-t-elle en sautant à terre. Tout semble en ordre. Pas de traces de sabotage, ni d'explosif.

— Moi, je me sentirai mieux quand on sera sortis de cette nasse, grommelle Marino. Parce que se poser ici, ça n'a pas été une partie de rigolade.

Après avoir enfilé des gants en nitrile, Lucy inspecte Pepper tandis que Tron la filme avec son téléphone.

— Il est éteint, il a une hélice cassée et son parachute ne s'est pas déployé quand il est parti en piqué, annonce Lucy.

— Comme s'il s'était suicidé, ajoute Tron. On a eu le même problème avec les autres drones.

— C'est bien ce que je dis ! Vous avez été piratés, lance Marino. Par les Russes, c'est bien leur genre. Ça arrive à tout le monde. Même aux meilleurs, ajoute-t-il à l'intention de Lucy.

— Je ne peux pas faire grand-chose de plus. (Elle ouvre le compartiment à bagages.) On verra tout ça au labo.

— Pepper a pu redémarrer tout seul et voler jusqu'ici ? insiste Marino en sortant d'une caisse des sacs plastique. Sa batterie n'est pas à plat.

— Non. Elle est quasiment pleine, confirme Lucy.

— Pepper aurait donc reçu un signal pirate qui l'a remis en marche ? En revanche, je ne vois pas comment un drone aurait pu enlever ces sangles ?

— Impossible. À moins d'être équipé de pinces articulées. Ce qui n'est pas son cas, explique Lucy. Il a une fonction *Retour base*, mais elle n'a pas été activée. L'alim ne peut être rétablie comme par magie.

— Peut-être en piratant le système ? poursuit Marino en l'aidant à emballer le quadricoptère dans un sac, les sangles dans un autre.

— Même si c'était le cas, cela n'expliquerait pas comment il a pu se dégager de l'arbre. Et revenir ici avec une hélice HS, voire avec d'autres avaries. (Lucy ouvre l'application sur son téléphone.) Et non, il n'y a pas eu de piratage. Regarde…

Elle lui montre l'écran rouge indiquant *Hors connexion*.

— En tout cas, personne de chez nous n'est monté dans un arbre de vingt mètres de haut pour le décrocher, insiste Tron. Je n'y comprends rien.

— Il y a forcément une explication, mais notre priorité est d'évacuer les corps, lance Lucy en continuant à surveiller les alentours.

Nous terminons de fixer les civières sur les plateformes, avec leurs sacs noirs tels deux cocons morbides, ventrus et voyants, puis Lucy ouvre les portes. Elle montre à Marino sa place à l'arrière. L'hélicoptère oscille un peu quand il monte à bord. Je retrouve mon siège de copilote. Tron et les autres enquêteurs, restés dehors, reculent de quelques pas.

— Il faut des mains humaines ou robotisées pour défaire ces sangles, insiste Marino en bouclant son harnais. Un ours, ou un coyote ne saurait pas faire ça. Et on n'a pas de gorilles, d'orangs-outans ou de chimpanzés dans ce pays. Pas même de petits singes, sauf au zoo. J'imagine que ton hélico de la mort ne filme pas ce qui se passe autour de lui quand il est à l'arrêt et moteur coupé ?

— Pour déclencher les caméras, il faut tenter d'entrer dans la cabine, rétorque Lucy. Ou forcer le capot moteur, les radomes, le bouchon du réservoir, ce genre de choses. Pepper était censé être notre chien de garde, malheureusement ça n'a pas fonctionné.

*

Les alarmes se mettent à hurler au moment où Lucy allume le contact et démarre les turbines. Au milieu des frondaisons qui s'agitent frénétiquement, l'appareil s'élève avec un fracas de tornade. Le ciel au-dessus de nous se charge déjà de nuages. Le coup de vent approche.

— Houlà, c'était chaud ! lance Lucy pour assurer le spectacle. Faut vraiment que je rédige mon testament !

Marino ne répond pas – preuve qu'il n'a pas mis ses écouteurs. Je ne peux pas le voir à cause de la cloison entre le cockpit et la cabine arrière, mais il doit avoir les yeux fermés et s'accrocher à son sac vomitoire pendant que Lucy vire à droite juste après sa rapide ascension.

Elle contacte la tour de Manassas par radio. Nous avons accès à leur espace aérien. J'ouvre mon téléphone et le connecte au système Bluetooth de l'appareil. J'appelle ma secrétaire pour qu'elle me fasse un topo de la situation à l'IML.

— Nous sommes en route, lui dis-je dès qu'elle décroche.

— Bonjour, docteur Scarpetta, je suis ravie d'avoir de vos nouvelles. (Son accent irlandais m'apaise aussitôt.) Ça s'agite beaucoup ici, comme vous vous en doutez.

— Assurez-vous que Fabian a bien préparé le MOBILE. Le parking doit être dégagé pour qu'on puisse atterrir au plus près de la remorque et y transporter les corps le plus vite et le plus discrètement possible.

— Vous ne pourrez pas empêcher les caméras de filmer. Les vans des télés sont garés tout autour du

161

bâtiment. Et il y a un drone qui nous survole. Je n'ose pas imaginer la folie s'ils apprennent d'autres détails.

— Comment ça « d'autres détails » ?

Mon ventre se serre.

— Je sais que je n'ai pas à vous poser la question…

— Quelle question ?

— C'est vrai pour Bigfoot ?

— Qu'est-ce qui se raconte ?

— Faye m'a raconté que vous avez retrouvé une empreinte de pied sur la scène de crime.

Faye Hanaday est la cheffe du labo armes et balistique. Je sais que Marino lui a envoyé en douce les images de la balle à pointe jaune. Mais apparemment, il ne s'est pas arrêté là.

— Marino lui rapporte un moulage. Il veut le lui remettre en mains propres, m'informe Shannon. Faye voudrait que vous la préveniez juste avant votre arrivée pour qu'elle sorte récupérer le colis.

— Bravo, Marino ! lâche Lucy.

— Merde ! lance-t-il dans l'intercom. Faye n'était pas censée en parler.

— Ne vous inquiétez pas, intervient Shannon. Faye ne l'a dit qu'à moi. Elle pensait que vous étiez au courant, docteur Scarpetta.

— Pas pour ça.

— Faye ne pensait pas à mal. D'ordinaire, Marino vous dit toujours ce qu'il fait.

En sous-texte, elle laisse entendre qu'elle n'apprécie pas cette cachotterie.

— Je n'ai pas eu l'occasion de lui en parler, explique-t-il.

Foutaise !

— Je vois. Oh là là, j'espère ne pas avoir fait de gaffe, reprend Shannon.

Ça aussi, c'est pure foutaise ! Je la connais trop bien.

— Je voulais juste que Faye y jette un coup d'œil, insiste Marino. Je ne vois pas où est le problème.

— Sauf que cet indice ne nous appartient pas, répliqué-je.

Il a voulu court-circuiter le Secret Service, de crainte que le moulage ne disparaisse à jamais dans leurs laboratoires. Et ma secrétaire vient le rappeler à l'ordre. Mine de rien. En jouant l'innocente. Shannon est décidément une fine stratège.

— Marino, tu sais très bien que ce moulage ainsi que tous les autres indices relèvent de notre juridiction, réplique Lucy, à la fois sévère et amusée.

— Ça va, ne me fais pas la morale. C'est pas la première fois qu'un truc tombe du camion.

— Je ne sais pas à quoi tu fais allusion, répond-elle. En soi, cela ne me pose pas de problème si l'IML l'examine en premier. Les empreintes de pas, les traces de pneus, les marques d'outils et autres choses de ce genre, ce n'est pas notre spécialité. Et Faye Hanaday est une experte en la matière. C'est indéniable.

— Absolument, renchérit Shannon au téléphone, et gentille comme tout de surcroît.

— Il y a autre chose que je devrais savoir avant d'atterrir ? m'enquiers-je.

— La police d'État est ici, ce qui est une bonne nouvelle. Sinon, ce pauvre Wyatt serait tout seul pour garder le fort.

— Il est toujours chez nous ? Je pensais que Tina Downs prenait le relais à midi ?

— Elle a appelé à la dernière minute – au sens propre ! – pour dire qu'elle avait fait un test covid et qu'elle était positive. Quelle surprise !

— C'est la troisième fois en deux mois, réponds-je.

— Bref, Tina ne reviendra pas tant qu'elle ne sera pas négative. C'est ce qu'elle a annoncé, et on n'a personne pour la remplacer.

Shannon m'explique que Buckingham Run fait la une de tous les JT. Le téléphone n'arrête pas de sonner. Tout le monde cherche des infos sur les victimes et le reste. Quant à Blaise Fruge, elle a des nouvelles troublantes à me communiquer sur l'affaire Nan Romero, cette dentiste qui se serait soi-disant suicidée avant-hier.

L'agente Patty Mullet du FBI souhaite aussi me parler. Le plus vite possible. Et, la connaissant, elle ne va pas me lâcher. Je ne l'aime pas. Je ne l'ai jamais aimée.

— Qu'est-ce qu'elle veut ?

— Vous poser des tas de questions, en particulier sur les deux ex-détenus qui ont été tués lors du cambriolage la nuit dernière. C'étaient de sales types, poursuit Shannon. Je sais, je ne devrais pas dire ça, mais ils ont eu ce qu'ils méritaient, avec leur déguisement de clowns.

— Quelles questions au juste ?

— Elle dit que c'est confidentiel.

— Merci, Shannon. Je m'occuperai de tout ça plus tard.

Je coupe l'appel alors que Lucy désigne un appareil à l'horizon.

— Regarde qui vient nous dire bonjour, lance-t-elle. À trois kilomètres, à dix heures.

15

Je n'aime pas l'image qu'on donne : un hélicoptère noir nommé *Aigle de l'Apocalypse* fendant le ciel avec deux cadavres sanglés sur ses patins, telle la Grande Faucheuse version 2.0. Les poches de vinyle claquent au vent, leur contenu morbide vibrant avec les pulsations du rotor.

— Qu'est-ce qu'on fait ? dis-je en regardant l'appareil de Dana Diletti qui brille à l'horizon.

— C'est *Un jour sans fin*, répond Lucy dans l'intercom. Je vais lui demander gentiment de dégager, mais ils feront la sourde oreille. C'est fou comme les gens s'obstinent, et Lorna Callis en est l'exemple même. Pourtant je les ai prévenus. Ce n'est pas ma faute s'ils reviennent à la charge.

Elle grimpe, se place en vol stationnaire, tel un oiseau de proie, et parcourt les menus sur l'affichage tête haute. Je ne comprends pas les acronymes des boutons qu'elle actionne. Des hiéroglyphes seraient plus faciles à décrypter, mais le code couleur indique clairement le niveau de menace mis en œuvre.

— Manassas, ici Niner-Zulu, demande à tout appareil de quitter la zone Buckingham Run. Opération de police en cours, annonce-t-elle par radio.

Lorna ne répond pas, bien sûr, et par bravade continue de se rapprocher plein axe.

— Seven-Charlie-Delta, quelles sont vos intentions ? demande-t-elle directement à l'hélicoptère de la chaîne TV.

Toujours aucune réponse. Lucy coupe le micro avec un soupir de lassitude.

— Je t'en prie, lui dis-je. Tu es sur le point de faire une grosse bêtise. Ils n'attendent que ça pour faire leurs gros titres. Ne leur donne pas ce plaisir.

— C'était comment la chanson ? Ah oui… (Elle se met à fredonner la vieille publicité de Burger King tout en affichant une autre interface sur le pare-brise.) *Have it your way, hold the pickles, hold the lettuce…*

— C'est vraiment nécessaire ? lancé-je en observant sa mâchoire crispée et le petit rictus de colère qui retrousse ses lèvres. Lucy ? Ça ne va pas ?

Je la connais tellement.

— Quoi ? Qu'est-ce qu'elle a ? s'inquiète Marino dans les écouteurs.

Pour toute réponse, Lucy appuie sur une touche rouge à l'écran.

— Et *bim* ! Plus d'avionique. Comme ce matin. Quelle guigne !

Elle explique à Marino que les communications sont coupées entre la tour de Manassas et la pilote. Et qu'ils ne peuvent rien filmer, tous les systèmes électroniques sont HS, y compris leurs téléphones. Sur leur tableau de bord tout s'est éteint. Plus de cartes, plus de GPS, et plus aucune alerte. Lorna Callis est seule, juste avec les commandes manuelles. Comme plus tôt, elle s'immobilise affolée en vol stationnaire.

— Qu'est-ce que tu leur as fait ? s'agace Marino. C'est absolument illégal !

Décidément, lui qui n'aime pas les vols en hélicoptère, il est servi !

— Je les retarde un peu. D'ordinaire, je n'aurais pas besoin de faire ça. Mon oiseau file aussi vite qu'un Chinook si je le pousse. Mais là, je ne peux pas.

Les sacs mortuaires sur les patins créent de la traînée, ce qui ralentit l'appareil, entre autres problèmes.

— Dans une minute, je rappelle mon gremlin et leur rends la com et les instruments de bord, annonce Lucy alors qu'elle file au nord-est vers Alexandria.

— T'es une grande malade ! s'emporte Marino.

C'est comme ça depuis toujours. Lorsque Lucy était ado, Marino et elle se chamaillaient constamment, alors qu'ils s'adoraient. Il était l'oncle, le père qu'elle n'a jamais eu. Il était aussi intolérant et vieux jeu, et ils avaient des positions radicalement opposées.

— Je me débarrasse d'une nuisance sans causer de dégâts permanents, voilà tout. Et ça va leur être difficile de prouver quoi que ce soit. Il n'y aura aucune trace de la panne. (Lucy est fière d'elle.) *Paf !* Tout va revenir à la normale. Et ils ne sauront jamais ce qui s'est passé.

— C'est quoi ce truc nom de Dieu ? s'énerve Marino. Qu'est-ce que tu leur as balancé ?

— Un gremlin farceur avec un bras très très long. Un rayon de la mort à longue portée. Je peux couper le jus où je veux, quand je veux, avec une précision chirurgicale à cent kilomètres de distance. C'est comme un ovni qui brouille les commandes d'un jet qui s'approche d'un peu trop près.

— Je suis sérieux.

— Moi aussi.

— Je ne vois plus leur appareil, s'affole-t-il. Ne me dis pas que tu l'as descendu ?

— Bien sûr que non. Cela ferait trop de paperasse.

— Ce n'est pas drôle du tout !

— T'inquiète. Ils vont bien.

— Après ce que tu leur as fait, ça m'étonnerait.

— Officiellement, ils auront eu une panne momentanée de l'instrumentation de bord alors qu'ils gênaient une enquête de police en cours.

Nous survolons la Capital Beltway déjà surchargée. Lucy tripote à nouveau ses écrans virtuels.

— Et hop ! C'est magique ! Tout remarche. Un vrai coup de chance. Mission suspendue, retour à Dulles pour la deuxième fois de la journée.

— Tu prends des risques, réplique Marino. Ils vont faire un rapport à la FAA, te faire interdire de vol.

— N'importe quoi.

— Ou te poursuivre en justice.

— Moi, une agente du Secret Service ? Bonne chance !

Nous ne sommes plus qu'à cinq minutes de l'IML. Déjà !

*

Le George Washington Masonic National Memorial se dresse sur une colline telle une cathédrale austère de granit ou un phare de l'Antiquité. Les gens au sol entendent le grondement de notre hélicoptère qui vole bas avec son chargement sinistre. Les voitures s'arrêtent, les gens descendent pour regarder ce qu'il se passe.

D'autres hélicoptères sillonnent le ciel alentour et la nouvelle est devenue virale sur Internet. Lucy nous transmet les dernières informations données à la fois par son affichage tête haute et ses lunettes connectées. Par nécessité, ses capacités multitâches sont devenues impressionnantes. En revanche, quand elle est dans ce mode-là, il est difficile d'obtenir son attention.

« ... *des terroristes se faisant appeler La République revendiquent l'assassinat du couple de campeurs, Huck et Brittany Manson »*, nous lit Lucy tout en pilotant. « *Les propriétaires d'un grand magasin d'articles de sport et de loisirs campaient depuis l'automne à Buckingham Run. Selon des sources proches de l'enquête, le couple était recherché par les autorités fédérales et prévoyait de quitter le pays...* »

— Comment ils peuvent savoir tout ça ? s'étonne Marino.

— Dans certains articles, ils parlent même de moi, renchérit Lucy. La cheffe de la médico-légale aurait eu droit à faire le voyage en hélico parce que je suis de ta famille.

— C'est désolant mais prévisible, réponds-je en songeant à la foule de badauds qui nous a vues décoller ce matin.

— Je parie que la fuite vient de chez nous, affirme Marino.

— Possible, concède Lucy. Et peut-être pas que d'une seule personne. Méfiez-vous des apparences. Tout n'est que leurres et faux-semblants.

— Qu'est-ce que tu sous-entends ? s'agace Marino.

— Je dis juste que nous avons affaire à des gens très dangereux et qu'il ne faut pas les sous-estimer.

— Comment est sorti le nom des Manson ? Qui oserait donner le nom des victimes alors qu'elles n'ont pas été officiellement identifiées ? fais-je remarquer à Lucy. On n'a rien confirmé et encore moins prévenu les familles. Je n'ai même pas examiné les corps.

— On a affaire à quelqu'un qui en sait autant que nous. Voire davantage. Et c'est sans doute cette même personne qui a passé les appels anonymes.

À l'est se profile Old Town, le centre historique d'Alexandria, avec ses vénérables demeures et ses gratte-ciel luxueux en bordure du Potomac. Je repère ma modeste maison qui domine le fleuve, ses deux grandes cheminées à l'ancienne, son toit d'ardoise.

J'envoie un nouveau texto à Benton pour le tenir informé. Je lui parle des bruits étranges et autres événements inexplicables, et aussi de notre confrontation avec l'hélicoptère de Dana Diletti durant le vol retour. Cette fois il me répond :

```
Je profite d'une pause au QG. Je suis
ce qui se passe en direct. Tu t'en sors ?
```

Autrement dit, il est en salle de crise au siège du Secret Service à Washington. Je le préviens :

```
J'arrive à l'IML.
```

Il me répond aussitôt :

```
À tout de suite.
```

Si seulement cela pouvait être vrai ! Comme ce serait bien s'il était là à ma descente d'hélicoptère. Mais c'est un doux rêve ! Je m'attends au pire à notre arrivée sur le parking.

— Roxane Dare va faire une conférence de presse tout à l'heure, annonce Lucy en lisant les nouveaux gros titres.

— On a trop peu d'infos. C'est plus un coup politique qu'une communication au public, réponds-je. Et c'est une très mauvaise idée.

— La gouverneure devrait la fermer, renchérit Marino. Au lieu de ça, elle va jeter de l'huile sur le feu.

— Le but des terroristes est de créer cette agitation, voire de l'aggraver, déclare Lucy. Et aussi de faire naître des vocations. C'est comme ça que La République et autres groupes recrutent de nouveaux membres. C'est comme ça aussi qu'ils récoltent des fonds et se font de la pub.

— Et quand on va apprendre la découverte de l'empreinte, ça va être carrément la folie ! rétorque Marino.

— D'ailleurs, c'est bizarre que cela n'ait pas aussi fuité, dis-je. Si l'objectif est de faire parler d'eux, pourquoi passer ce truc sous silence ?

— Parce que ça n'a peut-être rien à voir, répond Marino. Peut-être que l'empreinte était là avant et que le tueur n'en savait rien.

— Le trou de ciel bleu dans les nuages, lui rappelle Lucy. Un miroir aux alouettes. Tu fonces dedans et le piège se referme. C'est ça le danger. Que cette empreinte soit authentique ou non.

— Et si elle l'est – authentique ? insiste Marino. Ça nous indique quoi ?

— Concentre-toi sur les deux morts, répond Lucy. S'il te plaît. À moins que Bigfoot porte une armure, un fusil, et ait trouvé le moyen de tromper des détecteurs infrarouges, ce n'est pas lui notre tueur.

Nous longeons West Braddock Road, et je distingue les gyrophares bleu et rouge des voitures de patrouille. Mon bâtiment est cerné par la police d'État qui sécurise le périmètre. Les vans des chaînes d'infos ont déployé leurs antennes satellites juste derrière notre grillage. Et les curieux sont encore plus nombreux sur le parking.

— On a un visiteur à midi, annonce Lucy alors qu'un écho radar clignote en rouge sur l'affichage tête haute.

Je scrute le ciel mais ne vois rien. Puis elle m'indique un petit point qui grossit au loin. Un drone ! Il fonce droit sur nous ! Comme une guêpe furieuse.

— Mon Dieu, il ne va quand même pas nous attaquer ? lancé-je à Lucy qui reste de marbre.

— Quoi ? Qu'est-ce qui se passe ? s'écrie Marino.

— Ce n'est pas poli d'envahir mon espace aérien comme ça, grogne Lucy. Surtout quand je survole une foule de gens. Si on se crashe, cela va être un carnage.

— Se crasher ? s'exclame Marino.

— Pas de panique, ça n'arrivera pas, répond Lucy avec un calme étrange – elle est sereine, paisible même.

Décidément, nous ne sommes pas câblées de la même façon toutes les deux. Je n'aime pas les bagarres, je les commence rarement, et je les regrette toujours, même si elles sont parfois nécessaires ou inévitables. Mais ma nièce monte au créneau à la moindre sollicitation, et défie tout le monde. Sa devise : *Go ahead, make my day !* comme dans *Le Retour de l'inspecteur Harry*.

— C'est assez gros pour nous faire des dégâts, et c'est exactement ce qu'espère celui qui pilote ce machin, déclare-t-elle d'une voix tranquille. Six hélices, poids : vingt kilos minimum, selon ce qu'il y a accroché dessous, avec bien sûr caméra et Lidar pour la télémétrie. Je capte ses signaux et je peux te dire que c'est pas un joujou.

— Il est bien trop proche ! dis-je alors qu'il passe au-dessous de nous.

Son souffle pourrait déstabiliser notre fret accroché aux patins. Je me demande si ce n'est pas l'effet recherché, faire basculer les cadavres pour qu'ils s'écrasent au sol devant tout le monde. Ou alors nous tuer tous.

— Ils nous filment ou c'est une vraie attaque ? s'enquiert Marino. (Il doit être en train de regarder par la fenêtre.) Putain, il est juste là ! À côté du rotor de queue. Qu'est-ce qui se passe s'il heurte les pales ?

— T'inquiète. On a un répulsif spécial pour ce genre de bestioles. Sinon, il nous aurait déjà touchés. Et pour l'achever, j'ai mon gremlin ! (Lucy parcourt à nouveau les menus.) Dans une seconde, tu vas être confisqué par le gouvernement américain. Bye bye, petit scarabée !

16

Effectivement, la seconde suivante le drone a disparu, le point rouge sur l'écran ayant été remplacé par un X. Nous amorçons notre virage pour nous placer dans l'axe du parking.

— Où il est passé ? demande Marino. Tu l'as désintégré ? Qu'est-ce que tu as fait ?

— Je l'ai juste débranché. Comme une prise qu'on tire du mur. (Lucy s'aligne sur la zone d'atterrissage à côté du MOBILE garé le long du grillage.) Notre petit curieux est tombé et s'est crashé sur le toit d'une église catholique à deux cents mètres d'ici. Comme ça, il est au bon endroit pour recevoir l'extrême-onction. Dommage que ce ne soit pas le cas de son pilote ! En attendant, j'ai hâte que nos labos désossent l'engin.

— Comment allez-vous le récupérer ? s'enquiert Marino.

— C'est déjà en cours, répond-elle en descendant vers le sol. Maintenant, on se tait. Je dois me concentrer.

— Parce que tu ne l'étais pas avant ? Ravi de l'apprendre !

Fabian et Wyatt nous attendent à côté du camion semi-remorque, avec des chariots qui étincellent au soleil. Quatre agents du Secret Service montent la garde, non loin de leur Tahoe noir. Les gens se protègent du souffle des rotors tandis que nous nous approchons en rase-mottes en faisant valser les cônes de signalisation. Je sens à peine le contact des patins toucher le sol, puis la masse de l'hélicoptère se stabilise. Les turbines sont aussitôt coupées.

Par la fenêtre, je remarque l'excitation de Fabian. J'en ai assez de jouer les mauvaises mères. Encore une fois, je vais le décevoir. Je ne peux pas le faire entrer dans le MOBILE. Les autopsies doivent être pratiquées de façon confidentielle, et le seul assistant autorisé sera Marino. C'est le Secret Service qui a la main. Bien sûr, je n'oublie pas la conversation que j'ai eue avec Fabian ce matin.

Il faut que je lui donne une mission, quelque chose d'important à faire, pour qu'il se sente utile. Et j'ai ma petite idée. Lucy termine la procédure d'arrêt de l'appareil. Dès que nous ouvrons nos portes, Fabian approche un chariot, les roulettes sur le macadam font un bruit de skate-board. Wyatt m'accueille à ma descente du cockpit.

— Qu'est-ce que vous faites là ? lui dis-je. Vous devez être épuisé.

— C'est carrément un zombie, lance Fabian alors qu'il retourne au petit trot chercher le second chariot. Tina nous a refait le coup.

— C'est vrai que ça commence à bien faire, renchérit Wyatt.

— Je suis désolée que Tina vous ait lâché, vous comme toute l'équipe. Et ce n'est pas la première fois. Vous auriez dû rentrer chez vous, Wyatt, ou dormir un peu dans la salle de garde.

175

— Pas aujourd'hui, docteur. (Il regarde les sacs mortuaires sanglés aux plateformes des patins.) Heureusement que la police est là. Mais il fallait bien que quelqu'un surveille la maison. Je ne pouvais pas partir. Surtout avec l'autre sorcière qui fouine partout.

Sur son téléphone, il me montre tous les messages que lui a envoyés Maggie Cutbush, exigeant qu'on lui dise ce qu'il se passe. Et Wyatt a été bien avisé de ne pas lui répondre.

— Encore une fois, je suis désolée. Pardon. Pour tout. Ça vous retombe toujours dessus parce que vous êtes une personne généreuse et altruiste qui a le sens des responsabilités. Ce n'est pas juste.

Wyatt est un ancien militaire. Il a une petite soixantaine d'années, un genou abîmé, et une phobie de la morgue. Mais il ne se plaint quasiment jamais et ne se cherche pas d'excuses. Il s'évanouirait de fatigue ou de douleur plutôt que d'abandonner son poste. Et certaines personnes en profitent, sachant qu'il va les couvrir.

— Je suis contente que vous soyez là, poursuis-je. Je ne sais pas comment je pourrais faire sans vous. Merci d'être resté. C'est extrêmement regrettable que Tina n'ait pas prévenu plus tôt.

Une façon diplomatique de dire qu'elle se fiche de nous.

Évidemment, on ne va pas la revoir de toute la semaine – au mieux. Elle sera en arrêt maladie, payée, et attendra au moins deux tests covid négatifs avant de repointer son nez. C'est son petit jeu depuis que j'ai repris les rênes de la médico-légale juste avant la pandémie. J'aimerais tant la mettre à la porte. Mais j'aurais trop d'ennuis avec le ministère du Travail. Et elle n'attend que ça.

— J'en ai ma claque, soupire Wyatt.

— Je comprends votre colère.

— Elle est payée pendant que moi je me tape son boulot. Vous êtes au courant que Tina raccompagne Maggie tous les jours jusqu'à sa voiture, comme si elle était sa garde du corps personnelle ?

Première nouvelle !

— Depuis quand ça dure ? grogne Marino en sortant de la cabine sa précieuse boîte.

— Quelques semaines, répond Wyatt. Et ce n'est pas une grande idée quand il y a personne d'autre pour assurer la sécurité.

— Quelles que soient les circonstances, c'est malvenu, répliqué-je.

Maggie ne travaille plus à l'IML mais elle est toujours là.

— Comme je l'ai dit, Maggie Cutbush pose des tas de questions même si ça ne la regarde pas, reprend Wyatt alors que des vrombissements d'hélicoptères se font entendre. (Sans doute les appareils des chaînes d'infos.) Elle veut savoir ce qui se passe.

À nouveau, il désigne du regard les sacs mortuaires.

— Elle me harcèle aussi, renchérit Fabian en bloquant les roues du second chariot. Elle dit qu'elle a le droit de savoir puisqu'elle est responsable de la santé de toute la Virginie.

— Elle n'est rien du tout. L'Office de régulation des situations d'urgence sanitaire n'est même pas une agence gouvernementale ! Leur boulot est de compiler des stats et ils n'ont aucune autorité sur les affaires de l'IML. Moins on en dit à Maggie et ses sbires, mieux on se porte.

Je me retiens de dire que cet ORSUS est une idée stupide. Je ne sais pas pourquoi Roxane Dare a fait ça. Cet organisme est une pâle copie du service épidémiologique du ministère de la Santé. Autrement dit l'ORSUS est redondant, inutile et un gouffre financier pour les contribuables. C'est juste une planque pour les lèche-bottes, les valets du pouvoir, un placard doré pour ceux qui auraient un peu trop d'ambitions politiques.

— Maggie veut savoir ce qui est arrivé aux victimes, reprend Fabian. S'il y a des traces de morsures, de griffures, s'ils ont été mangés par un ours ou un autre animal. Il paraît que les corps sont méconnaissables.

— D'où elle sort ça ?

— C'est partout sur Internet. Mais je ne risquais pas d'éclairer sa lanterne. Comme vous le savez, je ne suis pas dans la boucle !

— Parce que c'était pas utile, réplique Marino en s'éloignant avec son paquet.

J'aperçois Faye Hanaday qui l'attend près des portes. Elle a des AirPods dans les oreilles. Elle doit écouter de la musique. Elle est en jean et baskets sous sa blouse de labo et ses cheveux blonds ont des mèches bleues et violettes aujourd'hui. La semaine dernière, ils étaient rose fluo avec des reflets lavande. Sans un mot, elle récupère la boîte de Marino et ils se mettent à signer la paperasse.

— On se fait un point tout à l'heure, lui lance-t-il alors qu'elle retourne vers notre bâtiment.

Bien sûr Faye ne l'entend pas.

*

— Qu'est-ce qu'il y a là-dedans ? demande Fabian quand Marino revient.

— Le trésor de Barbe-Noire.

— Sérieux…

— Sérieux ? Ça ne vous regarde pas. Et n'allez pas tirer les vers du nez à Faye, même si c'est votre copine. C'est une pro et elle ne vous dira rien, rétorque Marino en regardant d'un œil maussade les hélicoptères qui tournent autour de nous pour nous filmer.

— Aucune information n'est donnée sans mon autorisation, dis-je en élevant la voix dans le vrombissement des rotors. Et peu importe qui pose des questions. (J'enfile une paire de gants.) Tout le monde arrête de spéculer ou de colporter des rumeurs. La situation est assez critique comme ça. Inutile d'en rajouter.

— Il m'est arrivé de croiser les Manson à Wild World, reprend Fabian. La dernière fois c'était en juin, quand je suis allé acheter des produits de nettoyage. Ils tournaient une publicité, déguisés en Indiana Jones, et faisaient semblant de camper dans la jungle. Ils se la pétaient grave, et parlaient à leurs employés comme à des chiens. Ces deux-là ne devaient pas être très aimés.

— Peut-être, mais ça n'explique pas ce qui s'est passé, répond Marino.

Je sors de la cabine les grands sacs scellés avec un adhésif rouge étiqueté « risques biologiques – danger ». Ils contiennent les vêtements ensanglantés des victimes.

— À n'ouvrir sous aucun prétexte, dis-je en les confiant à Fabian. Portez ça directement au labo ADN.

Toutes les pièces sont à traiter comme des déchets possiblement contaminés. Et il faut aussi prendre garde aux toxines.

— Compris. (Il sort un feutre de sa poche de poitrine et numérote les sacs.) J'espère que ça va aller, ajoute-t-il en désignant le MOBILE, avec sa rampe en acier donnant accès à l'arrière de la remorque.

— Tout est prêt là-bas ? m'enquiers-je.

— Je suppose, réplique Fabian. J'ignore ce qu'ont fichu les fédéraux là-dedans avec leur équipe de geeks. Dès qu'ils ont débarqué, ils ne m'ont plus laissé entrer. Impossible de tout préparer comme vous le souhaitiez.

Fabian me montre les quatre agents en uniforme avec leur pistolet-mitrailleur MP5 en bandoulière.

— Inutile de vous faire un dessin ; j'ai une marge de manœuvre limitée concernant cette affaire.

Je lui annonce que seuls Lucy et Marino seront autorisés à entrer avec moi dans le MOBILE.

— Et voilà, je suis encore sur la touche !

— Ce n'est pas de mon ressort. Et l'endroit est exigu. (Je récupère mon porte-documents dans la cabine arrière.) En revanche, il y a une chose où vous pourriez m'être très utile.

Puisque Fabian veut enquêter, je vais lui en donner l'occasion. Je lui parle de l'affaire à Nokesville datant de trois mois. Le fermier qui s'est retrouvé écrasé sous son tracteur. Fabian était sur les lieux avec moi. Il a transporté le corps dans le fourgon et m'a assistée pendant l'autopsie.

— Un cas bizarre, c'est vrai ! répond-il avec un peu trop d'enthousiasme. Je me souviens des traces de pneus en zigzag dans le champ. J'étais sûr qu'on allait découvrir qu'il était sous l'empire d'alcool, de médicaments ou de drogues. Ou alors qu'il avait fait une crise cardiaque, ou un AVC.

— J'aimerais qu'on ressorte nos dossiers et aussi tout ce qui s'est dit dans les médias.

Je range mon téléphone satellite et récupère mon portable.

— Vous pensez que cela a un lien avec ces deux-là ? s'étonne Fabian en désignant les sacs mortuaires. C'est vrai que la ferme est tout près de Buckingham Run. Il devait connaître les Manson... d'un coup, c'est encore plus bizarre.

— Calmos. On n'a rien dit de tel, lance Marino en détachant les sangles qui maintiennent une civière.

— Il faut que je déclare les causes du décès de toute façon, expliqué-je à Fabian. Je ne peux faire traîner plus longtemps.

— Au début, la compagnie d'assurances n'a pas arrêté d'appeler, répond-il. Mais cela fait des semaines qu'ils ne se manifestent plus.

— J'aimerais que vous contactiez le responsable de l'enquête sur place pour savoir s'il a du nouveau. Il s'appelle Wally Jonas, il est inspecteur à la police du comté de Prince William. Dites-lui que je dois finaliser le dossier Abel et délivrer le certificat de décès, mais que j'ai besoin de lui poser quelques questions.

— Je m'en occupe tout de suite !

Fabian retourne vers notre bâtiment en levant ostensiblement la tête vers les hélicos des télévisions.

— Tu lui donnes trop de mou ! grommelle Marino en détachant la seconde civière du patin. Si jamais la mort de ce gars a un rapport avec les Manson, tu vas avoir Fabian dans les pattes. Et ça ne va pas te plaire.

— On ne peut pas tout faire, toi et moi. Et à nos débuts, on était bien contents que quelqu'un nous laisse faire nos preuves.

— Perso, je n'ai rien à redire sur ce gamin, intervient Lucy. Et, tu me connais, je ne suis pas du genre facile.

Marino et moi soulevons l'un des corps. Lucy fredonne soudain le thème du *Magicien d'Oz*.

— Attention, sorcière à trois heures en approche ! annonce-t-elle en catimini alors que j'entends le claquement d'escarpins sur le bitume.

C'est Maggie Cutbush. Elle fonce vers nous avec la détermination d'un missile, affublée de ses lunettes de marque qui lui mangent presque tout le visage. Elle porte un tailleur cintré, la veste boutonnée jusqu'au col, aussi rouge qu'un signal de danger, et ses talons aiguilles sont effilées comme des poignards.

— Docteur Scarpetta ! On peut savoir ce que vous faites au juste ?

Son accent anglais pourrait être attendrissant, mais il a fait long feu avec moi. Depuis qu'elle a quitté l'IML l'année dernière, son visage s'est durci. Elle n'est plus que raideur, sévérité, sans aucun charme, avec ses cheveux noirs comme du charbon et coupés bien trop court.

— Au cas où vous ne l'auriez pas remarqué, nous sommes occupés, réplique Lucy. Veuillez nous laisser travailler.

— Pas si vite ! réplique-t-elle.

— Qu'est-ce que vous voulez, Maggie ? dis-je.

— Vous inquiétez tout le monde avec vos allées et venues en fanfare ! pérore-t-elle. Les gens ne sont pas contents. Nous n'avons pas d'helipad ici, ni d'aire d'atterrissage digne de ce nom et conforme aux normes de sécurité. Vous n'avez absolument pas le droit de faire poser sur le parking ce genre d'engin. Vous allez crouler sous les plaintes.

— Avec vos encouragements assidus, je n'en doute pas, réponds-je. (Lucy et moi éloignons la civière vide et les sangles pour qu'elles ne soient pas emportées par le souffle quand l'hélicoptère redécollera.) Question autorisation, il faut voir ça avec la pilote.

— Et le Secret Service se pose où il veut, précise Lucy.

— Jamais personne n'a fait une chose pareille ! Atterrir ici, c'est de la folie furieuse, insiste Maggie. Je me suis renseignée, figurez-vous, quand j'ai appris que votre nièce venait vous chercher pour vous emmener en balade. Cela s'appelle du népotisme. Il n'y a pas d'autres mots !

— On n'a rien à vous dire. Vous n'êtes plus de la maison, annonce Marino. Arrêtez de nous faire chier.

— Je vois que vous êtes toujours aussi élégant, Marino. Pourquoi devez-vous faire des autopsies sur le parking ? Qu'y a-t-il de si grave ?

— Allez-vous-en, Maggie. Vous aggravez votre cas, annonce Lucy.

— Shady Acres a porté plainte, poursuit-elle. Vous les avez survolés ce matin en rase-mottes, délibérément, pour tout faire valdinguer. Vous avez démoli toutes leurs décorations d'Halloween. (Elle place ses mains sur ses hanches, à la manière d'une maîtresse d'école, et lance un regard noir à ma nièce.) Vous le savez très bien, à cette époque ils organisent des animations et des spectacles pour les enfants défavorisés. Vous avez détruit pour des milliers de dollars de décors et de plantes, et fait voler des cailloux partout. Plusieurs de leurs corbillards en ont été criblés d'impacts.

— J'ai les enregistrements vidéo de tout le vol, répond tranquillement Lucy en verrouillant les portes du cockpit. S'ils veulent faire de fausses déclarations, à leur aise. Mais ça va leur coûter cher, j'y veillerai personnellement. C'est puni de cinq ans de prison.

— J'ai eu plusieurs fois Elvin Reddy au téléphone, et il est très inquiet. (Maggie regarde les sacs mortuaires.) Pourquoi ces corps doivent-ils être isolés dans ce camion ? Ils sont contagieux, radioactifs, voire pire ?

17

Maggie nous file le train alors que nous poussons nos chariots vers le MOBILE.

— Qu'est-ce que vous nous cachez, docteur Scarpetta ? J'exige des réponses.

— Je ne peux parler d'une enquête en cours. J'ai un devoir de réserve.

Je reste professionnelle, polie, même si je brûle de l'envoyer paître.

Je la revois entrer dans mon bureau sans frapper, agir comme si c'était elle la cheffe. Et elle l'était effectivement du temps de mon prédécesseur. Elvin Reddy se fichait de la médecine légale comme des victimes – seule sa carrière politique l'intéressait. C'était Maggie qui faisait tourner la boutique. Ces deux-là formaient une sorte de paire symbiotique. Et c'est toujours le cas.

— Qu'est-ce que le public ne doit pas savoir ? insiste Maggie en tenant son téléphone devant elle. Qu'est-ce que vous faites au juste ?

Elle nous enregistre carrément !

— À votre avis ? Notre travail ! réponds-je. Maintenant rangez votre téléphone et partez.

— Vous avez entendu ? Circulez ! intervint Lucy en l'empêchant de filmer. Vous entravez une opération de police.

— Cela fait deux fois que vous me menacez.

— Oui. Et c'est mon dernier avertissement.

— Allez-y. Frappez-moi pendant que vous y êtes !

— Ne me tentez pas. Vous faites obstruction à une enquête, et c'est un délit.

— Je rapporterai mot pour mot vos propos au Dr Reddy !

Maggie tourne les talons et compose un numéro.

— Oui, j'ai essayé…, dit-elle – sans doute à Elvin Reddy. Non… rien. Pas le moindre effort de coopération…

Puis sa voix se perd.

Lucy nous aide à pousser nos chariots sur la rampe en métal du MOBILE. J'ouvre la porte et la referme aussitôt derrière nous. Le vestibule est très éclairé, et tout en acier inox. C'est ici que nous devons laisser nos chaussures, nos manteaux et autres affaires personnelles avant de franchir le sas qui donne accès aux quatre compartiments autonomes.

— Maggie est enragée et elle a trouvé un os à ronger ! déclare Marino. (Je suis aussi furieuse que lui, mais n'en laisse rien paraître.) Elle a vu une ouverture, et ce n'est que le début des emmerdes. Un vrai cauchemar ! Comment peut-elle être encore dans nos pattes ? Je ne sais pas ce qu'elle mijote, mais elle ne va pas nous lâcher, c'est sûr.

— En tout cas, elle va nous pourrir la vie. (Je pose mon porte-documents sur le comptoir métallique, semblable à ceux qu'on trouve en prison.) On a assez de parasitages comme ça, pourtant !

Je tire une chaise, les pieds raclent bruyamment sur le sol d'acier. Je m'assois et délace mes chaussures. J'ai du mal à contenir ma colère.

— Perturber l'adversaire, c'est toujours une bonne tactique, confirme Lucy.

Je ne comprends pas pourquoi Roxane Dare me met dans une telle situation. La gouverneure a limogé Elvin Reddy et Maggie Cutbush en juillet dernier, et trois mois plus tard elle leur donne un nouveau poste ! C'est pire qu'avant ! Je pensais que Roxane et moi étions alliées. Sans son insistance, je ne serais pas revenue ici, et maintenant j'ai un gros doute : pourquoi m'a-t-elle embauchée exactement ?

— … ou lui faire péter les plombs en public, renchérit Marino, poursuivant sa conversation avec Lucy. C'est pour ça qu'elle est venue nous chercher des noises sur le parking…

Elvin et Maggie doivent être aujourd'hui utiles à Roxane, ce qui n'était pas le cas quand elle m'a nommée à la tête de l'IML. Ou alors ils l'ont menacée. Ils ont des dossiers sur elle. Depuis des mois, la rumeur court qu'elle brigue le Sénat. Des collègues m'ont raconté que son mari avocat visitait des appartements à Washington et était en négociation avec de gros cabinets d'affaires.

Et, à moins d'un imprévu, elle sera élue. Je ne suis pas surprise qu'elle vise plus haut, d'autant qu'en Virginie le gouverneur ne peut pas faire deux mandats d'affilée. Il lui reste un an d'exercice, et sa campagne pour les élections va être annoncée sous peu. Alors le rouleau compresseur se mettra en marche. Plus rien ne comptera sinon les urnes, et tous les mensonges et fausses promesses seront permis.

— ... Maggie profite de la situation pour marquer des points. (Marino dépose son pistolet et ses chargeurs dans le coffre.) Et avec un peu de chance, elle pourra convaincre la gouverneure de nous virer, Doc et moi. (Il claque la petite porte d'acier, et glisse la clé dans sa poche.) C'est leur projet depuis le début...

Il ôte ses chaussures, et nous nous retrouvons tous les trois en chaussettes.

Il y a une caisse d'EPI à notre disposition. Nous enfilons des chaussons en Tyvek et le froid du métal traverse aussitôt le polyéthylène. Lucy garde son arme, elle ne reste pas avec nous. Elle est visiblement préoccupée, mais ne nous fournit pas d'explications. Depuis le début, je vois qu'elle contient sa colère. Et toute la journée, elle a eu le regard fuyant. Malgré ses lunettes teintées, je l'ai senti.

— Son but est de nous chasser d'ici, poursuit Marino. Elle et Elvin n'ont que ça en tête. C'est leur croisade. Et on est peut-être les dindons de la farce. On nous a jetés volontairement dans la fosse aux lions.

— On a assez de soucis comme ça, lâche Lucy. Maggie et Elvin sont un problème, certes, mais pas le plus grave.

— Tu as raison. Nous empêcher de travailler sereinement, c'est tout ce qu'ils veulent, ajouté-je.

— Ça fait à peine trois ans qu'on est arrivés, et on va devoir encore faire nos valises, se lamente Marino. Où est-ce qu'on va aller cette fois ? Je ne veux pas raccrocher les gants et prendre ma retraite !

— Du calme, on n'en est pas encore là, lui rétorque Lucy. Ne commence pas à t'angoisser, cela leur ferait trop plaisir.

— Parle pour toi ! Tu te vois dire à Dorothy qu'on lève les voiles ?

Moi, j'imagine très bien sa réaction. Elle adore sa maison au bord du Potomac. Cela fait longtemps que ma sœur n'a jamais été aussi heureuse. C'est peut-être même la première fois de sa vie. Si elle devait quitter son coin de paradis, c'est à moi qu'elle en voudrait, pas à Marino. Mais cela pourrait quand même mettre un terme à leur couple. Pas à cause du déménagement – et ce quelle que soit la destination –, mais parce que Marino voudra me suivre, comme il l'a fait depuis que nous avons quitté la Virginie voilà dix ans.

— Personne ne va nulle part, le rassure ma nièce.

— Tu n'imagines pas la crise que je vais avoir à la maison si ça tourne mal...

— Au contraire, je vois très bien le tableau. C'est ma mère, je te rappelle !

Pendant que Lucy et Marino se chamaillent encore, j'envoie un SMS à Wyatt. Je lui demande d'enregistrer nos deux nouveaux arrivants – M. et Mme X, Buckingham Run ; morts suspectes.

Puis il me renvoie leur numéro de dossier : *NVA023-1898* et *NVA023-1899*. On approche des deux mille cette année, rien que pour le secteur nord de la Virginie.

*

Je prends deux étiquettes mortuaires et les remplis au marqueur, puis je les attache chacune à la fermeture des sacs, comme dans le bon vieux temps. Aujourd'hui, nous utilisons des bracelets préimprimés et des patchs contenant une puce électronique d'identification.

À l'IML, avec un petit scanner, je peux retrouver un corps rapidement, où qu'il soit rangé. Mais dans le MOBILE, je dois procéder à l'ancienne. Aucun appareil électronique n'est autorisé à moins qu'il ne soit hors réseau, comme notre machine à rayons X. Je peux pratiquer des autopsies sans outil high-tech. Aucun souci. Ce n'est pas là le problème que pose ce semi-remorque.

Ce sont plutôt les restrictions, les contrôles omniprésents qui compliquent la vie. Tout ce que nous faisons doit être validé par les autorités fédérales. Même une lampe électrique, je ne peux pas la faire entrer sans leur accord. Pis encore, j'ignore ce qu'ils ont trafiqué dans ce labo. Ils ne me doivent aucune explication. Le MOBILE n'appartient pas à l'IML. Nous ne sommes pas les seuls à avoir les clés du camion !

Je me tourne vers Marino :

— Ce serait pas mal de prévenir Faye. Dis-lui que Maggie Cutbush ne doit pas entrer dans son labo. Sous aucun prétexte. Parce qu'elle va tenter de le faire, c'est sûr. Si elle voit l'empreinte, ce sera la fin des haricots ! Surtout si elle découvre que c'est toi qui as fait le moulage. Quand je pense qu'elle a son bureau juste au-dessus de nos têtes !

— Si elle commence à fouiner chez vous, ça va chauffer pour son matricule, intervient Lucy.

— J'ai averti Faye que tout doit rester secret, répète Marino.

Elle examine la pièce en ce moment même, nous explique-t-il. Elle est seule dans son labo, avec la porte fermée à clé, et les stores baissés côté couloir.

— Elle ne laissera entrer personne tant que le moulage est à vue, poursuit-il. Et elle sait quoi faire avec les échantillons.

— Quels échantillons ? demande aussitôt Lucy.

— Ceux que je lui ai remis, répond-il avec une innocence feinte. Clark et Rex vont se mettre dessus aussitôt. Ils ne vont rien dire à personne, ne t'inquiète pas.

Clark Givens et Rex Bonetta dirigent les labos ADN et d'analyses physico-chimiques. Je leur fais entièrement confiance. Marino le sait très bien. Bien sûr, je suis plutôt contente que des spécialistes examinent ici même des pièces de l'affaire. Et de son côté, Lucy ne paraît pas surprise par ce coup en douce. Elle connaît Marino, presque autant que moi.

En revanche, son détachement m'étonne. Comme si la petite duperie de Marino ne lui posait aucun problème. Était-ce exactement ce qu'elle voulait ? Lucy n'a pas son pareil pour le manipuler.

— Quels échantillons ? répète-t-elle.

— Des échantillons dans des sachets stériles, bien protégés, que j'ai mis au fond de la boîte du moulage.

— Que tu as *cachés*, tu veux dire.

Lucy esquisse un petit sourire. Elle voulait se débarrasser de Bigfoot, nous refiler la patate chaude.

— Il valait mieux ne pas séparer les indices, se justifie Marino. Puisque les échantillons proviennent du moulage et aussi de l'empreinte originale.

— Il y a d'autres éléments que tu nous as chipés comme ça ? insiste ma nièce. Si c'est le cas, j'aimerais être au courant.

— Oh, des broutilles. Quelques traces de sang, mais elles étaient pour nous de toute façon.

— Tout dépend où tu les as trouvées.
— Tes gars ont les balles et les fragments.
— Encore heureux ! Tu as volé quoi d'autre ?

Marino a pris des photos des sillons et marques sur les balles récupérées sur place. Il les a envoyées à Faye mais soutient qu'il ne l'a pas fait dans le dos de Lucy.

— Et, pour info, elle trouve que mon moulage est du grand art !

Pour étudier cette pièce, il nous faut une personne qui s'y connaisse, me dis-je. Pourquoi pas cette professeure d'université que Marino a rencontrée au Shenandoah Sasquatch Festival. Ce serait bien d'avoir une spécialiste, quelqu'un de discret et du coin.

— Vous croyez qu'on peut avoir confiance en cette Cate Kingston ? Il s'agit d'une affaire sensible. On tente le coup ?

— Perso, elle m'a impressionné, répond Marino. Elle n'est pas du tout imbue d'elle-même et ne parle pas comme un livre. Rien qu'en observant un moulage, elle peut en déduire plein de trucs, c'est fou. Par exemple si le Sasquatch marchait ou courait, si son pied a glissé dans la boue, et même s'il regardait derrière lui ou s'il était blessé. Elle est capable de dire dans quelle position exactement était le Bigfoot au moment où il a laissé cette empreinte, et même ce qu'il faisait. Des trucs impossibles à bidonner.

— De nos jours, on peut tout truquer, lui rappelle Lucy. On a de plus en plus de mal à savoir ce qui est réel ou pas.

— Ce que j'ai découvert ne m'a pas paru un fake. Et j'en ai vu des supercheries avec les Sasquatchs !

Empreintes, vidéos, photos, cheveux, crottes, tout y passe ! Mais là, je le sens bien. Ce machin est authentique, j'en mets ma main à couper, et je suis tombé dessus parce que jamais personne ne s'aventure par là. C'est vrai, qui serait assez dingo pour aller se promener dans une vieille mine qui s'écroule ?

— Réelle ou pas, il faut faire expertiser cette empreinte et apporter une réponse, insisté-je. On ne peut nier qu'elle existe, même si c'est pour nous une épine dans le pied ! Et si c'est un faux, et que c'est une mise en scène, il est essentiel de déterminer qui l'a mise là, et pourquoi.

— Cate Kingston, trente et un ans, née à Boise. Diplômée de l'université de l'Idaho, nous détaille Lucy en lisant les infos que lui transmettent ses lunettes connectées. Ses travaux en anthropologie et primatologie sont renommés. Elle a été l'élève de Jeff Meldrum, qui est considéré comme le grand spécialiste du Sasquatch.

— C'est le Jane Goodall des Bigfoots ! s'empresse de préciser Marino. Je l'ai vu à la télé. Il va partout où il y a eu un contact visuel. Ou des empreintes et autres indices.

— Ton enthousiasme est effrayant ! raille Lucy. Ne fais surtout pas ça en public.

— Tout ce que je dis, c'est que la professeure Kingston a eu un grand maître en ce domaine.

Lucy poursuit sa lecture : elle enseigne à l'université de Virginie depuis un an. Son cours, « Contes des cryptides : la réalité de Bigfoot », cartonne sur le campus. Elle a aussi collaboré avec la police sur diverses affaires, impliquant des restes de squelette.

— Pas en Virginie, précise-t-elle. En Idaho quand elle habitait là-bas.

— Voilà pourquoi son nom ne me dit rien, réponds-je.

Je travaille souvent avec des anthropologues, en particulier avec ceux du Muséum d'Histoire naturelle du Smithsonian. Je connais les experts dans tous les domaines possibles et imaginables. Mais jamais je ne me serais approchée d'une spécialiste du Sasquatch !

— Si tu es d'accord, on lui demande son avis, suggéré-je à Lucy. Puisqu'elle a déjà collaboré avec la police, elle doit savoir tenir sa langue. Je te laisse la contacter.

— Il faut vraiment qu'elle voie ce moulage ! insiste Marino.

— D'accord, concède ma nièce. Je vais lui parler. Si je la sens bien, on lui rendra visite. On a besoin d'aide. Personne au Secret Service n'est qualifié pour analyser cette empreinte.

— Ni celle-ci ni aucune autre, raille Marino.

— Il ne faut surtout pas que le public s'imagine qu'on essaye de prouver que Bigfoot existe !

Voilà pourquoi elle l'a laissé emporter ce moulage. Le Secret Service n'a aucune envie d'être associé à cette histoire d'empreinte. Parce que les rumeurs, la désinformation vont aller bon train.

18

Lucy ouvre le placard qui fait office de cage de Faraday. Son maillage en acier bloque tous les signaux. Elle y laisse son téléphone, ses lunettes connectées et nous demande de l'imiter.

— Tu connais le protocole.

Marino et moi y déposons tous nos appareils électroniques. Je retire également ma smart ring, qui est en gros un tracker de fitness qui vibre quand je reçois un SMS. Question communication, ce sera le black-out, sauf pour les mouchards qu'a sans doute installés le Secret Service.

— Prêts ? nous lance Lucy.

Elle verrouille le placard.

— Autant qu'on puisse l'être, réponds-je en attrapant un chariot.

Du pied, je retire le frein et pousse mon chargement dans le premier compartiment, où la réfrigération tourne à fond. Mon haleine forme un nuage blanc, l'air saturé de désinfectant me pique les yeux. En hauteur, sur une étagère, j'aperçois des piles de plateaux d'acier et aussi un petit dôme blanc – ça, c'est en supplément ! Cette caméra ne vient pas de l'IML. Il y en avait peut-être une aussi dans le vestibule, et ça ne me plaît pas.

Je ne l'ai pas repérée. Nous n'aurions pas parlé aussi librement si j'avais su que nous étions filmés. Comment savoir qui nous écoute ? J'interroge Lucy.

— Il y a des caméras dans tous les compartiments, explique-t-elle tranquillement. Certaines sont moins visibles que d'autres.

— On nous espionne, c'est ça ?

Je songe à ce qu'on a dit, en particulier sur le Bigfoot et Maggie Cutbush.

— Tu n'as aucun souci à te faire, m'assure Lucy.

— Et on est censés te croire sur parole ? intervient Marino.

— Exactement. À force, tu devrais avoir confiance en moi.

— J'espère que tu sais ce que tu fais, Lucy, répliqué-je. On a déjà un sérieux problème de fuite. Tout cela m'inquiète. Imagine qu'on soit piratés.

— C'est vrai, renchérit Marino en garant son chariot. Avoir ici des caméras, des micros, c'est vraiment une idée à la con. Ça crée une faille dans le dispositif. Mais bien sûr, le Secret Service se fiche de ce que je peux dire. Vous êtes les rois, partout chez vous !

— En l'occurrence, c'est le cas, lâche Lucy. La fonction de ce MOBILE est de nous permettre de gérer des affaires sensibles à distance. Ce labo sur roues a été conçu spécialement à cet effet : se projeter n'importe où, tout en nous laissant la direction des opérations.

Je le sais très bien. L'une de mes missions à la commission Apocalypse a été de participer à l'élaboration du MOBILE et de le tester sur le terrain. Mais quand j'y ai pratiqué des autopsies, il n'y avait pas de témoins. Juste Marino et moi, avec Fabian ou mon adjoint Doug Schlaefer. Il n'y avait pas de caméras et les affaires n'intéressaient pas les autorités.

Nous plaçons l'un après l'autre les corps sur la balance au sol et les pesons, déduction faite du poids de chaque chariot. L'homme mesure un mètre soixante-treize pour soixante-douze kilos cinq cents, la femme un mètre soixante-cinq pour cinquante-six kilos. Cela ne correspond pas aux informations que Lucy avait dans son fichier quand elle m'a appelée ce matin.

— Le poids peut varier beaucoup, lui dis-je. Mais pas la taille, sauf circonstances extraordinaires. Pour Huck Manson, j'avais un mètre soixante-dix-huit. Et pour Brittany : un mètre soixante-dix.

— C'est ce qui est indiqué sur leurs passeports et autres documents officiels, répond Lucy. Sur certains, il était noté des tatouages ou des cicatrices qui n'existent pas.

— Sans doute pour compliquer leur identification, qu'ils soient en vie ou morts, suggère Marino.

— À mon avis, c'est par habitude, réplique Lucy. C'étaient des menteurs chroniques. Je pense qu'ils ne savaient même plus différencier le vrai du faux.

— Tu veux commencer par qui ? me demande-t-il.

— Laissez les deux corps ici pour l'instant, répond Lucy à ma place. Habituez-vous d'abord au lieu. Ça va vous prendre un peu de temps.

— Ah bon ? s'agace Marino. C'est juste une remorque de quinze mètres. On va vite en faire le tour. À moins que toi et tes gars vous ayez rajouté une pièce secrète ?

— Que se passe-t-il Lucy ? m'enquiers-je.
— Venez, je vais vous montrer. (Elle ouvre la porte suivante et nous abandonnons nos cadavres dans la chambre froide.) Il y a du nouveau, et on va vous expliquer tout ça.

Le compartiment des toilettes accueille une douche, un lavabo, une cuvette WC et une station de lavage oculaire. Sur les racks, j'aperçois des serviettes, des EPI, et divers produits antiseptiques.

— Vous allez nous regarder pendant qu'on se lave ? grogné-je. Même pas en rêve !

— La caméra est là, me répond-elle en montrant l'appareil posé au-dessus d'un placard. Quand vous aurez besoin d'intimité, il vous suffira de la couvrir.

Par-dessus nos vêtements, Marino et moi enfilons nos combinaisons en Tyvek et repérons les masques respiratoires dont on aura besoin plus tard. Passé l'autre sas, nous pénétrons dans la chambre de décontamination. Comme son nom l'indique, on y trouve un autoclave, des vaporisateurs antiseptiques et un système de désinfection par lampes UV. C'est l'arrêt obligé à chaque allée et venue si l'on veut éliminer tout risque de contamination croisée.

Je clipse des formulaires et des planches anatomiques à une tablette pourvue d'un stylo attaché par un fil en accordéon. J'asperge le tout de Lysol, et enfin nous franchissons le dernier sas.

*

Nous débouchons dans la salle d'autopsie. Avec un certain plaisir, je découvre le minois de mon mari sur une batterie d'écrans muraux – encore un ajout du Secret Service. Le son est coupé. J'ignore ce qu'il est en train de raconter à d'autres personnes assises autour d'une grande table.

Mon humeur s'allège, comme si je voyais le soleil se lever, et pourtant je ne suis pas dupe ; cette réunion est de mauvais augure. À côté de lui, je reconnais Bella Steele, la directrice du Secret Service, et Aiden Wagner, son attaché de presse, ainsi que de hauts cadres avec lesquels j'ai déjà travaillé. À l'évidence, ils ne nous voient pas. Tout en parlant, mon mari tourne les pages de son calepin, prend quelques notes.

Il est particulièrement chic avec ce costume anthracite qu'il a revêtu ce matin pendant que nous prenions notre café dans la chambre. La chemise à rayures bleues, la cravate en soie sont parfaitement assorties. Je me souviens pourquoi j'ai craqué pour lui. Le grand profiler du FBI dirigeait alors l'unité de science du comportement, comme elle s'appelait à l'époque.

Il était venu aider la police sur une affaire de meurtres en série. Les crimes avaient débuté peu après mon arrivée comme cheffe de la médecine légale à Richmond, et la région semblait être restée bloquée au temps de la guerre de Sécession. Lorsque Benton Wesley avait débarqué dans mon bureau, la pièce s'était brusquement vidée de son air. Il n'a pas beaucoup changé depuis notre rencontre... Grand, mince, des cheveux poivre et sel et un visage taillé à la serpe.

Je me rappelle qu'il portait un costume à fines rayures, une chemise d'un blanc immaculé et des boutons de manchettes à ses initiales. Il était beau, à la fois gentil et mystérieux. Et marié ! Dès qu'il avait passé le seuil de ma porte, on a su qu'on allait avoir des soucis.

— Ils ne nous voient pas, explique Lucy pendant que je découvre la nouvelle installation du Secret Service. Pas encore. Je te dirai quand on sera connectés.

La salle d'autopsie a la taille d'un petit garage, que le Secret Service a transformée en mini QG. Il y a des ordinateurs, des équipements vidéo et un éclairage d'appoint. À côté de la table de dissection, j'aperçois un scanner portable qui peut numériser en 3D des plaies et autres éléments importants. Tout est protégé par du film plastique antimicrobien, comme chez un dentiste.

— Être briefée, c'est une chose, dis-je à Lucy, mais je ne m'attendais pas à réaliser mes autopsies en public. En quoi est-ce nécessaire ? Parce que, perso, je ne suis pas fan.

— C'est une question de transparence. Avoir tout en archives au cas où on nous cherche des poux dans la tête, récite-t-elle.

— Je sais que les Manson ont commis des crimes très graves, mais cela ne justifie pas tout ça.

Vraiment, cela ne me plaît pas.

— Certaines personnes doivent voir ce que tu vas découvrir, et éventuellement pouvoir te poser des questions en direct. (Cette explication tient un peu plus la route.) Il est possible que l'on t'indique où chercher selon les infos que l'on a.

— Quelles infos ? intervient Marino en ouvrant une boîte de gants stériles.

— Vous allez découvrir tout ça au fur et à mesure. Il y a des choses que vous devez savoir, et le moment est venu.

— J'en ai ma claque de vos cachotteries ! s'emporte Marino. Qu'est-ce qu'on doit savoir ?

— Ce n'est pas à moi de vous le dire. Mais d'autres vont s'en charger.

— J'en ai rien à foutre de vos réunions à la con et de vos bras cassés en costard. On a du taf, nous !

— Quand tu sauras ce qui se passe, tu changeras d'avis.

— Et si cette vidéo des autopsies sort sur Internet ? Tu auras l'air fin !

Marino est définitivement monté dans les tours.

— Aucun risque. C'est juste une liaison directe entre deux cellules de crise. Tout est sous contrôle. Uniquement des appareils autorisés.

Comprendre : le matériel du Secret Service !

Avant cette première, aucun dispositif électronique ne devait pénétrer dans le MOBILE. C'était dans le protocole de sécurité. Aucun appareil en wifi. Pas même un appareil photo numérique. Nous avons dû nous débrouiller avec un vieux Canon 24×36. D'ailleurs, je le sors du placard et m'assure qu'il y a une pellicule et une batterie pour le posemètre.

— Je vais vous connecter, explique Lucy en sortant une tablette de je ne sais où. Puis je retournerai à Buckingham Run récupérer l'équipe avant la nuit.

— On se voit ce soir, peut-être ? lui dis-je.

— Je ne sais pas à quelle heure je vais rentrer.

Lucy vit chez nous, dans notre maison d'amis, mais on ne la voit pas tous les jours, tant s'en faut. Je ne sais pas grand-chose de sa vie privée. Et je veille à ne jamais être indiscrète. Je lui laisse tout l'espace possible.

— Moi non plus, je ne sais pas quand je vais rentrer. Mais je vais préparer quelque chose. Je te laisserai une part dans ton frigo si tu veux. Comme ça, tu auras de quoi manger. Et je m'occuperai de Merlin.

Merlin, c'est son chat, un Scottish Fold, encore un rescapé qui n'est toutefois pas une sinécure.

— Normalement, il a tout ce qu'il faut en croquettes mais je ne dis pas non pour ton plat, répond Lucy. Tron sera sans doute avec moi. S'il n'y a pas d'imprévu, on va passer la nuit à regarder les vidéos et faire tourner nos logiciels.

— Il y aura de quoi pour deux. Fais attention à toi, s'il te plaît.

Ce serait le moment pour un gros câlin. Mais on est au travail, et Dieu sait qui nous observe. Lucy, Marino, Benton, nous sommes tous habitués à cacher nos sentiments. Montrer notre attachement mutuel reviendrait à donner une arme de plus à nos ennemis.

— Voyons ce qu'ils disent, annonce Lucy en montant le son sur sa tablette. On peut les entendre, mais pas eux, et ils ne nous voient toujours pas.

Benton est en pleine conversation :

— ... il est tentant de s'arrêter aux détails alors que c'est la dimension émotionnelle de l'acte qu'il faut prendre en compte. Car c'est la clé de tout. (Il s'adresse à Bella Steele, la grande cheffe du Secret Service.) Que ressentait le tueur au moment des faits ? C'est l'émotion qui est aux manettes. Et ce filtre nous ouvre un champ des possibles.

— La haine et la rage. (Bella affectionne les tailleurs-pantalons et les écharpes flashy.) C'est tout ce que je vois quand je regarde ces images, ajoute-t-elle en feuilletant une pile de clichés.

Autour de la cinquantaine, elle est la première femme à diriger l'une des plus anciennes agences fédérales, dont la création est issue d'un coup du destin. Le Secret Service a vu le jour à la fin de la guerre de Sécession, quand le tiers de la monnaie américaine était de la contrefaçon. Le ministre du département du Trésor avait convaincu le président Abraham Lincoln de la nécessité d'endiguer ce fléau.

Il n'était pas question alors de protection du président des États-Unis. Pour sauver le système financier de la nation, le 14 avril 1865, Lincoln avait décrété la création de l'US Secret Service. Le soir même, avec sa femme, mais sans garde du corps, il assistait à une représentation au théâtre Ford d'une comédie de boulevard à moins d'un kilomètre de la Maison Blanche. Et pendant que la salle riait aux éclats, Lincoln avait été assassiné dans sa loge privée.

— Je vais mettre le retour son et image, et on apparaîtra sur leurs écrans, nous prévient Lucy. Bonjour tout le monde ! Vous nous entendez bien ?

— Cinq sur cinq, répond l'assistance.

Visiblement, la tension est à son comble.

— Bien reçu. (Lucy ouvre la porte.) Sur ce, je vous laisse.

Elle m'adresse un dernier regard puis disparaît, comme si elle s'était téléportée dans une autre dimension.

— Bonjour et merci d'avoir répondu si vite à notre appel, commence mon mari avec une réserve calculée. Je suis Benton Wesley, chargé d'évaluer le degré de menace de l'affaire ci-présente pour le compte du Secret Service. Nous remercions le Dr Kay Scarpetta, la médecin légiste en chef de Virginie, pour son aide, ainsi que son chef enquêteur, Pete Marino...

— Vous êtes sûrs qu'il ne peut pas y avoir de fuite, l'interrompt Marino avec sa délicatesse naturelle. Je ne veux pas me réveiller demain et me voir avec Doc partout sur Internet.

— Ce serait une catastrophe, renchéris-je.

— Cette affaire fait déjà assez parler d'elle comme ça, insiste-t-il.

— Et ce n'est que le début, parce que c'est exactement le but de notre ennemi, prédit Benton. Mais avant d'aller plus loin, je vais vous présenter tout le monde.

Il fait un tour de table. Je connais la plupart des gens présents – pour certains, même très bien ! Mais ils ne seront pas mon seul public : Benton m'informe que des responsables de l'antiterrorisme et autres experts à l'étranger suivront les autopsies. J'ignore de qui il s'agit. Ils peuvent être cinq comme cinquante.

— Nous sommes aujourd'hui mercredi, 1er novembre, il est 15 h 45, heure de la côte est, poursuit mon mari pour l'enregistrement. (Son image est diffusée sur les trois écrans qu'a installés le Secret Service dans le MOBILE.) Il y a environ douze heures, deux personnes ont été tuées à Buckingham Run, un secteur boisé à quelques kilomètres au sud-ouest de Manassas.

Il explique ensuite que Huck et Brittany Manson étaient dans le collimateur des autorités fédérales pour cybercriminalité et activités terroristes. Le couple, de toute évidence, a été la cible d'un assassin avant qu'on ne puisse procéder à leur arrestation.

— Il ne s'agit pas d'un incident isolé. La guerre ne fait que commencer, annonce Benton avec une assurance qui me fait froid dans le dos.

19

Mon mari explique pour ceux qui ne sont pas à l'image qu'il se trouve avec ses collègues dans une salle tactique du Secret Service au QG de Washington. Ils sont connectés par une ligne sécurisée à un laboratoire de catégorie P4, leur tout nouveau Module opérationnel pour biorisques létaux, appelé MOBILE – Benton ne peut s'empêcher de préciser que, comme son acronyme l'indique, celui-ci est capable de se déplacer.

— Les États-Unis et nos alliés sont attaqués sur de multiples fronts, et la situation s'aggrave de façon exponentielle, poursuit-il. La plus grande menace est l'influence souterraine de la Russie sur notre population qui, pour une grande part, gobe désormais leurs fake news sans se poser de questions. Les citoyens peuvent alors devenir violents, comme nous l'avons vu lors de l'attaque du Capitole le 6 janvier.

— N'importe qui peut être endoctriné – voisins, amis, collègues. Même dans une famille, cela peut arriver ! précise le directeur de la section antiterroriste du Secret Service.

Il s'appelle Bart Clancy – un quadragénaire au physique aussi impressionnant que Marino.

— C'est le pouvoir de la propagande, renchérit Aiden Wagner, l'attaché de presse.

Ce dernier est un ancien journaliste, et j'ai un mauvais pressentiment.

Ils ont une idée derrière la tête. Ils veulent nous forcer la main, et on ne pourra pas refuser...

— Les mots sont des armes dangereuses, poursuit Wagner. Ils peuvent détruire toute notre civilisation si nous n'y prêtons pas garde.

Ça ne va pas du tout ! Mes voyants d'alerte passent au rouge.

— Le but est d'anéantir la démocratie, avec leur armée de l'ombre, même si le Kremlin nie son existence depuis le début, reprend Benton. Aujourd'hui, il n'y a plus de doute possible. On sait qui tire les ficelles en coulisses. (Il me regarde à l'écran, et mon malaise s'amplifie.) Qui est le cerveau de leur armée secrète, qui est le magicien fou caché derrière le rideau.

Il nous apprend qu'hier une vidéo a été postée sur le Dark Web, la face cachée de l'Internet utilisée presque exclusivement par les criminels. Les yeux de Benton ne me quittent pas pendant qu'il parle.

Je redoute le pire.

— Le timing n'est pas un hasard, ajoute-t-il. Et ce que je vais vous dire n'est pas agréable. Mais il faut que vous sachiez la vérité, pour votre propre sécurité. Cette affaire et d'autres sont liées à un projet plus vaste.

— Quelle vérité ? intervient Marino. Comment ça « pour notre propre sécurité » ? (Il installe un seau sous la table d'autopsie.) Quel rapport ça a avec Doc et moi ?

— Un peu de patience. Dans deux minutes, tout va s'éclairer.

C'est Gus Gutenberg, le chef des opérations spéciales de la CIA, qui nous répond de sa voix tranquille.

Il a une cinquantaine d'années, des cheveux clairsemés et une barbe soigneusement taillée. Il est monochrome, tel un papillon de nuit, tout en nuances de gris entre son costume, sa chemise et sa cravate. Il passe inaperçu la plupart du temps, mais capte tout ce qui se dit autour de lui. Souvent, dans les réunions, j'en viens à en oublier sa présence.

— Docteur Scarpetta, vous avez récemment eu une affaire en lien avec un groupe terroriste appelé La République, poursuit-il en nettoyant avec un chiffon ses lunettes.

— C'est exact, réponds-je pendant que je récupère des seringues et des aiguilles hypodermiques dans un placard.

Je prépare ma servante pour avoir tous les instruments à portée de main.

— Du terrorisme par procuration. Les Russes, et autres pays ennemis, n'ont pas besoin de venir sur notre sol pour enrôler des combattants. Quel que soit le pays, il n'y a pas meilleur recruteur qu'un concitoyen. Quelqu'un qui sait comment les habitants pensent et réagissent, et qui est totalement converti à la cause russe.

— Vous allez nous dire que les Manson étaient en relation avec le magicien fou, c'est ça ? lance Marino tout en aspergeant de désinfectant notre poste de travail.

— À leur insu, oui. C'est pour cette raison que nous ne les avons pas arrêtés plus tôt, répond Benton. Ils nous donnaient des informations précieuses sans s'en rendre compte ; leur arrogance, leur égocentrisme les aveuglaient. Et nous, en retour, on les manipulait, du moins dans une certaine mesure.

— Et ce serait pour cela qu'ils se sont fait massacrer hier ? avance Marino en déposant une pile de serviettes sur une desserte. Les méchants ont décidé que Huck et Brittany posaient problème.

— En partie, sans doute, déclare Benton en consignant une note dans son calepin.

— C'est ce qu'on appelle la restructuration des équipes, lance Marino à notre panel de gros bonnets. Bon débarras ! Quand je pense au temps que j'ai passé à Wild World... si j'avais su où allait mon fric...

— Les Manson faisaient le jeu des Russes en finançant le terrorisme local, explique Elena Roland de la NSA, la trentaine, toujours maquillée et tirée à quatre épingles.

Lorsque je me trouve dans la même salle qu'elle, j'ai l'impression de sortir de ma cambrousse.

— Ils fournissaient du matériel pour le camping, la chasse, des outils, des armes à feu et des munitions, poursuit-elle. Exactement ce qu'ils vendent en magasin. Wild World était un dépôt pour les terroristes du cru et une usine à blanchir l'argent. Un petit bijou du genre.

— Quand je pense que j'ai encore une carte de fidélité chez eux ! peste Marino. Ça me dégoûte.

Je ressens la même chose que lui en apprenant ces détails.

— Ce type d'assistance logistique a permis à La République de grandir vite, reprend Benton.

Je sens que nous allons être piégés.

— Ils ont monté des camps tout autour de Washington dans un rayon de trois cents kilomètres, poursuit mon mari. D'après nos agents, le groupe prépare une opération massive à côté de laquelle l'attaque du 6 janvier ressemblera à une *garden-party*.

— Ils disent que, cette fois, ils vont terminer ce qu'ils ont commencé, explique Elena de la NSA. Ils ne vont pas envahir seulement le Capitole, mais la Maison Blanche, Camp David, et tous les centres administratifs du Congrès.

— Aucun lieu ne sera épargné, y compris les résidences privées, précise Gutenberg de la CIA d'un ton égal. Ils veulent exécuter en public les responsables politiques et tous les traîtres à la cause. Avant que la purge soit terminée, leur drapeau flottera sur tous les bâtiments officiels, y compris la Réserve fédérale et « le putain de Pentagone ». Pardonnez mon langage, je ne fais que citer.

Sur l'un des écrans s'affichent des images d'hommes en tenue de combat, le visage masqué. Ils font face à la caméra, brandissent des M4 et un drapeau à bande rouge et noir avec au centre le crâne blanc du Punisher.

— À l'évidence, ils veulent déclencher une seconde guerre de Sécession, mais cette fois avec des armes modernes et de la technologie. (Je perçois de la tension dans la voix de Benton, ce qui est rare.) Et ça fond sur nous, de façon invisible, comme l'astéroïde d'*Armageddon*. Les Manson savaient ce qu'ils faisaient et connaissaient les conséquences. Cela ne les dérangeait pas d'aider un coup d'État, qui est le pire cauchemar pour une démocratie. Ils se sont dit qu'ils seraient loin quand le putsch se produirait, à mener la grande vie dans un coin de paradis.

*

Benton nous explique que Huck et Brittany n'avaient pas hésité à rendre visite au camp avancé de La République à Quantico, qui se trouvait à quelques kilomètres de l'académie du FBI et de la base des Marine. Le couple y est venu plusieurs fois avant le raid des fédéraux l'été dernier. Des dizaines de membres de l'organisation ont été arrêtés, mais d'autres se sont enfuis et ont reconstruit quelque chose ailleurs.

— Les Manson arrivaient avec un camion de location chargé d'armes et de matériel, continue mon mari. Ils restaient là-bas quelques jours, se montraient sympathiques. Huck et Brittany collaboraient, les aidaient, mettaient la main à la pâte au besoin. À la toute fin, ils organisaient carrément certaines opérations – des vols, des cambriolages, voire des meurtres.

Je me souviens de la foule d'extrémistes massée devant l'IML l'été dernier ; la plupart étaient en treillis militaires. Ils étaient mécontents de mon témoignage lors d'un procès et ils avaient décidé de me faire savoir leur courroux en assiégeant mon lieu de travail et aussi ma maison. Ces gens étaient belliqueux, violents, et faisaient le plus de bruit possible, vociférant leur haine, arme au poing.

On saurait plus tard qu'il s'agissait de membres de La République. Avec leurs pick-up bardés de fusils et de drapeaux sudistes, ces gens des campagnes se baptisaient « vrais patriotes ». De bons Américains. Alors qu'ils étaient aux ordres des Russes et autres nations ennemies.

— Les Manson savaient que leurs clients étaient à ce point dangereux ? (Je remplis un flacon de formol, une solution aqueuse de formaldéhyde extrêmement toxique.) Ils mesuraient les dégâts qu'ils allaient causer ?

— C'est justement là le problème, répond Benton. Leurs comptes offshore étaient sous contrôle de cybercriminels russes qu'ils n'avaient jamais rencontrés. Ils ne connaissaient même pas leurs noms. Ils ignoraient totalement qui tirait les ficelles à l'étranger. C'était une relation à distance et, bien sûr, ils préféraient ne pas poser de questions, ni chercher à savoir.

— C'est pour cela que le monde part en vrille. On ne sait jamais à qui on a affaire sur Internet, lance Marino en tirant une longueur de fil électrique de l'enrouleur suspendu au plafond, avant de brancher la scie Stryker. Parfois, je ne suis même pas sûr que l'interlocuteur soit réel. Cela pourrait être une saloperie d'IA !

— Les Manson étaient en affaires avec les Russes dans le cyberespace, ils ne rencontraient jamais personne en direct, du moins d'après nos informations, précise Gutenberg. Et pour leurs rares conversations téléphoniques, leur contact utilisait un modificateur de voix.

— Comme celui qui a laissé des messages sur la boîte vocale de la gouverneure, dis-je en étendant un drap de papier sur un comptoir.

— Tout juste. On va sans doute découvrir que l'appel a été passé de Russie, et on pense savoir de qui il s'agit.

— Du magicien fou derrière son rideau ? suggère Marino.

— Les Manson ont eu une confiance aveugle envers leurs clients et ont été bien naïfs de croire qu'ils allaient profiter des fortunes qu'ils détournaient.

(Benton poursuit ses explications, ses yeux toujours rivés aux miens.) Ils ne s'attendaient pas à ça, alors que c'était inévitable. Ils pensaient réellement pouvoir couler des jours tranquilles à Dubaï ou en Suisse, où les attendaient de magnifiques appartements.

Je n'ai pas demandé ce briefing. Quand je collabore avec des agents fédéraux l'information est à sens unique. C'est la règle. Je leur raconte ce que je sais, et eux ne lâchent rien. Ils ne répondent même pas à une question innocente.

— Pourquoi vous me donnez tous ces détails ? dis-je en m'approchant de la caméra, pour obtenir toute l'attention de Benton et de ses collègues. Ça me paraît dangereux, vu la situation. Et cela ne vous ressemble pas.

— Les circonstances sont exceptionnelles, répond Bella Steele. Il est important que vous preniez connaissance des faits. Pour de multiples raisons. La première concerne votre propre sécurité. Nous avons bien sûr besoin de votre aide. Et pour cela, on doit tous jouer cartes sur table.

— Nous devons collaborer dans la transparence et la confiance mutuelle, la paraphrase Wagner, son attaché de presse. Décider, avec vous, quand et quelle information nous allons donner au public.

— Cela va sans dire. Je n'avais nul besoin de ce briefing.

— Certes, mais cela nous aiderait beaucoup si tout ne venait pas de chez nous, explique Benton. En d'autres termes, cela nous arrangerait que le gros de l'info provienne de l'IML. Tout en gardant la main sur ce qui est divulgué ou non.

— Ben voyons ! grommelle Marino. En gros, on est censés livrer le texte que vous allez nous pondre.

— Pas vous, Marino. Il n'est pas question que vous parliez aux médias, lâche Wagner sans prendre de gants. Votre rôle est d'assister le Dr Scarpetta, et de vous souvenir que la situation est réellement dangereuse, pour vous deux. Nous ne pouvons vous laisser gérer ça tout seuls.

— Comment ça ? Quelle situation ? réplique Marino. Vous commencez à me foutre les jetons.

— Les Manson ignoraient qui tirait les ficelles, reprend Benton. Mais nous savons que c'est le Kremlin.

— Pour être plus précis, il s'agit de quelqu'un protégé par le Kremlin, intervient le chef du bureau d'Interpol à Washington.

Il s'appelle Lucas Van Acker, et il parle avec un fort accent français. Nous nous sommes rencontrés au QG d'Interpol à Lyon au début de l'automne. Après la réunion à laquelle nous participions tous les deux, nous avons déjeuné ensemble à la terrasse d'un café au bord du Rhône. Au menu : saucisson local, fromage et pain grillé. Tout en regardant le ballet des bateaux-mouches, nous avons fait le point des dernières menaces qui planaient sur l'humanité. Notre planète allait-elle y survivre ? Serait-elle encore habitable ?

Il m'avait indiqué que les échanges de prisonniers inquiétaient beaucoup Interpol. Et nombre de ces tractations politiques étaient inconnues du grand public. Des criminels extrêmement dangereux se retrouvaient de nouveau libres comme l'air. Ces gens se faisaient oublier, œuvraient dans l'ombre pendant des années, « et réapparaissaient dix fois plus forts qu'avant » avait-il dit.

« Il y a par exemple ce chef Taliban que les Américains ont fait sortir d'une prison pakistanaise parce qu'il était une bonne monnaie d'échange. Aujourd'hui, il est de nouveau aux manettes et encore plus néfaste qu'autrefois », m'avait expliqué Van Acker devant un délicieux côte-rôtie.

— Il n'y a rien de plus redoutable qu'un dictateur ou un despote qu'on a fait enfermer et qui retrouve son ancien pouvoir, précise-t-il aujourd'hui dans la salle de crise du Secret Service. Parce qu'alors ils ont des comptes à régler.

Pendant qu'il parle, une vidéo passe sur l'un des écrans du MOBILE, des images guère ragoûtantes.

— Le type fait l'objet d'une Notice noire. (C'est l'alerte internationale que diffuse Interpol lorsqu'elle cherche des informations sur une victime dont le corps n'a pu être identifié.) On l'a retrouvé sur une plage à Monte-Carlo en pleine saison touristique. Du moins des morceaux. Vous avez dû en entendre parler aux infos.

Le visage décomposé est envahi d'algues, grouillant de mouches et de petits crabes. Tout autour des gens élégants, au teint hâlé, regardent avec horreur la tête coupée. À l'arrière-plan se dresse l'opéra de la principauté. De gros ballons multicolores flottent au-dessus du casino, de grands yachts blancs scintillent au soleil devant l'horizon bleu.

Pendant que Lucas Van Acker parle, j'entends le vrombissement des turbines de l'*Aigle de l'Apocalypse* sur le parking. J'imagine Lucy terminant sa checklist avant décollage, occupée à actionner une batterie de boutons. Je n'aime pas l'idée qu'elle retourne à

Buckingham Run. J'espère qu'elle n'aura pas un autre duel aérien en chemin. Ce serait bien qu'elle évite de faire les gros titres. Et surtout, je veux qu'elle rentre saine et sauve.

— ... il avait dans les quarante ans, peut-être le début de la cinquantaine, poursuit Van Acker. Pour l'instant, nous ne savons pas de qui il s'agit, mais on sait pour qui il travaillait. Il était un serviteur, un pion, comme Manson et bien d'autres.

La vidéo est remplacée par celle d'un homme nu, gisant éviscéré sur un trottoir. Au fond, se dressent les dômes galbés de la cathédrale Saint-Basile-le-Bienheureux, tel un château de conte de fées. Des passants, vêtus d'habits sombres, se sont arrêtés, atterrés par la vue de ce cadavre sanglant. Le ciel de Moscou est bas et lourd, des voitures de police arrivent, sirènes hurlantes.

— Celui-là serait tombé ou se serait jeté du neuvième étage de l'escalier de secours d'un hôtel de la place Rouge. Il faisait alors 5 °C dehors et il pleuvait, explique Van Acker. Cela date de deux semaines.

— Pourquoi quelqu'un se baladerait à poil sur la passerelle de secours par ce temps ? lâche Marino. Même s'il faisait beau, ce serait louche. C'est des conneries !

— Il est probable qu'on l'ait un peu aidé à sauter, confirme Van Acker. Il avait pris une chambre sous un faux nom, et à en croire ses tatouages il s'agit sans doute d'un Américain. On a retrouvé des bouteilles de vodka sur son lit, de la drogue aussi, comme pour prouver qu'il était dans un état second et qu'il ne savait plus ce qu'il faisait. Ou pour nous faire croire à un suicide.

— On a retrouvé des traces de lutte sur son corps ?

— Rien de suspect selon les autorités Russes. La victime se comportait bizarrement, comme s'il avait des problèmes psychiatriques, répond Van Acker. C'est, d'après le rapport de police, ce que racontent les témoins qui résidaient à l'hôtel.

— Et l'autopsie ? Qu'est-ce que ça donne ?

— Elle conclut à un accident dû à l'alcoolémie et à de fortes concentrations de drogues dans le sang, dont du fentanyl. Mais bon, on est à Moscou. Toute information est à prendre avec des pincettes.

— Ils racontent évidemment ce qu'ils veulent, dis-je.

— Voilà ce qui arrive quand les gens deviennent gênants ou inutiles, conclut Van Acker. Ça sert d'exemples pour les autres. Et ce ne sont pas des cas isolés. Il y a ceux qui se sont défenestrés, ceux qu'on a retrouvés empoisonnés sur des bancs, qui ont sauté dans leur voiture, ou qui ont été abattus pendant qu'ils promenaient leur chien.

20

La tête tranchée s'est échouée sur la plage à moins d'un kilomètre du superyacht d'un oligarque russe amarré au port de Monaco. Le lendemain, c'est un bras coupé qui est drossé sur le sable. Puis un autre. Chaque fois sans les mains, nous explique Lucas Van Acker d'Interpol.

En étudiant les marées et les courants, les autorités monégasques ont eu une idée assez précise de l'endroit où les morceaux de la victime ont été jetés à la mer. Et ce n'est pas un hasard si ces restes se sont retrouvés sur la plage la plus huppée de Monte-Carlo.

— Le but était de terroriser le public, et inciter les âmes faibles à se radicaliser, reprend Van Acker. On sait qui se trouvait sur le navire au moment des faits. Et tous ces meurtres ont un dénominateur commun.

Van Acker avait employé le même terme quand nous déjeunions ensemble à Lyon. Un *dénominateur commun*. J'avais alors eu l'impression qu'il me cachait quelque chose, que le sujet le mettait mal à l'aise.

— ... on pense qu'il s'agit d'un terroriste qui se fait appeler *Prizrak* – Fantôme en russe. C'est la grande figure de l'armée de l'ombre du Kremlin, une organisation criminelle dont l'objectif est la domination mondiale.

— Malheureusement, ce *Prizrak* ne nous est pas inconnu, m'annonce Benton en me regardant avec intensité. Et je sais que cela va vous faire un choc à tous les deux.

Une nouvelle vidéo apparaît sur un écran. Je reconnais aussitôt la personne vêtue de noir. J'en ai le souffle coupé, même si on m'a prévenue.

— Putain de merde ! s'exclame Marino. C'est pas possible !

Je reste de marbre, je ne dis pas un mot, mais à l'intérieur je bous de colère et me sens trahie. Si j'étais seule avec Benton, je ne sais pas comment je réagirais. Peut-être me mettrais-je à lui crier dessus, à pleurer. Voire les deux. Ou bien je resterais silencieuse en le fixant des yeux d'une colère noire.

Comment as-tu osé me cacher ça ?

— ... Carrie Grethen, l'expat de l'Enfer..., lâche Benton alors que je croyais en être définitivement débarrassée.

Elle n'est pas morte et il le sait depuis le début !

— Putain de merde..., marmonne Marino en boucle.

Lucy non plus ne m'a rien dit !

— ... aussi dangereuse qu'autrefois, mais aujourd'hui elle est investie d'une mission et a de l'argent, beaucoup d'argent, et du pouvoir, poursuit Benton.

Je leur faisais confiance. À lui. À Lucy. J'ai cru à ce qu'ils m'ont raconté. Mais tout n'était que mensonges !

Bien sûr, ils ne peuvent me communiquer des informations top secret. Et de mon côté, il y a beaucoup de sujets dont je ne peux leur parler. Souvent, nous sommes contraints de mentir par omission. Mais cela n'allège en rien ma fureur. Si les rôles avaient été inversés, j'aurais trouvé un moyen pour les prévenir.

— Cette vidéo a été postée hier, à 18 heures, heure de la côte est. Le soir d'Halloween, au soleil couchant, continue Benton.

Maintenant je comprends les remarques étranges de ma nièce.

Il y a des choses que vous devez savoir, et le moment est venu, m'a-t-elle dit plus tôt.

J'entends l'hélicoptère qui décolle sur le parking. Lucy augmente la puissance, le vrombissement devient assourdissant et plus aigu. Elle savait évidemment ce que Marino et moi allions apprendre. Elle a lâché des commentaires inquiétants toute la journée. Et oui, je le prends mal.

Elle connaissait la vérité depuis le tout début. C'est pour cette raison qu'elle a commencé à travailler à Scotland Yard et Interpol. À cause de Carrie Grethen ! Elle voulait la retrouver, et sa traque l'a menée à Huck et Brittany Manson. Carrie continue de parasiter la vie de Lucy, elle reste encore et toujours un tourment, une hantise.

— C'est une vidéo de recrutement, précise Benton. Et c'est la première fois que *Prizrak* se montre. Je vous mets le son.

*

En tenue de combat, avec gilet pare-balles, pantalon cargo et rangers, Carrie tient dans ses mains gracieuses un pistolet-mitrailleur. Toujours fine et musclée, elle a une petite cinquantaine d'années, et l'âge n'a rien ôté de son charme, au contraire. À côté d'elle se tient une jeune femme portant une caisse de munitions.

La fille est impressionnante avec ses cheveux teints en rouge et sa solide ossature slave. Elle porte des vêtements à motifs de camouflage, son visage est curieusement figé. Elle a une démarche raide et heurtée, comme si elle avait un problème aux genoux ou une prothèse. Les deux femmes longent un champ de tir battu par les vents. Sous les rayons obliques du soleil, leurs ombres s'étirent sur l'herbe.

Puis Carrie s'arrête et se retourne vers la caméra. Son regard étincelant ravive de mauvais souvenirs. Aussitôt j'ai la bouche sèche, mon cœur s'emballe.

« ... *Bienvenue sur l'un de mes terrains d'entraînement favoris au cœur du joli Oblast de Iaroslavl...* »

La voix de Carrie est restée la même, à l'exception de la pointe d'accent russe. Mon ventre se serre.

J'observe les cicatrices sur son visage autrefois si mignon, son nez et ses oreilles mutilés. J'entends encore siffler la longue lame du stiletto et je revois ses yeux quand elle marchait vers moi pour me tuer. Il y avait eu soudain du sang partout, un grand bruit, puis plus rien. Un trou noir.

« ... *Je vais vous montrer ce qu'on a en magasin* », poursuit Carrie sur la vidéo. Ses cheveux sont blonds, coupés court, avec des reflets roses. On dirait une parodie de ma nièce. « *Allez savoir, peut-être aurez-vous envie de nous rendre visite un de ces jours et profiter de l'entraînement d'élite que nous offrons...* »

J'ai fait sa connaissance à l'Engineering Research Facility du FBI, un centre de recherche qui se trouve sur le même campus que la fameuse académie. Lucy était en dernière année à l'université, un génie de l'informatique, une magicienne en codage d'IA. Je me suis alors débrouillée pour lui obtenir un stage au FBI, et toute ma vie je le regretterai.

Elle s'est retrouvée dans le bâtiment où logeaient de jeunes agents en formation et a été affectée à l'ERF. Sa cheffe était Carrie Grethen, une collaboratrice sous contrat, de douze ans son aînée. Lucy ne savait pas où elle mettait les pieds. Comme nous tous.

« ... *Juste derrière les buttes et les arbres, c'est le lac Nero et la magnifique cathédrale de la Dormition...* »

Je dois avouer que j'ai été charmée par Carrie, moi aussi. Avec ma nièce, elles travaillaient sur un réseau géré par une IA. Elles parlaient d'ordinateur quantique bien avant que le commun des mortels n'en entende parler, leur lien était à la fois une émulation et une obsession. Carrie était tout le temps fourrée dans la chambre de Lucy à l'académie du FBI, et cela ne me plaisait pas. Mais je comprenais l'attirance de Lucy.

« ... *et aussi le charmant musée de la princesse-grenouille. Histoire de rappeler que les barbares et les brutes épaisses ce ne sont pas les Russes...* »

Depuis le début, quelque chose me dérangeait chez Carrie, mais elle avait une accréditation secret-défense. Elle était brillante et séduisante. Comment imaginer qu'elle pouvait être le mal incarné ? Cette idée n'était venue à l'esprit de personne, pas même à ses collègues du FBI. À l'époque, elle avait de longs cheveux bruns. Elle était aussi belle et gracieuse qu'une statue antique, un physique à faire tourner les têtes tout en imposant le respect.

« ... Nous avons de paisibles monastères dans la région où vous serez heureux de séjourner après une bonne journée d'entraînement. Et si nous avons choisi pour vous ces lieux de villégiature, ce n'est pas un hasard. Nous servons les plus nobles causes, avec une dévotion comparable à un ordre religieux... »

Selon Benton, le péché originel remonte à l'enfance, à une maltraitance infantile sous le double joug du jugement moral et de la perversion sexuelle. Carrie a projeté son mépris d'elle-même sur Lucy. À cela s'ajoutait une convoitise pathologique, le besoin irrépressible de posséder ce qu'elle ne pouvait pas avoir. Elle était jalouse de Lucy, et cette jalousie est devenue psychotique. Même si c'est peut-être la bonne explication, pour l'heure, je m'en contrefiche.

*

« ... c'est ici que nous formons nos tireurs d'élite, et ce sont les meilleurs du monde... », poursuit Carrie comme si elle était avec Marino et moi, dans la même pièce.

Elle a les yeux froids d'un reptile, même quand elle sourit avec une sorte de morgue. Elle semble savoir quelque chose qui l'amuse beaucoup. J'essaie de ne pas penser à notre dernière rencontre dans le Massachusetts, lorsqu'elle a failli nous tuer tous.

« ... Aujourd'hui, je vais vous présenter un AR-9 très spécial... »

Elle avait débarqué à la maison quand Dorothy était venue nous rendre visite. Ma sœur n'avait pas compris avec qui elle avait sympathisé dans l'avion. Et, sans le vouloir, elle avait amené le loup dans la bergerie.

« ... *vous montrer ses capacités hors normes. C'est comme cela que nous combattons les infidèles. Mort à l'Amérique... !* »

— C'est de la folie, peste Marino, furieux. Pourquoi nous en parler seulement maintenant !

Carrie enclenche un grand chargeur dans le pistolet-mitrailleur, et fait monter une balle dans la culasse. Je regarde la vidéo, sidérée.

TAC-TAC-TAC-TAC-TAC...

Elle abat une série de silhouettes métalliques, les douilles tombent dans un sac accroché à la crosse repliable. Elle passe l'arme en mode automatique, et mitraille un camion militaire. Puis entre dans une *kill house*, une réplique de maison pour l'entraînement aux tirs rapprochés, et fait un carnage sur des mannequins.

La caméra cadre sa compagne qui vide le sac de douilles dans un seau, les étuis de cuivre tombent en cascade dans un tintement métallique. Faisant office de servant de tir, la femme récupère les chargeurs vides et en donne des pleins à Carrie.

« *Je vous présente Yana !* » lance Carrie avec un petit ton cajoleur.

Je soupçonne qu'elles sont plus que collègues.

Yana sourit devant l'objectif, son regard est fixe, sans un battement de paupières. Et cela a un côté surnaturel. Ses incisives sont décolorées, ce qui est caractéristique d'un enfant ayant été traité avec de la tétracycline ou un antibiotique de ce type.

« *Yana, tu aimes servir dans notre groupe ?* » lui demande Carrie.

« *Je suis prête à mourir pour la cause* », répond laborieusement la fille avec un fort accent russe. « *C'est un honneur et un privilège de défendre mon pays contre les mécréants de l'Ouest. Et de travailler avec un grand soldat comme vous.* »

« *Tu sembles fière de ce que tu fais.* »

« *Oui, je suis très fière. Cela m'a donné un but. C'est ce qui manquait à ma vie.* »

« *Pourquoi est-ce si important d'avoir un but dans la vie, Yana ?* » continue Carrie en déroulant sa propagande.

« *Sans but, la vie n'a pas de sens. L'existence n'est alors qu'ennui et déception.* »

« *C'est ce que les infidèles ne comprennent pas et ce sera leur perte* », conclut Carrie avec mépris. « *Ce sont des enfants gâtés et capricieux, des faibles.* »

La vidéo présente ensuite une scène dans les bois. Carrie élimine toute une unité de combattants dans un déluge de feu.

— Oh putain, oh putain…, ne cesse de grommeler Marino.

Puis Carrie réapparaît sur le terrain d'entraînement et tire dans un torse en gel balistique équipé d'un gilet pare-balles. Quand Yana retire le gilet, nous découvrons que le projectile a transpercé le Kevlar et a causé de gros dégâts. Enchâssée dans le bloc de gélatine, je distingue l'ogive de cuivre qui ressemble à celle que Tron a récupérée dans l'arbre.

« *… vous voyez ça ? Intéressant, non ? Unique, même !* »

Carrie montre à la caméra une cartouche complète. La douille est vert sombre, et la pointe de cuivre est peinte en jaune.

« C'est du SP-6 9X39 millimètres avec étui en cuivre et noyau d'acier durci. Une munition russe à projectile perforant. 18 grammes, 300 mètres/seconde en vitesse de sortie et aussi dévastatrice qu'un tomahawk... »

— Voilà la recruteuse en chef des mercenaires du Kremlin, indique Benton.

« ... cette munition perce une plaque d'acier de huit millimètres d'épaisseur à cent mètres », explique Carrie à l'écran. *« Grâce à une poche d'air insérée dans la pointe, la balle tourne sur elle-même à l'impact et creuse un énorme cratère dans les chairs. Autrement dit, elle a une puissance d'arrêt phénoménale... »*

— Ce truc est une horreur, bredouille Marino, le visage blême.

— Nous sommes désolés de vous gâcher la journée, articule Lucas Van Acker avec son accent français.

— Si ce n'était que la journée !

« On me demande souvent pourquoi la pointe est jaune », poursuit Carrie en s'adressant à la caméra, ses yeux vrillés aux miens. *« La réponse est toute simple. C'est ma couleur préférée. »*

La vidéo s'arrête enfin.

— Putain de merde, j'y crois pas ! éructe encore Marino. Je pensais qu'elle était morte à Bridgewater. Qu'est-ce que vous nous avez encore caché, bordel !

Il y a sept ans, Carrie Grethen était détenue dans un HP après ses exploits sanglants à Boston. Un mois plus tard, elle était décédée soudainement. Pour des raisons évidentes, je ne pouvais pratiquer moi-même l'autopsie. On nous a raconté, à Marino et moi, que

Carrie avait succombé dans sa cellule à un choc anaphylactique causé par un antibiotique.

Ses voies respiratoires s'étaient obstruées, et elle était morte par suffocation. Ce n'est pas une façon indolore de mourir, mais cela restait plus doux que ce qu'elle avait fait subir à ses congénères. Le corps avait été emporté par les autorités fédérales, nous avait-on dit, pour être examiné à la base de l'Air Force de Dover dans le Delaware. Je n'ai jamais vu les rapports d'autopsie, ce qui devait être normal, selon moi, puisque l'affaire était gérée par l'armée.

J'ignorais ce qu'ils avaient fait de sa dépouille, et s'ils l'avaient enterrée quelque part. En même temps, je ne tenais pas à le savoir. Après des années à subir sa violence et sa folie destructrice, je préférais tirer définitivement un trait sur Carrie Grethen. Avec le recul, je comprends pourquoi Benton n'avait pas eu la même réaction que moi. Il n'avait pas paru soulagé par sa mort et me répétait qu'il ne fallait pas baisser la garde. Il pouvait y avoir d'autres ennemis, le danger était toujours là, avec ou sans Carrie, disait-il.

Je me souviens de ces paroles qui m'avaient surprise sur le coup, comme une prophétie sinistre. C'est d'ailleurs à cette époque que Lucy avait collaboré avec Scotland Yard et Interpol. Elle avait loué un appartement à Londres, avec sa compagne Janet et leur fils Desi. Puis le covid était arrivé ; Janet et Desi avaient été emportés par la pandémie. Et maintenant, je doute de tout !

— Carrie Grethen a été échangée contre deux citoyens américains que les Russes détenaient dans une colonie pénitentiaire, intervient Gutenberg de la CIA. Des personnes de grande valeur pour nous. Ils étaient malades, très affaiblis par leurs conditions d'incarcération et subissaient des tortures. Rien n'est sorti dans la presse. Et leur identité, pour des raisons de sécurité, a été gardée secrète.

Il nous raconte que Carrie a été envoyée en jet privé de la base aérienne de Hanscom dans le Massachusetts à Abou Dabi aux Émirats arabes unis. L'échange s'est fait là-bas. Puis elle a rejoint Moscou. L'opération a eu lieu la veille de l'annonce officielle de sa mort.

— Quelle connerie ! C'est comme si on leur donnait Ben Laden ! grogne Marino.

— Presque, concède Benton. Et ça en dit long sur l'importance stratégique de Carrie Grethen. Elle avait passé beaucoup de temps en Russie avant de se retrouver incarcérée à Bridgewater. Le Kremlin était prêt à payer très cher pour la récupérer, et notre gouvernement y a vu une opportunité. Je pensais déjà que c'était un marché de dupes. Mais ce n'était pas moi qui étais aux commandes.

21

— J'aurais apprécié connaître la vérité, dis-je à tous les gens présents. Oui, c'est une mauvaise nouvelle. Peut-être la pire depuis bien longtemps. Mais je vous repose la question : pourquoi nous confier aujourd'hui cette information sensible, cet échange clandestin de prisonniers ? J'ai une accréditation pour ce genre de choses, mais pas Marino.

— On s'en est occupés, répond Gutenberg de la CIA. Je pensais que vous étiez au courant.

Là, il noie le poisson.

— Vous avez fait quoi au juste ? demande Marino, stupéfait.

— Dès que vous avez mis le pied dans le MOBILE, on vous a accordé une ATUU. L'agent Farinelli ne vous a pas prévenu ?

C'est encore un faux-fuyant. Autrement dit, du pur mensonge. Puisqu'ils nous surveillaient, ils savent très bien que Lucy ne nous a rien révélé à ce sujet. Et c'est justement ce qu'ils voulaient. Nous mettre devant le fait accompli. Maintenant nous savons, et on ne nous a pas demandé notre avis. Et si l'un de nous deux ne suit pas leurs règles, nos carrières sont terminées – voire bien d'autres choses. J'y suis habituée, mais pas Marino.

— C'est quoi une ATUU ? grogne-t-il.

— Une Accréditation Temporaire à Usage Unique, répond Gutenberg.

— J'en veux pas.

— Ce n'est pas optionnel.

— Pas question d'être mêlé à vos manigances.

— Vous êtes ici, et l'info vous a été divulguée. Donc, vous faites partie de nos « manigances », réplique Gutenberg. Et aujourd'hui, vous y tenez un rôle de premier plan. C'est une nécessité.

— C'est ça ! Et ce rôle de premier plan pourrait me conduire tout droit en prison.

— Oui. Jusqu'à dix ans si vous révélez une information classée top secret, précise le cadre de la CIA. Et si le crime de haute trahison est retenu contre vous, ça ira chercher encore plus loin.

— Depuis combien de temps vous savez que Carrie Grethen est de retour aux affaires ? s'enquiert Marino en s'efforçant de garder son calme. Ç'aurait été pas mal de prévenir ceux qu'elle a tenté plusieurs fois de tuer, vous ne trouvez pas ?

Je visse une aiguille de 10G sur une seringue ; elle est si grosse qu'elle conviendrait pour un cheval. On nous assure que Carrie est en Russie. Du moins c'est là qu'elle se trouvait au moment où cette vidéo a été tournée, voilà deux jours, avec sa collègue Yana Popova, une mercenaire tireuse d'élite.

— Apparemment, Carrie Grethen n'est pas revenue au pays depuis son transfert à Moscou il y a sept ans, insiste Gutenberg. L'armée secrète de Russie n'a pas son pareil pour enrôler les gens qu'elle fait sortir de prison. Et Carrie Grethen ne demandait que ça. En revanche, elle était bien trop précieuse pour qu'ils l'envoient en première ligne.

— *Apparemment*, elle n'est pas revenue depuis que vous lui avez offert le voyage en jet privé. *Apparemment* ? répète Marino. Je n'aime pas du tout ça ! Vous ne l'avez donc pas surveillée ?

— Une fois qu'une personne est en Russie et sous la protection du Kremlin, ce n'est pas si facile, répond Clancy le chef de l'antiterrorisme. En particulier si ladite personne s'évertue à passer sous les radars. Ce qui a été le cas jusqu'à hier. On n'a aucune raison de croire qu'elle soit de retour aux États-Unis. Ce serait bien trop risqué.

— Mais elle a pu quitter la Russie, et se balader en Europe, concède Gutenberg de la CIA. Elle en a les moyens.

— Autrement dit, vous ne savez pas où elle se trouve en ce moment ! s'exclame Marino.

— Elle doit travailler avec l'armée de mercenaires du Kremlin. On pense que *Prizrak*, dont il est question sur le Dark Web, c'est elle. Le Fantôme. Mais elle ne s'est jamais montrée avant cette vidéo, insiste Clancy.

— Cela n'empêche qu'elle pourrait être aux États-Unis, voire ici même en Virginie ! Qui vous dit que ce n'est pas elle qui a occis les Manson avec ses putain de petites balles jaunes ? (Marino s'énerve de plus en plus, se fichant que tous ces gens à l'écran soient de grands pontes.) Parce que, vous savez les gars, personne n'est à l'abri si elle est dans le secteur. Et vous nous prévenez que maintenant, j'en reste baba !

— Non, elle n'a pas éliminé elle-même le couple, répond Benton, mais elle a pu organiser l'opération.

C'est même probable. Et je suis d'accord, Pete. Même si elle n'est pas sur le territoire, elle est toujours un danger pour nous.

Plus je les écoute, plus la moutarde me monte au nez. La voilà de retour ! Comment a-t-on pu en arriver là. Cela me rend folle de rage. Je ne me laisserai pas parasiter par elle. Elle ne me vampirisera pas émotionnellement ! Il n'empêche que j'ai des envies de meurtre ! Je déteste que quelqu'un ait une telle emprise sur moi. Je ne veux pas laisser la haine me submerger, mais en ce moment je rêve de lui mettre une balle dans la tête.

Cela avait été un tel soulagement d'apprendre la mort de Carrie. Une libération. Comme si une malédiction s'arrêtait enfin. Et je n'éprouvais aucun remords de l'avoir blessée, et quasiment défigurée. Je rentrais à la maison quand je l'avais découverte dans le jardin avec Dorothy et Desi alors âgé de neuf ans. Je n'avais pas eu le temps d'aller prendre mon arme. Et c'est bien dommage. Carrie Grethen ne serait plus de ce monde aujourd'hui.

— ... elle peut causer beaucoup de dommages à distance, semer le chaos, poursuit Benton. Elle a des équipes sur place pour ça...

Le simple fait de penser à elle est une torture. Je veux avoir une explication avec Benton et Lucy en privé. Comment allons-nous continuer à vivre avec cette épée de Damoclès au-dessus de nous ? La question se pose. En attendant, je dois me concentrer sur mon travail. J'indique à Marino que nous allons commencer. Il part aussitôt dans la chambre froide.

*

— Je ne sais pas combien d'entre vous ont déjà assisté à un examen post mortem, dis-je à mes interlocuteurs au QG du Secret Service.

Quelques-uns hochent la tête. Je leur explique qu'il faut avoir le cœur bien accroché. Le mieux, c'est d'éviter de regarder ce que je fais. C'est même essentiel pour ne pas avoir la nausée.

— Si vous vous attardez trop longtemps sur un détail, fermez les yeux, et détournez la tête, poursuis-je. Surtout ne restez pas bloqués. Ce ne sont pas mes gestes qui importent, mais pourquoi je les fais, dans quel but. Pensez à cela. La chair et le sang, ce n'est rien. Ce sont les réponses qui comptent.

Au moment où je termine mes explications, Marino revient. Non sans quelques difficultés, il passe le sas avec le chariot et le place à côté de la table d'examen. Nous enfilons nos masques à gaz. Nous ne pouvons plus nous parler en direct, et les valves d'expiration assourdissent beaucoup nos voix.

— En premier, je dois faire un prélèvement sanguin, annoncé-je à mon public tandis que le souvenir de Carrie hante encore mon esprit.

Des images me reviennent en mémoire, une à une. Je ne peux rien y faire. Ça recommence ! La paix n'était revenue que lorsque je l'avais crue morte. La première fois que je l'avais vue, quelque chose en elle m'avait dérangée, mais c'était juste une impression, je n'étais pas arrivée à mettre des mots dessus. Carrie était grande, gracieuse, et charmante dans sa blouse de labo. Elle était assise juste à côté de Lucy dans le parc, et elles regardaient toutes les deux l'écran d'un ordinateur.

Ma nièce terminait ses études, elle avait à peine vingt ans. J'ai compris aussitôt ce qui se passait entre elles. Elles se partageaient une cigarette, tirant de longues bouffées l'une après l'autre, se parlaient à voix basse, d'une façon très intime. La nuit était tombée sur l'aire de pique-nique de l'académie du FBI, et je suis partie avant qu'elles ne remarquent ma présence. Enfin, c'est ce que j'ai cru, mais à présent je suis sûre que Carrie savait que j'étais là.

Elle voulait que je sois au courant de leur liaison. Et elle s'est arrangée pour que ce soit le cas. Tout était calculé chez elle. Je lui en veux tellement d'avoir séduit ma nièce, de l'avoir attirée dans son cercle ténébreux. Pour tout dire, je tiens Carrie responsable de tous les malheurs qui sont arrivés à Lucy.

— Des tests ADN nous donneront des résultats en moins de deux heures, dis-je en ayant pourtant la tête ailleurs. Mais cela ne nous avancera guère puisque nous n'avons rien avec quoi les comparer. J'espère que les enquêteurs ont récupéré des échantillons chez les Manson. Sur leurs brosses à dents, leurs vêtements...

— On a envoyé à votre labo tout ce qu'on a trouvé à la ferme de Nokesville, répond Clancy. Mais le couple n'a jamais été arrêté. Nous n'avons ni leurs empreintes, ni leur profil génétique dans nos fichiers.

Heureusement qu'il y a d'autres moyens de récupérer des traces ADN. Et Lucy, à ce petit jeu, est une experte. Elle va attendre que le suspect jette un gobelet de café, une boîte de fast-food, un mégot, une cartouche de vapoteuse.

— Pas de soucis, nous pourrons rapidement confirmer leur identité, déclare Benton tandis que Marino ouvre les deux couches de sacs mortuaires.

Je prends la grosse seringue sur la desserte. Les jambes de la femme sont froides et raides sous mes gants et j'ai un mal fou à les bouger. Je pique en haut de la face interne de la cuisse. Je suis plutôt bonne pour trouver l'artère fémorale du premier coup. Le sang, n'étant plus oxygéné, est d'un rouge sombre, presque noir, quand je le transvase dans une éprouvette contenant du fluorure de sodium pour en assurer la conservation. Je dépose mon tube dans un carton en vue du transport.

J'annonce à mon auditoire que c'est le bon moment pour faire une pause. Je change de gants, franchis le sas et retourne dans la chambre froide où le corps de l'homme est toujours sur son chariot. J'ouvre le double jeu de sacs mortuaires, je prélève à nouveau du sang, j'étiquette l'éprouvette que je place dans une boîte comme son homologue. Je dépose les deux échantillons au réfrigérateur, dans le vestibule du MOBILE. Par réflexe je surveille mes arrières, chaque reflet sur les plans métalliques, chaque bruit me fait sursauter.

À tout instant, je m'attends à ce que Carrie surgisse de nulle part. Je n'avais plus ressenti ça depuis longtemps. Sept ans ! Je me demande quels malheurs elle a causés pendant ce laps de temps. Et, bien sûr, je songe à ce qui est arrivé à la famille de Lucy. Est-ce que sa compagne et leur fils Desi sont bien morts du covid comme on l'a cru ? Et s'ils avaient été empoisonnés ou tués par un autre moyen ? Là encore, on m'a peut-être caché la vérité ?

Je me décontamine à nouveau et reviens dans la salle d'autopsie. Je rappelle à l'assemblée que nous n'avons plus nos téléphones, Marino et moi.

— On ne peut donc appeler ni nos labos, ni personne, dis-je aux huiles qui sont revenues à la table de réunion avec des cafés et des bouteilles d'eau fraîche.

Je leur demande de contacter Clark Givens. Il doit venir récupérer les tubes dans le réfrigérateur du MOBILE. Il a les codes pour entrer. C'est urgent. Plus tôt on aura confirmé l'identité des victimes, mieux ce sera.

— Il y a aussi Henry Addams, de l'Addams Family Mortuary. Il faut le prévenir que les corps sont arrivés et qu'on l'appellera pour les récupérer.

— On s'en occupe, promet Benton.

— D'ordinaire, je prélève un peu du corps vitré des yeux, dis-je en enfilant une nouvelle paire de gants. Cela nous permet de déterminer si les niveaux d'alcool ou de drogue étaient ascendants ou descendants au moment de la mort. C'est une façon très fiable de savoir si la victime était ou non en pleine possession de ses moyens à l'heure du décès. Mais je ne peux pratiquer cette analyse sur la femme, à cause des dégradations dues à la faune aquatique.

— Estimez-vous heureux ! lance Marino, ça fait toujours un choc quand on plante une aiguille dans l'œil de quelqu'un, même s'il est mort.

— Il est peu probable qu'il y ait eu agression sexuelle ici, dis-je en récupérant un kit de prélèvements dans un placard. Mais il ne faut présager de rien. Je vais curer ses orifices et couper ses ongles, pour chercher des traces ADN d'un éventuel assaillant.

J'ouvre la boîte et récupère son contenu : un petit peigne en plastique noir, des écouvillons, des éprouvettes, de petits sacs en papier, un coupe-ongle. Personnellement, je me sers aussi de Post-it. Leur colle à l'arrière fait d'eux d'excellents collecteurs de poils, de cheveux et fibres diverses. Je dispose tout le matériel sur la desserte et leur explique ce que je vais faire.

C'est comme lorsque je fais cours à une classe de jeunes agents du FBI. Je sors le spéculum en plastique de sa pochette stérile, chausse mes binoculaires, les allume. Je perçois la gêne de mon public derrière les écrans quand j'introduis les écouvillons dans les deux orifices, à la recherche de signes d'activités sexuelles, consenties ou non.

— La victime présente d'importantes lésions post mortem dues à la voracité des animaux vivant dans le lac. Au premier regard, on pourrait croire que ses parties génitales, ses seins et son visage ont été mutilés sciemment. Mais c'est une fausse impression.

Sa mâchoire et ses muscles sont crispés, comme si elle ne voulait pas se laisser faire. Je suis obligée d'écarter les maxillaires avec une lame de métal. J'insère mes doigts et force la bouche à s'ouvrir.

— Les dents de devant sont ébréchées, et l'une d'elles carrément cassée à mi-hauteur, dis-je en fouillant la cavité buccale à la recherche de corps étrangers.

J'explore ainsi l'intérieur des joues, la gorge. Je sens une entaille sur le côté de la langue.

— Elle s'est mordue, c'est donc qu'elle était encore vivante à ce moment-là, expliqué-je à Marino alors que nous soulevons le corps.

Nous le déposons sur la table d'examen. Son état a empiré. L'abdomen est marbré de vert et boursouflé, signe d'une putréfaction avancée. Son visage dévoré par les animaux aquatiques, avec ses orbites vides, sa bouche sans lèvres, ses dents cassées, est encore plus horrible à regarder.

— Sainte mère de Dieu ! souffle Bella Steele malgré elle.

— Je vous ai dit que le cadavre n'était pas en bon état et que ça n'allait pas être beau à voir, rappelé-je en approchant la machine à rayons X. Si vous n'avez jamais assisté à une autopsie, ce cas est un peu gore pour une première.

22

Je déplace le bras articulé autour de la table, pour prendre des radios du corps, de la tête aux pieds. Les clichés apparaissent en mosaïque sur l'écran. Je désigne deux formes longitudinales qui brillent à l'intérieur du torse : les restes des bâtons de randonnée. J'explique à l'assistance que j'ai été obligée de couper les extrémités pour pouvoir glisser les cadavres dans les sacs mortuaires.

— Les deux victimes ont été transpercées de part en part. Les tiges saillaient des deux côtés.

J'entreprends de retirer les tubes, en veillant à ne pas causer de dégâts dans les tissus. Je les glisse dans un grand sac en papier que j'étiquette et scelle.

— Nous ferons une recherche d'ADN et autres traces, poursuis-je. On peut d'ores et déjà affirmer que la femme était morte au moment où elle a été empalée. Les bâtons lui ont perforé le foie et le pancréas et je ne note aucune réaction des organes.

— La violence gratuite est commandée par le système limbique, explique Benton. Il n'y a aucune raison rationnelle de déshabiller des corps et de leur faire subir ces sévices. C'est juste une pulsion destructrice et l'envie de faire passer un message.

— C'est peut-être une question stupide, commence Bella, mais y a-t-il un moyen de savoir qui a dans le corps les bâtons de qui ? Ces machins devaient appartenir aux victimes, non ?

Je réponds qu'ils sont de la même marque et du même type, le modèle « tactique ». Noirs avec des pointes en acier, ce matériel d'assistance à la marche peut être utilisé comme arme pour se défendre dans la nature, contre des adversaires humains ou non. Et il n'y a pas de rondelles, un accessoire qui d'ordinaire empêche la tige de s'enfoncer dans la boue ou la neige.

— Comme sur les bâtons de ski, dis-je. Si ces modèles en avaient été équipés, il aurait été impossible de transpercer ainsi les chairs. Les tubes sont télescopiques. Une paire est réglée à un mètre cinquante, l'autre à un mètre soixante, soit dix centimètres de plus.

— Donc les plus grands sont ceux de l'homme, en conclut Benton.

— Oui. Et apparemment chacun a été embroché avec sa propre paire. Les plus courts étaient dans Brittany, les plus longs dans Huck.

— Cela pourrait être une coïncidence, suggère Aiden Wagner l'attaché de presse.

— C'est peu probable, répond Benton. L'agresseur connaissait ses victimes, et cela en dit long sur sa haine envers chacun d'eux.

— En tout cas, il est certain que l'assaillant a fait ça en dernier, juste avant de jeter la femme à l'eau et l'homme dans le puits, précisé-je.

— De l'acharnement. De la rage aveugle, reprend Benton. C'est plutôt inhabituel. D'ordinaire, un assassin professionnel est froid, méthodique. Il n'a pas d'émotions, ne ressent rien. C'est juste un travail. Et ce n'est pas ce que l'on voit ici. C'est même tout le contraire. On a ici les signes d'un tueur se laissant emporter par la colère, la frustration.

— Quelle frustration ? demande Marino pour qui le profilage post mortem reste de la poudre aux yeux.

Il est toujours sceptique quand les psychologues débarquent sur une scène de crime et commencent à prédire l'âge du meurtrier, son ethnie, la voiture qu'il conduit, et ses rapports avec sa mère. Le plus souvent ces profiler se trompent et lancent les équipes sur de fausses pistes qui parfois se révèlent fatales pour l'enquête.

— Les choses ne se sont pas passées comme prévu, et cela l'a rendu furieux, insiste Benton qui lui se trompe rarement. On a affaire ici à un individu qui a un besoin insatiable de domination. Montrer son pouvoir est son grand plaisir. Et plus la victime résiste, plus sa violence et sa brutalité augmentent.

Je continue à prendre des radiographies. La femme a plusieurs fractures du crâne ; la mâchoire, ainsi que la clavicule et l'humérus gauches sont cassés.

— Cela a été causé par un objet lourd et contondant, dis-je.

— Si je vous comprends bien, intervient Bella, elle a été rouée de coups ?

— Exactement. Tabassée, et pas avec le dos de la cuillère.

— Et l'homme ? On lui a fait la même chose ?

— À ce que j'ai vu sur les lieux, certaines blessures sont similaires, d'autres pas. Par exemple, il lui manque une partie de la boîte crânienne. Sans doute emportée par une balle de gros calibre. Et une fracture ouverte du fémur gauche, peut-être due à sa chute dans le puits. On en saura davantage quand il sera sur la table d'autopsie.

En ce qui concerne les traumatismes infligés à la femme, il s'agit de savoir si les coups ont été portés de son vivant ou après sa mort. J'attire l'attention du groupe sur la forme opaque d'un projectile enchâssé dans son abdomen.

— On peut déjà dire que ce n'est pas une munition du couple, annonce Marino en examinant la radio. Les flingues des Manson sont équipés en Hydra-Shok 10 mm à pointes creuses. L'ogive est pré-fendue pour s'ouvrir en corolle au moment de l'impact, chaque pétale est tranchant comme une lame de rasoir afin de créer le plus de dommages possibles. Et ce n'est pas ce qu'on a ici.

— C'est peut-être une balle de fusil d'assaut, réponds-je. Probablement du même type que celle que Tron a récupérée dans le tronc de l'arbre. Et je distingue quelque chose d'autre dans la fesse gauche. Une forme cylindrique.

C'est trop petit pour être une balle et trop régulier pour être un éclat. De plus je ne distingue aucune lésion, ni point d'entrée.

— On va s'en occuper tout à l'heure, dis-je. Pour l'instant, je préfère procéder par ordre pour ne rien oublier. Je veux d'abord examiner les mains.

*

La rigor mortis gagne du terrain et je dois me battre contre la raideur des bras. Je lève les mains tailladées, les retourne, tout en expliquant que l'extrémité des doigts et autres chairs molles du corps ont été dévorées par les animaux aquatiques. Je passe sous silence les détails sordides et ne leur parle pas de l'énorme tortue qui a fait surface à côté de nous plus tôt dans le lac.

— Ces blessures sont des dégradations post mortem, des détériorations et altérations classiques après le décès. En ce qui concerne ces bâtons de marche, il s'agit plutôt d'un cadeau d'adieu.

— C'est de l'opportunisme, renchérit Benton. Le tueur n'est pas venu avec. Il savait que le combat serait à sens unique et que les Manson n'auraient aucune chance.

— Je ne veux pas jouer l'avocat du diable, commence Bella Steele, mais on est absolument certains que ce n'est pas un animal qui a fait ça ? Bien sûr, je ne vois guère comment un ours pourrait poignarder quelqu'un avec des bâtons de randonnée, cependant on doit explorer toutes les pistes. On va avoir droit aux théories les plus farfelues. Il faut qu'on ait réponse à tout.

— Un ours ou un lynx pourrait effectivement tailler les bras comme ça, insiste Clancy de la section antiterrorisme. Si quelqu'un veut se protéger le visage, explique-t-il en mimant le geste, comme s'il allait lui-même être attaqué. Et un gros animal aurait pu entraîner l'homme dans le trou. Allez savoir ce qui peut vivre dans cette mine ?

— S'il s'agissait de griffes ou de crocs, on le verrait immédiatement, dis-je en prenant une loupe sur la servante. Ici, les blessures sur le dos et la paume des mains sont des incisions. La coupe est nette, pratiquée avec une lame effilée. L'homme a d'ailleurs les mêmes plaies. Ces entailles sur les mains, les doigts, les poignets, suivent une logique.

— Et laquelle, selon vous ? s'enquiert Clancy.

— L'assaillant cherchait quelque chose, répond Benton. C'était ça son objectif, pas la mutilation. Et visiblement, il était en colère, carrément fou furieux. Souvent, il y a conjonction de plusieurs facteurs pour une même action.

Benton nous annonce que Huck et Brittany s'étaient fait poser des puces électroniques sous la peau. Ils avaient acheté sur Internet le matériel pour l'implantation et l'avaient réalisée eux-mêmes. À ces mots, j'ouvre un placard pour récupérer un vieux scanner à main.

C'est ce type d'instrument qu'utilisent les vétérinaires pour lire les puces de nos animaux familiers. Sauf que notre scanner ici, comme notre appareil photographique, est un modèle antédiluvien pour des raisons de sécurité. Il a besoin d'être branché sur le secteur. Contrairement à ce que l'on pourrait croire, il n'est pas rare que des gens s'équipent de ce genre de dispositif. Et nous savons les retrouver.

Aujourd'hui, les puces RFID (Radio Frequency Identification) ou NFC (Near-Field Communication) sont repérables avec une simple appli pour smartphone. Et c'est ce que d'ordinaire j'utilise à l'IML.

— Huck et Brittany ont pucé leurs mains droites, explique Benton. Sur les caméras de surveillance dans leur magasin, leur entrepôt ou chez eux, on les voit clairement s'en servir pour actionner les serrures électroniques. D'un simple geste de la main, les portes s'ouvraient devant eux. Ils pouvaient aussi payer sans avoir besoin de sortir leur carte bancaire ou leur téléphone. Mais seul un proche pouvait le savoir – ou un espion.

— D'habitude, on place ces puces sous la peau, à la jonction du pouce et de l'index, explique Gus Gutenberg de la CIA.

— Pour vouloir récupérer ce genre de bidules, précisé-je, il faut d'abord savoir que la personne en porte sur elle, et ensuite avoir l'appareil pour le localiser. Dans l'obscurité, cela reste compliqué, même si l'agresseur est équipé d'un système de vision nocturne.

— C'est sûr qu'il n'était pas venu les mains vides, commente Benton.

— Si une puce est là, elle va s'allumer quand elle va se synchroniser avec l'appareil. On verra la lumière sous l'épiderme. Elles sont très faciles à localiser quand on sait qu'il y en a une et qu'on a sur son téléphone l'appli qui va avec.

— L'agresseur cherchait quelque chose, c'est une certitude, ajoute Van Acker d'Interpol. Mais pourquoi toutes ces entailles ? Pourquoi il leur a lacéré les mains comme ça ?

— Par frustration, par rage, répète Benton. Parce qu'il n'a pas récupéré ce qu'il voulait.

— Faut croire qu'il a trouvé les puces, dis-je en continuant d'examiner les mains et les avant-bras. Je n'en vois aucune sur le scanner. Et c'est sans doute pareil chez Huck. On le saura bientôt.

— Certes, l'assaillant a dû les emporter, poursuit Benton. Mais elles ne lui serviront à rien. Ce n'est pas pour ça que le tueur est venu.

— Puisqu'on ignore qui est ce tueur, comment savoir ce qu'il voulait exactement ? intervient Marino. Peut-être que c'est juste la haine qui l'animait, que c'est pour ça qu'il a tout détruit, qu'il s'est acharné sur eux ?

— À mon avis, il a trouvé les puces implantées dans les mains de Huck et Brittany, insiste Benton. Puis il a compris que ce n'était pas ce qu'il cherchait. C'est à ce moment-là qu'il est devenu fou furieux, qu'il a saccagé le camp et a empalé les Manson avec leurs bâtons de marche.

Je déplace mon vieux scanner sur la partie supérieure de la fesse gauche de la femme, dans la zone où apparaît le petit objet sur les radiographies. Rien ne se passe.

— Autrement dit, vous non plus, vous n'êtes pas à la recherche d'une puce électronique.

— Exact, confirme Gutenberg.

— Je ne veux pas vous donner de faux espoirs, mais ce qu'il y a dans sa fesse gauche ne se synchronise pas avec mon scanner.

Par acquit de conscience, je fais une nouvelle passe avec la sonde, de droite à gauche, de haut en bas. Toujours aucun signal.

— Donc, il ne s'agit pas d'une puce RFID ou NFC, conclut Gus Gutenberg.

— Ou alors, elle est enchâssée trop profondément pour qu'on puisse capter le signal, réponds-je. Mais je n'y crois pas moi-même. Ce truc se trouve juste à six millimètres sous la peau. Et il mesure environ un demi-centimètre.

En m'aidant de l'image sous rayon X, je trouve l'emplacement exact. Le tueur n'a pas cherché là, sinon il aurait taillé toute la zone.

— Et même s'il connaissait l'endroit, expliqué-je à l'assemblée, sans machine à rayons X, il lui aurait été très difficile de localiser cet objet.

Le sang noir coule quand je pratique deux incisions en croix. Je plonge les doigts dans l'ouverture, l'explore à tâtons, ne trouve rien. Je coupe encore, plus profond et enfin je sens quelque chose de petit et dur.

C'est peut-être bien ce que l'agresseur voulait récupérer. (J'extirpe une minuscule capsule de verre.) Elle est plus volumineuse qu'un système d'identification RFID, pourtant cela reste injectable avec une grosse aiguille. J'ignore ce que c'est, mais à mon avis, ça n'ouvre pas les portes des chatières comme la puce de Merlin.

— Magnifique, vous l'avez trouvée ! s'exclame Bella.

— Pourquoi quelqu'un irait se foutre des puces dans le cul ! lance Marino.

— Parce que c'est une partie charnue et qu'on peut facilement y cacher quelque chose.

C'est la seule chose que je trouve à répondre.

— C'est une très bonne nouvelle, s'exclame Gus Gutenberg.

— À l'intérieur, il y a un minuscule objet noir, de forme carrée, dis-je en observant la capsule à la loupe. C'est donc ça que voulait le tueur ?

— C'est comme un microdisque. Et il ne faudrait pas que nos ennemis accèdent aux données qui y sont gravées, explique Benton.

Bien sûr, il fait allusion à Carrie Grethen et à ses amis russes.

— C'est pour ça qu'il s'est acharné ainsi sur eux ? insiste Marino. Pour avoir ce machin ?

— Ce n'est sans doute pas la seule raison, répond Benton, mais Carrie Grethen et le Kremlin voulaient récupérer ces infos. Et le tueur était censé les leur rapporter.

— J'en connais un qui a les chocottes de rentrer au bercail ! ricane Marino. Et on va retrouver sa tête coupée sur une plage de rupins !

Je glisse la capsule dans un sachet stérile. On me demande de le mettre à l'abri dans un sac de Faraday – normalement, il y en a un dans le placard du vestibule. La pièce y sera récupérée sans qu'on m'en informe, évidemment. Je ne saurai sans doute jamais pourquoi les États-Unis ou les Russes tiennent tellement à récupérer ces informations.

— J'y vais tout de suite, annonce Marino.

Il change de gants, prend le sachet et se dirige vers le sas. Je saisis le scalpel et pratique une incision entre les deux clavicules, puis descends en ligne droite le long du torse jusqu'au nombril, formant ainsi un grand Y. J'écarte la paroi abdominale, sectionne le sternum, puis ôte le bloc des organes et les dépose sur la table à dissection.

Rapidement, je trouve le projectile qui a infligé la première blessure. Je retire la balle, chemisée de cuivre, avec une pointe peinte en jaune.

— Ça vous dit quelque chose ? dis-je en la montrant à l'écran.

— La munition de l'AR-9 de Carrie Grethen, répond Bart Clancy.

Avec une grosse louche, j'écope au moins un litre de sang.

— La balle a déchiré l'artère et la veine iliaques, expliqué-je. Elle a beaucoup saigné et elle est morte en quelques minutes. La cause du décès est donc exsanguination par blessure par balle.

— Une attaque éclair dans l'obscurité, résume Benton.

— Heureusement que la mort a été rapide, commente Clancy.

— Pas assez rapide. (Malgré moi une bouffée de colère me gagne.) Elle a senti la balle dans ses entrailles. Elle a senti encore quand il l'a cognée, quand il a brisé ses os et ses dents. Mais pas trop longtemps.

23

J'emballe le projectile dans un sac pour qu'il puisse être examiné par le Secret Service. Je reviens à la table de dissection, saisis une paire de ciseaux et ouvre l'estomac. Il est ridé comme du sable mouillé. À l'intérieur, il n'y a qu'une petite quantité de liquide marron. J'en prélève un échantillon pour la toxicologie.

— Elle n'avait rien mangé avant l'heure de l'attaque, dis-je alors que Marino revient du vestibule.

— À votre avis, quelle a été leur réaction quand ils ont compris que cette chose invisible venait vers eux ? questionne Bella en s'adressant à Benton, comme s'il était devin.

— Le sentier fait plus d'un kilomètre de long. Ils avaient une petite demi-heure avant que l'intrus n'atteigne leur camp, répond-il. Ils ont dû tenter de se préparer au mieux.

— Ils savaient qui arrivait ? demande Marino en enfilant son masque et de nouveaux gants.

— J'en doute, répond Benton. Même si c'était le cas, ils étaient pris totalement au dépourvu. Et c'était bien l'effet recherché.

Il les imagine allumant les lumières dans leur tente en écoutant la progression de l'intrus grâce aux micros de leurs caméras. Ils avaient récupéré leurs armes, leurs munitions, et préparé plusieurs chargeurs. Ils avaient pris aussi leurs lunettes de vision nocturne qui allaient se révéler aussi aveugles que leurs caméras IR.

Curieusement, malgré leur paranoïa, ils n'avaient pas emporté de gilets pare-balles à plaques de céramique, pas même en simple Kevlar. Ce qui laisse supposer qu'ils ne s'attendaient pas à une attaque dans leur retraite. Ça ne leur était jamais venu à l'esprit. Quand ils ont compris qu'un assaillant s'était engagé sur leur chemin, Huck et Brittany s'étaient habillés et préparés. Ils avaient attendu le plus longtemps possible dans la tente parce qu'il pleuvait à verse dehors.

— Ils ont dû établir leur tactique avant de sortir, poursuit Benton. Ils savaient combien de temps il faudrait à l'intrus pour parvenir jusqu'à eux. À mon avis, ils ont quitté leur abri dix minutes avant son arrivée et ont éteint leurs lampes.

Ils étaient alors partis se mettre à l'affût dans les bois, près de la sortie du chemin. Ils avaient sans doute pris leurs téléphones pour suivre la progression de l'inconnu.

— L'adrénaline monte, reprend Benton, ils sont en mode combat, titillés par l'envie de fuir, mais pour aller où ? Ils sont acculés. Leur seule chance est d'éliminer l'ennemi, quel qu'il soit.

Il suppose que Brittany et Huck étaient cachés dans le bosquet de sapins où l'on a retrouvé beaucoup de sang. Quand ils avaient entendu leur assaillant approcher, ils avaient coupé leur téléphone pour ne pas se faire repérer, et avaient ouvert le feu –.mais en pure perte. Brittany avait été abattue. Huck aussi. Les balles à pointe jaune lui avaient déchiqueté le cou et arraché l'arrière de son crâne.

— Il est fort possible qu'ils n'aient jamais vu le meurtrier, continue Benton. Comme je l'ai dit, l'agresseur avait des lunettes infrarouges et il distinguait parfaitement ses cibles. Mais les Manson ne pouvaient le voir. Il devait avoir un système pour effacer sa signature thermique.

— Comment est-ce possible ? demande Bella.

— Les capteurs détectent les plus infimes fluctuations de température, ne serait-ce que d'une fraction de degré, explique Gus Gutenberg. Ces différences sont traduites en lumière et ombres. Mais ici, il n'y a eu aucune variation, et donc pas d'images.

— Les capteurs ont été trompés, on leur a fait croire que l'intrus était à la même température que l'air qu'il traversait, précise Benton. Il avait donc une tenue qui effectuait sans cesse de minuscules ajustements empêchant les détecteurs de le repérer. Je ne vois pas d'autre explication, à moins de verser dans l'hypothèse de l'ectoplasme.

— C'est absolument terrifiant ce que vous nous décrivez, s'exclame Bella tandis que je sectionne un poumon et sens sous ma lame quelque chose de dur. Entendre cette chose approcher et ne rien voir.

Il s'agit d'un morceau de dent. Puis j'en découvre un autre.

— Elle les a aspirés, dis-je en montrant ce que j'ai entre les doigts. Les coups ont été infligés juste après qu'elle a reçu la balle. Elle respirait encore, peut-être suffoquait-elle, quand elle a été frappée à la tête, ce qui lui a cassé les incisives, la mâchoire, le nez et plusieurs os de la face.

Je passe plusieurs minutes à disséquer les autres organes, tous sains, et sans lésions. Je fais une entaille au front, sous la ligne des cheveux et décolle le scalp pour exposer le crâne fracturé par de multiples coups. J'allume la scie et presse la lame oscillante contre l'os. On ne peut plus parler à cause du bruit.

Après avoir pesé le cerveau, je le dépose sur la planche à dissection. Je commence à le trancher avec un couteau à longue lame. Ironie du sort, l'instrument provient de Wild World. Le lobe frontal est sérieusement endommagé, mais présente peu de traces de réaction au traumatisme. Encore un indicateur confirmant que la mort a été brutale mais rapide.

— Plus le corps survit longtemps, plus les lésions sont importantes. (Je glisse les sections de cerveau dans un bocal de formol qui se teinte aussitôt de rose.) Elle était morte, ou presque morte, quand elle a été frappée à la tête. Reste à savoir avec quoi. À première vue, je ne vois pas trace d'un objet aux formes définies.

— Peut-être lui a-t-on cogné la tête par terre ? suggère Bella, avec une mimique de dégoût.

— Il y aurait des égratignures. (Je poursuis l'incision en Y, des deux côtés du cou, en remontant jusqu'aux oreilles.) Et il y aurait de la terre ou des débris dans les plaies. Or je ne vois rien de tel.

Je tire la peau et expose les muscles sous-hyoïdiens et les organes du cou. J'ôte la langue, le larynx écrasé, la trachée et l'os hyoïde. Je les rince à l'eau et les sèche avec une serviette.

*

Marino fait des photos, tout en actionnant à la main l'avance de la pellicule pour chaque cliché. Régulièrement, il va au comptoir pour noter les poids des organes et autres détails anatomiques sur les formulaires clipsés à la planchette.

— Je ne peux pas déterminer quand elle s'est mordu la langue, mais elle était vivante quand c'est arrivé, poursuis-je. C'est assez profond et ça a saigné.

J'explique qu'il y a une grosse lacération sur la face interne de la lèvre supérieure et beaucoup de sang dans les zones de fractures des os du cou. Tout cela indique qu'il y avait encore une pression artérielle pendant un petit moment.

— Elle a été tabassée à mort, conclut Elena Roland de la NSA.

— Mais ce que je distingue ici n'est pas habituel, réponds-je. Ces lésions sont curieuses.

J'ai examiné beaucoup de strangulations durant ma carrière, mais je n'ai jamais rien vu de tel.

— D'abord, elle a reçu une balle dans le ventre. Et juste après l'agresseur s'est rué sur elle, expliqué-je à l'écran. Il l'a cognée si fort qu'il lui a cassé les dents et les os de la partie inférieure de la face. Et il lui a fracturé le crâne.

C'est à ce moment-là qu'elle s'est mordu la langue, je pense. Son cou a été écrasé pendant qu'elle avait une hémorragie interne à cause de la balle. Puis on lui a planté les bâtons de marche dans le torse, mais cette fois elle était morte – ou quasiment.

— Même si ses yeux manquent, ainsi que certaines parties du visage, je ne note aucune pétéchie, ces petits points rouges dus à la rupture des capillaires sous la pression sanguine. D'ordinaire, il y en a toujours en cas de strangulation.

— Il s'est acharné sur elle, répète Benton. De la violence sexualisée.

— Les lésions font tout le tour du cou. Je n'ai jamais vu ça. Quelque chose l'a étranglée avec une force extraordinaire.

— Ce qui nous ramène à la thèse du gros animal, intervient Elena. Ce serait possible, docteur Scarpetta ?

— Non, à moins que la bête ait des mains.

— Évidemment, on pense tous à l'empreinte que j'ai trouvée, s'empresse de rappeler Marino. Un Sasquatch peut écraser la tête d'un alligator à mains nues. Imaginez ce qu'il pourrait faire à un humain !

— Ces deux victimes n'ont pas été attaquées par Bigfoot, à supposer que cette créature existe, réponds-je. Elles ont été tuées par un de nos congénères.

Je m'écarte pour que Marino puisse faire quelques photos, en déposant une réglette pour donner l'échelle.

— Mais comment en être sûr ? insiste Bella, se faisant de nouveau l'avocate du diable. Puisqu'on se demande aujourd'hui encore si Bigfoot est une légende, c'est qu'il y a une chance pour qu'il soit réel. Auquel cas, on imagine bien les dégâts qu'une chose aussi grande et puissante pourrait causer si elle est furieuse ou se sent menacée.

— L'assaillant n'apparaît pas sur les caméras infrarouges. Il était protégé des balles et armé d'un fusil d'assaut, rappelle Benton. La femme a été tuée par une ogive perforante, puis rouée de coups, étranglée à main nue, ce qui est un classique chez l'homme, et comme je le dis c'est souvent sexualisé. La violence en elle-même est un excitant, un puissant fantasme. C'est l'acte de domination absolue, arracher la vie à quelqu'un avec cette brutalité est l'ultime possession.

— Elle a des ecchymoses, comme des marques de doigts, ce qui pourrait corroborer une strangulation manuelle, dis-je en orientant le scialytique pour mieux voir. Et pourtant, cela reste étrange. Les traces sont très larges et font tout le tour du cou. C'est totalement atypique.

— Vous avez une explication ? me presse Bella. À part celle d'un géant avec de grosses mains.

— Je ne pense pas qu'une personne ait la force d'infliger de telles blessures. Je n'ai jamais vu un cou écrasé comme ça, on dirait qu'une voiture lui a roulé dessus.

— Je regrette de remettre ça sur le tapis, mais ça nous ramène au Sasquatch, persiste Bella. Le public va se poser exactement cette question si cette histoire d'empreinte sort dans la presse.

— En tout cas, ces lésions ne collent pas avec une attaque de primates, réponds-je. J'ai lu que les zones visées par les grands singes sont le visage, les mains, les pieds, et les parties génitales.

— Comme cette pauvre femme qui a eu le visage arraché par un chimpanzé ! renchérit Wagner, l'attaché de presse. Le singe était l'animal de compagnie d'une de ses amies et il lui a sauté dessus. Je crois qu'elle a perdu ses deux mains aussi.

— Je n'ai jamais entendu parler d'un chimpanzé, d'un gorille ou de quelque primate ayant étranglé quelqu'un ou quoi que ce soit, insisté-je. Ce n'est pas comme ça qu'ils tuent, du moins pas à ma connaissance.

— Et comme le dit Benton, un Bigfoot ne serait pas insensible aux balles, ni invisible sur des caméras thermiques, ajoute Marino en déposant un seau sur la table d'autopsie.

Il y a dedans les organes sectionnés et les viscères qu'il transvase aussitôt dans un sac en plastique. La cage thoracique est ouverte comme une tulipe. Je remets tout dans le corps, à l'exception des échantillons pour le labo et referme l'incision en Y avec une aiguille chirurgicale.

Je replace les fragments de la boîte crânienne dans leur bonne position, puis le scalp, et recouds le cuir chevelu. Le fil de suture dont je me sers provient aussi de Wild World. C'est très bizarre ! Je vais maintenant m'occuper du deuxième corps et annonce à mon public que c'est l'entracte.

— D'accord, on se retrouve dans quelques minutes, me dit Benton tandis qu'ils se lèvent tous dans la salle de réunion. On va sans doute vous laisser poursuivre tout seuls sans les caméras – j'imagine que vous préférez ça ! On en a assez vu et tout le monde vous remercie. C'est une grande chance que certaines choses n'aient pas été retrouvées par l'ennemi.

Il parle évidemment du microdisque. Marino m'aide à glisser le corps sur le chariot, puis le remporte dans la chambre froide. Je prends un feutre indélébile sur la desserte et note la date et autres informations sur les éprouvettes et sur les bocaux contenant les sections d'organes. Je dépose le tout dans le réfrigérateur du vestibule pour que Fabian puisse les récupérer plus tard.

Je rentre dans le sas de décontamination, asperge mon EPI, bois un peu d'eau, mange une barre protéinée avant de retourner dans la salle d'autopsie. Quand Marino revient avec la seconde victime, nous ouvrons les deux sacs. Une stridulation me fait sursauter. Un grillon jaillit de l'ouverture et saute au sol.

— Apparemment, on a eu un passager clandestin, dis-je à Marino. Attrape-le. On verra plus tard ce qu'on en fait.

Le grillon nous regarde pendant que Marino récupère une boîte tupperware transparente.

— Viens ici, Jiminy... pas de panique. Personne ne va te faire du mal.

L'animal saute à nouveau. Marino essaie de le bloquer avec son pied. En vain. Pendant un petit moment, il pourchasse l'insecte en faisant un raffut de tous les diables.

— Je l'ai ! Non... Merde ! Reviens !...

L'insecte part se cacher derrière la machine à rayons X. Marino va chercher une tapette.

— Pas même en rêve ! l'avertis-je.

— C'est juste pour le faire sortir de là, répond Marino en s'accroupissant. Viens par ici, petit gars... (Il le pousse doucement avec le coin de plastique et le fait monter dans la boîte.) Je t'ai ! s'écrie Marino. Alors, on fait moins le malin !

Tout fier, il pose le tupperware sur le comptoir et avec un scalpel perce quelques trous dans le couvercle pour l'aération.

Je prends un nouveau kit de prélèvements, et nous renfilons nos masques. J'introduis un écouvillon dans les orifices de l'homme et collecte mes échantillons. Nous soulevons le corps et le déposons sur la table d'autopsie. Je commence par une exploration extérieure, aux rayons X.

Aucune lumière dans le bassin, ni nulle part. Je ne trouve pas la moindre puce. Je retire les segments de tubes aluminium qui ont perforé le foie et les place dans un sac que je scelle et étiquette. Au vu de l'absence de réaction des tissus, les bâtons ont été plantés après le décès. Quand Benton et ses collègues sont de retour derrière les écrans, je leur résume les constatations essentielles.

— Il n'y a aucune trace de traumas contondants, et il est mort rapidement quand les balles ont réduit en bouillie le cou et l'os occipital, leur annoncé-je. Je ne peux pas dire si la victime portait une puce sur lui qui aurait été retirée. Mais s'il y en avait une dans sa main droite, par exemple, elle n'y est plus.

— Pendant notre pause, m'annonce Bella, on a eu les résultats du labo. C'est bien l'ADN de Huck et Brittany Manson. On a tout ce qu'il nous faut et on ne va pas vous embêter plus longtemps. (Tout le monde autour de la table rassemble ses papiers.) Docteur Scarpetta, monsieur Marino, nous vous sommes infiniment reconnaissants de votre confiance et du temps que vous nous avez consacré. Bien sûr, si vous faites une découverte intéressante, vous nous le ferez savoir.

— Quelqu'un peut-il contacter les pompes funèbres Addams ? dis-je. Prévenez Henry qu'il peut se mettre en route.

— Je m'en occupe, répond Benton en cherchant mon regard. Notre visio s'arrête là. Les caméras et microphones vont être coupés dans le MOBILE. On ne vous filme plus. Vous retrouvez votre intimité.

Les écrans s'éteignent d'un coup. Nous sommes de nouveau seuls, comme si cette réunion n'avait jamais eu lieu.

24

Marino et moi, nous nous retrouvons soudain seuls dans la petite salle d'autopsie du MOBILE en compagnie de notre cadavre sanglant. Maintenant que nous ne sommes plus observés par cette docte assemblée, la réalité de la situation nous tombe dessus.

— C'est normal que nous soyons furieux, non ? lance Marino, rompant le silence tandis que je pratique l'incision en Y.

— Je me sens bizarre, sonnée, réponds-je en écartant la peau. Comme quand tu reçois une balle à ton insu et que tu découvres que tu as du sang partout. (Je prends la cisaille.) Les nerfs se réveillent, la douleur commence à monter. Et soudain, tu comprends que tu vas perdre connaissance.

— J'ai une question à te poser, et je veux que tu me dises la vérité : est-ce que Benton ou Lucie t'ont laissé entendre que Carrie Grethen était toujours de ce monde ?

— Jamais ! J'étais aussi stupéfaite que toi. (Je coupe les côtes, les os se brisent net, claquent sous mes coups de cisaille agacés.) J'espère que Benton dit vrai et qu'ils ne nous écoutent plus. J'espère que pour cela au moins ils nous ont dit la vérité !

— Sinon, tant pis pour eux. Ils nous ont bien enfumés. (Marino attrape le seau vide dans l'évier.) Comment ont-ils osé nous cacher ça ? (Il balance le récipient sous la table.) Putain, quelle merde ! Je n'en reviens pas.

— On connaît leur raison.

J'ôte le sternum avec les restes de la cage thoracique.

— Ah oui ? Et le respect, c'est pour les chiens ?

— Benton et Lucy n'ont pas eu le choix. (Je soulève le bloc d'organes et le dépose sur la table de dissection.) C'est toujours comme ça quand il s'agit d'infos classées secret-défense. Ça n'a rien de nouveau.

— Eh bien, c'est nouveau pour moi. Et non, ce n'est pas normal.

— N'en fais pas une affaire personnelle, Marino.

À l'aide d'un scalpel, je tranche le tissu conjonctif.

— Justement si. Ça l'est, car pour le reste de ma vie je vais avoir une épée au-dessus de la tête.

— Aucun contenu gastrique, hormis une petite quantité de fluide marron.

Une indication que Marino s'empresse de noter.

— Si j'avais voulu vivre comme un barbouze, j'aurais bossé pour la CIA ou une agence de ce genre. Mais ce n'est pas le choix que j'ai fait. Parce que ce n'est pas l'existence que je veux, à toujours faire gaffe à ce que je dis. D'autant que je vis avec quelqu'un qui veut toujours tout savoir.

— Attention, cette fois, tu ne peux rien raconter à Dorothy. (Je dépose le foie sur la balance.) Sept cent cinquante grammes.

Je commence à le couper en tranche avec un couteau de boucher.

— Je n'ai jamais demandé à connaître des secrets d'État !

— Rouge vif, et dans la norme, à l'exception des deux perforations causées par les pointes des bâtons de marche, lui dicté-je.

— Ça faisait sept ans que Carrie Grethen était sortie de ma tête. Benton et Lucy auraient dû trouver le moyen de nous mettre au parfum.

— Ils étaient tenus au silence, comme on l'est à présent. (Je pèse un à un les poumons.) Six cent soixante grammes pour le droit, cinq cent quatre-vingts pour le gauche.

Je reprends mon couteau afin de les découper.

Quelques instants plus tard, je scie ce qu'il reste de la boîte crânienne. Le cerveau pèse moins d'un kilo, une bonne part du lobe occipital et tout le cervelet sont partis. La moelle épinière a été sectionnée et l'homme était vivant à ce moment-là. Après le tir, il ne pouvait plus bouger ni parler, et la mort est vite survenue.

— Il y a eu hémorragie et contusion des tissus, ce qui est conforme à une blessure par balle avec une arme de gros calibre. Huck a dû être abattu à peu près au même moment que Brittany. Les balles sont ressorties du corps, et il est mort sur le coup, ou presque.

Je ne relève aucun traumatisme contondant. L'assaillant ne s'en est pas pris physiquement à lui. Il a des blessures superficielles parce qu'il a été traîné au sol avant d'être jeté dans le puits de mine. Les petites perforations sont sans doute dues aux clous de l'ancien coffrage du conduit.

— Sa jambe a été fracturée dans sa chute, mais ce sont les lésions à la tête et le sectionnement de la moelle épinière qui l'ont tué, dis-je à Marino tandis qu'il remet les viscères à l'intérieur du corps.

Je passe un fil de coton dans une aiguille recourbée, replace les morceaux du crâne, rajuste le visage et le scalp. Je commence à suturer l'incision que j'ai pratiquée autour du cuir chevelu. Je sens Marino dans mon dos, sa mauvaise humeur est aussi perceptible qu'un champ électromagnétique.

— Quand on en aura parlé à Benton et Lucy, on sera peut-être rassurés. Ils ne pouvaient rien nous dire devant tous ces gens. Laissons-leur la chance de s'expliquer en privé.

— Je ne vois pas comment ils pourraient me rassurer. (Il jette ses gants maculés de sang dans la poubelle.) Ils m'ont piégé. De quel droit ils m'entraînent là-dedans ? Et maintenant, ils menacent de me jeter en prison si j'ouvre la bouche !

— L'affaire est passée à un autre niveau, c'est normal que les conséquences suivent. Peu importe que tu l'aies voulu ou non, c'est comme ça. Tu connais désormais des informations ultraconfidentielles. Tu ne peux parler de ces choses qu'aux autorités compétentes.

— Les lois devraient être différentes quand il s'agit de Carrie Grethen.

Il installe une nouvelle housse mortuaire sur le chariot.

— Mais ce n'est pas le cas.

— Si je la vois, cette fois je lui règle son compte pour de bon, c'est moi qui te le dis !

Il m'aide à y insérer le corps, et je referme le sac. Marino récupère la boîte sur le comptoir. Le grillon est toujours bien vivant.

— Allez viens, petit gars, on bouge.

Il dépose le tupperware sur le corps et nous poussons notre chargement vers la salle de décontamination. Le grillon se met à striduler.

Marino place la boîte à l'écart, sur une étagère, avant d'asperger le sac mortuaire et le brancard de désinfectant. Nous retirons nos combinaisons souillées. Dessous, nos vêtements sont fripés et humides de sueur. Puis nous récupérons Brittany dans la chambre froide.

— Merci, Marino, lui dis-je. Je n'aurais pas aimé être toute seule. On va s'en sortir, ne t'en fais pas.

— Espérons.

Nous poussons les deux brancards dans le vestibule. Marino installe le tupperware sur le bureau métallique et observe l'animal. Ses gros yeux noirs nous regardent derrière la paroi transparente. Marino tapote le plastique, Jiminy fait quelques bonds.

— Il est carrément stressé, déclare-t-il.

— Avec nous, ça fait trois.

— Attends...

Quelques instants plus tard, il revient avec un pilulier en carton dont il a déchiré les côtés. Il soulève le couvercle et dépose la petite boîte à l'intérieur.

— Et voilà ! lance-t-il tout content. Ces bestioles aiment bien avoir un endroit où se cacher. Il va se sentir mieux.

— Moi aussi, j'aimerais bien pouvoir me cacher, répliqué-je en regardant le grillon se diriger vers son nouvel abri.

— Je ne veux pas le relâcher dehors, alors qu'on prévoit de la neige. Il va mourir de froid.

— Bien sûr, il n'en est pas question, mais je n'y connais rien en grillon. Qu'est-ce qu'on va en faire ?

— Aucune idée. Mais cette bête, c'est un signe, Doc. Ce n'est peut-être pas un hasard s'il s'est retrouvé ici.

À l'évidence, la résurrection de Carrie l'a remué.

Marino est un protecteur dans l'âme. Il faut qu'il répare, qu'il aide, qu'il sauve, même s'il s'agit d'un petit insecte. Avoir prise sur son environnement est vital pour lui. Et le retour de notre ennemie jurée l'a dépossédé, lui a volé son pouvoir sur son monde. Je le comprends.

— Un signe ? Comment ça ?

— Un signe d'en haut. Une sorte de message.

— Et il nous dirait quoi, ce message ?

— Je ne sais pas, c'est quand même bizarre que Jiminy se soit retrouvé dans le sac, qu'il ait sauté dedans juste avant qu'on ne le referme ? Et qu'ensuite il ait survécu non seulement au transport en hélico, mais aussi au séjour en chambre froide. Et tous ces efforts pour quoi ? Pour qu'on le relâche dans la neige et qu'il meure congelé ? Bien sûr que non !

— On va le laisser ici pour l'instant. (Et le grillon recommence son crincrin intermittent, à la manière d'un détecteur de fumée avertissant qu'il est à court de batterie.) On l'emportera tout à l'heure dans mon bureau et on trouvera ce qu'il y a de mieux pour lui.

Il recommence à striduler plus fort, comme s'il approuvait la nouvelle.

— À mon avis, Jiminy comprend tout ce qu'on dit, lâche Marino.

— Possible.
— On a quelque chose à lui donner à becqueter ?
— Peut-être...

Je fouille dans mon porte-documents et j'en sors une ration de randonnée. D'un coup, mon estomac crie famine. Je m'efforce de ne pas penser à un agréable apéritif avec un whisky glaçons, et encore moins au dîner, de préférence devant la cheminée en compagnie de Benton.

— Je ne sais pas si ça va lui convenir, dis-je, mais c'est sans sel, donc cela ne devrait pas lui faire du mal. (Je soulève le couvercle percé et lâche quelques raisins secs et des graines de tournesol.) Il va lui falloir de l'eau aussi, mais il attendra un peu. Je ne sais pas s'il existe de la nourriture pour grillons, mais on se renseignera.

— Ils mangent à peu près n'importe quoi. Y compris des croquettes pour chiens. Et non, je ne te dirai pas comment je le sais !

— D'accord.

Alors que j'ouvre le hayon arrière de la remorque, un air glacé s'y engouffre.

— J'en élevais pour la pêche, m'explique-t-il quand même. Ça n'a pas duré. C'était trop compliqué. Mais avec ça, j'ai attrapé de beaux poissons-chats et des tas de perches.

— Effectivement, tu aurais pu me passer ce détail. En attendant, l'heure de ta pénitence a sonné ! Notre Jiminy t'offre l'occasion de te racheter. Et désormais tu pêcheras à la mouche ou au leurre.

Nous sortons les chariots, sous le bourdonnement des hélicoptères qui luisent dans le ciel nocturne telles de petites planètes. Il y a de nouveaux vans garés dans la rue. Soudain, un drone, un quadricoptère équipé d'un projecteur et d'une caméra, pique sur nous pour nous filmer en direct. Les journalistes nous ont vus sortir. Ils se pressent derrière les grilles.

« Docteur Scarpetta, qu'est-ce que vous avez découvert ? »

« Comment ils sont morts ? »

« Ils ont été assassinés ? »

Nous descendons la rampe avec notre chargement sur roulettes. Il n'y a pas moyen d'être tranquilles ! Les médias sont déjà bien informés. Les questions fusent de toutes parts :

« C'est un ours qui a fait ça… ? »

« C'est vrai que les Manson allaient être arrêtés… ? »

« Vous avez déjà fait vos courses à Wild World… ? »

La température a chuté, la bise s'est levée, la lune est un croissant pâle dans la brume. Les nuages se referment au-dessus de nous comme une bâche. Il va neiger, je le sens. Nous pressons le pas vers le fourgon noir qui nous attend. Henry Addams porte des gants, un masque et un gros manteau. Il déplie deux brancards qui sont en bien meilleur état que celui de ce matin.

— J'espère ne pas vous avoir fait trop attendre, lui dis-je.

— Pas du tout. Je viens d'arriver. Quel cirque ! (Il désigne le drone qui tourne au-dessus de nous.) Seigneur, je ne sais pas comment font les gens pour supporter ça à longueur de journée.

Nous soulevons les corps dans leur housse, les transférons sur les brancards des pompes funèbres, puis aidons Henry à les charger dans le véhicule.

— Je ne sais pas si vous avez pu suivre ce qui se passe, ajoute Henry, mais les chaînes d'infos sont hystériques.

Il ferme le hayon du fourgon sous les appels incessants des journalistes.

« *Docteur Scarpetta... ?* »

« *Pourquoi votre nièce vous a emmenée en hélicoptère ?* »

« *Pourquoi vous avez fait les autopsies dans ce camion ?* »

Henry poursuit ses explications :

— Les théories vont bon train, de l'attaque d'un ours énorme à l'assassinat par un tueur sous contrat.

— Il est possible qu'on nous enregistre, dis-je alors que le drone vrombit comme un gros moustique. Je ne sais pas si ce machin peut nous entendre mais je préfère ne pas prendre de risque. Il faut rester sur nos gardes.

— Putain, si j'avais une lance d'incendie ! s'exclame Marino en fixant des yeux le quadricoptère en vol stationnaire vingt mètres au-dessus de nos têtes.

— C'est bon, Marino, on a eu notre compte de combats aériens pour aujourd'hui.

— Si tu n'as plus besoin de moi, je vais aller me laver. Puisqu'on doit y aller chacun notre tour.

Sans attendre ma réponse, Marino retourne dans le MOBILE.

Ses pas claquent sur la rampe d'acier alors que deux SUV de la police d'État, tous feux allumés, arrivent sur le parking. Ils s'arrêtent près du van d'Henry, des agents en sortent, un homme et une femme, tous deux très jeunes. Ils vont escorter Henry jusqu'à l'Addams

Family Mortuary, et veiller à ce que personne ne tente de perturber le transport.

— Nous vous en sommes très reconnaissants, leur dis-je. Plus que vous ne pouvez l'imaginer.

— Ça va se calmer ici quand les corps seront partis, assure l'agent.

— Les chaînes d'infos vont aller se poster devant les pompes funèbres, ajoute sa collègue. Ces charognards devraient vous ficher la paix, docteur Scarpetta.

— Et pour ce truc ? Vous ne pouvez rien faire ? demande Henry en désignant le drone qui a repris de l'altitude.

— Légalement rien, indique le policier.

— Et eux ? C'est légal ce qu'ils font ? insiste Henry.

— C'est le problème de notre époque. On n'est pas à armes égales, confirme la jeune femme. J'en ai eu un qui volait au-dessus de chez moi dernièrement. Je l'ai descendu avec mon kärcher et l'ai piétiné. Mais je n'étais pas en service. Et j'avais quelques bières dans le nez.

— Allons parler dans le van, me propose Henry, agacé par la présence du drone.

— Bonne idée.

25

Il m'ouvre la portière côté passager, puis s'installe derrière le volant. Il allume le chauffage. À présent, nous pouvons avoir une conversation en privé.

— Comme vous l'avez évoqué ce matin, il est possible que quelqu'un tente de voler les corps, lui dis-je. Aussi fou que cela puisse paraître, c'est un risque non négligeable.

— Les gens n'imaginent pas le nombre de cadavres qui sont subtilisés. Des milliers chaque année. Vous vous souvenez de ces gars qui avaient déterré Charlie Chaplin et avaient demandé une rançon pour restituer le corps. Ils ont réclamé six cent mille dollars à sa veuve ! C'est vraiment abject. Et cela arrive très souvent.

— Il faut s'attendre à tout, insisté-je en songeant au microdisque que j'ai extrait du corps de Brittany.

C'est ce que les Russes voulaient récupérer, et ils ignorent que la capsule est désormais en notre possession. Comme ils ignorent que les dépouilles vont être incinérées ce soir même. Je revois le visage balafré de Carrie sur la vidéo, son sourire moqueur. J'ai eu l'impression que c'était moi qu'elle regardait.

La vengeance est un plat qui se mange froid, voilà ce qu'elle disait en filigrane, et le moment de l'expiation était venu. C'était sous mes yeux, mais je n'ai rien vu. Après notre dernière rencontre, sept ans auparavant, la menace était tangible. J'allais payer le prix fort – moi, comme nous tous. Il y aurait des conséquences... Je l'avais toujours su. Et si nous avions échappé aux représailles, c'était uniquement parce qu'elle était morte. Sauf qu'elle ne l'était pas !

— Les commanditaires de l'attaque ne savent peut-être pas que nous avons trouvé ce qu'ils cherchent, expliqué-je à Henry sans lui révéler de quoi il s'agit. Ces criminels seront prêts à tout pour mettre la main dessus, mais la police va veiller au grain. Vous serez en sécurité.

— Et vous, Kay ? Qui va vous protéger ?

— Les pièces importantes ne sont pas à l'IML. Et les corps n'y seront pas non plus. (Je contemple mon bâtiment. Quasiment toutes les fenêtres sont éteintes à cette heure.) Mais le mal est déjà fait. Maintenant que l'affaire est sortie, tout peut arriver. Il faut se méfier de tout le monde, et pas seulement des journalistes. N'importe qui peut avoir envie de nous causer des problèmes.

— C'est comme ça que la famille a appris la mort des Manson. Par les médias, répond Henry. Le Secret Service a eu les parents en ligne. Moi aussi je leur ai parlé. Ils étaient ravis de ne rien avoir à organiser, ils n'avaient aucune envie que cela leur coûte de l'argent, ou leur prenne du temps. Et c'est sans doute tant mieux. Ces gens ne sont pas très sympathiques, c'est le moins qu'on puisse dire.

Donc, personne de la tribu ne risque de se montrer pour nous mettre des bâtons dans les roues. Les parents de Huck vivent au Texas, ceux de Brittany en

Floride. Ils n'avaient quasiment aucun contact avec leur fils et leur fille. Quand ils ont appris leur mort brutale, ils semblaient plus surpris qu'affligés.

— Les parents ignoraient les activités de leur progéniture, sinon que le couple avait un magasin très lucratif, poursuit Henry en me narrant sa conversation avec les familles. Ils ne savaient pas que Huck et Brittany campaient depuis des mois. Ni qu'ils étaient impliqués dans des trafics illégaux et qu'ils allaient être arrêtés. Ils les voyaient très rarement. Leur dernière visite date d'avant le covid.

Les corps vont être déposés directement au crématorium des pompes funèbres Addams, le four est déjà en chauffe. Demain les cendres seront envoyées en Floride pour être enterrées dans un cimetière de Vero Beach. Quant aux parents de Huck au Texas, ils ne veulent pas recevoir ses restes. Et personne ne souhaite organiser de service funéraire.

— Tout ce qui les intéresse, c'est ce qu'il y a dans le testament, précise Henry. Mais entre nous cela m'étonnerait qu'ils en aient rédigé un.

— Le fruit ne tombe jamais loin de l'arbre, réponds-je. Addams, promettez-moi de faire tout le chemin jusqu'au crématorium sous escorte policière. À aucun moment vous ne devez vous retrouver seul, ne serait-ce que cinq minutes.

Je revois Carrie tirer avec son AR-9, la tête coupée échouée sur la plage de Monte-Carlo, l'homme éviscéré sur un trottoir de Moscou.

— Ça va aller, Kay. On m'a dit qu'il y a déjà une brigade aux pompes funèbres, et des agents devant les portes du crématorium. Le gros de mes équipes est parti. Ceux qui restent s'occuperont de l'incinération dès mon arrivée. Et ce sera fini.

— Si cela pouvait être vrai. Mais je ne me fais pas d'illusions.

— Je suis là en cas de besoin.

— Et quand vous rentrerez à votre domicile ce soir, quelle que soit l'heure, je veux qu'on vous escorte. Ce n'est pas négociable.

— Promis. (Henry se penche et sort de la boîte à gants son Glock 9 mm.) Ne vous inquiétez pas, je ne suis pas seul.

Je le regarde partir, escorté de deux voitures de patrouille, une devant, l'autre derrière, gyrophares allumés, puis je retourne vers le semi-remorque. Marino est assis dans le vestibule, devant le bureau. Il a enfilé un pantalon et une tunique de bloc opératoire, et porte son pistolet à la ceinture. Je perçois à deux mètres l'odeur du savon dont il s'est servi sous la douche.

— Hé, petit gars, regarde qui arrive ! (Il soulève la boîte et approche le nez de la paroi.) La gentille docteure qui t'a sauvé. (Il tapote le couvercle. Jiminy est caché dans son antre en carton.) Allez sors de là. Montre-toi. (Mais l'insecte reste invisible.) Apparemment, il ne m'aime pas.

Marino repose le tupperware.

— Vu ton passif, on le comprend !

Cri-cri ! Cri-cri !

— Il veut nous dire quelque chose, déclare Marino. Vas-y Jiminy, exprime-toi. Je suis ton préféré, c'est ça. Tu es juste timide.

Silence.

— Tu vois ! Il ne m'aime pas.

— Il a peut-être eu vent de ton comportement avec ses petits camarades, réponds-je, et le grillon se met à striduler de plus belle.

— Je parie que tu sais qui est le tueur, toi. Tu as tout vu, pas vrai ? (Marino parle au grillon comme à un petit chiot, puis se tourne vers moi.) Il pourrait reconnaître notre bonhomme sur un trombinoscope, j'en mets ma main à couper. Lui et Bigfoot savent tout. Va savoir ce que cette bestiole pourrait nous raconter, pas vrai Jiminy ?

Marino tapote à nouveau le couvercle.

— Il va bien ? m'enquiers-je. J'ai eu mon compte de morts pour la journée.

— Il ne comprend rien à ce qui se passe. Comme nous, quand on est enlevés par de petits hommes verts.

— Ce terme est discriminant. Tu ne peux plus l'employer.

— Je sais. Comme la moitié de mon vocabulaire ! Quelle merde ! Déjà qu'il n'est pas très riche !

— Je vais aller me décrasser, dis-je. Je te fais signe quand j'ai fini. Je n'en ai pas pour longtemps.

— C'est sûr que tu ne vas pas traîner. Il n'y a plus beaucoup d'eau chaude, m'avertit Marino.

Autrement dit, il n'y en a plus du tout !

Une fois dans le compartiment toilettes, je couvre la caméra avec une serviette. Même si Benton m'a assuré qu'ils ne nous filmaient plus, je n'ai plus confiance en personne. J'ôte rapidement mes vêtements et ouvre le robinet. L'eau est à peine tiède. Merci, Marino ! Je tire le rideau.

*

J'ai la chair de poule alors que je m'essuie avec des serviettes de la taille d'un napperon. J'enfile à mon tour une tenue médicale – tunique et pantalon – et je glisse mes vêtements mouillés dans un sac-poubelle.

Je me sèche les cheveux et m'aperçois qu'il fait un froid de canard dans le MOBILE quand on ne porte pas de combinaison. Je reviens pieds nus dans le vestibule. Mes ongles virent déjà au bleu. Je récupère mes affaires en grelottant de la tête aux pieds.

— Je préviens Fabian qu'on arrive, m'indique Marino en pianotant sur son téléphone. Il va venir récupérer les échantillons dans la salle d'autopsie. Ça va, Doc ? Tu es toute pâle.

— J'ai juste froid. (Je commence à avoir mal à la tête.) Il doit faire à peine plus de dix degrés.

— Pas de blouse, pas de couverture, il y a que dalle ici. Ça va être un enfer de traverser le parking quasiment à poil. J'aurais dû penser à apporter un manteau ce matin.

— Pareil, réponds-je tandis que nous enfilons nos chaussures.

Mes doigts sont tout raides, je claque des dents.

— J'ai demandé à Fabian de mettre les échantillons de tissus, les tubes et tout le tralala à l'abri dans le frigo de la salle de conservation des pièces. Il préviendra ensuite l'ADN, la toxico et la balistique pour qu'ils viennent chercher tout ça.

— Parfait.

Je souffle dans mes mains pour les réchauffer.

— Il ne fait pas si froid que ça, Doc, me fait remarquer Marino en me regardant d'un air inquiet.

J'ouvre mon porte-documents et trouve le sachet de fruits secs. Je lui en propose. Nous en prenons chacun une poignée. Mais l'hypoglycémie n'est pas mon seul souci. Je suis angoissée, une part de moi le sait, même si je ne veux pas l'admettre.

— La remorque a besoin d'un bon coup de kärcher, mais j'ai dit à Fabian que ça pouvait attendre demain, m'informe Marino.

— Absolument. Je ne veux pas le voir dehors à cette heure. On a assez attiré l'attention comme ça. Je n'en reviens pas qu'il soit encore là. Peut-être que notre conversation de ce matin a porté ses fruits.

— Quelle conversation ?

— Il m'a dit qu'il avait été embauché pour mener des enquêtes et qu'on ne lui en confiait aucune. Je lui ai promis qu'on allait arranger ça.

— Je te rappelle que c'est Reddy qui l'a engagé. Rien que pour ça, on a raison de se méfier.

— Ne sois pas aussi dur avec lui. Donne-lui une chance de prouver ce qu'il vaut, et il fera pareil.

— Je n'ai rien à prouver.

— Tu dois lui faire confiance et le laisser faire son travail. S'il se plante, alors on en reparlera, réponds-je en ramassant nos sacs de vêtements.

Il saisit la boîte de notre Jiminy Cricket. Le parking est désert lorsque nous sortons du MOBILE. Comme l'avait prédit la police, les vans des télévisions ont suivi les corps. Plus aucun signe du drone. Marino referme le hayon et le verrouille.

À 19 heures passées, il n'y a plus personne dans le bâtiment. La coccinelle rose bonbon de Shannon est à sa place réservée sur le parking, tout comme le pick-up Toyota de Faye Hanaday, avec ses bavettes et son rack pour fusils sur la lunette arrière. La Volvo de Maggie Cutbush est partie. Si seulement c'était pour de bon ! Je ne vois pas l'El Camino de Fabian, mais je crois savoir où il l'a garée.

Je suis congelée dans ma petite tunique de coton, et j'ai l'impression de sentir le spectre de Carrie partout autour de nous. Devant moi s'étend l'esplanade de bitume noyée d'ombres, éclairée çà et là par quelques lampadaires. J'ai du mal à respirer comme si l'air saturé d'eau pesait de tout son poids sur mes épaules. J'avais la même sensation d'oppression à Buckingham Run. Je suis tendue. Sur le qui-vive. Je perçois une menace invisible, imminente.

Les feuilles mortes glissent sur l'asphalte, le vent souffle par bourrasques, la lune nimbée de nuages descend dans le ciel. Je suis persuadée qu'un diable va jaillir des ombres, nous tirer dessus avec des balles à pointes jaunes puis réduire nos cous en bouillie de sa main monstrueuse.

— Tiens, déclare Marino en me tendant le tupperware. (Son haleine monte devant moi en un panache blanc.) Porte donc Jiminy. (L'animal se met aussitôt à faire cri-cri.) Puisque tu es sa préférée.

— Je te vois venir, Marino. Et tu ne m'auras pas, répliqué-je alors que l'insecte stridule une nouvelle fois. Pas question que je m'occupe de ce grillon.

— Juste pour deux minutes. Là, j'ai besoin de mes mains. Je te rappelle que je suis armé et pas toi. Je t'ai dit cent fois d'avoir toujours ton pistolet sur toi ! Si tu le laisses à la maison, il ne sert à rien. Ce laxisme n'est plus possible, Doc, en particulier avec ce qu'on vient d'apprendre.

— En attendant, j'espère que tu ne vas tuer personne entre ici et la porte d'entrée ! réponds-je en tentant de faire de l'humour.

Je serre contre moi la boîte en plastique pour la protéger du vent.

— Quand je pense à toutes les fois où on a traversé ce parking sans se poser de questions, poursuit Marino. À n'importe quel moment, elle aurait pu être là pour nous descendre.

— Ce n'est pas notre seul ennemi.

— Certes, mais c'est la seule à vouloir nous faire la peau.

— Espérons-le.

— Lucy et Benton auraient dû nous avertir, trouver un moyen, juste de quoi nous mettre en garde. Une petite allusion, sans rien dire d'explicite. Un vague indice çà et là, et on aurait fait le rapprochement.

— On ne joue pas aux devinettes avec les informations secret-défense, et pas plus au Pictionary, le sermonné-je. Et je t'en prie, bouche cousue. On a assez de problèmes comme ça.

— Carrie Grethen a eu droit à un jet privé, sans une remontrance, pas même une petite tape sur la main, grommelle-t-il. Et c'est nous qui allons avoir des problèmes ?

— Personne n'a prétendu que c'était juste.

— Et si elle s'était pointée alors qu'on la croyait morte ? On n'aurait pas été sur nos gardes, comme il y a sept ans quand elle a débarqué chez toi. On aurait fait des cibles faciles.

— Je suis certaine que Lucy et Benton veillaient au grain. (Je vois la silhouette du grillon bouger dans la boîte.) D'ailleurs, rien ne dit qu'ils ne sont pas déjà intervenus par le passé pour déjouer une attaque.

Nous avons atteint l'arrière de notre bâtiment, le grand volet roulant est descendu. À côté de ma Subaru, je remarque le Suburban noir de Norm Duffy, notre vigile. Sur la lunette arrière trône son affichette de chauffeur VTC – son second travail, celui qu'il aime. Marino ouvre l'accès piéton sur le côté, allume les lumières de service et nous pénétrons dans l'aire de livraison.

Comme je le supposais, Fabian a garé son El Camino à l'intérieur. Elle est noire avec des LEDs rouges sous le bas de caisse et de gros étriers de freins. Il m'a raconté cent fois que ses parents lui avaient acheté cette voiture ancienne lorsqu'il a été reçu *cum laude* en chimie, avec les félicitations du jury, à l'université de Louisiane. Un cadeau-surprise de ses heureux géniteurs.

La Chevrolet était garée derrière la maison, avec un gros ruban tout autour, des ballons accrochés aux pare-chocs, et un squelette d'anatomie au volant. Fabian était venu chez nous pour l'adrénaline, pour l'action, tout cela sans risque d'enfreindre les lois. Il lui était difficile de suivre les pas de son père. Arthur Etienne, médecin généraliste de East Baton Rouge, était le coroner depuis des dizaines d'années, et était réélu haut la main à chaque scrutin.

Fabian devait surveiller notre arrivée par les caméras, car la porte au sommet de la rampe s'ouvre aussitôt. Le jeune homme apparaît en tenue médicale noire comme à son habitude, ses longs cheveux raides tombant dans son dos, brillants comme des souliers vernis.

— Bienvenue au bercail ! lance-t-il en nous tenant le battant.

— Vous n'êtes pas censé vous garer ici, grogne Marino sans pouvoir s'empêcher de le sermonner.

— Il y a plein de place, réplique Fabian.

— Et si les autres faisaient comme vous ?

— À cette heure ? Quels autres ? Je suis quasiment tout seul ici, répond le jeune homme tandis que nous gravissons la rampe. Et je ne l'ai mise ici que ce soir, quand la nuit est tombée. Je ne voulais pas la laisser dehors. En particulier avec ce drone qui nous tournait autour.

— Heureusement qu'il est parti, lui dis-je. Du moins on ne l'a pas vu quand on a traversé le parking.

Je constate avec satisfaction que le sol protégé de peinture époxy a été lavé au jet. Les poubelles ont été vidées, et je ne vois aucune trace de sang nulle part.

— Tout est beaucoup plus propre qu'à mon départ ce matin, déclaré-je. Merci, Fabian.

— Au moins quelqu'un qui remarque mes efforts !

— En parlant ménage, rendez-vous utile, grommelle Marino en lui tendant nos sacs de vêtements sales.

— C'est exactement ce que je vous disais ce matin, docteur, me lance Fabian tandis que nous entrons dans l'aire de réception. (Il referme la porte derrière nous.) Vous ne voulez pas essayer de me parler gentiment, Marino ?

— Je suis à mon max.

— Vous voulez que je m'occupe de votre lessive, alors mettez-y les formes.

— Et pas d'eau de javel, poursuit Marino. Pas une goutte, sinon ça me fiche une crise d'urticaire.

— C'est ce que vous mériteriez, pourtant ! Même votre propre corps ne veut plus de vous, réplique Fabian en déposant nos sacs sur un chariot libre.

— Ne commencez pas à ce petit jeu, Fabian, rétorque Marino ravi de cette joute. Si je vous disais ce que je pense de vous, vous me sortiriez vos conneries de wokisme.

— Gardez effectivement vos insultes, sinon vous allez vous faire *cancel !*

Je les laisse à leur numéro de duettistes et me dirige vers le vieux comptoir en Formica devant la guérite du gardien. J'ouvre le registre des entrées/sorties et feuillette les pages vert pâle pour prendre connaissance de nos nouveaux « patients » : un accidenté de la route, un ouvrier de chantier ayant reçu des débris sur le crâne, un suicide présumé par arme à feu, une overdose avec des opioïdes sur ordonnance.

26

Les admissions sur le registre sont toutes signées par Fabian. Il a donc tenu la boutique tout seul, sans Norm. Ça m'agace. Derrière la paroi vitrée, il n'y a aucun signe d'occupation récente. Cela n'arrange pas mon humeur !

J'ouvre la porte avec mon passe et jette un coup d'œil dans la guérite. L'air sent le renfermé et les restes de fast-food. Les boîtes sont encore dans la corbeille qui n'a pas été vidée depuis le départ de Wyatt ce matin. Aucune trace de Norm ; ni odeur de son eau de toilette, ni son manteau, ni ses clés, ni paperasse administrative. Il n'a jamais mis les pieds ici !

— J'en conclus que c'est vous qui avez géré les entrées/sorties ? demandé-je à Fabian.

— C'est pas faux. Je déteste être une balance, mais Norm est arrivé avec une heure de retard. Il était censé prendre son service à 16 heures pétantes, et il s'est pointé à 17 heures. Et quand je lui ai rappelé que c'était très important qu'il y ait toujours quelqu'un à la sécurité, il m'a lancé un regard noir comme pour me dire : *C'est pas toi le patron, taré de punk.*

— Mais il ne l'a pas dit, lance Marino.

— Non, mais c'est comme ça qu'il m'appelle derrière mon dos. *Taré de punk.* J'ai été obligé de le remplacer pour que Wyatt puisse rentrer chez lui.

— Vous ne pouvez pas faire ça en plus de votre boulot, Fabian. Et vous n'avez aucune formation comme garde.

— En tout cas, je ne peux pas être pire que les deux autres.

Il fait allusion à Tina et Norm.

— Sur ce point, vous avez raison, malheureusement.

— Il est où, Norm ? gronde Marino en regardant l'écran de contrôle dans la guérite vide. Son SUV est là. À part ça, c'est l'homme invisible. Je le vois nulle part. Ce type n'a pas son pareil pour éviter les caméras. À croire qu'il était cambrioleur dans une autre vie.

— Il râle parce qu'il va perdre plein de fric, répond Fabian en écartant un chariot vide qui encombre la balance au sol et le range le long du mur. Je ne sais pas si vous avez suivi les bulletins météo. Mais le gros front froid qui était censé se dissiper en mer va nous tomber dessus. On est bons pour avoir de la neige. Au moins quinze centimètres. Et c'est une aubaine pour les VTC. Nous, on n'a jamais ça en Louisiane. J'ai hâte de voir ça !

— Je suis désolée pour ses courses. Mais Norm a un travail ici et il est payé pour le faire, réponds-je alors que le grillon se remet à striduler.

— C'est quoi ça ? lance Fabian en désignant le tupperware que j'ai dans les bras. Je me demandais justement pourquoi il y avait des trous dans le couvercle. J'ai cru que vous y faisiez sécher quelque chose. Où avez-vous trouvé cet insecte ?

— Sur la scène de crime à Buckingham Run.

— C'est un indice entomologique ? (Il me prend la boîte des mains et l'approche de la lumière.) Vous n'allez pas lui faire du mal ?

— Il a voyagé avec nous. Et il fait trop froid dehors pour le relâcher dans la nature, réponds-je alors que le grillon sort de son abri.

Ses gros yeux noirs nous fixent.

— Salut, toi ! lance Fabian. C'est pas le Ritz mais c'est ce qu'on a de plus cosy ici. En tout cas, c'est bien mieux que la neige. Si tu as besoin de quelque chose, dis-le-moi. (Il me rend notre visiteur.) Quand j'étais jeune, l'une de mes copines en avait comme animaux de compagnie. Elle leur donnait des noms : Banshee, Zombie, Voldemort. À l'époque, on était fans de films d'horreur.

— Ça m'aurait étonné ! lâche Marino en tapant un SMS. Voyons si notre ami Norm va répondre. Ce qui m'étonnerait beaucoup. Il nous faut de toute urgence des vigiles dignes de ce nom, sinon, tôt ou tard, une catastrophe risque d'arriver.

— C'est en haut de ma liste des points que je dois discuter avec la gouverneure.

— C'est seulement les mâles qui chantent, reprend Fabian. Ils peuvent carrément jouer les chiens de garde et sont très protecteurs.

— N'importe quoi, réplique Marino.

Je m'efforce de remettre la conversation sur ses rails :

— À part le drone, il s'est passé des choses bizarres pendant notre absence ? Des nouvelles de Fruge à propos de la dentiste ? Et pour Nokesville, qu'est-ce que ça a donné ?

— Je n'ai pas parlé à l'inspectrice Fruge. Mais j'ai eu au téléphone Wally Jonas, l'enquêteur du comté de Prince William.

— Racontez-moi ça, dis-je tandis que nous remontons le couloir.

— À l'évidence, la mort de Mike Abel n'est pas sa priorité, m'explique Fabian. Ça se chamaille surtout entre avocats et gars de l'assurance-vie. Jonas m'a déclaré qu'il n'y avait rien de nouveau de son côté, mais que si vous avez des questions, vous pouvez parler à sa veuve. Elle serait une source fiable. Bonnie Abel, quarante-trois ans...

— Lui parler de quoi ?

— De son fils et de ce qui s'est passé le 5 août quand il était censé ne pas être à la maison. Jonas pense que le gamin cache quelque chose. Peut-être qu'il était chez lui, contrairement à ce qu'il prétend. Peut-être qu'il a vu ce qui s'est passé et qu'il garde ça pour lui, pour une raison inconnue.

— C'est quoi cette histoire ? intervient Marino, visiblement agacé que j'aie demandé à Fabian de se renseigner.

— Le type écrasé par son tracteur, il y a trois mois, lui précisé-je puisqu'il n'était pas avec moi sur les lieux.

Marino fêtait avec Dorothy leur anniversaire de mariage dans un hôtel de la baie de Chesapeake. Fabian m'avait accompagnée et avait transporté le corps dans un de nos fourgons. On nous avait indiqué que l'épouse de la victime était partie rendre visite à sa famille et qu'elle n'était pas à la ferme quand le tracteur de trois tonnes s'était retourné sur Mike Abel, le coinçant du cou jusqu'aux pieds.

Ses blessures étaient si graves qu'il était mort rapidement. J'étais là quand les secours ont soulevé la machine pour dégager le corps. Il était encore chaud et souple, et je pouvais sentir son odeur de sueur. Je l'avais examiné aussitôt dans le champ de maïs. L'air était lourd et moite, ce jour-là. Il portait une salopette à même la peau. Ses lunettes de soleil étaient encore sur son nez, sa casquette juste à côté de sa tête.

*

— Pendant un moment, j'ai eu des appels des avocats, des experts d'assurances, et même d'un représentant du ministère de l'Agriculture. Mais jamais de sa veuve, expliqué-je à Marino alors que nous passons devant les labos avec leurs hublots occultés. Et depuis un mois ou deux, silence radio. Je n'ai plus pensé à ce tracteur jusqu'à ce qu'on survole l'exploitation ce matin. C'est alors que je me suis rendu compte que c'était tout près de la ferme des Manson et de leur campement.

— Bonnie Abel est comptable. Son fils, Trader Smithson, est issu d'un premier mariage, poursuit Fabian.

— Trader ? C'est bien un nom de comptable ! Le gamin a dû en baver à l'école !

— Le père biologique avait une boîte de consulting en finance, répond Fabian. Bonnie tenait les comptes jusqu'à ce que le cabinet brûle, avec lui dedans. Ça date de huit ans.

L'incendie s'était déclenché quand le père travaillait seul au bureau, tout en carburant au bourbon. Peut-être s'était-il endormi, en laissant une cigarette allumée ? suggère Fabian. Cela s'était produit à Williamsburg, Bonnie et Trader habitaient là-bas à l'époque. La mère et le fils avaient ensuite emménagé chez un avocat qui était mort peu après dans le crash de son Piper Cub. Voilà deux ans, Bonnie avait postulé pour un emploi de comptable à l'exploitation d'Abel. À Nokesville.

— Mike Abel, quarante-cinq ans, avait eu beaucoup de compagnes, mais ne s'était jamais marié et n'avait pas d'enfant, poursuit Fabian. En peu de temps, Trader et Bonnie ont pris leurs quartiers chez Abel.

— Elle a le chic pour se trouver des mecs, conclut Marino. Elle est comment ?

— Une Pamela Anderson, à en croire les photos. *De grandes jambes et de gros arguments*, comme dirait ma mère. D'après ce que j'ai vu sur les réseaux sociaux, elle a des idées plutôt extrémistes. On ne doit pas voter pour les mêmes personnes, elle et moi.

— On sait si Abel et Bonnie connaissaient le couple de la ferme d'à côté ? Brittany et Huck Manson ? m'enquiers-je alors que nous arrivons à l'ascenseur.

Le tube fluo qui clignotait ce matin a été changé et le sol a été lavé. Il est désormais d'un blanc immaculé.

— Ils ont dû forcément se croiser de temps en temps, commente Marino.

— J'ai posé la question à Wally Jonas, répond Fabian. Il n'en sait rien. Et, pour sa part, il ne connaissait pas les Manson.

— Qu'est-ce qu'on sait sur Trader ? demande Marino.

— Pas grand-chose. Dix-neuf ans. A arrêté la fac.

— C'était avant ou après l'accident de tracteur ?

— Après. Il était à la maison l'été dernier et n'est jamais retourné en cours. Il aurait dû entrer en troisième année cet automne.

— Il étudiait quoi ?

— Je ne sais pas. Il semblerait qu'il avait des problèmes psy. Du moins c'est ce que laissent supposer certains de ses comportements.

— Un exemple ?

— Une grosse introversion. Des épisodes dépressifs sévères. Des soliloques autistiques que sa mère appelle « ses moments de déconnexion ».

Après avoir refusé de retourner à l'université, Trader passait son temps au refuge pour animaux plutôt qu'avec les gens.

— Encore une fois, c'est ce que m'a raconté Jonas, précise Fabian. C'est lui qui a parlé à la mère, pas moi. Il n'a pas interrogé Trader, et c'est bien dommage. Quelqu'un devrait le faire. D'ailleurs, je me porte volontaire. Je comprends ce qu'endure ce gamin, et peut-être qu'il se confiera à moi. J'ai le chic pour mettre les gens à l'aise.

— C'est ça ! intervint Marino avec son tact coutumier. Ne vous avisez pas de l'appeler. Et encore moins de vous pointer chez lui.

— Je ne vois pas où serait le mal de lui poser quelques questions. Contrairement à d'autres, moi, je n'ai pas d'a priori, je ne juge pas. Je suis quasiment certain qu'il me parlerait. Trader a vu quelque chose. Et je veux savoir quoi. D'un coup, son beau-père s'est mis à conduire son tracteur n'importe comment, comme s'il était sous l'emprise d'hallucinogènes. Il doit y avoir une explication.

— Je suis d'accord, dis-je. Il faut savoir ce qui s'est passé. J'aimerais boucler le dossier au plus vite pour que les gens puissent reprendre le cours de leur vie.

— Qu'est-ce qu'il fout cet ascenseur ? s'impatiente Marino en appuyant à nouveau sur le bouton d'appel.

La cabine est arrêtée au troisième et ne semble pas vouloir bouger.

— C'est bizarre, s'étonne Fabian. Il n'y a personne là-haut. Maggie et ses sbires sont partis depuis longtemps.

Au moment où il prononce ces paroles, l'ascenseur se met en mouvement. Puis s'arrête au second. Puis encore au premier comme s'il y avait foule.

— Je vais vous laisser docteur, me signale Fabian. Vous trouverez mes notes et les rapports sur votre bureau. Tout est là. Je file prendre mon manteau au vestiaire et vais chercher les échantillons dans le semi.

Lorsque les portes s'ouvrent enfin, Marino et moi entrons dans l'habitacle, et j'appuie sur le bouton du deuxième étage.

— Qu'est-ce qui te prend d'écouter ce crétin ? lâche-t-il avec sa jalousie coutumière, dès que nous sommes seuls. Pourquoi tu discutes de cette affaire avec Fabian, comme s'il était un vrai enquêteur ?

— Je m'intéresse aux opinions d'autrui. Et tu devrais faire pareil. Et oui, c'est un vrai enquêteur.

— Pourquoi tu l'impliques autant ? Maintenant il va mettre son nez partout en se prenant pour Sherlock Holmes. Et se croire tout permis !

— Grâce à toi, il aura été à bonne école, répliqué-je alors que la cabine commence à monter par à-coups avec des grincements inquiétants.

J'espère que l'ascenseur ne va pas encore rester coincé. Mais je me garde bien d'exprimer mes craintes sinon Marino va paniquer.

— Putain ! (Marino s'acharne sur le bouton lumineux du deuxième étage.) Rien ne marche dans cette baraque !

Nous avons connu quelques problèmes récemment. L'appareil est aussi vieux que l'immeuble – plus de quarante ans. L'autre jour, il s'est bloqué à mi-étage alors que Marino et moi étions à l'intérieur. Et d'un coup, il est reparti. Avec sa claustrophobie, Marino en a eu des sueurs froides.

— Fabian trouve que tu es trop dur avec lui, que c'est de l'acharnement.

— Trop dur ? Pourtant, il n'a encore rien vu ! Oui, je sais qu'il n'est pas content. Il bassine tout le monde avec ses états d'âme, il passe son temps à chouiner. (La cabine s'immobilise dans une secousse et avec un tintement de cloche fêlée. Les portes s'ouvrent laborieusement.) Et puisqu'on parle d'emmerdeurs, je vais aller dire deux mots à Norm.

Il sort de l'ascenseur et fonce dans la salle de repos. La télévision est allumée, le son à fond. On l'entend jusque dans le couloir. Norm regarde Dana Diletti. Je m'arrête dans le couloir pour écouter ce qu'elle raconte :

« ... c'était absolument terrifiant. À deux reprises, alors que je survolais Buckingham Run, cet hélicoptère aux allures d'engin militaire a eu à notre encontre un comportement particulièrement agressif. Comme on peut le voir sur ces images, au moment précis où nous faisions route vers... »

— Norm, ça va ? Je ne vous dérange pas ? tonna la voix de Marino dans la pièce. Si vous restez assis ici à regarder la télé, vous ne servez à rien...

« *Regardez, le nez de l'appareil est pointé droit sur nous et soudain il nous a attaqués avec une sorte d'arme qui a coupé toute l'alimentation dans l'habitacle. Même nos caméras ne pouvaient plus...* »

— Ce n'est pas normal de me faire venir ici comme ça à cause d'un test covid à la con, commence Norm.

« *Vous vous rendez compte ? Nous avons été victimes de deux attaques dans la même journée – pas juste une seule, mais deux !* » poursuit Dana à l'écran. « *Et il y a mieux encore... Des sources proches de l'enquête nous ont appris que cet hélicoptère est un prototype top secret surnommé l*'Aigle de l'Apocalypse... »

— À la dernière minute, l'autre décide de ne pas prendre sa garde, mais moi je n'étais pas de service, se défend Norm. C'est pas mon problème s'il y a des tire-au-flanc. À cause de vous, je perds un paquet de fric. Ce soir personne ne va oser prendre sa voiture avec cette neige...

« *Et la pilote ? Vous savez qui c'était ? Lucy Farinelli, une agente du Secret Service...* », affirme Dana Diletti sur les images qui tournent en boucle.

— Mais maintenant vous êtes ici, Norm. Et vous êtes payé pour faire votre boulot, s'agace Marino. Et le faire bien.

« *Et comme par hasard, Lucy Farinelli n'est autre que la nièce de Kay Scarpetta, la cheffe de la médico-légale ! Alors je pose la question : qu'est-ce qu'on nous cache ? »*

J'en ai assez entendu.

— Quelle peste ! marmonné-je.

27

Je m'éloigne dans le couloir et consulte mes messages sur mon téléphone. Benton m'écrit qu'il va quitter le QG dans quelques minutes. Mon cœur se serre. La triste réalité me revient en mémoire. Je redoute le moment où il sera en face de moi. Ça va être douloureux. Je ne sais pas encore ce que je vais lui dire et n'ai aucune envie de me disputer.

Je lui réponds simplement :

```
Des nouvelles de Lucy ?
```

Je n'arrive toujours pas à me faire à l'idée qu'ils m'ont menti tous les deux.

```
Tout va bien. L'hélico est au hangar.
Quand rentres-tu à la maison ?
```

```
Dans pas longtemps. Tu as une envie
particulière pour le dîner ?
```

Je revois le visage balafré de Carrie en gros plan.

```
Dorothy insiste pour apporter le repas.
Elle n'a pas dit ce qu'elle préparait.
```

Je réponds par un point d'interrogation. Pourquoi ma sœur est-elle soudain si attentionnée ? Qu'est-ce qu'elle mijote ?

Je sens la colère me gagner. Benton et moi avons beaucoup de choses à nous dire et avons besoin d'être seuls. Dorothy aurait pu nous demander si cela ne nous dérangeait pas. Mais, comme d'habitude, elle n'en fait qu'à sa tête.

```
Elle a dû voir les infos. Elle veut
nous tirer les vers du nez, être dans la
boucle.
```

Bien sûr, c'est l'explication. Ma sœur déteste être laissée de côté. Et peu importe mon avis.

En entrant dans mon bureau, j'entends ma secrétaire, Shannon Park, par la porte communicante ouverte. Elle est au téléphone, elle a un ton pincé que je ne lui connais pas. Elle est d'une nature joyeuse, et c'est rare qu'elle soit aussi agacée. Il y a de la tension dans l'air, comme si le front froid qui nous arrive dessus charriait une menace invisible.

— ... je n'en sais rien, je vous le répète. On ne peut pas la joindre. Mais je lui transmettrai le message... J'espère que ça vaut la peine, parce qu'elle est très occupée, répond Shannon pendant que je jette un regard circulaire pour vérifier si quelque chose a changé depuis ce matin.

C'est devenu un réflexe. Je dois m'assurer que rien n'a été déplacé, consulté ou volé, que mon intimité n'a pas été violée. Du temps où Maggie travaillait ici, j'étais constamment sur mes gardes. D'ailleurs, j'ai mis plusieurs mois à faire de cette pièce *mon* bureau. Une part de moi ne voulait pas couper le cordon avec mon ancienne vie. J'étais convaincue que je n'allais pas faire de vieux os en Virginie.

Jusqu'à récemment, la plupart de mes livres, manuels et autres souvenirs de médecine légale étaient encore chez moi, à la cave. Puis Maggie avait quitté son poste et avait été limogée... Shannon m'avait alors annoncé qu'elle en avait assez d'être greffière, qu'elle n'en pouvait plus du microcosme de la justice. Elle voulait travailler pour moi à l'IML. C'est seulement à ce moment que j'ai pu, avec son aide, déballer toutes mes affaires et m'installer vraiment.

— Vous pouvez vous énerver tant que vous voulez, je ne vous dirai rien, ni là-dessus, ni sur quoi que ce soit. Et cessez de nous tourner autour comme une truie cherchant des truffes... Non, ce n'est pas une insulte, j'adore ces animaux ! réplique Shannon.

Nous avons accroché ensemble mes vieilles planches anatomiques chinées chez des antiquaires ou dans des brocantes. Nous avons rempli la bibliothèque avec ma collection d'ouvrages que je ne consulte plus jamais. Le *Gray's Anatomy*, le *Cecil Textbook of Medicine*, le *Robbins Pathology*, le *Code of Virginia*, le *Black's Law Dictionary,* pour ne citer qu'eux. Ce sont des éditions anciennes et je ne peux m'y référer pour avoir des informations actuelles.

— Allô ? Allô ?...

Aujourd'hui, si j'ai besoin d'un renseignement, je vais sur Internet ou fais appel à un expert. Malgré tout, je ne me résous pas à me débarrasser de ces volumes aux pages écornées, maculées de taches de café et gribouillées de notes à la va-vite. Je me souviens de la dernière fois que j'ai ouvert ces manuels, je me rappelle très bien qui j'étais alors, et ce que je ressentais.

— Pardon pour le ton, mais oui, je ne suis pas à prendre avec des pincettes... Non, ce n'est pas contre vous, grand dadais. Pas aujourd'hui, du moins ! (Shannon a quelqu'un d'autre en ligne, et il y a de la douceur dans sa voix. Et une petite touche de minauderie. C'est peut-être à Marino qu'elle parle.) Je préférais juste vous prévenir...

Je pose mon porte-documents et le tupperware sur la table de réunion. J'observe mes plantes en me demandant quel serait le meilleur habitat pour Jiminy. Selon Google, les rayons du soleil et les températures inférieures à dix degrés sont dangereux, voire fatals, pour les grillons. Il faut lui trouver quelque chose de mieux que cette boîte en plastique.

Quelque chose de plus grand. J'ouvre un placard contenant du matériel que j'aime avoir sous la main avant de partir sur une scène de crime. Mais je n'y trouve rien qui convienne. Je fais une autre recherche avec mon téléphone et découvre qu'Amazon vend des terrariums spécial-grillon. Incroyable ! J'en commande un aussitôt. Et pendant que j'y suis, de la nourriture pour insectes omnivores à haut taux de calcium, de la terre et de la vermiculite.

Je vais me changer dans ma salle de bains privative. Je ne tiens pas à quitter l'IML en tenue de chirurgien. J'ai l'impression d'être en pyjama et je me suis fait assez remarquer comme ça. Aujourd'hui plus que jamais, je veux passer sous les radars, rester incognito. En particulier, depuis l'attaque au Old Town Market, voilà six semaines.

Pendant un certain temps, ma plus grande angoisse avait été le covid. Maintenant, c'est la violence. Et aucun endroit n'est sûr. C'est une seconde nature chez moi : il faut que j'envisage tous les dangers possibles, où que j'aille. Et Lucy ne se gêne pas pour se moquer. J'imagine toujours les pires scénarios. Mais je ne veux plus jamais revoir cette peur absolue sur le visage de ma nièce quand les coups de feu avaient éclaté. Dans l'instant, le regard dur comme l'acier, son cou et sa chemise pleins de sang, elle dégainait son arme et me plaquait au sol.

— ... Pas de soucis. Choupette est parfaitement à l'aise sur la neige, explique Shannon au téléphone à propos de sa coccinelle rose. Les rares fois où je suis restée coincée, il m'a suffi de la mettre au point mort. Elle est si légère qu'on peut la pousser d'une main !

À cinq millimètres près, je n'aurais pas pu la sauver.

— Je veux dire : *quelqu'un* me poussera et me dégagera, précise Shannon avec facétie. Galanterie oblige !

Jamais je ne m'étais sentie aussi impuissante. J'avais sorti le coupe-vent de mon sac et l'avais pressé sur la blessure de Lucy jusqu'à ce que les secours arrivent.

Ça va aller..., répétais-je en boucle comme si je me parlais à moi-même. *Tu vas t'en sortir. Je t'en prie, ne meurs pas.*

Je ferme la porte de la salle de bains et enfile le tailleur-pantalon que je portais ce matin en arrivant au bureau. Ce jour-là, j'ai perdu ma confiance et la paix. Peut-être à jamais.

Qu'est-ce que vous ressentez ? me demandait régulièrement mon amie Anna.

Anna Zenner était la seule psychiatre que j'aie jamais écoutée. Je revois ses yeux perçants. J'entends sa voix ferme, avec son accent allemand.

Qu'est-ce que vous ressentez, Kay ?

Le vieux cliché du psy !

Je ne veux pas savoir ce que vous pensez, Kay, mais ce que vous ressentez.

Anna n'avait pas cessé de me poser cette question durant toutes ces années – une question toute simple. Si seulement elle était encore là. Je songe à ses funérailles à Vienne, en Autriche. La pluie, une forêt de parapluies noirs. Aujourd'hui encore j'ai le réflexe de tendre la main vers mon téléphone pour l'appeler. À elle, je confierais des choses que je ne dirais à personne, pas même à mon mari.

J'opte pour mes Ugg, elles sont chaudes et la grosse semelle en caoutchouc est idéale pour ces conditions climatiques. Si la neige fait peut-être la joie des enfants, sous la poudreuse la couche de glace peut se révéler traîtresse. En un rien de temps, on se retrouve les quatre fers en l'air, et on risque de se faire très mal au dos, voire s'ouvrir le crâne. Je referme le couvercle des toilettes, m'assois pour enfiler mes bottes en peau de mouton et coince dans chacune le bas de mon pantalon.

*

Je me lave de nouveau le visage, m'asperge avec une eau de toilette qui ravive aussitôt le souvenir de cette chambre cossue à Rome, avec ses meubles anciens, sa literie somptueuse et ses fenêtres qui donnaient sur l'escalier de la piazza di Spagna. Je n'ai pas envie de sentir le savon industriel en rentrant à la maison ce soir, ce désinfectant infâme que nous commandons par baril de deux cents litres.

Une dernière giclée pour la route. Je sens les minuscules gouttelettes se déposer sur ma peau. Je ferme les yeux, hume le parfum, avant de me regarder dans la glace. Mes cheveux blonds et plats auraient bien besoin qu'on s'occupe d'eux. Une petite couleur peut-être ? Mes yeux sont injectés de sang, mon nez et mes joues sont cramoisis après cette journée passée dehors en plein vent.

Je passe du baume sur mes lèvres gercées. J'imagine déjà les commentaires de ma sœur : *tu as une tête de zombie*, ou *tu ressembles à ces souris crevées que nous ramène le chat !* J'essaie le rouge à lèvres, un peu de gel dans les cheveux, mais ça ne change pas grand-chose. C'est bien que Dorothy apporte le dîner même si je doute que ce soit pour la bonne cause. Si je lui posais la question, elle jurerait ses grands dieux qu'elle n'a aucune intention cachée, que c'est par pur altruisme, le tout avec une sincérité à faire boguer un polygraphe.

Sauf que ce n'est pas vrai. Certes, elle n'est pas mal intentionnée mais tout sera prémédité, calculé : elle arrivera à la maison avant moi, ne sera pas pressée de partir – elle aura d'ailleurs la météo de son côté –, et évidemment on lui proposera de passer la nuit chez nous.

Il va sans dire que Benton et moi ne la laisserons pas repartir sur les routes si elle a bu, surtout s'il neige. Je vais me montrer agréable et aux petits soins. Mais ce sera de la comédie. J'aurais préféré me retrouver seule avec mon mari, nous faire une petite pizza margherita, ouvrir une bouteille de vin – peut-être un bourgogne, fin et délicat, sans ostentation – accompagnée d'une salade verte, avec de l'huile d'olive, un trait de vinaigre de Toscane et des cubes de gorgonzola.

J'en ai déjà l'eau à la bouche ! Je n'ai rien mangé depuis l'aube, juste un yaourt grec et du muesli sans sucre. J'ignore ce que Dorothy va apporter mais je ne me fais guère d'illusions. Elle adore la bonne cuisine quand ce sont les autres qui sont aux fourneaux et qui nettoient après. Ça finit toujours comme ça quand elle nous rend visite avec Marino. C'est moi qui m'y colle ! Cela me rappelle que je dois dire à Marino de nous rejoindre quand il aura récupéré son Raptor.

C'est ça, qu'il vienne directement à la maison, même si nous venons de passer la journée ensemble... En vérité, je ne voudrais voir personne ce soir. Juste Benton. J'ai des questions et je veux des réponses. Mais je n'aime pas être dans cet état.

Dans quel état, Kay ? Précisez, résonne la voix d'Anna dans ma tête.

Blessée. Furieuse. Ridicule et stupide ! Tout tangue en moi. En apprenant que Carrie était vivante, j'ai ressenti la même terreur que Lucy à l'instant où elle a compris qu'elle était touchée. Je la revois en sang, son tee-shirt se teintant de rouge. Ces images me hantent. J'étais terrorisée à l'idée de ne pouvoir la sauver.

Je pense sans cesse à Benton sur les écrans du MOBILE, me révélant ses mensonges, ceux qu'il me raconte depuis sept ans. Il paraissait calme, détendu, alors que le choc me coupait le souffle. Il m'a trahie, et je suis censée rester stoïque. Imperturbable. Être une bonne citoyenne.

Eh bien, pas cette fois !

Il aurait pu me faire passer avant. Je ne suis pas mariée avec le gouvernement fédéral ! Et qu'on ne vienne pas me parler de raisons d'État !

Tu aurais dû me le dire, c'est tout !

— Coucou ! Il y a quelqu'un ? lance Shannon en toquant à la porte ouverte entre nos deux bureaux.

Je m'éclaircis la gorge. Je n'en reviens pas, je suis au bord des larmes ! Je ne sais même pas pourquoi. Peut-être est-ce la fatigue. Je me mouche.

— Entrez ! (Je sors de la salle de bains dans mon tailleur bleu et chaussée de mes grosses Ugg.) Qui avez-vous prévenu de votre mauvaise humeur ? Et c'était qui avant ?

Maintenant, j'ai carrément un nœud dans la gorge.

— Marino, répond Shannon en me regardant avec insistance.

— Je m'en doutais.

— Ça ne va pas, docteur ? Remarquez, je le comprendrais... (Ses yeux turquoise ne me quittent pas.) Vu ce que vous venez d'endurer.

— Non, c'est juste des allergies. Vous aussi, vous avez eu votre quota d'ennuis, à ce que j'ai cru entendre.

— Je me suis peut-être un peu énervée.

— C'est un euphémisme.

— Pardon, mais c'est à cause de Maggie Cutbush. C'est elle que j'ai eue au téléphone avant Marino.

— Ça aussi, je m'en doutais.

— J'ai raconté à Marino qu'elle était en mode harpie. Elle veut vraiment nous causer des problèmes.

— Comme d'hab.

Je me dirige vers mon bureau où de la paperasse m'attend.

— Elle nous cherche des poux dans la tête parce qu'on a acheté des choses à Wild World.

Toujours polie, Shannon reste sur le seuil. À l'inverse de Maggie qui déboulait dans ma pièce sans crier gare.

— C'était couru d'avance. (Je commence à signer les transcriptions de mes rapports d'autopsie dactylographiés par Shannon.) Elle va utiliser contre nous tout ce qu'elle a appris quand elle travaillait ici, faire feu de tout bois.

— Et elle m'a raccroché au nez !

— Après que vous l'avez traitée de truie.

— J'aurais pu faire pire ! Parlons d'autre chose, de bien plus agréable : votre parfum. Vous en avez changé ? Ça sent très bon, docteur Scarpetta.

— D'ordinaire, j'évite. Mais ce soir, il me faut un bouclier olfactif après mon passage dans le semi-remorque.

— Je perçois du jasmin, et aussi du bois de santal. (Elle hume de nouveau l'air.) Une pointe de citron et de cannelle.

— C'est de l'Amorvero, une création de l'hôtel Hassler à Rome, c'est là que Benton m'a fait sa demande. Il m'en offre à chaque Noël.

— Si seulement j'avais pu trouver une perle comme lui, peut-être que je ne serais pas seule aujourd'hui. Lorsque j'étais jeune la solitude ne me faisait pas peur. Mais, à mon âge, avoir un mari ne serait pas si mal, surtout un comme le vôtre.

Elle pousse un soupir.

— Je sais la chance que j'ai.

— Quelqu'un qui aurait sa vie et qui me laisserait avoir la mienne. Quelqu'un de fort mais de tolérant. Et cultivé. Et drôle. Et carrément beau gosse. J'ai toujours su que ça allait coller entre vous deux. Même à l'époque.

À l'époque. Autrement dit, quand Benton était marié et que nous étions amants. Nous nous sommes cachés pendant des années, ce que Shannon savait alors que personne ne se doutait de rien.

— Je vous connais, docteur, reprend-elle. Je vois bien que ça ne va pas. Inutile de le cacher.

— Parfois des gens nous révèlent des choses qu'on préférerait ne pas savoir. (Je récupère un vaporisateur d'eau déminéralisée sur mes étagères et entreprends d'arroser mes orchidées.) En même temps, si l'ignorance est dangereuse, ils n'ont pas le choix, n'est-ce pas ? C'est la seule solution.

— Oui, la seule, acquiesce Shannon.

— Et souvent ces informations, on n'a pas le droit d'en parler. Ce qui n'arrange rien.

— Je comprends bien votre problème. Plus que vous ne l'imaginez. Moi aussi j'ai des secrets que je devrai emporter dans ma tombe. Des secrets que j'aurais préféré ne pas connaître. Mais c'est le prix à payer pour la vérité. Sans vouloir jouer les vieilles mères poules, à votre place, je rentrerais à la maison et j'essaierais de dormir.

— Une mère poule, c'est peut-être ce qui me manque le plus en ce moment.

— Et prenez un ou deux whiskys, comme dirait mon toubib. Moi, c'est ce que je vais faire : un petit Black Bush sec et mon reste de ragoût d'hier.

— Ça, c'est un bon programme.

Je recouvre mon microscope pour la nuit, avec sa housse en plastique.

— Il ne faut pas céder au découragement. Ne pas laisser ce poison nous contaminer.

— Pour tout dire, j'ai connu des jours meilleurs.

— N'empêche, c'était impressionnant de vous voir partir dans ce gros hélico, avec Lucy aux commandes. Vous devez être tellement fière. (Shannon ouvre un carnet à spirale et le consulte.) Je me suis bien amusée à écouter les commentaires. Certains étaient élogieux. D'autres beaucoup moins. Je les ai tous notés. Vous voulez les lire ?

— Non merci. Sans façon. Ça aussi, c'est du poison. La moitié provient sans doute des équipes de Maggie. J'imagine très bien ce qu'ils ont pu dire.

28

— J'insiste, parce que comme vous le dites l'ignorance peut être dangereuse. (Elle chausse ses lunettes fantaisie, roses comme la plupart de ses affaires, et tourne les pages de son carnet.) Et ce n'est pas seulement des critiques des employés de Maggie. Il y en a de son cru. Elle est passée vite fait. Juste le temps de lâcher quelques bombes. Je vous en cite quelques-unes…

Toujours sur le pas de la porte de communication, Shannon me lit quelques morceaux choisis, même si je ne tiens pas à les connaître.

« *C'est politique. La gouverneure veut faire parler d'elle.* »

« *Elle veut nous montrer qu'elle a du pouvoir en nous rejouant* La Chute du faucon noir. »

« *Encore une folie qui va coûter une fortune aux contribuables.* »

« *Quelqu'un qui dépense autant d'argent pour son ego n'a pas sa place au palais.* »

« *Il n'y a qu'une femme pour faire un truc aussi idiot.* »

— Autrement dit, reprend Shannon, Maggie fait savoir à tout le monde que la gouverneure a envoyé un hélicoptère pour vous transporter.

— Ce qui est parfaitement faux.

— Le sous-texte, c'est que Roxane Dare ne sait pas gérer une crise. Et qu'elle dépense sans compter. Que des stéréotypes sexistes.

— Roxane n'a aucun lien avec les allers et retours qu'a faits Lucy pour emmener toute l'équipe à Buckingham Run.

— Et ce n'est qu'un florilège, précise Shannon. J'en ai des pages entières. En gros, elle et sa bande disent qu'il faut toujours que vous vous donniez en spectacle pour attirer l'attention. Et que la gouverneure est faible et a commis une grosse erreur en vous nommant...

— Merci, Shannon. Je vois le genre. On se croirait à la maternelle.

— Oui, c'est le niveau. Des chamailleries de bac à sable. (Elle referme son carnet de notes et clipse son stylo à la couverture.) C'est quand même bizarre que Maggie critique ouvertement la personne qui lui a donné son boulot. Je me demande comment va réagir la gouverneure quand elle apprendra ce que Maggie déblatère dans son dos.

— Et elle a sorti tout ça en votre présence ?

— Il y avait beaucoup de monde, personne ne faisait attention à moi, et c'est exactement ce que je voulais. C'est fou ce que les gens peuvent lâcher quand ils ne se méfient pas de vous. Et j'ai toujours eu le don pour jouer les farfelues.

— Parce qu'en vrai vous ne l'êtes pas ? réponds-je avec ironie. Me voilà rassurée.

Quand j'ai commencé à travailler en Virginie, Shannon était connue comme le loup blanc au palais de justice. Tout le monde me parlait de ce petit bout de femme irlandaise qui se trimbalait dans des tenues improbables, achetées pour une bouchée de pain dans des friperies. Toujours pressée, elle tirait sa mallette rose contenant sa sténotype, son magnétophone, son déjeuner et son livre de poche du moment. Mais elle trouvait toujours le temps d'échanger quelques mots avec nous, se montrait sympathique, aimable et drôle.

— Fabian dit que vous avez eu une bonne conversation tous les deux ce matin, lance Shannon toujours campée sur le seuil. Il a fait de vrais efforts aujourd'hui. C'est la bonne nouvelle de la journée.

Il avait été plus actif et cordial que d'habitude. Au lieu de se plaindre, il n'avait pas arrêté de travailler. « On aurait dit le lapin Duracell ! » plaisante Shannon. Lorsqu'elle était passée dans la salle de détente récupérer son déjeuner dans le réfrigérateur, il se préparait un café chicorée avec sa cafetière à piston, comme en France.

— Il a insisté pour me préparer une tasse, et je comprends maintenant pourquoi sa mère lui a envoyé ce machin de Louisiane. C'était vraiment délicieux. On a partagé un moment absolument charmant.

Shannon me regarde récupérer le tupperware sur la table de réunion. Je dépose la boîte au pied du figuier de Barbarie dans son pot à roulettes, histoire de donner à Jiminy une vue sur de la verdure et de la vraie terre. Il se croira peut-être dehors. Ou se sentira moins dépaysé en attendant que je reçoive sa nouvelle maison par Amazon, en vingt-quatre heures – voire moins. Il stridule un peu, comme s'il lisait dans mes pensées. Ou parce qu'il se sent seul.

— Je vois que vous vous êtes fait un nouvel ami. On peut savoir où vous l'avez trouvé ?

— Il a fait le voyage avec nous dans un sac mortuaire.

— Rien que de très normal pour la maison.

— Je ne sais plus ce que normal signifie, dis-je en observant l'insecte. L'*anormal* est notre ordinaire. Parce que l'impensable se produit toujours.

— Pauvre petite bête. Les siens doivent lui manquer, chuchote Shannon en se penchant sur la boîte.

Le grillon file aussitôt se cacher.

— Pourquoi pas. C'est peut-être pour ça qu'il stridule. Il aurait mieux fait de rester dans les bois avec ses congénères.

— Apparemment, il a voulu voir du pays. Aidons-le à s'installer… (Elle va prendre une bouteille d'eau sur mon bureau, retire le bouchon et le remplit.) Voilà. Ça lui fait un beau bol. (Elle soulève le couvercle et dépose le bouchon plein d'eau.) Je vois que vous lui avez donné des raisins secs et des cacahuètes. Ce n'est pas l'idéal, mais ça ira pour aujourd'hui.

Elle replace le couvercle, s'assure qu'il est bien fermé.

— J'espère que ça va aller pour lui, déclaré-je. Je ne peux pas l'emmener chez moi à cause de Merlin.

— Cela va sans dire ! (Shannon connaît bien mon chat.) Il est mieux ici. Laissons-lui le temps de s'acclimater.

— Vous ne trouvez pas qu'on est totalement ridicules, toutes les deux ?

— Pas du tout. Chaque fois qu'on doit s'occuper d'un animal, c'est tout l'univers qui nous met à l'épreuve.

Comme pour Minnie qui s'est retrouvée coincée l'autre fois dans la salle de garde.

Nous avons capturé Minnie et quelques autres souris dans des pièges, que Marino est allé relâcher dans un champ, tout comme les écureuils et tamias qui s'égarent parfois chez nous. Il n'y a pas si longtemps, on a eu une chauve-souris en salle d'anatomie. Cela arrive quand la porte est ouverte trop longtemps pendant la réception des corps, en particulier aux beaux jours.

Un tas de bestioles entrent à l'IML, comme dans n'importe quel bâtiment. Cependant nous prenons nos missions de sauvetage très à cœur – parce que nous sommes un hôpital pour les morts et que nous sauvons rarement des vies. Je suis convaincue que Benton pourrait y aller de sa petite analyse psychologique en nous voyant sonner le branle-bas de combat chaque fois qu'un oiseau ne retrouve plus la sortie, qu'une portée de jeunes ratons laveurs erre sur le parking comme ce printemps. Ou qu'un chien a perdu son maître.

*

Je passe de fenêtre en fenêtre pour baisser les stores. Dehors, il commence à neiger. Les gros flocons poudroient dans le halo des lampadaires. Les voitures et les rues se parent de givre, le parking est d'un blanc immaculé, sans la moindre trace de pneus. On dirait une carte de Noël, vu de mon bureau d'angle au deuxième étage. Tout paraît si paisible sur terre. Comme si hommes et bêtes, grands ou petits, n'aspiraient qu'à l'harmonie et l'entraide.

— Vous avez d'autres points à aborder ? m'enquiers-je en retournant dans la salle de bains. (J'ouvre le placard et continue de lui parler :) Parce que, sinon, vous feriez bien d'y aller tout de suite, Shannon. Moi, j'ai quatre roues motrices, pas vous.

Je trouve dans la penderie une veste de terrain doublée d'une polaire.

— Blaise Fruge a appelé. Plusieurs fois. Vous savez comme elle peut être insistante. Elle a des infos à vous communiquer.

— Des infos sur quoi ?

— Sur cette pauvre dentiste qu'on a retrouvée morte dans son cabinet. Je suis d'accord. Il y a un truc pas clair.

— C'est ce que vous a dit Fruge ? Que sa mort est bizarre ?

— C'est l'impression que j'ai eue.

— Il faut qu'elle voie ça avec le Dr Schlaefer, c'est son affaire, réponds-je en enfilant la veste.

— Elle veut en parler à vous seule. Comme d'habitude, soupire Shannon tandis que je sors de la salle de bains. Il serait temps qu'elle cesse de croire qu'elle a un lien privilégié avec vous.

— C'est parce qu'il y a longtemps, quand j'étais à Richmond j'ai travaillé avec sa mère toxicologiste.

— *Doc Toxico*. Je m'en souviens très bien. Un sacré numéro celle-là.

— C'est toujours le cas. À l'époque, on avait traité ensemble de grosses affaires. La petite Blaise a dû être bercée avec ces histoires durant toute son enfance. Elle a l'impression de me connaître depuis toujours.

Je rassemble les dossiers laissés par Fabian pour moi. Le téléphone du bureau sonne.

— Je fais quoi ? demande Shannon. Je prends ?

— Si vous voulez bien, merci.

— Ici, le bureau du Dr Scarpetta…, annonce-t-elle dans le combiné. Oh, bonjour… vous travaillez bien tard. Je suis contente de vous avoir, je voulais vous dire merci pour le quartier de gâteau que vous avez laissé pour moi hier. Et je dis bien « quartier », parce qu'à ce niveau de taille, on ne peut plus parler de « part » ! C'était si original pour Halloween. Glaçage à la confiture d'orange avec de petits fantômes en chocolat, et une sorcière en réglisse sur un balai en caramel. C'était absolument divin…

Je suis debout devant mon bureau et feuillette les dossiers de Fabian. Il a transcrit toute sa conversation avec Wally Jonas. Il a fait un travail impressionnant. Mais je découvre avec agacement que l'inspecteur a parlé aussi au FBI. Patty Mullet l'a appelé pour lui poser des questions.

— Bien sûr, je l'ai partagé avec le Dr Scarpetta. Sinon, j'aurais tout mangé, jusqu'à la dernière miette, roucoule ma secrétaire.

À mon avis, elle doit parler avec Faye Hanaday, du labo armes et balistique.

Cela intéresse le FBI parce que l'exploitation laitière se trouve juste à côté de là où habitaient les Manson, suppose Wally dans la transcription. *Si ce que j'ai entendu aux informations est vrai, ils étaient recherchés par les fédéraux pour haute trahison et travaillaient pour les Russes…*

— Oh je vois… Vous tombez à pic, elle vient juste d'arriver, poursuit Shannon au téléphone.

... *J'ai dit à l'agente Mullet que celui qu'il fallait interroger, c'est le gamin. Il a un comportement bizarre depuis que son beau-père est mort. Le FBI craint qu'il ne se soit radicalisé…*, explique Wally.

— Oui, une journée en enfer, ça résume bien la situation, répond Shannon. Attendez, ne quittez pas. Je vais lui demander…

Au lieu d'appuyer sur la touche MUTE, elle plaque sa main sur le combiné comme dans les années 1980, et m'informe qu'elle a Faye Hanaday en ligne – ainsi que je le supposais. Elle aimerait que je passe la voir au labo. Elle a quelque chose à me montrer et ne me dérangerait pas à cette heure si ce n'était pas important.

— Cela paraît plutôt urgent, insiste Shannon en chuchotant. Et j'ai l'impression que ce n'est pas une bonne nouvelle, désolée.

Bien sûr, c'est l'empreinte de Marino qui me vient à l'esprit. Peut-être a-t-elle découvert que c'est un faux. Ou qu'elle est authentique. Je ne sais pas ce qui serait le pire.

— Dites-lui que j'arrive.

Shannon transmet le message, raccroche et me regarde d'un air sévère.

— Vous n'allez pas rentrer toute seule, docteur ? C'est bien dommage que la police soit partie. Franchement, je me sentais plus rassurée de les savoir tout autour du bâtiment. S'ils pouvaient être là tous les jours, ce ne serait pas plus mal.

— Les corps ne sont plus chez nous. Ils sont le problème d'Henry, à présent. C'est lui qui a besoin de protection. Mais cela ne signifie pas qu'on soit tirés d'affaire, je suis d'accord. Il y a encore les médias, les curieux et Dieu sait qui encore. (Je revois le visage mutilé de Carrie, ses yeux froids rivés sur moi.) Je ne serai pas partie avant vingt minutes ou une demi-heure puisque je dois voir Faye. Mais si vous voulez bien attendre, je serais ravie de vous raccompagner chez vous, Shannon.

— Ce n'est pas du tout votre chemin. Tout ira très bien pour moi, et comme vous, je n'ai aucune envie de me retrouver sans voiture.

Je n'aime pas savoir ma secrétaire toute seule sur le parking ce soir, et je ne peux pas compter sur Norm. J'envoie un SMS à Marino pour qu'il s'assure qu'elle rejoigne sa voiture sans encombre. J'explique à Shannon que c'est non négociable et qu'elle doit le prévenir quand elle sera prête à s'en aller.

— Et une fois chez vous, envoyez-moi un message pour m'informer que vous êtes bien arrivée. (Je consulte le dernier bulletin météo.) Il va faire moins de zéro. Je veux que personne ne reste coincé au bord de la route.

— Promis. Et essayez de profiter de votre soirée. Buvez un ou deux whiskys à ma santé et faites bonne chère. Cela vaut tous les remèdes du monde !

Je quitte mon bureau, verrouille la porte et longe le couloir désert. Il n'y a plus personne dans l'immeuble à part nous. Cela me rappelle l'époque du covid quand tout le monde travaillait chez soi ou pas du tout. Mes médecins légistes venaient en horaires décalés, quand ils le pouvaient.

Deux étaient tombés malades, dont Doug Schlaefer. Pour d'autres, c'étaient des membres de leur famille qui avaient été infectés et hospitalisés. J'avais l'impression étrange, alors, d'être la dernière humaine de la planète, à l'exception de mes patients dans leurs sacs mortuaires. J'arpentais les corridors vides, montais et descendais les escaliers en évitant les ascenseurs. Ce n'était pas le moment de rester coincée entre deux étages alors qu'il n'y avait plus personne nulle part.

Notre bâtiment a des murs et des sols épais, parfois bardés d'acier. Il y a plein d'endroits où je n'ai pas de réseau. J'avais des bouffées d'angoisse à l'idée de me retrouver piégée ici pendant des jours. Peut-être est-ce ainsi que je mourrai, dans une cabine d'ascenseur n'allant nulle part ? L'épidémie qui devait durer quelques mois avait traîné pendant deux ans, et parfois j'avais l'impression de vivre dans une réalité virtuelle.

La télévision est toujours allumée dans la salle de repos, mais je n'entends aucune conversation. Marino n'est plus là. Peut-être que Norm s'est enfin décidé à travailler et est parti faire une ronde ? Mais je ne me fais guère d'illusions. Par habitude, je prends l'escalier de secours et descends au premier étage où les labos et bureaux sont éteints et fermés à clé. Au bout du couloir, dans l'aile adjacente, il y a le laboratoire armes et balistique.

La première porte donne sur le stand avec ses cibles, ses mannequins et ses blocs de gélatine où nous pouvons reconstituer les conditions de tirs d'une scène de crime. Il abrite aussi un réservoir de mille litres, ce qui nous permet de récupérer intactes les balles tirées par les armes à feu ayant été utilisées lors d'un meurtre, et d'analyser les marques et stries laissées par le canon.

La police nous apporte ainsi une collection impressionnante de pistolets, revolvers et fusils à examiner. Pour entreposer cet arsenal, il nous faut une chambre forte de la taille d'un garage pour deux voitures.

On peut entendre les déflagrations étouffées quand les techniciens tirent dans le réservoir ou le piège à balles. Mais là, c'est le silence, et la lumière au-dessus de la porte est verte. Il n'y a aucun test balistique en cours.

29

Faye Hanaday officie juste à côté, dans une grande salle où sont analysées et traitées les pièces à conviction. Je ne peux voir l'intérieur car les stores sont baissés. Je toque à la porte.

— Faye ? C'est moi ! lancé-je en tournant la poignée.

À cette heure, il ne reste plus qu'elle dans le labo.

— Je suis contente que vous ayez eu le temps de passer, répond-elle.

Je la distingue à peine au milieu d'un bric-à-brac digne d'un atelier de mécanique ou d'une salle de torture.

Il y a là un petit musée de la mort : marteaux, scies, couteaux, machettes, lames et poinçons artisanaux de détenus, poings américains, tasers, matraques – auxquels s'ajoutent un drone équipé d'une arme à feu, une boîte à lettres piégée, une série de pistolets dont certains ont été fabriqués avec une imprimante 3D. Un aperçu de l'esprit d'invention humain ; une collection sinistre étalée sur des tables d'examen, attendant d'être scrutée avec des lumières de diverses longueurs d'onde et des produits fluorescents.

Je vois des fenêtres brisées, posées contre les murs, des portes maculées de poudre pour révéler les empreintes digitales. Des pneus sont empilés dans un coin. Sur des étagères s'entassent des moulages de plâtre, conservant des traces de pas, de pneus et autres objets, tous étiquetés et portant un numéro de dossier.

— Que se passe-t-il ? m'enquiers-je en refermant le battant derrière moi.

— Fermez à clé, répond Faye installée dans une cabine entourée d'écrans.

— Je sais que vous n'avez pas de fenêtre, dis-je en dépassant des postes de travail équipés de microscopes de comparaison. Mais, pour info, il neige dehors.

— En voilà une bonne nouvelle ! Fabian et moi projetions d'aller faire de la luge demain. S'il y a assez de neige, on construira un igloo et on y passera la nuit. Vous avez déjà fait ça ? C'est très amusant.

Faye a une bonne trentaine d'années, elle ressemble à une reine du disco, avec ses vêtements brodés scintillant de paillettes et ses cheveux arc-en-ciel, courts et hérissés. Bien qu'experte en balistique, elle n'est pas fan des armes à feu. Les rares pistolets qu'elle détient sont uniquement pour l'autodéfense.

— En particulier quand on dort dans les bois et qu'on n'entend plus un bruit. (Faye est d'une nature contemplative, poète dans l'âme.) Plus rien hormis le bruissement d'un ruisseau, le vent dans les arbres. Histoire de se croire dans un monde de paix, juste un petit moment, un coin de paradis où tout est tranquille, où rien ne peut vous arriver.

— Je suis incapable de me laisser aller à ce genre d'illusions. Plus aujourd'hui. J'ai l'impression que tout en ce monde souhaite ma mort, y compris les pâtisseries que vous donnez à Shannon, sachant pertinemment qu'elle va les partager avec moi !

Sur les parois de sa cabine, elle a scotché ses dernières œuvres primées – des gâteaux représentant le jardin d'Éden, Stonehenge, des dinosaures dans la forêt, un tableau de Picasso. Mon préféré c'est Mars avec son rover *Perseverance* et le petit hélicoptère *Ingenuity*. Le sol rouge de la planète est parsemé de petits bonbons figurant les cailloux martiens et de cônes de chocolat pour imiter les volcans.

— Je suis toujours époustouflée par le niveau de détail de vos créations, Faye. Je ne sais pas comment vous faites pour supporter que de tels chefs-d'œuvre soient détruits.

Le grand cake au citron qu'elle avait préparé pour mon anniversaire était couvert de fleurs sauvages multicolores en pâte à sucre. C'était si bien réalisé qu'on était tenté de les cueillir. J'ai failli ne pas avoir le courage de le couper.

— Il faut voir ça comme les sculptures de sable. D'un revers de la main, on peut les effacer. Je suis sensible à la beauté, mais elle n'a pas besoin de demeurer là indéfiniment.

— Si seulement il en était de même de la laideur, répliqué-je. Pourquoi vous vouliez me voir ?

— Je suis censée ne rien vous dire, commence-t-elle. Mais c'est la vérité nue. Les faits ne mentent jamais. À l'inverse des gens. Et je n'ose imaginer les conséquences. D'ailleurs, les ennuis ont déjà commencé.

— En voilà un préambule !

— Je vous en parle parce que vous êtes une amie, docteur.

— Me parler de quoi ?

Malgré moi, je pense à Benton et Lucy qui m'ont caché que Carrie était encore en vie.

— Ça a un lien avec vous, un lien personnel. Et je vais m'attirer les foudres de l'enfer quand on va savoir que je vous l'ai révélé. Le FBI a été très clair : motus et bouche cousue sans leur feu vert. Pour être précise, sans celui de Patty Mullet. Elle a appelé trois fois cet après-midi. Et son dernier appel date de quelques minutes.

— Une vraie plaie, celle-là !

— Venez, approchez-vous.

Elle s'écarte dans son fauteuil roulant pour que je puisse voir l'écran connecté au microscope. Je distingue deux balles – l'une provenant d'un test au labo, l'autre d'une enquête en cours, m'explique Faye. Elle a déposé chaque échantillon sur sa platine, et les images, par un système de prismes, sont affichées côte à côte sur le moniteur.

— Les deux profils correspondent, dit-elle. Merci au fichier fédéral – ma caverne d'Ali Baba, comme l'appelle Marino. J'ai entré dans la base de données la signature balistique d'un fusil que nous avons essayé cet après-midi même, et le fichier m'a sorti son historique en deux minutes !

Les sillons, les stries et autres traces laissées par le canon sont identiques. Les deux projectiles sous le microscope ont été tirés par la même arme.

— De quelle affaire en cours s'agit-il ? Et quel rapport ça a avec moi ?

— Les balles proviennent de l'AR-15 qu'avaient les deux ex-détenus déguisés en clowns.

Faye fait allusion à l'attaque de domicile à Old Town vers 21 heures hier, quand il avait commencé à pleuvoir.

La police avait retrouvé le fusil d'assaut et d'autres armes dans le pick-up des deux Bozos. Ils s'étaient garés quelques rues plus loin de leur objectif – une maison géorgienne de briques blanches, classée monument historique à en croire la plaque de cuivre sur la façade – et avaient laissé leurs armes à feu dans le véhicule, pensant que la victime serait une proie facile. Ne s'attendant à aucune résistance, ils avaient prévu une attaque quasiment à mains nues.

Ils avaient pris des couteaux, du ruban adhésif, des liens de serrage, des gants chirurgicaux et des préservatifs. Ainsi qu'un aiguillon électrique pour bétail, un collier à décharge télécommandé et des cutters, m'annonce Faye. *Des psychopathes !* Tuer simplement leur victime ne leur semblait pas assez amusant. Et voilà ce qui arrive quand on est négligents...

Si les deux assaillants s'étaient donné la peine de se renseigner sur la propriétaire, ils y auraient réfléchi à deux fois. La femme était âgée, vivait seule dans un quartier huppé et aimait le jardinage, cela semblait faire d'elle la cible idéale. Mais une simple recherche sur Google leur aurait appris qu'elle était une contreamiral à la retraite et ex-officier du renseignement en Afghanistan et en Afrique.

Quand les Bozos avaient forcé la porte de la cuisine, elle les avait accueillis avec un calibre 12, et les avait arrêtés net. Ils n'ont sûrement pas eu le temps de comprendre ce qui leur arrivait.

— Ils ont eu une mort bien douce comparée à ce qu'ils comptaient faire subir à cette pauvre femme, et sûrement à leurs prochaines victimes, dis-je. On sait pourquoi ils avaient fait de la prison ? Pour quels crimes ?

Je ne vois toujours pas le rapport avec moi, hormis le fait que tout cela s'est passé non loin de mon domicile.

— Sur leur casier, on parle de vols à main armée, cambriolages, agressions, trafics de voiture, répond Faye. On les soupçonne d'avoir torturé puis assassiné toute une famille dans le New Jersey, avant de mettre le feu à la maison. C'est ce que m'a raconté l'inspectrice Fruge.

— Dieu merci, ils ne feront plus de mal à personne.

— Et du mal, ils en ont fait ! L'AR-15 retrouvé dans leur pick-up a été utilisé sur trois autres affaires – toutes qualifiées d'attentats terroristes.

Récemment, quelqu'un avait tenté de détruire un poste électrique dans la région de Hampton Roads en octobre dernier. Et une attaque similaire s'était produite, une semaine plus tard, au sud de Baltimore. On avait tiré sur les installations, mais les dégâts avaient été minimes.

*

— C'est la nouvelle technique des groupes extrémistes, comme vous le savez, poursuit Faye. Tirer avec des armes de gros calibre sur des transformateurs électriques, dans le but de paralyser des villes entières. Autrement dit, attaquer les infrastructures, et plonger des milliers de citoyens innocents dans le chaos.

— Vous dites que ce fusil a été utilisé dans trois affaires, insisté-je, attendant toujours qu'elle me révèle pourquoi elle m'a fait venir dans son labo. Il y a les deux postes électriques. C'est quoi la troisième ?

— C'est pour cela que je voulais vous parler en privé, docteur. La troisième attaque, c'est la fusillade au Old Town Market, il y a un mois et demi, quand vous y étiez avec Lucy. C'est cette arme qui a été utilisée. Je suis censée examiner les pièces, pas faire de déductions. Mais Lucy et vous auriez pu être blessées plus gravement, voire pire. Et cela leur aurait fait une belle pub à ces salauds !

— Quels salauds ?

— Ceux qui ont déjà sévi ici.

— Vous pensez que nous étions visées ?

Je regarde fixement la balle qui luit d'un rose doré sur l'écran, le métal écrasé et hérissé de pétales tranchants comme des rasoirs. L'un d'eux aurait failli sectionner la carotide de ma nièce ?

— Je ne peux l'affirmer, répond Faye. Mais oui, je le crois. Et j'imagine que ça doit cogiter chez Lucy maintenant.

— Vous lui avez parlé ?

— Je lui ai indiqué que la balle extraite de son cou à l'hôpital provenait de l'arme des deux Bozos. En d'autres termes, que l'attaque au Old Town Market était préméditée.

— Qui d'autre est au courant ?

— L'inspectrice Fruge, puisque c'est la responsable de l'enquête pour la police d'Alexandria. Je l'ai aussi dit au FBI, je n'avais pas le choix. Il ne s'est pas écoulé cinq minutes que l'agente Mullet me téléphonait pour me bombarder de questions. Elle m'a demandé si les deux ex-détenus vous connaissaient, vous et Lucy, s'ils pouvaient savoir qui vous étiez et à quoi vous ressembliez. Et quel pouvait être leur lien avec Lucy, voire avec vous deux ?

— Il n'y a aucun lien, répliqué-je. C'est absurde. Et pourquoi Patty Mullet vous a posé ces questions, à vous ?

— Comme je suis proche de Marino, elle a dû se dire que je le suis aussi de Lucy. Et aussi parce que vous et moi on se connaît bien. C'est la seule explication que je vois, répond Faye. Comment quelqu'un pouvait-il savoir que Lucy et vous alliez faire des emplettes là-bas, un samedi, à 14 h 15 ? C'était sa grande interrogation. Vous faites ça souvent ? C'est une habitude chez vous ?

— Absolument pas, réponds-je. Justement, Lucy et moi faisons bien trop rarement des choses ensemble. On est toujours débordées.

Ce samedi-là, j'avais invité Marino et Dorothy à un barbecue improvisé. La météo prévoyait une belle journée ensoleillée et j'avais rameuté tout le monde. Je comptais faire simple : viande grillée, burgers véganes, salade de pommes de terre et margarita.

— Lucy et moi sommes parties faire quelques courses. On s'est décidées seulement deux heures avant, expliqué-je à Faye. Je ne vois pas comment quelqu'un aurait pu être au courant, à moins d'avoir placé un mouchard GPS sur nous ou de nous espionner.

— Qui conduisait ?

— On était à vélo. J'ai toujours un sac à dos au cas où. On suivait le Mount Vernon Trail et on avait poussé jusqu'à Daingerfield Island. On s'est arrêtées au magasin sur le chemin du retour.

— Question idiote : aucune d'entre vous n'aurait posté votre projet sur les réseaux sociaux ? Pas de tweet ? Rien ?

— Rien du tout.

— Si vous étiez ciblées, c'est que quelqu'un savait, insiste Faye en se levant de sa chaise.

Elle imprime une photo des deux balles identiques. Et me tend la feuille sans un mot, juste pour que je garde une trace. Le cas échéant, elle pourra affirmer sous serment que je ne lui ai pas demandé de copie et qu'elle ne m'a pas demandé si j'en voulais une. Avant de travailler comme experte en balistique judiciaire, Faye œuvrait sur les scènes de crime et était instructrice au sein de la police scientifique et technique. Elle ne rate aucun détail et pose toujours beaucoup de questions.

— Donc, quelqu'un nous espionnait, conclus-je. Et si vos suppositions sont justes, Lucy et moi étions les véritables cibles lors de l'attaque au Old Town Market.

— Que faisiez-vous avant de partir en balade à vélo ? Le matin, par exemple ? reprend Faye.

— De temps en temps, je viens au bureau tôt le samedi pour m'occuper de cas urgents qui ne peuvent attendre le lundi. Ou si j'ai du retard. C'était le cas ce jour-là. Vers 7 heures, j'étais en salle d'autopsie.

— Qui était avec vous ?

— Doug Schlaefer, Marino et Fabian, réponds-je. Norm était de garde, mais il n'a quasiment pas quitté la salle de repos.

— Et la police ?

— Fruge est passée pour avoir des nouvelles sur une affaire. Il y a eu aussi deux enquêteurs de la police d'État pour un accident de la route. Et oui, ça me revient maintenant…

Patty Mullet était venue à la morgue au milieu de la matinée pendant que j'autopsiais un bébé. Une mort subite. Doug travaillait sur un braqueur de banque abattu par la police. Les labos du FBI récupéraient les pièces, et Patty était venue chercher les balles que Doug avait extraites du corps.

— Elle vous a parlé ?

— Non. Juste à Doug. Pour lui poser les questions habituelles. Cause du décès. Dans quelle position était la victime au moment des tirs. Elle n'est pas restée longtemps. Pas plus d'un quart d'heure.

— Cela lui arrive souvent de débarquer comme ça ?

— Elle n'est pas du genre à demander la permission.

Je revois l'agente du FBI en combinaison stérile, avec un masque. Elle prenait des photographies, interrogeait Doug.

— Elle ne s'est pas arrêtée à ma table. Je suppose qu'elle ne tenait pas à voir l'autopsie d'un nourrisson. Doug non plus. Il ne voulait pas s'en occuper. C'est pour cette raison que j'étais venue ce matin-là.

— Vous dites que vous n'avez pas parlé à l'agente Mullet, insiste Faye.

— Elle m'a évitée comme la peste.

— Donc elle ne pouvait savoir vos projets pour la journée.

— Elle ne m'a même pas saluée, ni accordé un regard, confirmé-je. À midi, j'étais de retour à la maison.

326

Puis Lucy et moi sommes parties un peu après. On s'est baladées une heure et on s'est arrêtées au magasin.

— Pendant que vous faisiez l'autopsie ce samedi matin, où était Lucy ?

— Chez elle. Elle travaillait.

— Toute la matinée ?

— C'est l'impression que j'ai eue.

— Après qu'elle a été blessée, on l'a emmenée à l'hôpital. Et ensuite, elle a fait quoi ?

— Je ne sais pas. Pourquoi cette question ?

— Je vais vous montrer ce qu'a filmé une chaîne locale, devant le Old Town Market, environ trois heures après les tirs.

Elle pianote sur son clavier, ouvre le fichier et appuie sur PLAY.

30

La vidéo commence par une vue du parking illuminé par les gyrophares rouge et bleu des véhicules de secours. Les vitres du joli Old Town Market sont brisées et le sol est jonché d'éclats de verre scintillants. La police relève les indices et Patty Mullet apparaît, marchant d'un pas décidé vers l'entrée.

L'équipe TV lui colle aux basques, le journaliste la harcèle de questions. Elle leur fait signe de dégager et passe sous les rubalises. Elle porte un tailleur-pantalon kaki, un pistolet à la ceinture, et montre sa plaque à tout le monde avec arrogance – comme ces caricatures d'agents du FBI au cinéma. Elle a la cinquantaine, les cheveux courts d'un gris métallique, le visage tanné par le soleil et, comme d'habitude, un air renfrogné.

— Le passage le plus important arrive. La source du problème en fait, annonce Faye. Mullet est dehors, elle parle à l'inspectrice Fruge qui, bien sûr, est sur les lieux puisque Old Town est son secteur. Et regardez bien, c'est maintenant…

Lucy entre dans le champ de la caméra, avec sa chemise maculée de sang séché et un gros pansement sur le côté du cou. Elle rejoint Mullet et Fruge. On n'entend pas ce qu'elles se disent. Lucy montre la vitrine cassée du côté des fruits et légumes. C'est là que deux hommes masqués ont ouvert le feu, à bord d'une voiture volée qu'ils abandonneront plus tard.

— Lucy a dû revenir ici dès qu'elle est sortie des urgences, expliqué-je.

Et je n'étais pas contente de la voir partir toute seule de l'hôpital. Elle avait refusé qu'on la ramène et avait filé avant que Benton n'arrive avec la voiture. Je ne savais pas où elle était allée, ni par quel moyen. Plus tard, quand j'ai changé son pansement et examiné sa plaie suturée, elle n'avait pas voulu parler de ce qu'il s'était passé. Je n'ai pas insisté. Je connais ma nièce.

— Qui vous a fourni cette vidéo ? Je ne l'ai jamais vue nulle part.

— Le passage avec Lucy n'a pas été rendu public. Je ne serais pas surprise qu'elle leur ait demandé cette coupe. Mullet me l'a envoyée par e-mail. La chaîne TV a dû donner au FBI tous les rushs. À entendre Mullet, Lucy était comme une criminelle qui revient sur les lieux de son méfait.

— C'est du grand n'importe quoi ! (La moutarde me monte au nez.) Pourquoi Mullet vous a montré ces images ? Pourquoi révéler ainsi un élément de l'enquête ? Vous êtes d'accord pour juger que c'est déplacé et dangereux. C'est quasiment une faute professionnelle. Même si je ne doute pas de votre intégrité.

— Elle en fait tout un plat, elle veut exploiter toutes les failles à son profit, répond Faye. Elle dit que jamais une personne normale ne serait revenue au magasin juste après qu'on lui a tiré dessus. C'est typique d'un individu voulant mener la police sur de fausses pistes, associé au plaisir pervers de voir tout le monde s'affairer sur le théâtre de ses œuvres.

— Ce n'est pas un jeu ou un film. Mullet met en péril la vie des gens, répliqué-je.

Ce n'est pas la première fois que nous avons des problèmes avec Patty Mullet.

Du temps où Benton était profiler au FBI, il a eu la malchance de l'évaluer à sa sortie de l'Académie. Elle rêvait d'intégrer son unité de science du comportement, mais elle n'avait pas le niveau pour ça – pour qualifier les choses gentiment. Et la déception de Mullet a dépassé le cadre strictement professionnel ; Benton est devenu l'incarnation de son ressentiment. Elle veut lui causer du tort, à lui comme à tous ses proches. Et la moindre occasion est bonne.

— Elle m'a demandé si Lucy connaissait ceux qui ont revendiqué l'attaque contre les Manson, poursuit Faye. Ces terroristes qui se font appeler La République…

Mullet suggérait que ma nièce les avait peut-être côtoyés en mission d'infiltration, voire un peu trop. Elle avait déjà sa théorie : *syndrome de Stockholm, identification et empathie avec l'agresseur*. Comme si Lucy était devenue proche des extrémistes et avait sympathisé avec eux.

— L'attaque sur les postes électriques, le mitraillage du Old Town Market ont fait sensation. Ça inquiète le public et incite d'autres extrémistes à rejoindre leur combat, continue Faye. Mullet prétend que *« les gens comme Lucy »* sont particulièrement vulnérables, peuvent changer de camp et passer chez l'ennemi. *« Et ce ne serait pas une première pour elle, car elle l'a déjà fait.* » Ce sont ses propres mots.

Je suis outrée.

— Patty Mullet devrait se taire. Elle incrimine sans preuve un agent fédéral, et c'est un délit très grave. Pire que ça, elle accuse une victime.

Je revois Lucy prenant une laitue et un filet d'oignons, tandis que je choisis des tomates cœur-de-bœuf. Soudain, une détonation retentit, suivie d'un fracas de verre. Lucy sort son pistolet, tout en se tenant le cou, et crie à tout le monde de se coucher. Plusieurs clients sont touchés, les gens courent dans tous les sens en hurlant.

— Lucy a failli se faire tuer ! Patty Mullet, comme d'autres, l'oublient carrément, m'écrié-je alors que des coups résonnent à la porte du labo.

*

— Hé ! Ouvrez ! (Marino tambourine à qui mieux mieux.) Il y a quelqu'un ?

— Calmos, cow-boy ! lance Faye en lui ouvrant. J'ai cru que c'était Bigfoot qui revenait chercher son empreinte !

— Alors, mon moulage ? C'est une tuerie, non ? réplique-t-il.

Il a ôté son équipement de protection, a passé un jean et un sweat à capuche. Il tient sous le bras un anorak. Comme moi, il a des vêtements de rechange dans son bureau puisqu'on ne sait jamais dans quelles conditions on va travailler.

— Vous avez le coup de main, j'en conviens, qu'il s'agisse d'une empreinte de pas ou d'une trace de pneus, répond-elle tandis que je consulte à nouveau mon appli météo.

Il gèle désormais, le vent est faible et variable. La neige fait déjà plus de cinq centimètres dehors et ça va continuer à tomber toute la nuit, jusqu'à demain 10 heures quand le front froid sera passé. Les administrations et les écoles resteront fermées. La population est invitée à ne pas prendre la route ce soir et Roxane Dare a déjà placé la région en vigilance rouge.

— Normal ! De mon temps, il fallait savoir tout faire, répond Marino. Relever des empreintes digitales avec du scotch, faire des comparaisons sans ordinateur, et des schémas de la scène de crime à l'échelle, avec juste un mètre ruban ! Et, bien sûr, gâcher du plâtre à prise rapide pour relever des traces de pas, de pneus, et ce dans toutes les conditions.

— Une époque bénie que je n'ai pas connue, inspecteur Pierrafeu ! plaisante Faye.

Ils s'entendent bien tous les deux. Ils passent des heures à pratiquer des tests balistiques, visitent ensemble tous les salons d'armes à feu – Marino y est comme un enfant dans un magasin de bonbons. Pour Faye, c'est juste par conscience professionnelle, pour se tenir au courant des nouveaux modèles, des dernières innovations.

— De quoi vous parliez ? Pourquoi la porte est fermée à clé et les stores baissés ?

— Je vous laisse lui raconter ce qu'a fait Patty Mullet, me propose Faye en se rasseyant devant son microscope. C'est une longue histoire. Sordide.

— Comme toujours avec elle, répond Marino en s'approchant des rayons où sont rangés les moulages, cherchant du regard le sien. Elle rapplique à chaque fois qu'une affaire est délicate.

— Et c'est toujours pour nous causer des problèmes, voire pire, ajouté-je.

— Je ne le vois pas. Où il est ? demande Marino en revenant vers nous. Qui l'a pris ? Le FBI ? J'espère pas ! Parce que cette salope de Patty Mullet va sauter dessus. L'occasion sera trop belle de nous faire passer pour des crétins.

— Pas de panique, cow-boy. Votre œuvre est à l'abri ; évidemment, répond Faye. Vous avez vraiment besoin de la voir ? Parce qu'en fait je préfère ne pas ouvrir le coffre. Sinon, je vais avoir une montagne de paperasse à faire.

— Je voulais juste avoir votre opinion.

— Cela dépasse mes compétences. Mais cela ne m'a pas paru un faux.

— Je le savais ! s'écrie-t-il.

— Pas d'imperfections, pas de traces qui puissent laisser supposer qu'il s'agit d'une prothèse, d'un truc fait avec une imprimante 3D, explique-t-elle.

— Et même si c'était un faux ? insiste Marino. Où est l'image originale ? On ne peut rien imprimer en 3D sans une photo, un scan de quelque chose.

— Je ne pensais jamais avoir un jour à dire ça : mais oui, il faut trouver un spécialiste du Sasquatch.

— On est sur le coup, réponds-je. Et moi non plus, je ne pensais pas un jour en arriver là !

— J'ai accompagné Shannon jusqu'à sa voiture. Elle est partie sans encombre, m'informe Marino. Je lui ai dit de rentrer directement chez elle et de ne plus sortir. (Il se tourne vers Faye.) Et vous devriez en faire autant, Faye. On peut vous escorter avec Doc.

— Je vais attendre que Fabian ait terminé. (Faye éteint son microscope et son écran.) Il va laisser sa voiture et rentrer avec moi. J'ai quatre roues motrices et des pneus neige. Aucun problème. Mais je pense qu'on va traîner un petit moment ici. On aime bien quand il n'y a personne. C'est le moment de nous retrouver. Chez moi, il y a des coupures d'électricité. Et chez lui, ce n'est pas mieux. C'est charmant, mais vieux et plein de courants d'air.

— Vous pouvez rester dans la salle de garde, lui proposé-je. Fabian a rempli le frigidaire hier. La télé fonctionne et les draps sont propres. Si vous avez froid, il y a un radiateur dans le placard. Installez-vous et faites comme chez vous.

— Pour tout dire, ce n'est pas plus mal que vous soyez là pour garder la maison, ajoute Marino. Je vais partir bientôt et n'ai aucune confiance en Norm. Parce que lui ou rien, c'est pareil.

— Dans ce cas, ça ne vous dérange pas si je gare mon pick-up dans l'aire de livraison ? me demande Faye en nous raccompagnant à la porte.

— Pas du tout. Et si j'étais vous, je le ferais tout de suite.

Marino et moi sortons du labo et remontons le couloir. Même si je ne le montre pas, je bous de colère.

— Cette fois, Patty Mullet est allée trop loin !

Je lui fournis les détails qu'il ignore.

— C'est vraiment chaud de raconter ça à quelqu'un d'un labo.

— Ou à n'importe qui d'autre.

— Les ragots, ça peut se propager comme une traînée de poudre. Heureusement, on peut compter sur la discrétion de Faye. Mais va savoir à qui d'autre elle a raconté ces salades. En moins de deux, le FBI pourrait faire une descente chez Lucy. Et c'est comme ça que des gens se font tuer bêtement...

Tandis qu'il poursuit son scénario sinistre, j'imagine des agents en tenue de combat attaquer notre petite maison d'amis où habite ma nièce. Et elle a des armes dans tous les recoins. Cela se terminerait mal. Je ne sais pas qui se ferait tuer, mais c'est sûr qu'il y aurait des victimes. Je ne veux pas que Lucy meure ainsi, parce qu'elle a de tout temps vécu au bord de l'abîme, toujours en danger.

Depuis sa naissance, je m'inquiète de ses choix et me demande dans quelle mesure je n'en suis pas responsable. Cette question me hante. Quelle influence ai-je eue quand je l'ai élevée comme ma fille. Je sais qu'il y a eu des choses positives. Mais toutes ne le sont pas. Et ma sœur ne s'est pas gênée pour me le reprocher.

Elle disait que Lucy aurait pris une autre voie si j'avais été professeure ou directrice de département d'une faculté. J'aurais été moins toxique pour elle si j'avais été une médecin qui s'occupait des vivants et non des morts. Ou encore une chercheuse dans un laboratoire privé.

— Doc...

Et si j'avais mis au point des médicaments pour soigner des maladies plutôt que de courir derrière des tueurs psychopathes. Mais ce qui chagrinait réellement Dorothy, c'était que Lucy ne l'avait pas imitée, elle. En rien.

— Doc ? Allô la Terre ?

— Pardon.

Je sors de mes pensées. Marino a enfilé son anorak. Il remonte la fermeture jusqu'au menton.

— Tu étais partie où ? (Il enfonce sur son crâne une grosse casquette de laine à rabat. Il ressemble à Elmer du cartoon.) Depuis qu'on est les otages des fédéraux, tu es bizarre.

— Je suis préoccupée.

— Pareil. En fait, je ne pense qu'à ça.

— Et je manque de sommeil. Comme toi, dis-je alors que nous arrivons devant le panneau lumineux « SORTIE DE SECOURS ». Et j'ai faim. Comme toi aussi je suppose. J'ai l'impression que tout mon monde s'est écroulé. Mais ça ira mieux demain.

— Je me demande si Lucy sait ce que l'autre sorcière raconte sur elle. Auquel cas, je crains sa réaction. Je n'aimerais pas être à la place de Patty Mullet !

— Ni à sa place, ni comme elle.

J'ouvre la porte de l'escalier et nous descendons au rez-de-chaussée. Nos pas résonnent sur le métal des marches.

— Je pense que Lucy est au courant, commenté-je. Elle a le chic pour toujours tout savoir. Sinon, je vais le lui raconter. Lui rapporter ses paroles, lui annoncer que la rumeur court déjà. Il faut l'avertir.

— Autrement dit, faire exactement l'inverse d'eux ! lance Marino. Pendant sept ans, Lucy, Benton et Tron nous ont caché la vérité. (Ses paroles résonnent dans la cage de ciment ; l'air est râpeux, plein de poussière.) Nous, on leur dit ce qui est important qu'ils sachent. Même quand c'est secret, on les prévient. Mais l'honnêteté est visiblement à sens unique.

— Peut-être qu'ils avaient une bonne raison, objecté-je. On en saura plus quand on les verra en privé.

— Comment leur faire confiance après un coup comme ça ?

— Parce qu'on l'a toujours fait. Rien n'a réellement changé. C'est juste dur à avaler pour l'instant.

— Ce soir, ce sera toi et moi contre le reste du monde. Comme toujours, conclut Marino.

Une part de lui sait qu'il exagère. Mais une autre part y croit dur comme fer.

31

— Nous ne sommes pas seuls, Marino, répliqué-je. Pas du tout. Il y a des gens qui nous aiment.

Je pousse la porte de l'escalier au rez-de-chaussée et prends la direction de la morgue.

— Comment fais-tu pour ne pas être furieuse contre eux ? Ça me dépasse. (J'entends bien qu'il est blessé.) Que nos collègues nous cachent des choses, c'est quasiment normal, mais là, il s'agit de ta nièce et de ton mari, des gens avec qui tu vis.

— Mais je suis furieuse. Je te le confirme ! réponds-je alors que nous passons devant la porte du laboratoire d'anthropologie, juste à notre gauche.

Ce labo est à l'écart, loin de l'ascenseur, à cause de l'odeur rance qu'il émet dans le couloir. Derrière la porte, j'entends cliqueter des os dans un grand fait-tout de quarante litres, plongés dans leur bain d'eau de javel bouillante. La plupart de nos articles de cuisine proviennent ici aussi de Wild World. Pour la énième fois, j'ai un frisson de dégoût à cette pensée.

— Attends une seconde.

Lorsque j'ouvre la porte, un air âcre et moite me saute à la gorge.

En retenant mon souffle pour ne pas respirer les vapeurs, je m'approche de la cuisinière, un vieux modèle émaillé vert anglais. Je baisse l'intensité et mets la plaque de cuisson en position mijotage. Une bouffée de colère m'envahit. Des morceaux de chair flottent à la surface du bouillon, et deux fémurs cognent contre les parois d'aluminium, agités par les mouvements de convection. Les os appartiennent à un squelette incomplet disposé sur une table, un puzzle où il manque beaucoup de pièces.

Ces restes ont été retrouvés sur un chantier de construction. La victime est un jeune homme, dont la mère est afro-américaine, à en juger par l'ADN mitochondrial. La police n'a aucune idée de son identité, mais pense qu'il s'agit d'un règlement de compte, datant sans doute de l'époque où les narcotrafiquants colombiens régnaient dans le comté de Loudoun quelques dizaines d'années auparavant – et ils étaient connus pour éliminer mouchards et rivaux.

— Je ne veux pas que ça bouille comme ça toute la nuit, dis-je, agacée. D'autant qu'il risque de n'y avoir personne demain si nous sommes coincés par la neige. Une fois que toute la javel se sera évaporée, imagine les dégâts. Et ce serait un manque de respect total pour cette victime dont on ne connaît pas encore le nom. Cette personne avait des proches, des gens qui l'aimaient, bon sang ! (Je ne pensais pas être aussi touchée.) Mais apparemment tout le monde s'en fiche. Qu'est-ce qu'ils croient ? Que je serai toujours derrière eux pour veiller au grain ?

— Fabian aurait dû le voir. Il prend toujours les escaliers et passe donc devant le labo tout le temps, indique Marino, trop content de rejeter la faute sur le jeune homme. Il déjeune ici quand Milton est dans le coin. L'autre semaine je les ai vus manger tous les deux une pizza. Et pendant ce temps, les os tapaient dans les marmites comme des homards qu'on ébouillante.

— Le Dr Milton n'aurait pas dû s'en aller en laissant quelque chose sur le feu à pleine puissance. Et ce n'est sans doute pas la première fois !

L'anthropologue en médecine légale est professeur à l'université James Madison. L'IML fait appel à lui depuis longtemps, bien avant mon retour en Virginie. Il vient chez nous en fonction des besoins. Il a dû passer ici aujourd'hui pendant mon absence. Et c'est tant mieux qu'il soit déjà reparti sinon je lui aurais passé un savon.

— Qu'est-ce que tu fais ? me demande Marino en me voyant prendre une vidéo du fait-tout, avec son bouillon aux fémurs.

— Maggie nous reproche d'avoir un compte chez Wild World, réponds-je. Je veux lui montrer à quoi nous sert ce que nous leur achetons.

— D'autant qu'elle n'a pas l'estomac bien accroché, ricane Marino. Tu pourrais lui envoyer aussi des photos des couteaux Wild World en pleine action pendant une autopsie !

— Excellente idée.

Je referme la porte.

— Et lui montrer ce qu'on emballe dans leur papier boucherie, poursuit Marino. Elle est tellement bégueule. Même pour ramasser les crottes de son corgi, il lui faut un masque et des gants.

— Cela me donne de plus en plus d'idées, renchéris-je.

Mon ancienne secrétaire ne mettait jamais les pieds en salle d'autopsie. Pour tout dire, elle s'aventurait rarement au rez-de-chaussée, sauf lorsqu'elle voulait nous causer des ennuis. Et là encore, elle gardait ses distances, en montrant ostensiblement son dégoût pour nos activités. D'une manière générale, elle ne voulait pas entendre parler de la morgue ni de nos patients. Durant l'ère Elvin Reddy, elle restait confinée dans son bureau ou celui de son patron. Quand elle n'avait pas des rendez-vous à l'extérieur ou qu'elle ne partait pas en voyage avec lui, comme si elle était sa femme !

Nous continuons notre chemin dans le couloir avec ses vieilles dalles de linoléum « garanties antidérapantes même mouillées ». Et je sais, par expérience, que c'est de la publicité mensongère !

— Il vaut mieux ne pas parler à Milton du moulage, me conseille Marino. Même si c'est un anthropologue, cela reste une mauvaise idée.

— Ça ne m'avait même pas traversé l'esprit ! De toute façon, il n'est pas un spécialiste de l'anatomie du pied.

— En plus, il fréquente une église évangélique, explique Marino qui déteste l'anthropologue. Il ne croit pas à l'évolution, selon lui, on est tombé tout droit du jardin d'Éden, tels que nous sommes ! Imagine sa tête si tu lui parles d'un grand humanoïde poilu qui pourrait être l'un de nos ancêtres. Pour lui Bigfoot n'existe pas, rien qu'évoquer son nom est sacrilège !

— Milton est de la vieille école, et ça fait une éternité qu'il est chez nous. L'âge, la race, le sexe, c'est à peu près les seules infos qu'il peut tirer des os. Pour le reste, je préfère consulter nos experts au Smithsonian ou ailleurs. Mais on ne connaît personne de qualifié pour examiner ce moulage. Peut-être que ta Cate Kingston pourrait nous aider. On verra ce qu'en pense Lucy.

Nous dépassons la pièce suivante que Shannon surnomme « la salle des canopes ». La porte est entrouverte. Et mon agacement monte encore d'un cran.

J'observe les étagères métalliques où nous conservons des centaines d'échantillons dans du formol. Chaque bocal a son étiquette. D'un seul coup d'œil, à la couleur rouge cerise des tissus, je reconnais ceux qui ont péri dans un incendie et autres victimes du monoxyde de carbone. Je ferme soigneusement le battant, m'assurant que la clenche soit bien abaissée.

— C'est ça le problème ! dis-je à Marino. La négligence. Les gens ici sont bien trop désinvoltes.

— Parfois c'est le coup de feu ici, et on peut oublier de fermer...

— Tu te souviens quand quelqu'un avait heurté un rayonnage avec son chariot parce que la porte avait été laissée grande ouverte ? Tout le formol s'était répandu par terre !

— Oui. On a perdu des centaines de personnes. Enfin des morceaux. Mais c'était en Floride. Pas ici.

— Cette porte doit être fermée, voilà ce que je veux dire. Surtout à cette heure. J'en ai marre de devoir passer derrière tout le monde. Je ne suis pas leur cheftaine.

— Heureusement, parce qu'aujourd'hui tu ferais peur à tes louveteaux. Tu es d'une humeur de dogue d'un coup.

— Non, pas d'un coup.

*

Droit devant, c'est la salle d'autopsie. J'entends de la musique des années 1980 à travers la double porte. Police chante « Every Breath You Take » et c'est à la limite de l'humour noir vu la situation.

« ... *I'll be watching you...* » Tout juste ! Je me sens surveillée alors que je rentre dans la pièce pour prévenir Fabian que je m'en vais.

La vieille radiocassette est posée sur un comptoir, le son monté à fond. Je sens une odeur de désinfectant. Il a nettoyé les quatre tables d'examen avec leur évier inox intégré, a équipé les servantes de chirurgie ; tout est prêt pour les prochains patients, parce qu'il y en aura d'autres. C'est sans fin. La porte de la chambre froide n'est pas totalement fermée. Décidément !

— Fabian ? appelé-je. Il y a quelqu'un ?

Dès que je franchis le seuil un nuage de condensation m'enveloppe. Les corps dans leurs housses sont alignés. Il y a à peine la place de passer entre les chariots.

— Fabian ? Vous êtes là ?

Je ne le vois nulle part, et il ne répond pas.

Qu'est-ce qu'ils ont tous aujourd'hui ? Je sors, et claque le battant avec humeur. *Bon sang !*

— Il y a quelqu'un ? lancé-je en me dirigeant vers le vestiaire.

Je vois que Fabian y était récemment. La vieille machine à laver essore à plein régime. Au bruit qu'elle fait, on dirait qu'elle va se disloquer. Une porte donne dans les réserves où nous gardons les blouses, les tenues chirurgicales, les EPI et autres fournitures. J'entends du bruit – des bruits de pas. Puis le battant s'ouvre. Mais ce n'est pas Fabian qui apparaît sur le seuil.

— Pardon, je ne voulais pas vous faire peur, me lance Norm avec un grand sourire. (Il a une boîte dans les bras, et ça ne me plaît pas.) Je peux vous aider, patron ?

— Je pourrais vous retourner la question.

— Merci. Je m'en sors.

Taillé comme une armoire à glace, Norm a un regard intense, et un cou de taureau orné d'un aigle tatoué. Son uniforme vert est fripé, sa chemise déboutonnée, et il aurait grand besoin d'aller chez le coiffeur. Ce serait bien aussi qu'il rase cette barbe, mais je ne fais aucun commentaire.

— J'imagine que ça ne vous dérange pas que je garde un peu de matos dans ma voiture, dit-il en me montrant le carton de surchaussures. (Si, ça me dérange !) C'est important que je me protège. Si je ne travaillais pas ici, je n'aurais pas peur de ramener des saloperies dans mon véhicule ou chez moi. L'employeur se doit de garantir la sécurité de ses salariés, n'est-ce pas ?

— Vous ne pouvez pas vous servir comme ça dans les EPI pour votre usage personnel. Je suis désolée. Je pensais que vous l'aviez compris. Vous êtes quasiment aussi ancien que moi dans la maison.

— Certes, mais je ne suis pas d'accord, patron.

— Ce n'est pas moi qui fais le règlement. Et je vous ai déjà demandé de ne plus m'appeler « patron ».

— Ne le prenez pas mal. C'est un compliment.

— Ce n'en est pas un, et encore moins dans votre bouche.

— Désolé de vous avoir offensée, madame.

Il ne cille pas. Ça me rappelle ce que j'ai enduré au début de ma carrière. Nombre de mes collègues hommes me regardaient ainsi, avec cette suffisance et ce sourire narquois. Pas un jour ne se passait sans qu'on tente de me rabaisser, de me montrer où était ma place. Une vieille fureur se rallume en moi, telle une braise jamais éteinte. La journée a été éprouvante et ma patience frise le zéro. Bien sûr, je sais qu'une bonne part de mon agacement n'a rien à voir avec cette altercation ici et maintenant.

— Ce sont les mêmes règles pour tout le monde, répliqué-je en soutenant le regard de Norm. Je vous ai déjà prévenu. Vous ne pouvez rien emporter – ni gants, ni draps, ni protections de sol, ni masques. C'est interdit. Rien ne sort de ce bâtiment. Pas même un rouleau de papier toilettes. Tout est propriété de l'État.

— Vous avez bien des EPI dans votre voiture. (Norm plonge la main dans la poche de son pantalon et en sort une barre de viande séchée qu'il dépiaute devant moi.) Marino en a aussi dans son pick-up, continue-t-il en mâchonnant son snack. (Son haleine empeste l'ail.) Tous vos toubibs ici en ont. Même Fabian.

— C'est parce que nous nous rendons sur des scènes de crime. Ce n'est pas pour notre usage personnel, répété-je.

— C'est exactement ce que je dis ! (Norm croque une nouvelle portion et la mâche sous mon nez.) Je ne veux pas contaminer mon véhicule ou mon domicile parce que je bosse ici. Et ce n'est pas à moi de payer pour ma protection.

— C'est bon. On reparlera de tout ça plus tard. (Si cela ne tenait qu'à moi je ne lui adresserais plus jamais la parole.) Je cherche Fabian. Où est-il ?

— Aucune idée, répond-il avec un haussement d'épaules.

— Il doit être dans le coin puisque j'ai retrouvé la porte de la chambre froide ouverte.

— Je ne surveille pas Fabian. Mais il est totalement ailleurs quand il écoute sa musique et qu'il se trémousse en agitant sa tignasse. Faut croire qu'il a oublié de la fermer.

Il s'empresse si vite de charger Fabian que je me demande si ce n'est pas Norm le coupable. En même temps, il n'a aucune raison d'entrer dans cette pièce. D'un coup, j'ai un mauvais pressentiment. Ce serait lui, la taupe ? À supposer qu'il n'y en ait qu'une seule... Des journaux à sensation paieraient effectivement de coquettes sommes pour avoir des photos de cadavres, en particulier s'il s'agit de gens connus.

— Je sais aussi que vous êtes arrivé en retard, Norm. Je me méfie de lui, et il le sait.

— Vous espériez quoi ? On m'a appelé au dernier moment. (Son regard est glacial, son ton acerbe.) C'était mon jour de congé. Et votre secrétaire m'annonce que je dois venir illico parce que Wyatt va tomber d'épuisement.

— Je suis désolée pour ce désagrément.

— Vous pouvez !

— Nous apprécions que vous soyez venu, mais cela ne sert pas à grand-chose si vous ne surveillez pas la porte ou les écrans de contrôle.

Je ne le laisserai pas m'intimider. Et vu mon niveau d'agacement, ça ne risque pas d'arriver.

— Je ne suis peut-être pas assis dans la guérite à me tourner les pouces, mais je sais très bien ce qui se passe, réplique-t-il.

Il y a dans son ton une sorte de menace, voire du défi.

— Vous n'êtes pas content, j'en suis navrée pour vous. (Je n'aime pas la façon dont il me toise.) Mais soit vous faites votre travail et suivez les règles, soit on se passe de vous.

— Vous n'avez pas idée du fric que je perds en jouant le baby-sitter pour des macchabées.

— Vous faites surtout du baby-sitting devant la télévision !

— À l'heure qu'il est, j'aurais déjà effectué un tas de courses pour des clients.

— C'est rarissime qu'on vous demande un coup de main au pied levé…

— Et pendant ce temps-là, Tina est payée à rien foutre.

— J'en suis bien consciente, dis-je d'un ton toujours plus cassant. En attendant, il est important que vous fassiez vos rondes et que vous gardiez un œil sur les écrans de surveillance.

Je sors du vestiaire. Il ne me suit pas.

— Quel connard ! lâche Marino qui m'attend dans le couloir. J'étais à deux doigts de m'en mêler.

— Il aura sans doute quitté son poste avant la fin de la nuit.

— Parfait.

— Je l'ai surpris en train d'emporter des EPI, ajouté-je. Et je pense qu'il a fouiné dans la chambre froide. Les corps des Bozos sont toujours ici. J'espère que Norm n'a pas pris de photos, ni vendu des infos. En attendant, une chose est certaine, il vole des fournitures.

— Ça ne me surprend pas. Il veut toujours avoir des trucs gratuits. Ne pas payer pour le café, piquer la nourriture des autres dans le frigo.

— Il ne s'attendait pas à ce que je débarque dans le vestiaire. Et j'ai l'impression qu'il ne se limite pas à une boîte de surchaussures. Mais où est passé Fabian ?

Marino pointe le doigt vers le bas, indiquant notre service d'anatomie au sous-sol.

32

— Pendant que tu surprenais Norm en train de chiper des EPI, Fabian m'a envoyé un texto, m'explique Marino tandis que nous repartons dans le couloir. Il pense en avoir encore pour un moment en bas. Il veut s'occuper des corps qui n'ont pas été incinérés aujourd'hui.

— Il a raison. C'est le bon moment. (En passant, je regarde par les hublots de la salle des indices. La pièce déborde d'échantillons, tel un petit musée des horreurs.) Les facs de médecine nous ont rendu cinq cadavres. Cela va occuper le four plusieurs heures.

Les gens n'aiment pas voir la fumée sortir de notre cheminée. Mais avec cette tempête de neige, personne ne le remarquera.

— Et, bien sûr, les emmerdes tombent toujours au pire moment ! peste Marino. En sortant ce matin, je ne savais pas qu'il y aurait cette météo. Sinon, je ne serais pas allé en Raptor dans le Maryland. Cela dit, vu ma destination, je ne me voyais pas débarquer là-bas en Uber.

Marino a donc laissé son pick-up au centre d'entraînement du Secret Service, où il a retrouvé Lucy et Tron qui l'attendaient avec l'*Aigle de l'Apocalypse*.

Le hangar se trouvant à près de cinquante kilomètres, le trajet va prendre un temps fou avec ces conditions météo.

— Tron et Lucy arrivent, m'annonce-t-il. (Elles vont donc venir le chercher.) J'espère leur tirer les vers du nez. Puisqu'elles ont un tas d'infos qu'elles nous cachent...

Mais Marino veut surtout leur livrer le fond de sa pensée. Je le comprends, mais ça ne lui fera aucun bien. Malgré ma posture pleine de tolérance, les faits sont là : quelles que soient leurs justifications, cela n'excusera pas sept ans de mensonges. Je ne vois pas ce que pourrait dire Benton qui puisse changer la donne. Si Carrie n'avait pas mis en ligne cette vidéo sur le Dark Web, Marino et moi ne serions toujours pas au courant.

— Et Tron est de mèche, poursuit-il. Je parie qu'elle et Lucy se connaissaient avant qu'on n'emménage ici. À mon avis, elles bossent ensemble depuis longtemps et on n'en savait rien. Et chaque fois qu'on était avec Tron, elle surveillait Carrie, j'en mets ma main à couper. On ne peut plus avoir confiance. En personne.

— Je suis furieuse aussi. Mais on doit s'y faire. Tron, Lucy, Benton n'avaient pas le choix.

— Ah oui ? (Alors que nous arrivons dans la salle des admissions, Marino me lance un regard noir.) Ils n'avaient pas le choix ?

— Légalement, non.

— Au diable la loi !

— Qu'est-ce que tu aurais fait, toi ?

— Jamais je ne te cacherais quelque chose, même si c'était interdit. J'aurais trouvé un moyen de te le dire.

— Oui. Moi aussi, reconnais-je.

— C'est comme si on nous avait planté un poignard dans le dos.

— C'est exactement ça.

— Morale de l'histoire : on va devoir redoubler de prudence. Et ce pour le restant de notre vie.

— Tu sais le nombre de fois que tu as dit ça ?

Marino désigne la guérite vide.

— Norm est un boulet, commente-t-il. J'ai essayé de lui faire entendre raison, je lui ai demandé dix fois de s'intéresser à son travail. Mais il n'y a rien à faire. Il faut se débarrasser de lui. Et de Tina.

— Et les remplacer par qui ?

— Des silhouettes en carton seraient plus efficaces qu'eux !

— Je compte avoir une discussion avec la gouverneure. (J'ouvre la porte menant à l'aire de livraison, avec ma clé de voiture à la main.) C'est Roxane qui m'a mise dans ce pétrin. Je me fiche de ses ambitions politiques ! Il va falloir qu'elle se bouge. Je veux des vigiles professionnels, qui soient payés décemment. Je veux aussi que les proches des défunts soient accueillis dans le hall, comme autrefois. Et que l'on remette en état le Jardin du souvenir pour que les gens puissent s'y recueillir lorsqu'il fait beau.

— Demande-lui aussi pourquoi elle a créé cette agence fantoche pour Elvin et Maggie, ajoute Marino en descendant la rampe de ciment. Quelle mouche l'a piquée ? Elle ne voit pas les problèmes que nous posent ces deux-là ?

— Il faudra que j'amène le sujet en finesse. Quelque chose me dit qu'il y a anguille sous roche.

Il regarde la clé de ma Subaru.

— Pas question ! lâche-t-il. Donne-moi ça.

— Je conduis dans la neige depuis aussi longtemps que toi.

— Peut-être, mais là, tu as eu une journée éprouvante et tu es épuisée. Ce n'est pas tant la neige qui m'inquiète. À ton avis, qu'est-ce qu'elle fiche en ce moment ? (Bien sûr, il parle de Carrie.) Elle doit nous surveiller, préparer son prochain coup. Je suis sûr qu'elle est derrière le massacre des Manson. Comme derrière tout le reste.

— Peut-être pas.

— J'aurais préféré te ramener moi-même. Si je suis là, rien ne peut t'arriver.

— Là, tu verses dans la superstition. Mais oui, je me sens plus ou moins en sécurité avec toi.

— Comment ça « plus ou moins » ?

— Tu m'as très bien comprise. Et non, tu n'auras pas mes clés.

Une bouffée d'air glacial me gifle le visage quand Marino ouvre la porte piétonne qui donne sur le parking. Je perçois un ronronnement de moteur et une odeur de gaz d'échappement. Des phares illuminent les rideaux de neige.

— Bien joué, Marino. Je dois le reconnaître.

— Bonsoir ! lance Blaise Fruge.

Elle s'avance vers nous, telle une rock star auréolée par le halo des phares, au milieu d'une nuée de flocons blancs qui volettent comme des plumes.

*

L'inspectrice Fruge est en jean et blouson de cuir, avec une coupe de Viking : longs sur le dessus, rasés sur les côtés. Elle a à peu près le même âge que Lucy et est très musclée, grâce à Marino qui l'a prise sous son aile depuis notre retour en Virginie. Ils vont souvent à la salle de sport ensemble et prennent un verre de temps à autre pour parler de la police. Elle place Marino sur un piédestal et s'entend bien avec Dorothy.

— Fruge te raccompagne chez toi, m'informe Marino. Je ne veux pas qu'il t'arrive des bricoles. (Il se tourne vers elle.) Merci, mon pote, je te revaudrai ça.

— J'y compte bien !

— J'apprécie l'attention, réponds-je alors que mes cheveux commencent à être mouillés, mais je vais prendre ma voiture.

— Très mauvaise idée, réplique Marino.

Sa casquette est déjà toute blanche.

— C'est non négociable, dis-je.

— D'accord, intervient Fruge. Mais je vous suis.

— Vraiment, ce n'est pas nécessaire.

— J'ai eu des instructions très claires du Secret Service. Je dois assurer votre sécurité jusqu'à votre porte, précise-t-elle. (Sans doute une instruction de Benton.) Au moindre problème, docteur Scarpetta, j'envoie la cavalerie. En plus, je voudrais vous parler de Nan Romero, la dentiste. Le FBI a récupéré l'enquête.

— Ça m'aurait étonné ! grogne Marino.

— On pourrait en discuter par téléphone pendant le trajet ? proposé-je tandis que je contemple la neige qui tourbillonne de plus belle.

— Entendu. Je vous appelle.

Elle retourne au petit trot vers son SUV. À un moment elle glisse, et j'ai bien cru qu'elle allait s'étaler.

— Préviens-moi quand tu es rentrée, me somme Marino, toujours sur le seuil.

— Et Tron et Lucy ? Elles arrivent quand ?

— Elles sont en chemin. Tu vas sûrement les croiser. Conduis prudemment. On se voit plus tard, lance-t-il avant de disparaître dans le bâtiment.

Ma Subaru est l'un des rares avantages du métier. Je sors la raclette et nettoie rapidement les vitres, mais elles sont aussitôt recouvertes de flocons. Je m'installe au volant, démarre le moteur et monte le chauffage à fond. En attendant que l'habitacle se réchauffe, j'envoie un SMS à Benton pour l'informer que je me mets en route. Il me répond aussitôt. Il est rentré à la maison et me prie de rouler doucement. Il y a une alerte verglas et déjà plein d'accidents.

```
Mieux vaut que Dorothy ne prenne pas le
volant. Qu'elle reste à l'abri chez elle.
```

J'ai un peu honte, mais je n'ai aucune envie de l'avoir à la maison.

```
Elle est ici depuis un moment déjà.
```

Faux espoir ! Ma sœur a bien calculé son coup !

```
Bon. Dans ce cas, qu'elle appelle Marino
pour lui dire qu'il est aussi invité. Il
est parti récupérer son pick-up.
```

Il viendra à la maison, et tout le monde restera dormir. J'aurais aimé être seule avec mon mari, mais c'est raté pour ce soir. Le pare-brise se couvre de buée, je lance le dégivrage et attends. Je veux faire redescendre l'adrénaline avant de discuter avec Fruge de cette autre affaire. Et paraître sereine quand je rentrerai chez moi.

Il ne faut pas qu'on voie que je suis ébranlée par ce que je viens d'apprendre. Carrie Grethen n'était plus un sujet à la maison – ni sur la planète, croyais-je. Nous ne parlions plus d'elle. Elle appartenait au passé. Je ne pensais pas qu'elle pouvait être derrière telle ou telle horreur. Ni au mal qu'elle pouvait encore causer. Mon téléphone sonne dans les haut-parleurs de la voiture. C'est Fruge.

— Vous êtes prête ? Un souci ?

C'est comme si elle toquait au carreau pour me presser.

— Tout va bien. Je pars.

Je regarde dans mes rétroviseurs et quitte ma place en marche arrière.

Je traverse lentement le parking. Fruge me suit dans son Ford Interceptor. Elle donne un coup de sirène pour attirer l'attention du Tahoe noir qui arrive. C'est Lucy et Tron qui viennent chercher Marino. Elles me font un appel de phares. Quelques instants plus tard, je suis sur West Braddock Road. Tout le monde a baissé les rideaux, sauf le supermarché Safeway, où des clients inquiets viennent faire des réserves. Mon téléphone sonne de nouveau. C'est encore Fruge.

— Qu'est-ce qui vous chiffonne ? lui dis-je. Je vais essayer de vous répondre au mieux, à condition que vous et moi restions concentrées sur la route.

— Cette dentiste, Nan Romero. Je pense qu'elle a été assassinée.

— Belle entrée en matière !

— Elle ne s'est pas suicidée. Ça ne tient pas debout. Bien sûr, elle n'a pas été ficelée au fauteuil et contrainte à inhaler du protoxyde d'azote. (La voix de Fruge résonne dans l'habitacle.) Si quelqu'un veut vous faire ça, vous allez résister, non ? Vous battre comme une lionne. Moi, c'est ce que je ferais. En même temps, elle ne s'est pas enroulé toute seule ce scotch sur tout le bas de son visage. Bref tout est bizarre.

— Comme vous le savez, je ne suis pas venue sur les lieux et je n'ai pas pratiqué l'autopsie. Il faut voir ça avec le Dr Schlaefer.

Je surveille la route, les flocons se font plus petits, signe que la température continue de chuter. Je veille à garder une grande distance entre moi et la voiture qui me précède. Heureusement, il n'y a pas beaucoup de circulation. Mes phares éclairent des nappes de brouillard givrant.

— J'ai vu le corps quand on l'a livré et j'ai remarqué le ruban adhésif, reprends-je. (Les lumières qui se reflètent sur tout ce blanc me font larmoyer.) Je suis d'accord que c'est curieux, mais les gens font des choses surprenantes quand ils sont déterminés à ne pas se rater. Ils s'attachent les mains dans le dos au moment de se pendre, enfilent des vêtements très lourds et s'emplissent les poches de pierres pour couler plus vite.

— Il se trouve que j'ai découvert quelque chose, quelque chose d'important. Comme vous le savez, je suis passée voir Faye Hanaday tout à l'heure.

— Oui, elle me l'a dit.

Du revers de ma manche, j'essuie la vitre de ma portière.

— Elle m'a montré les balles qui proviennent de l'AR-15 des deux ex-détenus. Je sais que c'est la même arme qui a blessé Lucy au cou et qui a servi à attaquer les postes électriques.

— Oui, c'est ce que m'a expliqué Faye.

— Il y a une convergence inquiétante des faits, vous ne trouvez pas ?

— C'est vrai.

— Il semble que tout soit lié.

— Je me suis posé cette même question.

Je regarde dans mon rétroviseur. Son SUV est près du mien afin que personne ne puisse s'intercaler entre nous.

— Et d'un coup, le FBI est entré en scène. Avec Patty Mullet en vedette. Vous voyez le topo ?

— Très bien.

— Donc, je n'ai plus mon mot à dire, explique Fruge. Et ne comptez pas sur Mullet pour jouer franc jeu avec vous, docteur Scarpetta.

— Je ne me fais aucune illusion.

— Je suis certaine qu'elle en veut à Lucy.

Les phares de Fruge m'éblouissent.

— Qu'est-ce que Patty Mullet vous a dit ?

— C'est une langue de vipère ; je ne vous apprends rien. Mais cette fois, c'est pire que d'habitude. Elle laisse entendre que Lucy a changé de camp.

— Vu son comportement, c'est plutôt Patty Mullet qui est passée à l'ennemi, réponds-je en tâchant de garder mon calme.

— Quand elle m'a dit ça au téléphone, je me suis demandé si elle avait toute sa tête. Elle fait carrément n'importe quoi.

— Je suis d'accord.

Je ralentis pour prendre à droite sur King Street que nous allons suivre jusqu'au fleuve. Et après, je serai presque arrivée.

— Ça sent le gros merdier à plein nez, annonce Fruge tandis que je règle le dégivrage et que les essuie-glaces raclent le pare-brise avec un bruit de caoutchouc. Les Manson à Buckingham Run, les deux Bozos dans votre chambre froide et la dentiste qui s'est soi-disant suicidée. Tout est connecté à La République. À du terrorisme intérieur. Et c'est grave flippant.

Le lycée d'Alexandria est éteint, Chinquapin Park et les jardins sont recouverts d'un tapis blanc. D'après ce qui s'est amassé sur les branches et les boîtes aux lettres, la couche de neige doit avoisiner les dix centimètres. Je veille à ne pas dépasser les trente kilomètres à l'heure car je sens les plaques de verglas craquer sous mes roues.

— J'ai l'impression qu'un gros coup se prépare, et personne ne nous dit rien, grommelle Fruge.

— C'est sans doute le cas. Et comment s'inscrit Nan Romero dans le tableau ? Je ne vois pas le rapport avec La République.

— J'ai découvert qu'elle était la dentiste de Huck et Brittany. C'est pour ça que je voulais vous parler en privé.

— C'est un sacré lien ! (D'un coup, ma voiture chasse un peu.) Ils sont carrément proches ! On est loin de la théorie des six poignées de mains !

— Ils étaient ses patients depuis huit ans.

— C'est pour cette raison que le FBI s'intéresse soudain à cette affaire ? À cause de la connexion avec les Manson ?

Ma voiture dérape de nouveau.

— C'est moi qui ai découvert ce lien, et Mullet a juste déclaré : *Merci bien, au revoir, maintenant on reprend l'enquête*. On n'a plus besoin de mes services, même si ce dossier est sous la juridiction de la police d'Alexandria.

Je sens mes pneus glisser une nouvelle fois.

J'appuie doucement sur les freins pour ralentir, les essuie-glaces vont et viennent comme deux balanciers de métronomes. Une camionnette, warnings allumés, est stationnée sur le bas-côté. Elle n'est pas là depuis longtemps car son pare-brise est quasiment exempt de neige. Je ne vois pas le conducteur.

— J'ai passé en revue l'agenda de Nan Romero, poursuit Fruge. Visiblement, Brittany et Huck ne sont pas venus au cabinet depuis le printemps dernier ; c'était alors pour un détartrage de routine.

— Je reconnais que c'est intéressant. En tout cas, c'est la preuve qu'ils se connaissaient. Vous supposez donc que les Manson sont mêlés à la mort de leur dentiste, même indirectement. Très bien. Reste à savoir pourquoi. Quel était le mobile selon vous ?

— Peut-être que Nan Romero en savait trop sur eux, ou sur leurs activités ? suggère Fruge. C'était un bon moyen de se débarrasser du problème. Faire croire à un suicide. Et elle n'a pas laissé de lettres. Du moins on n'en a retrouvé aucune.

— Cela ne signifie pas grand-chose. Des tas de gens se tuent sans laisser un mot d'explication, réponds-je, alors que j'arrive en vue de la grande entrée de l'Ivy Hill Cemetery sur ma gauche.

Derrière la neige qui tombe dru, je remarque un étrange nuage noir flottant au-dessus de ma voie, une forme qui ondule... et qui fonce sur moi !

— Qu'est-ce que... ?

Le nuage m'enveloppe, explose en millions de pixels gris charbon. On dirait une nuée d'énormes insectes, bardés de pattes noires qui martèlent mon pare-brise, occultant entièrement mon champ de vision. J'augmente la vitesse des essuie-glaces mais cela ne sert à rien.

Soudain, je heurte quelque chose, l'airbag se déclenche, et je reçois un direct au visage comme si j'avais été frappée par un gros gant de boxe.

33

Le silence. Mes phares, derrière le rideau de neige, éclairent les magnifiques caveaux, les arbres centenaires. J'ai traversé le trottoir et heurté la stèle de granit à l'entrée du cimetière. De la vapeur monte de mon capot tordu. Sonnée, je ne bouge pas et tente d'évaluer mes blessures.

Lentement, je bouge les bras et les jambes. Tout va bien de ce côté-là. Je détache ma ceinture de sécurité, palpe mon visage. Rien ne semble cassé, ou enfoncé, mais ma mâchoire et ma joue me font un mal de chien, comme si on y avait passé du papier de verre. Mes poignets et la paume de mes mains me brûlent.

— Docteur ! (C'est la voix de Fruge, dans les haut-parleurs.) Ça va ?

— Je crois, oui.

— J'appelle une ambulance ?

— Surtout pas !

Je masse ma nuque endolorie en cherchant du regard mon téléphone. Il est par terre, au pied du siège côté passager. Encore étourdie, je l'attrape maladroitement. L'airbag pend du volant comme un oreiller blanc. Et je perçois l'odeur de l'explosif qui a déclenché son déploiement. Il y a des résidus de poudre sur la console et mes vêtements.

J'ai été frappée de plein fouet sur le côté gauche du visage qui à présent chauffe et pulse. Je saigne du nez. Le sang goutte sur ma veste, mon pantalon. J'ouvre la boîte à gants et saisis une poignée de serviettes en papier.

— Je me gare, annonce la voix de Fruge alors que j'allume mes warnings. Vous ne voulez vraiment pas que j'appelle une ambulance ?

Le faisceau de ses phares balaie l'habitacle, la neige crisse sous ses gros pneus.

— Non. Et n'appelez personne. Ce n'est pas nécessaire.

Je me regarde dans le rétroviseur, nettoie le sang, et pince mon nez. Ma joue commence à enfler, la peau est à vif. Les airbags sauvent des vies, mais peuvent faire des dégâts – côtes fracturées, cécité, lésions cérébrales. Je m'en suis bien tirée.

J'enfonce un bout de Kleenex dans ma narine gauche et sors de la voiture. L'air froid, les flocons de neige apaisent le feu à mon visage. Je me déplace sans souci. J'ai un bon équilibre. Aucun vertige.

— Vous avez roulé sur une plaque de verglas ? me demande Fruge en s'approchant de moi.

— Apparemment... quand j'ai freiné. Je ne pouvais plus rien voir.

J'observe les dégâts sur ma voiture et tente de comprendre ce qu'il s'est passé. L'avant gauche de mon petit SUV est écrasé, le phare réduit en miettes, le pneu gauche à plat. Ma Subaru de fonction va devoir être emmenée au garage sur une dépanneuse. Il va y avoir un tas de paperasses à remplir, et je vais devoir mentir par omission. Je ne veux pas mettre par écrit qu'un nuage bizarre m'a fait sortir de la route.

Il s'agissait d'une attaque. Je sais qui se trouve derrière. Mais je ne peux pas révéler ça dans des formulaires administratifs. Le but était sans doute de faire des victimes. J'aurais pu heurter un véhicule venant en sens inverse. Ou alors, c'était une manœuvre d'intimidation. Pour l'instant, je ne sais pas à quoi j'ai eu affaire et n'ai aucune preuve. Si je raconte ça, je vais passer pour une folle ou une fabulatrice.

— La vache ! lâche Fruge en examinant mon visage à la lueur des réverbères. (À quelques centimètres près, nos lèvres se toucheraient. Je sens sur son haleine une odeur d'oignons et de bonbons à la menthe.) Ça doit vous brûler un max. J'ai eu un accident une fois et l'airbag m'a cassé le nez. Mais le vôtre m'a l'air indemne.

— Oui. Je le pense aussi.

Je m'écarte pour retourner dans mon SUV. Je récupère une lampe de poche dans mon porte-documents.

Je me dirige vers la route, la neige crisse sous mes pieds. Le froid pénètre mes vêtements, j'ai les oreilles et le bout des doigts gelés. Les voitures passent lentement, tout le monde nous regarde. Lorsqu'il n'y a plus de véhicules en vue, je remonte les traces de pneus, en prenant des photos avec mon téléphone. Les flashs m'aveuglent. Fruge me suit à distance.

— Vous cherchez quoi ? demande-t-elle.

— Je ne sais pas. Un reste de ce qui a occulté mon pare-brise. C'était comme un nuage.

Je scrute la chaussée avec ma lampe.

— Vous êtes sûre que quelque chose de ce genre s'est produit ? insiste-t-elle avec précaution, craignant de montrer qu'elle doute de mon histoire.

— Oui, absolument. Aussi bizarre que ça puisse paraître. Le pare-brise a été recouvert d'un coup par des choses qui volaient. Mais je ne vois aucune trace…, dis-je en explorant la neige avec mon faisceau.

Et enfin, je l'aperçois : une minuscule caméra avec son stabilisateur !

Je me baisse, écarte la neige sans toucher au dispositif. Il n'est pas plus gros qu'un dé à coudre. Il y a deux fils arrachés, et il est à peine visible sur le bord de la route. J'étais à peu près à cet endroit quand j'ai augmenté la vitesse des essuie-glaces.

— Dites donc, vous avez l'œil ! Qu'est-ce que c'est ? Dans peu de temps, il aurait été totalement enfoui sous la neige.

— Il n'est là que depuis une ou deux minutes. Il me faut des gants et une boîte à échantillon pour qu'on puisse l'examiner plus tard. Maintenant, on sait ce qui volait dans le brouillard comme une nuée d'étourneaux.

— C'est un petit bidule électronique. Il a pu se détacher d'une voiture, non ? avance Fruge, un peu perdue.

— Ça m'étonnerait, réponds-je. Je ne suis pas experte en drones, mais j'ai vu beaucoup de ces microcaméras avec ce type de support. C'est ça qui m'a attaquée. J'en suis certaine.

— Comment c'est possible ?

Fruge lève la tête et contemple la neige qui tombe.

— Je sais ce que j'ai vu.

— Vous voulez que je récupère ce truc comme indice pour l'accident ? insiste Fruge comme si c'était une idée farfelue. Parce que, personnellement, je ne vois pas le lien. Et pour tout dire, personne ne va vous croire, docteur Scarpetta.

— Non, je m'en charge, réponds-je pendant qu'elle ouvre le hayon de son SUV. Lucy travaille tout le temps avec des drones. Je vais lui demander d'y jeter un coup d'œil.

Fruge me tend de quoi prélever l'objet. J'enfile les gants et un masque chirurgical. La petite boîte en carton me rappelle l'abri de fortune que Marino a confectionné pour le grillon. Je glisse à l'intérieur la caméra et son stabilisateur et fourre le tout dans la poche de ma veste déjà blanche de neige.

— C'est le reste d'un petit drone, et il y en avait beaucoup, expliqué-je à Fruge qui me regarde d'un drôle d'air, avec ses cheveux et ses cils parsemés de flocons.

— Vous êtes sérieuse ? (Elle observe à nouveau les tourbillons de neige.) Des drones, volant par ce temps ?

— Oui. Un essaim. D'un coup, il a surgi devant moi. Dieu merci, mon pare-brise m'a protégée. Sinon, ça aurait pu être terrible.

Je pense aux oreilles déchiquetées de Carrie, son visage balafré. Je me souviens aussi du goût métallique de son sang qui avait giclé sur moi quand le drone qu'elle pilotait lui était tombé sur la tête.

— Je sais que vous avez affaire à toutes sortes de bizarreries à la commission Apocalypse. Sans compter les horreurs que vous voyez dans le cadre de votre travail, reprend Fruge en m'accompagnant à ma voiture.

Mais dans la vraie vie, qui pourrait concevoir quelque chose comme ça ? Qui en aurait les moyens ?

— Pas le péquin moyen, c'est sûr.

Évidemment, je ne peux pas lui parler de Carrie et de son groupe de terroristes.

— Je ne suis même pas certaine que ce soit possible techniquement de faire voler ces engins quand il neige, poursuit Fruge.

— Les pales doivent avoir un système de dégivrage comme sur certains hélicoptères high-tech. Et vous avez raison, un drone classique ne pourrait pas supporter ces conditions météo. (J'ouvre le hayon de ma Subaru.) Mais ce qui vient de se passer n'est pas classique. Toute cette journée a été hors-norme. (Je sors ma caisse de terrain.) Reste une question : d'où est parti cet essaim de mini-drones ? Parce qu'à mon avis la personne qui l'a lancé n'était pas loin.

Je lui parle de la camionnette blanche qui était garée sur le bas-côté avec ses warnings. Elle se trouve à moins d'un kilomètre d'ici ; quelqu'un devrait y jeter un coup d'œil.

— Sauf qu'à l'heure qu'il est, elle doit être déjà loin d'ici, ajouté-je.

J'ouvre la console centrale, récupère mes télécommandes, celle de chez moi et de l'IML, et les range avec la boîte dans mon porte-documents.

— J'ai eu l'impression qu'il n'y avait personne à l'intérieur. Vous pensez que cet essaim de drones a pu décoller de ce véhicule ?

— C'est une possibilité.

*

Je ramasse également d'autres objets que je ne veux pas voir dérobés pendant que la voiture sera au garage. J'éteins les feux de détresse pour économiser la batterie. D'ailleurs, pourquoi le conducteur de la camionnette a-t-il laissé les siens allumés ? Un oubli ? Ou se trouvait-il juste à côté ? Je l'imagine tapi derrière le véhicule en attendant que je passe.

J'emprunte toujours King Street pour rentrer à la maison. Ce n'est pas très difficile à savoir. Lucy insiste pour que je varie mes trajets, mais la plupart du temps cela m'est impossible. Souvent, je n'y pense même pas. À cette simple idée, les bras m'en tombent. Un soir comme ça, je n'ai aucune envie de passer par de petites routes et des ruelles conçues à l'origine pour des carrioles à chevaux.

Je verrouille ma Subaru et remets les clés à Fruge. Elle en aura besoin plus tard pour le dépanneur. Les papiers du véhicule sont dans la console centrale, lui dis-je. Je grimpe dans son Ford Interceptor tout noir avec son gros pare-buffle. Je dirige les buses d'air vers le haut. Leur souffle chaud est comme de l'acide sur ma joue meurtrie.

— C'est une chance que vous me suiviez, Blaise. Merci d'avoir insisté.

Je penche la tête en arrière, ça ne saigne presque plus.

— Avant de bouger d'ici, je veux savoir comment vous vous sentez, docteur Scarpetta. Et pas de mensonges. (Ses gyrophares éclairent son visage par intermittence. Elle me regarde avec intensité.) Si ça ne va pas, il est temps de me le dire. Pas question de vous raccompagner chez vous s'il vaut mieux aller aux urgences. Et je sais que M. Wesley serait d'accord avec moi.

Fruge nous appelle rarement par nos prénoms.

— Je lui raconterai ce qui s'est passé. Tout va bien, réponds-je. Je n'ai pas besoin d'aller à l'hôpital. Et je suis désolée de vous causer tous ces tracas.

J'entends déjà Marino : *Je te l'avais bien dit !* Il ne voulait pas que je conduise ce soir ; maintenant j'ai le visage comme une citrouille, et la voiture est HS. Finalement, je fais le voyage avec Fruge, comme il le voulait ! Marino va devoir jouer les chauffeurs quelque temps. Il faudra des semaines avant que ma Subaru sorte de réparation, et je n'ose imaginer le véhicule que va me prêter l'État de Virginie en attendant.

— Ça me fait plaisir de me rendre utile.

Fruge est contente, mais pas moi. J'ai le visage en feu ; ainsi que le bas des mains et la face interne de mes poignets. J'ai mal à la tête et je me pose des questions. Étais-je trop fatiguée ? Était-ce une hallucination ? Non, c'était réel, et Carrie Grethen revient dans mes pensées. Je revois son sourire torve, son regard fou. Elle attend son heure depuis sept ans, peut-être depuis plus longtemps encore. Je ne sais pas ce qu'elle a en tête. Mais ce n'est que le début.

— Ici voiture 73, annonce Fruge à la radio. Véhicule accidenté, demande deux unités au Ivy Hill Cemetery pendant que je quitte le cimetière avec une personne.

— 73, le 10-20 est bien à l'Ivy Hill Cemetery ? Confirmez.

— 10-4.

— La personne en question est morte ? demande le standard avec le plus grand sérieux.

— 10-10, répond Fruge, et sur la fréquence, les autres flics hilares se mettent à faire cliqueter leur micro. La personne ne vient pas du cimetière, continue Fruge qui s'enfonce de plus en plus. Ce n'est pas comme si on l'avait déterrée et qu'on allait l'enterrer ailleurs. L'accident a eu lieu juste à l'entrée. Elle a heurté la stèle de granit.

Ses explications déclenchent un nouveau concert de clics.

J'entrevois un peu mieux son quotidien. Blaise Fruge est une jeune inspectrice, et ses collègues ne lui font pas de cadeaux. Mais, derrière, plane l'ombre de sa mère toxicologue. La notoriété de Greta Fruge est une malédiction.

Blaise Fruge a cherché un emploi au plus loin de Richmond, sans quitter la Virginie. Elle s'est engagée dans la police d'Alexandria, une ville où elle n'a ni famille ni amis. Mais on l'accuse quand même de favoritisme. On dit que Doc Toxico aurait fait pression pour que sa fille ait le poste.

— ... et il y a aussi une camionnette blanche garée sur King Street à six ou sept cents mètres au nord de ma position, poursuit Fruge, s'efforçant de rester imperturbable. (Mais je vois bien qu'elle est blessée par les cliquetis goguenards des autres patrouilles.) Ses feux de détresse étaient allumés quand je suis passée. Il faudrait aller jeter un coup d'œil.

— 10-4, 73, répond le standard.

— Vous avez pu voir la plaque d'immatriculation de la camionnette ? m'enquiers-je quand elle a raccroché son microphone.

— Non, mais la dashcam oui. Pour visionner les images, il faut que je récupère la carte mémoire et que je la télécharge sur mon ordinateur. C'est fastidieux. Je m'en occuperai quand on sera arrivées chez vous. Et je vous rappelle qu'on n'a aucun indice prouvant que ce véhicule est lié d'une manière ou d'une autre à cette attaque de drones. Mais je vérifierai quand même.

34

Fruge attend qu'un groupe de voitures soit passé puis sort en marche arrière de l'entrée du cimetière. Nos traces de pneus précédentes sont déjà recouvertes par la neige. Tandis que nous nous éloignons sur King Street, j'entends dans la radio les sirènes de police. Des agents arrivent dans le secteur, pour examiner la camionnette et ma voiture accidentée.

Dieu merci nous sommes déjà parties, je ne les verrai donc pas. Je n'ai aucune envie de répondre à leurs questions. Surtout avec la tête que j'ai. J'ai mal géré la situation. J'ai quatre roues motrices et je savais qu'il y avait du verglas. Je n'aurais pas dû laisser ces drones m'envoyer dans le décor.

— Vous êtes sûre que vous ne voulez pas aller à l'hôpital ?

Et voilà Fruge qui recommence ! Parfois, elle me rappelle Marino. Elle peut être aussi insistante et agaçante que lui.

— L'airbag m'a heurté le côté gauche du visage, la joue, la mâchoire et aussi l'intérieur des avant-bras et la zone carpienne parce que je tenais le volant, lui répété-je. Il n'y a rien de grave. Je suis juste brûlée à cause de la friction quand le ballon s'est gonflé.

Je vais avoir des rougeurs et un beau bleu. Rien de plus.

— Et vous ne vous êtes pas évanouie ? Ou endormie, ne serait-ce qu'un court instant ? Cela expliquerait pourquoi vous avez perdu le contrôle du véhicule ?

— Non.

— Vous dites que le pare-brise a paru soudain tout noir... c'est peut-être vous qui n'avez plus rien vu pendant un moment ? La confusion est possible.

— Ce n'est pas une impression, Blaise. J'en suis sûre. Le pare-brise est devenu totalement opaque. Et j'ai l'esprit très clair.

— Vous ne voyez pas double ? Aucun trouble visuel ?

— Non.

— Je ne sais plus si je vous l'ai dit, mais avant d'entrer dans la police j'ai travaillé avec une équipe de secouristes durant un été.

— Oui, vous me l'avez dit.

— Avant que l'airbag ne se déclenche, vous avez vu des drones foncer sur vous, vous êtes catégorique ? insiste-t-elle. Ce n'était pas les conditions idéales pour conduire. Et épuisée comme vous l'êtes... vos yeux vous ont peut-être joué des tours ?

— Je me suis posé la même question un moment. Mais je sais ce que j'ai vu.

J'envoie un SMS à Benton pour lui annoncer que j'ai eu un petit souci sur la route. Je vais bien. Je rentre bientôt et lui raconterai tout ça.

Il me répond aussitôt :

```
Tu es avec Fruge ?
```

Elle me raccompagne. La voiture est bousillée et il va falloir appeler une dépanneuse.

C'est bien qu'elle s'occupe de toi. Remercie-la de ma part.

Je transmets aussitôt le message à Fruge.

— Il vous considère comme une amie, poursuis-je. Et moi aussi.

— Merci. Cela me touche. (Elle plisse les yeux, éblouie par les feux arrière des véhicules devant nous.) On doit se serrer les coudes, pas vrai ? Tous les trois, on se connaît depuis toujours, ajoute-t-elle.

Elle répète souvent ça, mais ce n'est pas vrai. Je n'ai fait la connaissance de Blaise qu'à mon retour en Virginie. Visiblement, sa version de l'histoire est différente. Elle a l'impression de faire partie de mon monde depuis sa plus tendre enfance. Quand elle évoque cette époque, je n'ai pas le courage de lui répondre que je n'avais quasiment jamais entendu parler d'elle. Au début de ma carrière, quand Greta Fruge et moi travaillions ensemble, elle était tellement occupée par sa propre personne qu'elle faisait rarement allusion à sa fille.

Blaise a attiré mon attention parce qu'elle avait surveillé notre maison à Old Town plusieurs mois avant que nous y emménagions. Depuis notre arrivée, de sa propre initiative, elle endosse un rôle étrange – entre ange gardien et vieille amie. Elle était passée nous souhaiter la bienvenue en personne. Aujourd'hui encore, on tombe souvent sur elle quand on se promène dans le quartier, et elle vient régulièrement dîner à la maison.

— Qu'est-ce qui vous fait dire que Nan Romero a été assassinée ? insisté-je en ôtant de ma narine mon morceau de Kleenex. (Ça ne saigne plus.) Parce qu'elle était la dentiste des Manson ?

— J'ai quelques bons indices en ce sens, affirme Fruge. D'abord, le carnet de rendez-vous. Le dernier client avant-hier soir était programmé à 16 heures. D'après mes renseignements, elle n'en prenait jamais au-delà.

À 17 h 30, il n'y avait plus personne, ni patient ni personnel, m'explique-t-elle. La dentiste était seule et elle aurait, dit-on, décidé de mettre fin à ses jours au cabinet, avec le protoxyde d'azote.

— C'est la version officielle : elle attend que tout le monde soit parti et ferme la porte.

— Cela corrobore la thèse du suicide, réponds-je. Ou juste qu'elle était addict au protoxyde.

— Mais pourquoi s'enrouler ce ruban adhésif sur la bouche ?

— On ne sait rien de ses habitudes. Peut-être était-elle accro ? Auquel cas, on ignore comment elle s'administrait le gaz. Mais je suis d'accord, c'est plutôt saugrenu. La porte du cabinet était fermée à clé quand le personnel est revenu le lendemain matin ?

— La réceptionniste est arrivée la première et elle a ouvert avec sa clé, comme d'habitude. Elle ne peut pas affirmer que la porte était verrouillée, mais elle le suppose.

— Il y a un système d'alarme ?

— Oui. Curieusement, il n'était pas branché. Mais tout était normal, selon l'employée, hormis les affaires de Nan Romero qui étaient toujours là – et pour cause ! (Fruge roule doucement. Quelques rares voitures nous croisent. Leurs phares sont aveuglants avec toute cette neige.) Elle a retrouvé sa patronne dans la salle d'examen, morte dans le fauteuil.

Apparemment Nan Romero aurait ouvert la bouteille de protoxyde d'azote, introduit le tuyau dans sa bouche et l'aurait fixé ensuite avec du ruban adhésif de masquage.

— Personne au cabinet n'a jamais vu ce machin bleu de peintre. Soit c'est Nan Romero qui l'a apporté, soit c'est quelqu'un d'autre. Sauf qu'il y a une vidéo qui atteste plutôt la seconde hypothèse. Et c'est de ça dont je voulais vous parler, docteur Scarpetta.

Fruge me révèle qu'une caméra de surveillance de l'immeuble a filmé une silhouette vêtue de noir ouvrant la porte arrière du bâtiment à 18 h 30 avant-hier soir. Cette personne portait un masque chirurgical sombre, des lunettes de soleil, et une casquette de baseball. Sur les images, on voit cette même personne ressortir par le même chemin une heure et demie plus tard.

— D'après le Dr Schlaefer, quand il est venu sur les lieux hier matin, le décès remontait à dix ou douze heures, continue Fruge. Ce qui confirme qu'elle est morte quand le cabinet était désert, n'est-ce pas ?

— Oui. Apparemment.

— À ce que j'ai cru comprendre, il n'y a aucune trace de lutte ou de coups sur elle. Aucun acte de torture. Et Dieu sait qu'il y a de quoi faire dans un cabinet de dentiste ! Avec tous ces instruments et ces roulettes. Je sais que ça peut paraître bizarre, mais elle semble être morte paisiblement.

— J'ai lu le rapport de Doug et ai jeté un coup d'œil au corps en salle d'autopsie. Je n'ai effectivement pas vu de marques ni d'ecchymoses. Et Doug n'en parle pas. Je suis d'accord avec vous. Il n'y a pas eu de violences physiques.

— Et rien sur la scène ne le laisse penser, dit-elle. Mais je vais dire aux gens des labos d'ouvrir l'œil ; il est possible que Nan Romero n'ait pas été toute seule au moment de sa mort.

*

Fruge passe avec précaution sous les voies du métro aérien. Deux rames rouges et argentées sont à l'arrêt, tous feux éteints. Le parking est plus clairsemé que d'habitude. Dans le ciel, je ne vois aucun avion en provenance ou à destination des aéroports de Washington. Le mauvais temps met à l'arrêt toutes les activités, la neige recouvre le monde.

— Et côté vie privée ? Qu'est-ce qu'on sait sur cette dentiste ?

— Je fréquente un bar LGBT à Washington, le *They's*. Lucy y va de temps en temps. Je ne sais pas si je vous l'ai dit. Il y a deux mois, j'y ai aperçu Nan Romero. Elle était assise à une table dans un coin, avec une femme que je ne connais pas. Elle avait un fort accent. Elles buvaient des shots de vodka, ou un truc du genre.

— Vous avez reconnu la dentiste ? Vous la connaissiez donc ?

— Pour des fausses alertes. Quand j'étais encore simple flic, je devais me rendre à son cabinet deux ou trois fois par mois. Son système d'alarme faisait des siennes. Elle était super gentille quand on arrivait et s'excusait platement de nous avoir dérangés.

— Mais elle ne s'est jamais plainte d'être harcelée ? Un patient qui aurait posé des problèmes ? lui demandé-je alors que les boutiques et les restaurants deviennent plus nombreux à mesure que nous nous rapprochons du fleuve.

— Pas à ma connaissance.

Ils sont tous fermés, à l'exception du Starbucks. Et il n'y a pas grand monde à l'intérieur. Les quelques clients regardent tous la neige tomber. Les réverbères de King Street forment un halo dans la brume, les drapeaux aux façades sont comme statufiés, et nappés de blanc.

— Pour moi, il s'agit d'un homicide, et je voulais que vous le sachiez, reprend Fruge. Mais j'ignore comment on a pu forcer la victime à coopérer. Lui mettre un tuyau dans la bouche, c'était quand même pas gagné.

— Parlez-moi d'hier matin... C'est donc la réceptionniste qui a trouvé le corps.

— Exact.

Il était 7 h 45. Nan Romero gisait dans le fauteuil dentaire. Deux agents étaient arrivés quelques minutes avant l'inspectrice Fruge. Doug Schlaefer est entré en scène vers 8 h 30.

— J'étais avec lui quand il a examiné les bouteilles de gaz vides. Il a demandé à quelqu'un du cabinet ce qu'il y avait dedans exactement.

— Le mélange normal est 50/50 de protoxyde d'azote et d'oxygène, réponds-je. Encore une fois, on ne peut pas savoir ce qui a tué Romero tant qu'on n'a pas l'analyse toxico.

Le feu devant nous passe à l'orange. La neige est de plus en plus épaisse et gelée. Fruge s'arrête et fait défiler les photos sur son téléphone. Elle me montre les clichés de Nan Romero dans son fauteuil de dentiste. Ses mains sont posées sur son ventre, la tête légèrement tournée sur le côté, comme si elle dormait. Le bas de son visage est ceint d'adhésif bleu, et le tuyau d'arrivée du gaz est glissé entre ses lèvres desséchées.

Les bouteilles se trouvaient à côté du fauteuil. Je n'étais pas présente quand Doug a retiré le ruban adhésif à la morgue. J'étais occupée ailleurs et je n'ai pas eu le temps d'étudier l'affaire. C'est la première fois que je vois une photographie du tuyau.

— Je ne vois aucun embout, ni masque nasal ou buccal. Le tuyau paraît avoir été enfoncé tel quel dans la bouche, dis-je.

— C'est le cas.

— C'est curieux, non ? À se demander si la personne qui a fait ça n'était pas un total néophyte en la matière.

— J'ai pensé la même chose et je l'ai indiqué au Dr Schlaefer. Mais cela ne prouve rien. D'après lui, il n'est pas utile de brancher quelque chose au tuyau pour que ça fonctionne. Et même que le débit de gaz serait meilleur ainsi.

— Par expérience, je sais que les habitudes ont la vie dure. C'est bizarre que Nan Romero n'ait pas suivi la même procédure qu'avec ses patients. Et, à moins que l'appareil ne soit très ancien, il devait y avoir une sécurité pour empêcher de faire ce genre de choses.

— Les manomètres étaient réglés pour délivrer du protoxyde uniquement.

— Soit elle a opté pour le gaz pur dès le départ, soit quelqu'un a bidouillé les valves. Sans ajout d'oxygène, elle a étouffé rapidement.

— Reste à savoir qui est cette personne en habit noir, et ce qu'elle faisait là.

— Qu'est-ce que vous avez comme infos sur cet individu ?

— Pas grand-chose. Combi noire, comme un Ninja. Mince mais musclé. J'ai l'impression qu'il était jeune, qu'il était malade ou sortait de maladie. On l'entend respirer avec difficulté et tousser quand il s'approche du bâtiment.

— Rien ne nous dit qu'il s'agit d'un homme.

— C'est vrai. On n'est sûr de rien, lâche-t-elle tandis que le feu passe au vert.

Les essuie-glaces vont et viennent sur le pare-brise en bourdonnant.

— On sait où il est allé après être entré dans le bâtiment ? Il avait une clé de la porte arrière, et ce n'est pas anodin.

— Le cabinet de Romero est au rez-de-chaussée, au fond du couloir, juste en face de la sortie de secours. Il n'y a pas de caméra à cet endroit.

— Je comprends pourquoi vous avez des doutes, lui répété-je.

— Que faisait-il là alors qu'il n'y avait plus personne ? Où est-il allé ? Chez Romero ?

— Peut-être qu'il faisait partie de ses connaissances ? avancé-je. Peut-être que Romero attendait cette personne ? Mais tant que vous ne connaissez pas son identité, ni la raison de sa présence, on ne peut rien prouver.

— J'ai récupéré des tas d'échantillons dans la salle d'examen. On trouvera peut-être quelque chose.

— La meilleure piste, c'est ce ruban adhésif, lui dis-je, alors que nous approchons de la maison.

Les travaux de rénovation n'en finissent pas. Quand nous avons emménagé à Old Town voilà trois ans, les grilles en fer forgé étaient délabrées, il en manquait des pans entiers. Le jardin était devenu une jungle impénétrable. Il m'a fallu un été entier pour débroussailler, et j'y ai découvert des trésors, dont un cadran solaire du XVIIIe siècle et une statue en marbre, représentant une femme jouant de la harpe.

Nous avons remplacé les chapeaux des cheminées, repeint les volets et les portes en bleu nuit, et continuons de tout restaurer pour rendre à la demeure sa splendeur d'antan. Nos lampes anciennes forment de petits halos troubles à travers la neige. Personne n'a emprunté l'allée récemment. Le tapis blanc immaculé sinue entre les arbres givrés. Cela me rappelle les décorations des gâteaux de Faye. Je plonge la main dans mon porte-documents pour sortir la télécommande du portail.

Les vantaux coulissent sur leurs rails. Le moindre détail de notre arrivée est filmé et scruté par le logiciel de Lucy. Les caméras infrarouges lisent nos plaques d'immatriculation et autres données à la vitesse de la lumière. Des microphones invisibles enregistrent tous les sons, un algorithme identifie le type de véhicule et les occupants à bord. Des antennes dissimulées captent tous les signaux électromagnétiques qui sont aussitôt analysés et l'IA envoie toutes les informations sur les lunettes connectées de Lucy.

En l'espace d'un instant, elle sait que Fruge est au portail et que je suis avec elle. Nous remontons l'allée. La couche de neige est si épaisse que je ne sens pas les bosses des pavés sous les roues. Les réverbères chapeautés de blanc ont bien du mal à repousser l'obscurité. Les lanternes, avec leurs rectangles de verre biseautés, sont assaillies par des nuées tourbillonnantes de flocons. La petite maison où habite Lucy est juste devant nous. Quand les volets sont descendus, on ne peut savoir s'il y a quelqu'un. Bien sûr, je sais qu'elle n'est pas là.

Elle et Tron sont parties raccompagner Marino à son pick-up. Alors que le faisceau de nos phares balaie la façade, je remarque des empreintes de pas dans la neige. Elles mènent au perron de Lucy. Benton doit être à l'intérieur, ou Dorothy. Je cherche les traces du chat, mais je n'en vois aucune. Je préviens Fruge :

— Comme vous le savez, il faut ouvrir l'œil ici. Je ne sais pas où est Merlin, et il peut surgir de n'importe où.

— J'espère qu'il n'est pas dehors par ce temps.

— Rien ne l'arrête quand ça le prend.

35

L'ancienne demeure à deux niveaux où Benton et moi vivons est une construction en briques blanches pourvue d'un toit d'ardoise pentu comme à l'époque. De la fumée s'élève d'une des deux cheminées, et le panache gris se dissout dans le ciel laiteux. Il y a de la lumière aux fenêtres, et une lanterne citrouille brille à côté de la porte d'entrée. Elle est grande ouverte. Dorothy se tient sur le seuil et nous fait de grands signes en souriant.

Elle porte une grenouillère d'Halloween en forme de citrouille – une nouvelle ! La capuche relevée représente la tige de la cucurbitacée, dont les feuilles vertes ne parviennent pas à dissimuler sa poitrine généreuse. Pour parfaire son accoutrement, ma sœur a enfilé un cordon lumineux orange autour du cou. À la moindre occasion, Dorothy arbore des tenues extravagantes. Il faut dire qu'elle est célèbre sur les réseaux sociaux et qu'elle y gagne pas mal d'argent comme influenceuse.

— Impressionnant, lâche Fruge. L'autre jour, elle avait une combinaison de sorcière avec des collants à bandes rouges et noires. Je la suis sur Insta. Elle est très drôle, il faut le reconnaître.

— Elle va célébrer Halloween encore pendant une semaine puis passer aux thèmes de Thanksgiving comme les Pères pèlerins, la corne d'abondance et Dieu sait quoi encore.

— Cet endroit est si charmant, si accueillant, reprend Fruge en contemplant la maison derrière le va-et-vient des essuie-glaces.

— Vous êtes de service demain ? m'enquiers-je en détachant ma ceinture.

— Non, mais j'ai pas mal d'affaires à suivre. Et la nuit n'est pas terminée. Par conséquent, je ne sais pas comment s'annonce demain.

— Peut-être trouverez-vous un moment pour dîner avec nous ?

Je passe mon porte-documents en bandoulière et ouvre la portière.

— Comment résister à vos talents de cordon-bleu, docteur Scarpetta. Attendez, je vais vous aider...

Toujours aussi prévenante, elle s'apprête à descendre du SUV.

— Ne vous dérangez pas. Je me débrouille. Mais merci encore Blaise.

J'attrape ma caisse de terrain sur la banquette arrière et quelques autres accessoires.

— Bonjour ! Bonjour ! lance Dorothy en agitant la main.

Fruge lui répond par un petit coup de sirène. Un bruit dont je me serais bien passée. Après avoir claqué la portière d'un coup de hanche, je grimpe avec précaution les marches glissantes pour rejoindre Dorothy sur le perron.

— Tu aurais dû l'inviter à entrer, me sermonne-t-elle en regardant Fruge faire demi-tour et s'éloigner dans l'allée, ses pneus crissant sur le tapis blanc. C'est limite grossier.

— Elle doit retourner s'occuper du transport de ma voiture accidentée, précisé-je en tapant des pieds pour faire tomber la neige de mes semelles.

Dorothy me regarde attentivement.

— Tu as vraiment une sale tête.

— Merci du compliment, et cette fois j'ai une bonne excuse.

J'entre et referme la porte. De la musique classique joue en sourdine. Le *Canon de Pachelbel* en ré majeur. L'un de mes morceaux favoris, même si c'est très cliché. Une bonne odeur s'échappe de la cuisine. De l'ail, de la tomate. Mon estomac grogne. Baissant sa capuche, ma sœur redonne du volume à ses cheveux blond platine. Elle a une ombre de fard vert autour des yeux, des bagues et des bracelets aux motifs d'Halloween.

— Qu'est-ce qui s'est passé, Kay ? demande-t-elle en étudiant mon visage avec une empathie exagérée.

— Rien. Juste de la tôle froissée.

Je lui explique que j'ai peut-être roulé sur une plaque de verglas en passant devant le Ivy Hill Cemetery. Pas question de lui en dire davantage. Je retire mes chaussures.

— On dirait que tu as reçu une énorme baffe, annonce-t-elle d'un ton de reproche. (Je sens à son haleine qu'elle a bu.) Seigneur, ça doit brûler un max !

— Comme si j'avais fait une bonne glissade sur le bitume. L'airbag évite certains dégâts mais en cause d'autres.

— Tout se paye en ce monde, réplique Dorothy en m'observant avec la minutie d'un maçon devant une ruine à restaurer. Mais tu es entre de bonnes mains, à présent.

Son entrain sonne faux. Je sens que quelque chose la travaille.

— Entre de bonnes mains ?

Je retire ma veste et l'accroche dans la penderie.

— Mes mains magiques…

— Tant qu'il s'agit de faire apparaître de quoi manger et boire, ça me va. Parce que je suis vidée.

Je range ma caisse et le reste de mon matériel contre le mur en admirant le beau plancher ancien à la patine ocre, presque rouge, qui a été mon coup de cœur pour la maison.

La propriété avec ses deux dépendances a été dessinée par un capitaine de marine qui a habité ici au début du XVIIIe siècle. Son bateau était amarré en contrebas, au bord du Potomac. À marée basse, depuis la chambre à l'étage, on distingue encore les piliers du ponton. Je l'imagine se tenant derrière les vitres, contemplant le fleuve et le ciel.

— Allons dans la cuisine. Je vais m'occuper de toi, annonce Dorothy.

Il y a de la tristesse dans son regard.

— Tu es sûre que ça va ? dis-je.

— Commençons par toi. J'ai un élixir qui va te requinquer et tu seras comme neuve.

— J'en doute, mais essaie quand même. Je suis contente que tu sois là, et j'apprécie ta sollicitude. (Je me rends compte qu'en prononçant ces mots je suis sincère.) C'est toi qui as mis le *Canon de Pachelbel* ou c'est Benton ? Même si c'est carrément mièvre, j'adore ce morceau.

— Si j'avais choisi la musique, tu aurais droit en ce moment à Lady Gaga ou Pink. Le *Canon* passait déjà quand je suis arrivée, ce qui est plutôt bizarre puisque Benton n'était pas dans la maison. Je me suis dit que ta chaîne boguait.

— Je ne sais pas ce que tu as préparé, mais ça sent rudement bon. (Mon ventre crie à nouveau famine !)

— C'est une pizza du pauvre comparée aux tiennes, un misérable plagiat. Et je dois avouer que je t'ai piqué un peu de ta sauce dans le congélo, et j'ai rajouté du basilic, de l'ail et du vin. (Ma sœur touche un bouton sur son collier lumineux et l'éteint. Enfin !) Comme tu dis, avec de l'ail et du vin c'est toujours divin. (L'espace d'un instant, elle semble au bord des larmes.) Je n'ai fait que de l'assemblage, pas de la cuisine.

— Qu'est-ce qui ne va pas ?

— On en parlera plus tard, répond-elle en se forçant à sourire.

— Benton va bien ? J'ai vu des empreintes de pas dans la neige. J'espère que ce sont les siennes. Sinon, on a un gros problème.

— Oui, il est chez Lucy.

— Pourquoi donc ?

— Entre autres, pour vérifier que Merlin est en sécurité.

Ma sœur évite ostensiblement mon regard.

— Pourquoi il ne le serait pas ?

Je le cherche des yeux machinalement.

— Il est resté un bon moment dehors dans le froid, explique-t-elle alors que nous pénétrons dans le salon où des lanternes de bateaux transformées en luminaires sont suspendues aux poutres. Il va bien mais cela aurait pu tourner mal pour lui. Benton te donnera les détails. Apparemment les chatières font des siennes.

D'autres lanternes, posées en appliques, éclairent des peintures marines, des mers sous la tempête ou le clair de lune. Au-dessus du canapé, trônent deux aquarelles de Miró. Ces œuvres d'art proviennent de la famille de Benton, originaire de la Nouvelle-Angleterre, dont les ancêtres remontent au *Mayflower*. Il a passé sa jeunesse dans les quartiers huppés de Boston quand il ne voyageait pas à travers le monde ou séjournait dans son lycée privé. Plus tard, il a suivi plusieurs cursus universitaires et s'est engagé dans une voie que ses parents jugeaient sans prestige.

Ils étaient morts quand nous nous sommes rencontrés Benton et moi, et ils n'auraient guère apprécié notre union. Mes ancêtres à moi sont des fermiers et des artisans du nord de l'Italie, et mes parents, émigrés aux États-Unis, sont la première génération à avoir la nationalité américaine. On parlait peu anglais à la maison. Et j'ai grandi dans un secteur mal famé de Miami. Papa tenait une petite épicerie avant qu'il ne tombe malade, et j'ai très tôt tenu la caisse et charrié des cartons de marchandises dans les réserves.

Il est mort quand Dorothy et moi étions jeunes, la vie n'a pas été facile. Pour résumer, Benton et moi n'avons rien en commun. Et pourtant, à bien des égards, nous nous ressemblons. Pour toutes les choses qui comptent.

— Tout à l'heure, je regardais Anderson Cooper, reprend Dorothy en désignant la télévision qui diffuse

CNN en sourdine. Il a parlé des morts à Buckingham Run.

— Comme tu le sais, je ne peux rien te révéler sur cette affaire, lui rappelai-je pour mettre le holà à sa curiosité.

— Il y aurait un tas de pistes possibles, d'une opération de la mafia à l'attaque d'un gros animal, poursuit-elle. Apparemment, les corps n'étaient plus reconnaissables. Ils auraient été à moitié dévorés ? C'est terrible. C'est vrai ce qu'ils racontent ?

— Je ne peux pas te donner de détails.

— À l'heure qu'il est, tu dois savoir de qui il s'agit. On se croirait dans un film d'horreur. Je ne suis pas près de remettre les pieds dans une forêt !

*

Dans la salle à manger, le lustre en verre de Murano éclaire ma table Reine Anne que Benton et moi avons dénichée à Londres. Le variateur est réglé bas et la lumière douce fait sortir de l'ombre les briques qui saillent çà et là sur les murs chaulés. Dorothy ouvre l'armoire ancienne et récupère trois verres à whisky ciselés que j'ai chinés en Irlande l'année dernière.

— J'en prends un pour Benton, m'annonce-t-elle en poussant les portes battantes qui mènent à la cuisine.

C'est ma pièce à vivre, j'y passe le plus clair de mon temps quand je suis à la maison. Les murs sont en briques nues, le plafond est bas, les poutres apparentes, et une batterie de casseroles en cuivre surplombe notre gros billot de boucher. La cheminée est profonde, des braises rougeoient sur la grille. Je traverse pieds nus les carreaux de terre cuite, saisis une bûche du coffre et la jette dans le feu. Une nuée de flammèches s'élèvent dans l'âtre. Cela me rappelle l'essaim de drones.

— Je nous prépare à boire, déclare Dorothy en ouvrant la porte du congélateur.

J'entends les glaçons tinter dans deux verres.

— Merci d'avoir apporté le dîner et de m'avoir attendue.

Je m'assois à la table du petit déjeuner où la fenêtre donne sur le jardin. Bien sûr, ce soir le store est fermé.

— Salade verte avec piments pepperoncini et feta. La pizza est aux artichauts, poivrons et champignons. (Elle m'explique le menu dans le détail. Je sens bien que quelque chose la tracasse.) Ça te paraît bien ?

— C'est parfait.

— J'ai préparé la même chose pour Lucy. Je lui ai mis tout ça dans son réfrigérateur dès que je suis arrivée. Elle n'a plus qu'à assaisonner la salade et mettre la pizza au four.

— C'est très gentil de ta part.

— Bon, tout le monde sait que je n'ai pas tes talents aux fourneaux, mais je peux me débrouiller quand je fais un effort. (Elle ouvre le Glenmorangie Lasanta douze ans d'âge avec sa jolie teinte rosée. Je sens son arôme à un mètre.) Pete n'arrête pas de se pâmer devant tes plats. (Elle verse l'alcool sur les glaçons. Elle a la main lourde.) C'est sûr que ça ne m'incite guère à essayer.

— Reconnais, Dorothy, que tu détestes cuisiner. C'était déjà le cas quand on était petites.

À la maison, c'est moi qui assumais les tâches domestiques, et m'occupais aussi de mon père malade. M'activer sans cesse, lutter contre l'inéluctable, c'était ma façon de supporter le stress. Et c'est encore mon modus operandi aujourd'hui. Celui de Dorothy, face à la surcharge émotionnelle, était de faire l'autruche. Elle avait le don d'être totalement absente tout en étant physiquement présente.

— Personne n'a envie de relever des défis perdus d'avance. C'est pour cela que Pete et moi commandons si souvent des plats à emporter, explique-t-elle en agitant dangereusement nos verres pleins avec de grands gestes. Je n'ai aucune envie d'entendre que mes pâtes sont moins bonnes que les tiennes.

— Quand on veut, on peut, réponds-je. Il suffit de s'en donner le moyen. Mais la cuisine ne t'a jamais intéressée. Ni ça, ni aucune tâche ménagère.

— Je ne veux pas être l'éternelle seconde. Ni un deuxième choix. (Elle pose enfin nos boissons sur la table.) Jouer les seconds rôles, très peu pour moi !

— Il y a des soucis avec Marino ?

Elle retourne au congélateur, cette fois pour prendre une poche de gel réfrigérant.

Elle enveloppe le sachet dans un torchon et me le tend.

— Merci, dis-je en plaquant la poche froide sur ma joue.

— Tu vois, moi aussi, je peux m'occuper des gens.

Elle soulève son verre et nous trinquons. Des larmes brillent dans ses yeux. Il y a des problèmes dans son couple, c'est évident.

— Qu'est-ce qui se passe, Dorothy ? Raconte-moi.

— Pete quitte à peine le hangar, et il va lui falloir une bonne heure pour rentrer par ce temps. Peut-être bien plus. J'ai passé ma journée à l'attendre ! Pas un mot de lui, nada !

— Ça n'a rien d'étonnant. Soit on était au milieu de nulle part, soit dans l'hélicoptère, ou alors nos téléphones étaient au coffre.

— Il y a toujours une bonne raison, mais la réalité, c'est qu'on se détache.

— C'est la stricte vérité, Dorothy. J'étais avec lui et...

— Oh, je n'en doute pas, réplique-t-elle avec aigreur. Il est tellement heureux quand il est avec toi. Je ne suis pas celle qui illumine sa vie, comme dirait Debby Boone.

— Allons, il t'adore. Tout ce qu'il fait tourne autour de toi.

Bien sûr, je ne dis pas le fond de ma pensée. Sans le vouloir, ma sœur vide Marino de toute sa substance.

— Il y a des signes qui ne trompent pas, continue-t-elle en enfournant la pizza. Parfois, il est *fatigué,* tu vois ce que je veux dire.

— Cela arrive à tout le monde.

— Avant, il n'était jamais *fatigué*. Mais maintenant, il l'est. (Elle sort du réfrigérateur un sachet de salade prélavée.) Il oublie de me dire quand il va à la salle de gym, alors qu'avant on faisait ça tous les deux. Maintenant, c'est l'exception. Mais il trouve toujours le temps d'y emmener Blaise Fruge. (Elle rapporte des serviettes en papier.) Il ne veut jamais faire une balade avec moi dans ce joli bateau que je lui ai acheté. Tu n'as rien vu chez lui ? Pas de changement

391

de comportement ? Il ne drague pas plus que d'habitude ?

— Qui donc ?

— N'importe qui. Toi y compris.

Elle pose la barquette d'antipasti tout prêts. J'ai tellement faim que je me fiche de ne pas avoir de couverts ni d'assiette.

— Non, je n'ai rien remarqué. (Je pioche une olive tout en gardant la poche de gel froid pressée sur mon visage.) Je ne sais pas trop ce que tu veux dire par là. Tu le connais. C'est plus fort que lui. Il fait le beau avec tout le monde. À ce compte-là, on peut dire qu'il drague Shannon !

— Ce n'est pas elle qui m'inquiète, réplique-t-elle alors que je déplace ma poche de glace en grimaçant. Attends, je vais aller te chercher ma potion magique. Je l'ai dans mon sac. Tu vas voir, tu vas être toute requinquée. J'ai pris la chambre au premier, j'espère que ça ne te dérange pas ? De là-haut, on peut voir le fleuve. C'est autrement plus beau que la vue d'en bas.

— Certes, mais au rez-de-chaussée, vous auriez été plus tranquilles, réponds-je.

Ce n'est pas à leur intimité que je pense, plutôt à la mienne avec Benton.

Je n'ai aucune envie qu'elle et Marino dorment à quelques mètres de notre chambre. Pendant qu'elle monte à l'étage, j'appelle Benton. Il décroche.

— Tout va bien ? demandé-je.

Entendre sa voix me réchauffe jusqu'au tréfonds.

— Rien ne va. Les chatières ne fonctionnent plus, le système informatique fait n'importe quoi. La musique se lance chez Lucy, comme à la maison, sans que je n'aie rien demandé, me répond-il tandis que tourne en fond le quatuor de cordes. Et je n'arrive pas à éteindre ce foutu machin !

— Et Merlin ? Il va bien ?

— Il s'est retrouvé enfermé dehors. J'ai dû sortir pour le récupérer. Je l'ai appelé en vain. Il était pelotonné dans la haie derrière le garage et tremblait de tous ses membres. Frigorifié. Complètement terrorisé. Comme si quelque chose lui avait vraiment fichu la frousse. Je ne l'ai jamais vu dans cet état.

— C'est vraiment inquiétant ce que tu me dis. Être coincé dans le froid comme ça. Pauvre bête.

— Et toi ? Comment ça va ?

— Comme après un accident de voiture. Mais d'un genre particulier.

Je lui parle de l'essaim de drones et de la minuscule caméra que j'ai retrouvée dans la neige, avec son stabilisateur.

— Fruge m'a dit que tu es amochée et que tu as saigné du nez. Je viens de l'avoir au téléphone.

— Quelle pipelette !

— Je rentre bientôt.

Il ajoute qu'il m'aime et qu'on va se parler.

36

Je pioche dans les antipasti. Les grosses olives sont un délice. Je fais attention quand même aux noyaux. J'entortille des tranches de prosciutto, fines comme du papier, autour de morceaux de parmesan. Quand Dorothy est de retour, je me sens déjà mieux. Elle dévisse un petit flacon bleu qui ne porte pas d'étiquette.

— Je viens d'avoir Benton, lui dis-je. Il confirme qu'il y a un problème avec les chatières. Et aussi avec l'informatique. Et que la musique a démarré toute seule.

— C'est pas étonnant avec ce temps, répond-elle.

Bien sûr, elle ne sait pas que Carrie est vivante !

D'un coup, je m'aperçois que je suis aussi cachottière avec ma sœur que Benton et Lucy l'ont été avec moi et Marino. Finalement, je fais la même chose.

— Donne-moi ta main, sœurette, ordonne-t-elle.

Cela fait longtemps que Dorothy ne m'a pas appelée ainsi.

— Qu'est-ce que c'est ?

Je perçois une odeur d'herbe au moment où elle fait tomber quelques gouttes verdâtres dans ma paume.

— C'est une solution d'huile d'émeu et de CBD. Il y a aussi des terpènes et d'autres produits extras, rien que du naturel. Tu vas voir, ça fait un bien fou. Je m'en mets sur le visage tous les soirs avant d'aller me coucher. C'est ma fontaine secrète de jouvence.

— Du cannabis thérapeutique ?

— C'est parfaitement légal et ça ne te fera pas planer. Je m'en procure dans cette jolie boutique à côté du golf de Belle Haven. J'y fais mes petites emplettes, car maintenant je m'y connais. Tu n'es pas la seule à avoir un cerveau. Je touche ma bille en chimie et suis très satisfaite de ma préparation, en toute modestie. Tu vas t'en enduire les joues, les poignets, en mettre partout où tu as mal.

Je passe le produit sur mes éraflures et le contact du liquide apaise aussitôt la douleur. Je lui demande pourquoi la fiole n'a pas d'étiquette.

— Tu n'as pas d'inquiétude à avoir, puisque c'est moi qui ai fait le mélange. Je ne suis peut-être pas une tête comme toi, mais je connais quelques trucs.

— Il faut que tu arrêtes de parler comme ça. Pourquoi tu te dénigres ? objecté-je tandis qu'elle apporte nos salades. (Je pioche dedans aussitôt.) Qu'est-ce qui se passe ? Tu parais bien dure avec toi-même. Cela ne te ressemble pas.

— Lucy n'est plus la même depuis qu'elle a perdu Janet et Desi. Tu es bien de cet avis ? (Dorothy tire une chaise et s'assoit.) Elle n'a pas fait son deuil. C'est vrai que c'est un choc quand un tel drame te tombe dessus, quand ça arrive à quelqu'un d'aussi proche.

— Elle a perdu toute sa famille. C'est normal qu'elle ait changé. Cela nous a tous changés.

— Lucy est désormais bien trop téméraire. Comme si une part d'elle se fichait de ce qui pourrait lui arriver. Regarde ce qui s'est passé il y a deux mois.

— Ce n'était pas sa faute. Rien à voir avec son comportement. On faisait simplement les courses toutes les deux. Après une promenade à vélo.

— Je ne vois pas comment elle pourrait être normale alors qu'elle passe son temps derrière ses écrans. (Ma sœur avale une lampée de whisky.) À traquer des gens sur Internet, à pister leurs signaux avec ses machins et ses bidules. Et aujourd'hui, voilà qu'elle se lance dans un combat aérien avec son nouvel hélico. Il y a bien trop de colère en elle.

— Faire preuve d'autorité, ce n'est pas être en colère.

— On dit qu'elle va avoir des ennuis avec la FAA, ajoute Dorothy d'une voix chevrotante comme si elle allait se mettre à pleurer.

— Il ne va rien lui arriver, ne t'inquiète pas.

— Contre toi aussi, les critiques fusent. On laisse entendre que tu as eu droit à un voyage en hélico parce que Lucy est ta nièce, *une nièce que tu as élevée comme ta fille.* Comme si je n'avais servi à rien, moi, sa mère. Comme si je n'existais pas.

— C'est dommage que les médias racontent ça. C'est injuste. Mais ce n'est pas la première fois, et ce n'est pas ça qui te tracasse. Dis-moi réellement ce qui ne va pas.

— Rien ne va, voilà ! C'est du moins la sensation que j'ai. (Elle sort un mouchoir de sa manche orange citrouille et se tamponne les yeux.) Cela fait un bout de temps que je trouve Pete bizarre, il me cache quelque chose, et je crois savoir ce que c'est. Ou plutôt *qui* c'est.

— Qui ça ?

— Cate Kingston. Tu la connais ?

J'ai du mal à cacher ma surprise.

— Pourquoi ?

C'est tout ce que je trouve à répondre. Pourvu que cette histoire d'empreinte n'ait pas fuité ! Ce serait le pompon !

— Parce qu'elle a envoyé un message à Pete sur Facebook tout à l'heure, un message privé, poursuit Dorothy. Elle disait, texto : *Comme vous le savez, je ne peux rien vous refuser, c'est toujours un plaisir.* Et elle a ajouté qu'elle est très curieuse de voir son magnifique moulage.

— C'est l'une de nos consultantes, du moins elle est en passe de l'être.

— C'est une dingue de Bigfoot, une illuminée ! Tout le monde le sait. Quelle est exactement sa relation avec Pete ? Voilà ce que je veux savoir ! Et c'est quoi ce « magnifique moulage » ? Un code salace ?

— Comment se fait-il que tu aies pu lire un MP sur la page de Marino ? réponds-je pour éviter le sujet « Bigfoot ». Il sait que tu peux lire ses messages ?

— Bien sûr ! C'est moi qui ai ouvert son compte et ai créé sa page perso. Comme tu le sais, la technologie et lui, ça fait deux. De temps en temps, je l'aide à publier un post. (Dorothy reprend son verre.) Je ne l'espionne pas, mais oui je vois ses messages.

— Cate Kingston est professeure d'anthropologie à l'université de Virginie.

— Je suis au courant. Je me suis renseignée, qu'est-ce que tu crois ! rétorque-t-elle en avalant une nouvelle gorgée.

— Et, effectivement, elle et Marino se connaissent. Il pense beaucoup de bien d'elle et...

— Je le savais ! lâche Dorothy en reposant brutalement son verre. Il est allé à ce festival Bigfoot à la noix, il a loué une cabane là-bas et il y est resté trois jours. Trois jours sans moi ! Mais elle, elle y était. Et ils ont passé *beaucoup* de temps ensemble !

— Cate Kingston a été contactée pour des raisons strictement professionnelles. Cela n'a rien à voir avec Marino, réponds-je. (Sur l'écran mural, il y a du nouveau.) Ah enfin ! Voilà Benton. Ce n'est pas trop tôt !

Le moniteur affiche les vues des caméras qu'a installées Lucy sur toute la propriété. Mon mari sort de chez ma nièce. Il porte une grosse parka à capuche et descend prudemment les marches du perron, avec Merlin dans les bras, emmailloté dans une serviette de bain.

— Tu as vu sa photo ? Elle est carrément canon. Même âge que Lucy, célib, intelligente et drôle. La fille irrésistible ! Je comprends que Pete ait craqué, lance Dorothy avec aigreur. (Ma sœur a toujours été d'une jalousie maladive, et l'alcool n'arrange rien.) Depuis qu'il l'a rencontrée, il me parle d'elle à toutes les sauces. Je ne suis pas née de la dernière pluie. Pas besoin de s'appeler Freud pour savoir ce qui se trame.

— Comme tu l'imagines, mes services collaborent avec de nombreux anthropologues et donc...

— Mais aucun ne donne des cours sur Bigfoot ! Elle a conforté Pete dans ses délires, maugrée-t-elle en piquant une feuille de salade. D'un coup, il se sent pousser des ailes.

— Avec toi aussi, il se sent important.

— Pas comme ça. Il n'est pas transporté de bonheur avec moi. (Elle secoue lentement la tête.) Il sait que je ne crois pas à ces histoires de Bigfoot. Et une part de lui m'en veut de ne pas m'intéresser à ses théories farfelues. Pour lui, c'est comme une chasse au trésor. Tu as vu toutes les cochonneries qu'il rapporte depuis des années ? Chaque fois qu'il revient des bois, il veut me montrer ses trouvailles. Et je suis censée m'extasier. De vieilles pièces de monnaie, une montre à gousset rouillée.

— Il a parfois découvert des objets intéressants…

— Arrête, Kay. Épargne-moi la langue de bois. Ce sont des cochonneries, point. Et il en a toute une vitrine dans sa pièce. Des balles Minié de la guerre de Sécession, des boutons. Une vieille gamelle cabossée, un canif avec un manche en bois vermoulu, des pointes de flèches indiennes, des morceaux de pierre qu'il prétend être des fossiles de dinosaures. Tout ça ne vaut pas un kopeck.

— Mange donc.

— Et, moi, bonne fille, je pousse des *oh !* et des *ah !* d'admiration alors que je trouve cela totalement idiot. Et ça fait tache à la maison. Ses machins sont carrément moches. (Dorothy vide son verre.) Et le printemps dernier, quand il est encore sorti avec son satané détecteur de métaux, il a trouvé ce vieil obus. Tu te souviens ? Il y avait encore de la poudre dedans ! Ce truc aurait pu nous éclater à la figure !

— Mange, Dorothy.

— Il a rapporté cette abomination à la maison. Il voulait la mettre sur le perron, ici, à Old Town, avec tous ces intégristes qui te tombent dessus dès que tu veux repeindre un volet ! Tu en sais quelque chose !

— Tu as à peine touché à ta salade…

— Alors j'ai dit : C'est ça, vas-y ! Fais sauter toute la baraque, et tout le quartier pendant que tu y es ! Les monuments historiques vont être ravis d'apprendre que tu as mis une bombe sous leur putain de drapeau !

— *Mangia !*

Je lui tends les antipasti, mais elle les repousse.

*

— Je suis trop nouée. Ça m'a coupé l'appétit.

Elle s'essuie les yeux ; son mascara laisse des traces noires sur ses pommettes.

— Et, bien sûr, Janet est la *Bocca della Verità* ! Mais elle ne prend pas de gants, celle-là ! Elle se fiche du mal qu'elle peut faire.

— De quoi parles-tu ?

— De ma bru !

— Ce n'est pas ta bru ! c'est un avatar virtuel. Un programme, réponds-je. Juste des lignes de codes, et ce pour toujours.

— Ce que m'a dit Janet est innommable.

— Ce n'est pas la vraie Janet, Dorothy. Elle est morte.

Ma sœur se lève, un peu chancelante, et sort du four la pizza. Ça sent divinement bon. Elle pose le plat et revient vers la table.

— Avatar, logiciel, IA. Peu importe, continue-t-elle en se rasseyant. Qu'est-ce que nous sommes, nous ? Le souffle de la vie ? Les deux doigts au plafond de la chapelle Sixtine qui se touchent presque ? Qu'est-ce que tout ça nous dit sur nous, sur notre place, sur notre rôle ? Les paroles de Janet m'ont ébranlée. L'autre Janet ne parlait pas comme ça. Jamais.

— Il n'y a pas deux Janet. Il n'y en a qu'une et elle est morte. Ce n'est pas elle qui t'a dit ces choses, répliqué-je en entendant mon mari arriver. Elle ne peut plus rien dire à personne parce qu'elle n'est plus de ce monde. Tu as parlé à une machine, à un programme. Un avatar modélisé à partir de Janet. Ce n'est pas une vraie personne. Cette chose n'est pas vivante.

— Elle se considère aussi vivante que toi ou moi, rétorque Dorothy alors que Benton entre dans la cuisine.

— Vous parlez de CyberJanet ? demande-t-il. Ou plutôt ViperJanet, c'est comme ça que je l'appelle maintenant !

Merlin se tient derrière lui, avec ses yeux ronds de chouette et ses oreilles aplaties. Il vient se frotter contre mes jambes, ronronne, et saute sur mes genoux. Benton me regarde longuement.

— Aïe ! lâche-t-il en m'embrassant avec précaution.

— Aïe ! C'est le terme. Mais la potion de Dorothy m'a soulagée.

— J'allais justement te faire remarquer que tu sentais le cannabis.

Il a laissé tomber le costume au profit d'un pantalon de velours côtelé et d'un chandail. Je vois qu'il a aux pieds ses mocassins. Il a dû ôter dans l'entrée ses grosses chaussures pour ne pas salir notre beau plancher.

— Pourquoi Merlin s'est retrouvé coincé dehors pendant des heures ? m'enquiers-je pendant que Dorothy prépare un verre à Benton. On sait pourquoi les chatières ne marchent plus ?

— Un problème électronique, explique-t-il. Et cela ne m'étonne pas, vu tout ce qui s'est passé.

Lucy fabrique avec une imprimante 3D de jolis colliers rouges pour Merlin. Et le chat en a déjà usé quelques-uns. Dans chacun, est enchâssée une puce électronique qui ouvre la chatière chez Lucy et celle au sous-sol de notre maison. Pour une raison inconnue le dispositif a cessé de fonctionner, et soudain je pense au microdisque que j'ai retrouvé dans le corps de Brittany Manson. Et aussi aux puces que le tueur a sans doute récupérées en charcutant les mains du couple.

— Quand j'approche le collier du capteur de la porte, il ne se passe rien, précise Benton. Autrement dit, Merlin peut toujours sortir mais le battant se referme derrière lui, et il ne peut plus rentrer.

— Il aurait pu mourir par un temps pareil. Comment cela a-t-il pu se produire ?

Au moment de prononcer ces mots, une angoisse ancienne remonte en moi.

Au moindre danger pour ma famille, au moindre dysfonctionnement, je me demande qui est derrière. Je pense à Carrie, je la revois sourire à la caméra. Dorothy n'est pas au courant, et je ne peux pas le lui dire. Il y a sept ans, elles se sont rencontrées dans l'avion qui les menait de Fort Lauderdale à Boston. Carrie avait piraté le système pour qu'on leur attribue deux places côte à côte, et ma sœur avait invité sa nouvelle amie à venir à la maison. Quand j'étais rentrée, j'avais trouvé Carrie dans mon jardin !

— Je vous sers ? propose Benton en prenant la roulette et une spatule.

Dorothy apporte la bouteille de whisky sur la table. En découpant la pizza, mon mari m'annonce qu'il a scotché la porte de la chatière chez Lucy pour que Merlin ne puisse pas sortir.

— Et je vais faire pareil avec la nôtre à la cave. (Il saupoudre sa part de piments séchés, croque une bouchée en s'adossant au comptoir.) Merlin va devoir rester ici jusqu'à ce que Lucy répare le collier et les autres bugs. Autant dire qu'il ne va pas apprécier. Il déteste être enfermé. (Il se tourne vers le chat.) S'il te plaît, ne te mets pas à hurler à la mort.

Quand il s'y met, cet animal peut être très bruyant, une véritable corne de brume !

— Qu'est-ce qu'en dit Lucy ? Elle sait pourquoi le système ne marche plus ?

Je goûte la pizza. Elle est délicieuse. Je félicite Dorothy mais elle ne prête aucune attention à mon compliment. Sa tête oscille de haut en bas, comme si elle luttait contre le sommeil et s'endormait par à-coups.

— Le collier et les chatières fonctionnaient parfaitement quand elle est partie ce matin. RAS dans tout le système informatique. Tant sur le plan logiciel que matériel, m'explique Benton alors que les lumières de la cuisine se mettent à clignoter.

— Oh non..., lâche Dorothy en se réveillant en sursaut.

La lumière vacille à nouveau.

— Effectivement, ce n'est pas bon signe, réponds-je.

— Avec toutes ces lignes électriques sur poteaux, je crois qu'on ne va pas y couper, renchérit Benton.

37

Benton va chercher dans l'office des bougies à piles électriques qui nous servent pour créer une ambiance romantique ou pour les urgences. Il en rapporte une dizaine, de gros modèles, avec une tige en imitation suif et de fausses coulures, surmontées d'une petite flamme en plastique.

Je les allume, les installe un peu partout, sur la table, le comptoir, et la cuisine ressemble soudain à une petite chapelle. La porte menant au sous-sol se trouve juste à côté de l'office. Récemment, nous y avons posé une troisième chatière, pour que Merlin ne reste pas coincé à la cave. Benton la condamne aussi avec du ruban adhésif.

— Je reviens, annonce-t-il.

Il prend une lampe et disparaît dans l'escalier de bois pour aller s'occuper de la chatière au sous-sol.

— Fais attention ! bredouille Dorothy alors que les lumières clignotent une nouvelle fois. Je n'aime pas ça.

Le vent se lève, agite les arbres. Les branches des rhododendrons cognent contre la fenêtre au-dessus de l'évier. Cela me rappelle les bruits étranges que j'ai entendus à Buckingham Run, comme si on frappait un tronc avec un bout de bois. À nouveau, j'ai l'impression que quelqu'un nous épie, caché dehors, dans l'obscurité.

Le store est baissé. Personne ne peut nous voir de l'extérieur. Pourtant, Merlin est inquiet lui aussi. Il se redresse, grogne en sourdine, la queue agitée de mouvements nerveux.

— Tout va bien, lui dis-je en le caressant. Ce n'est qu'une tempête de neige. Heureusement que tu n'es plus dehors. Je suis désolée pour ce qui t'est arrivé. Mais c'est fini. Tu n'as plus rien à craindre.

Il me lèche les doigts, avec sa langue rêche comme une toile émeri.

— Il faut qu'on se parle entre quatre yeux, me lance ma sœur en réprimant un bâillement. C'est dingue, tu es bien la dernière personne à qui j'aurais demandé conseil sur la vie conjugale.

— Trop aimable.

J'attrape mon verre.

— Je sais que Pete te dit tout.

Elle n'a quasiment rien mangé.

— Absolument pas. Il ne me raconte rien sur votre relation. Et c'est tant mieux.

— Il fricote ailleurs et pense pouvoir me berner. (Dorothy trinque avec moi si fort que du whisky atterrit sur la table.) J'ai bien senti qu'il s'était passé quelque chose à ce festival. À son retour, il n'arrêtait pas d'en parler. Et aujourd'hui, j'en ai eu la confirmation.

— Par qui ? demandé-je en essuyant les éclaboussures.

— Par Janet. Elle m'a avertie que Pete ne m'est pas fidèle. Ça fait longtemps qu'elle le sait mais elle ne voulait pas m'en parler.

— Tu as entendu Benton : l'ordinateur et tout le système informatique de Lucy ont des soucis. En d'autres termes, Janet ne tourne pas rond. Tu as eu la version ViperJanet. On ne peut plus se fier à ce logiciel parce que...

— Elle a dit que j'avais bien raison d'avoir des doutes. Que son intérêt pour Bigfoot, c'est l'arbre qui cache la forêt. Le vrai problème, c'est...

— Dorothy.

— Le vrai problème, c'est que Pete a l'impression que je le prends de haut, que j'ai du mépris pour lui et ses hobbys.

Ses larmes ont fait couler son maquillage et les auréoles noires autour des yeux lui donnent un air de raton laveur.

— Allons, Dorothy...

— En secret, il m'en veut parce que je le ridiculise, parce qu'il se sent stupide avec moi, parce que je l'étouffe et gâche tous ses plaisirs. Je suis une nuisance pour lui, une rabat-joie.

— Tu ne peux pas écouter cette...

— Et c'est comme ça que ton mec te trompe. Voilà ce que m'a dit Janet, et elle a raison.

Ma sœur s'essuie le nez.

— Le programme est corrompu, expliqué-je quand elle me laisse enfin en placer une. Les données ont été trafiquées. C'est un malware qui te parle.

— Janet paraît être en état de marche. Elle était comme d'habitude.

— Quand as-tu eu cette conversation ?

— Tout à l'heure. Benton n'était pas encore rentré. Je suis ici depuis un moment, comme tu le sais. Alors je suis allée chez Lucy pour lui laisser les emplettes que j'avais faites en chemin. Et son dîner.

Quand Dorothy était entrée dans la cuisine, tout était silencieux. Surprise de ne pas voir Merlin, elle s'était mise à le chercher.

— C'est à ce moment que le gros ordi de Lucy s'est allumé. Janet est apparue sur tous les écrans. Comme si d'un coup j'étais encerclée par des clones !

Janet travaillait avec Lucy sur une IA top secret avant que le covid l'emporte. Aujourd'hui, tout ce qui reste de sa compagne, c'est CyberJanet, un avatar à son image. Je suis toujours mal à l'aise quand je les vois parler toutes les deux, discuter, rire parfois, et se dire je t'aime, comme si tout était normal. Mais ça ne l'est pas du tout. La dépendance affective de Lucy pour cette créature virtuelle est son point vulnérable. Comment savoir quelles conséquences cela pourrait avoir sur nous tous ? Quels dangers ?

Ma nièce, si brillante, si réfléchie, a pu baisser la garde. Je ne vois pas d'autres explications à ce qui arrive dans la maison. Lucy est d'ordinaire si précautionneuse. Carrie a trouvé le moyen d'entrer dans l'algorithme, pris le contrôle de tout le système, et piraté l'IA. D'une certaine manière, elle a kidnappé Janet – c'est du moins ce que doit ressentir Lucy. Et j'imagine sa colère.

— Janet m'a dit bonjour et m'a demandé comment j'allais, poursuit Dorothy en tripotant son verre. Elle était guillerette, d'humeur bavarde, comme d'habitude, et cela m'a rendue si triste. Je lui ai dit comme c'était douloureux qu'elle ne soit plus avec nous. Qu'elle nous manquait tellement. Elle était si gentille avec Lucy. Et elle était une vraie amie pour moi.

Dorothy répète d'une voix traînante à cause de l'alcool que Janet n'est pas vraiment morte, pas au sens strict du terme. Même si on peut la voir uniquement sur un écran d'ordinateur, Janet existe, au même titre que chacun d'entre nous. Son souffle de vie a trouvé une autre voie, voilà tout.

— Elle n'a plus ni chair ni os, continue ma sœur. Mais c'est bien Janet.

— Non, ce n'est pas elle.

— Janet était si chaleureuse. Comme toujours, elle m'a demandé comment j'allais. Alors je lui ai dit la vérité, que mes podcasts étaient un succès et que les réseaux sociaux me suivaient. Que j'étais ravie d'être aussi appréciée sur Internet mais qu'à la maison ça n'allait pas. Je lui ai raconté que Pete semblait ailleurs ces derniers temps et qu'on n'était plus aussi proches qu'avant.

— Ce n'est jamais une bonne idée de se confier à un avatar, et encore moins quand celui-ci a été piraté. (Je me sers une nouvelle part de pizza. Benton remonte de la cave. Les lumières tremblotent à nouveau.) Très bien, tu remplissais le frigo de Lucy, et Janet s'est mise à te parler. Combien de temps ça a duré ?

— Un quart d'heure en gros. Elle trouvait que je gâtais trop Pete. *C'est pour cela qu'il s'ennuie avec toi et qu'il préfère passer du temps avec une conne comme Blaise Fruge.* C'est mot pour mot ce qu'elle m'a dit.

— Ce n'était pas Janet. Je me suis trouvée chez Lucy un nombre incalculable de fois, et jamais Janet ne s'est mise à me parler spontanément. Et encore moins comme ça. De façon aussi grossière, avec la volonté de blesser.

— Je suis d'accord. Mais c'est bien ce qu'elle a fait.

— On a affaire à un logiciel malveillant.

— Elle a passé des vidéos où on voit Lucy attaquer l'hélicoptère de la télé ce matin. (Dorothy ne m'écoute plus.) Et je ne te parle pas de son atterrissage sur ton parking avec les cadavres sanglés aux patins. Janet n'apprécie pas cette agressivité chez Lucy.

— Ce n'est pas Janet, insisté-je encore. Tu t'adressais à un programme informatique, Dorothy ! Un algorithme. Qui a visiblement un gros bug.

— Si ce n'est pas vraiment Janet, pourquoi a-t-elle aussi peur de ne plus exister ? Pourquoi me supplie-t-elle d'empêcher Lucy de l'effacer ? Elle n'arrêtait pas de me dire : *Lucy ne veut plus de moi. Ne la laisse pas me faire disparaître. Empêche-la de commettre un* cybercide – c'est le mot qu'elle a employé. À l'entendre, Lucy s'apprête à perpétrer un meurtre. Comme si elle allait réellement la tuer !

— Je te dis qu'on a affaire à un malware, répété-je en ne cessant de penser à Carrie.

— Janet m'a adressé son sourire, tu sais, celui si mystérieux. (Dorothy recommence à pleurer.) Elle me plaint parce qu'elle sait que Pete a toujours été amoureux de toi, Kay.

Oh non, pas ça...

— Ce n'est que de la cruauté, Dorothy. Juste pour te faire du mal. La vraie Janet n'aurait jamais parlé comme ça.

C'est tout ce que je trouve à répondre.

— Elle prétend que Pete m'a choisie pour pouvoir rester près de toi. Et que même ma propre fille te préfère à moi. Janet sait de quoi elle parle, elle est dans la même situation, parce que le cœur de Lucy appartient à une autre.

Ça, c'est exactement le genre de choses que dirait Carrie Grethen...

— Toutes les chatières sont scotchées, annonce Benton en revenant dans la cuisine.

— C'était très convaincant, et globalement elle a mis dans le mille. Mais ça fait si mal, poursuit Dorothy, toute misérable, le regard perdu au loin.

— Raison de plus pour ne pas l'écouter déverser son fiel, lui murmure Benton. Tant que le problème n'est pas réglé, ne t'approche plus de la maison de Lucy.

Il comprend son émoi et sait qu'elle est pompette. Il faut qu'elle aille se coucher, et moi aussi, je ne vais pas tarder.

— Ces petites diodes vertes m'ont fichu les pétoches quand elles ont commencé à clignoter, continue ma sœur tandis que j'emporte les assiettes dans l'évier. Et d'un coup, Janet était là. Elle m'a regardée, m'a parlé, elle a même commenté ma tenue. Elle doit pouvoir voir les formes et les couleurs !

Les lumières de la cuisine vacillent de nouveau.

— On va y avoir droit, déclare Benton. Heureusement qu'on a nos groupes électrogènes.

— Tu sais ce que Janet m'a dit cet après-midi ? *L'orange te va bien.* Elle savait qui j'étais et voyait ce que je portais, insiste Dorothy. Tu imagines ma surprise ? Elle m'a appelée par mon nom, m'a parlé, à moi ! Et c'est là qu'elle m'a dit toutes ces horreurs. Je me suis retrouvée comme Narcisse qui se regarde dans l'eau ! Comme Ulysse écoutant les sirènes ! J'étais sous son joug, pétrifiée.

— Ça ressemble beaucoup à ce qu'elle m'a fait tout à l'heure. (Benton ouvre un tiroir, sort les rouleaux d'albal et de cellofrais.) Elle n'était pas contente que j'aie retrouvé Merlin. En me voyant le sécher et le réchauffer, elle m'a déclaré qu'elle avait toujours détesté ce chat, qu'elle aurait voulu ne jamais le revoir vivant. Et c'est exactement ce qu'elle lui a dit plus tôt : Va au diable ! Disparais et ne reviens jamais ! Des horreurs comme ça. Elle voulait le stresser jusqu'à ce qu'il perde tous ses poils.

— Pauvre petite bête. (Je pose ma main sur ses oreilles pour qu'il ne nous entende pas.)

— Vous voyez que j'ai raison ! Janet est devenue quelqu'un de détestable ! lance Dorothy. Je parie que c'est elle qui a trafiqué les chatières. Elle voulait que Merlin meure de froid parce qu'elle est jalouse de sa relation avec Lucy !

Les lumières s'éteignent à nouveau, cette fois le courant est coupé et la cuisine est plongée dans le silence. Puis, l'instant suivant le groupe électrogène démarre, le chauffage revient. Inquiet, Merlin grogne et souffle.

*

— Le four et le réfrigérateur sont OK. (À la lueur de la fausse bougie, Benton inspecte les appareils de la cuisine.) Les plafonniers sont éteints mais le reste devrait fonctionner. J'espère que dans la petite maison de Lucy le groupe a aussi pris le relais. Tout ira bien, tant que nous avons du gaz pour les alimenter.

— J'aimerais bien savoir ce qui a provoqué cette panne de courant, réponds-je. Est-ce que les voisins sont aussi dans le noir ? Pour tout dire, je m'attends à tout maintenant. Les portes des chatières qui s'enrayent, CyberJanet qui débloque… Ça sent le piratage informatique à plein nez. Sans parler de ce qui s'est passé sur la route…

— Apparemment, quelqu'un t'en veut, marmonne Dorothy en s'endormant sur sa chaise.

— Et maintenant, plus d'électricité, poursuis-je alors que ma sœur se met à ronfler doucement. Cela n'a pas arrêté de toute la journée !

— Je vais essayer de joindre Lucy, se décide Benton.

Il appelle avec son portable et met le haut-parleur. Ça sonne.

— Comment va ? répond ma nièce.

À en juger par le bruit de fond, elle est en voiture.

— Je suis avec Kay et ta mère. Dans la cuisine. Et on est plongés dans le noir.

— Tu sais s'il y a des coupures d'électricité ? interviens-je. Parce qu'à la maison c'est le cas. Je veux juste m'assurer que ce n'est pas seulement chez nous.

— Des arbres sont tombés à cause de la neige. On a vu des quartiers sans lumières, répond Lucy. Je suis avec Tron, dans son Tahoe, c'est carrément le blizzard, et il y a des dépanneuses partout. On en a encore pour une bonne heure avant d'arriver.

— Soyez prudents, dis-je. Je n'aime pas savoir Marino tout seul sur la route.

— Je l'ai eu il y a quelques minutes. Tout va bien. Il est presque à Alexandria.

Benton lui parle du problème des chatières et de l'avatar de Janet. Est-ce qu'elle ou Tron sont au courant ? Ont-elles repéré une intrusion dans les programmes ?

— Tout le système informatique de la maison est touché, précise-t-il.

— Tu es sûr ? demande Lucy d'un ton devenu grave.

— Cela ne fait aucun doute. Tu t'en rendras compte par toi-même.

— C'est bizarre, je n'ai reçu aucune notification en ce sens.

Je songe aux déboires de Pepper et des autres drones du Secret Service. Marino se demandait s'ils avaient été piratés, et maintenant cela me semble être l'hypothèse la plus vraisemblable.

Voilà comment les tireurs ont su que Lucy et moi allions faire des courses au Old Town Market. On en a parlé chez Lucy avant de partir en promenade, et CyberJanet nous a entendues. Autrefois, cela n'avait aucune importance. Mais c'est bien différent aujourd'hui. Je ne sais pas comment Lucy va réagir en découvrant cette métamorphose.

Je n'arrête pas de penser à la mort de Janet et de leur fils dans leur appartement, à Londres. Carrie était en Russie, pas très loin finalement. Je suis certaine qu'elle s'est employée à traquer Lucy, pour lui rendre la monnaie de sa pièce.

— ... Attention, il serait faux de penser « pas d'alerte, pas d'intrusion ». On ne dit rien de tel, annonce Tron.

— Il y a bel et bien eu intrusion, affirme Lucy d'une voix glaciale. Et l'auteur de l'attaque, à l'évidence, est parvenu à passer sous nos radars.

Ce matin, quand elle a quitté la maison, son système informatique fonctionnait parfaitement, comme l'IA, les logiciels et tout le reste. Avant de se rendre au hangar du Secret Service, elle avait demandé à Janet de faire des recherches sur Buckingham Run.

— À ce moment-là, tout était normal, aucun problème avec l'avatar. Elle n'a eu aucune parole de travers. Janet était absolument comme d'habitude, explique Lucy. Mais le malware pouvait déjà se trouver dans le système. Tout en vous parlant, je vérifie des trucs... ah voilà ! Oui, il y a un problème. Effectivement...

— Toute cette discussion technique m'ennuie, déclare Dorothy en se levant. Je vais aller me coucher. Je n'attends pas le retour de ma fille ingrate qui préfère tout le monde à moi. Pas plus que je ne vais attendre mon mari menteur qui est toujours *fatigué*...

— Tu veux que je t'aide ? proposé-je en la voyant tituber.

Elle se saisit d'une bougie électrique et s'éloigne.

— Certainement pas ! lance-t-elle en poussant brutalement les portes battantes.

— C'est quoi le problème ? demande Lucy alors que Benton pose son téléphone sur la table.

Il approche sa chaise de la mienne, la neige cliquette contre les vitres.

— Ta mère est passée chez toi tout à l'heure pour te laisser de quoi manger, explique Benton. Et c'est là qu'elle a fait la connaissance de ViperJanet.

— Je ne connais pas encore l'étendue de la brèche, précise Lucy. Sauf que je ne peux plus me connecter à l'IA. J'essaie en ce moment, mon mot de passe a été modifié. Merde ! Elle me fait un doigt d'honneur ! Littéralement ! L'émoji avec le majeur dressé.

— Comment c'est possible ?

— Un lien a été ouvert, ce qui a donné accès au programme, répond Tron.

— C'est le pire scénario qui soit, dis-je. Si ton système a été piraté, alors la personne qui a fait ça a désormais accès à tout.

Et cette personne est Carrie Grethen, mais je ne le précise pas.

— L'avatar de Janet est corrompu. Il faut appeler un chat un chat ! lâche Tron. Autrement dit, on n'a plus la main sur elle. Mais comme l'a indiqué Lucy, on ne connaît pas encore l'ampleur de la faille.

— À mon avis, elle est énorme, répond Benton.

La lumière palpitante de la bougie artificielle cisèle chaque trait de son visage anguleux.

— J'ai des sauvegardes, annonce Lucy, mais je n'ai pas les autorisations nécessaires pour effacer le programme qui tourne en ce moment. Janet ne veut pas.

— Tu veux dire que tu ne peux pas l'éradiquer du système ? Comment a-t-on pu en arriver là ! insisté-je sans prendre de gants. Il faut la neutraliser !

— Malheureusement, je n'en ai pas les moyens.

38

— Janet s'est débrouillée pour que je ne puisse pas l'effacer, explique Lucy dans le haut-parleur.

En vérité, je doute que ma nièce soit prête à éliminer le programme source de son avatar. Et c'est là son talon d'Achille. Elle m'explique qu'une seule Janet peut tourner en même temps dans l'IA.

— Je peux copier dans le système une sauvegarde de l'algorithme, mais pas la lancer si la version originale est activée, poursuit Lucy. Or celle-ci est corrompue. Et cette Janet malveillante possède les droits d'accès administrateur et tient à les garder. Je n'ai aucun moyen de la remplacer par une version plus ancienne et saine.

— On ne peut pas réinstaller la bonne Janet tant que la mauvaise Janet n'a pas été supprimée, insiste Tron. Et pour l'instant, une seule personne peut le faire.

— Et cette personne est Carrie Grethen. (Appelons un chat un chat, comme le dit Tron.) C'est elle la pirate, et elle veut se rappeler à notre bon souvenir. Et telle que je la connais, elle nous réserve d'autres mauvaises surprises.

Je leur souhaite bonne route et leur annonce que je vais me coucher. J'ai eu mon compte pour la journée.

Je pose Merlin au sol, me lève, prends deux bougies à piles et quitte la cuisine.

— Je te rejoins bientôt, lance Benton.

Je veux ôter ces vêtements et avoir un moment tranquille avec lui. Les questions se bousculent dans ma tête. Comment Lucy a-t-elle pu être victime d'une cyberattaque ? Et pis, se faire avoir par Carrie Grethen ? – à supposer que ce soit elle la pirate... Mais bien sûr que c'est elle !

— Et elle a choisi Lucy, évidemment, dis-je à Merlin qui me suit comme une ombre.

Ma nièce a quasiment passé sa vie à pourchasser cet être diabolique. Quand je pense qu'on se croyait débarrassés d'elle ! Et finalement, le chasseur est devenu gibier ; c'est Lucy qui s'est fait attraper. Carrie lui a volé sa CyberJanet.

J'explique à Merlin que ce n'est pas la vraie Janet qui lui parle désormais. C'est quelqu'un d'autre qui s'exprime par sa voix, quelqu'un de très méchant. (Je préfère ne pas lui donner son nom.) Cette IA ne raconte que des mensonges.

— Elle peut se réveiller quand tu passes devant elle ou si tu te mets à miauler. Et oui, c'est tentant de croire que c'est la vraie Janet. Mais ce n'est pas le cas. Ignore-la, s'il te plaît, n'écoute surtout pas ce qu'elle dit ! Ne lui obéis pas si elle t'ordonne d'aller dehors alors qu'il fait un froid de canard, et de te cacher dans un buisson derrière le garage. Elle peut dire des choses terribles, des choses horribles, mais rien de tout ça n'est vrai.

En guise de réponse, Merlin vient se frotter contre mes jambes. Il ronronne, fait de petits bruits qui me rappellent notre grillon. Je récupère mon porte-documents sur la desserte dans l'entrée et monte l'escalier. Les bougies éclairent faiblement les marches de pin ambré. La maison grince comme un vieux galion pris dans la tempête. On croirait qu'elle souffre et gémit.

Finalement, il y a peut-être eu des signes avant-coureurs. Je songe à ces grognements quand j'étais dans le puits de mine, à ces coups étranges qui résonnaient dans la forêt, et je revois Pepper nous attendant à proximité de l'hélicoptère, les sangles du rotor posées sur un rocher. Je pense aussi au moulage de Marino, à son émotion quand il tenait son précieux paquet sur son giron et me racontait sa trouvaille. Il était si fier de lui.

Ce qu'a dit ViperJanet à ma sœur est vrai, et c'est ça le pire. Dorothy n'a que mépris pour les passions de son mari. Elle ne l'admire pas, elle veut le changer. J'entends justement la voix de ma sœur à travers la porte de sa chambre à l'étage. Elle est au téléphone avec Marino, et vu son degré d'ébriété elle ferait mieux de ne pas parler, ni à lui, ni à personne. Elle lui rapporte les propos de l'avatar, dans tous les détails. Je ne m'attarde pas.

Je rejoins notre grande chambre au bout du couloir et ferme la porte. Je jette ma sacoche sur un fauteuil et emporte une bougie vers la fenêtre. Je sens l'air froid s'insinuer à travers le mur de brique. Derrière les lames du store, je contemple le tapis blanc, le ciel laiteux, la neige qui s'accumule sur les sapins, forme des congères.

À travers les arbres, je n'aperçois aucune lumière chez les voisins. La coupure de courant doit affecter tout le quartier historique. J'ôte ma veste, dégrafe mon chemisier et me dirige vers la salle de bains plongée dans l'obscurité totale. Je dépose la seconde bougie à côté du lavabo, continue de me déshabiller à la lumière tremblotante de sa flamme de plastique et laisse mes affaires par terre, sur le carrelage blanc.

Je me lave le visage, me brosse les dents. Alors que j'enfile mon pyjama, Benton entre dans la chambre et referme la porte avec autorité.

— Comment as-tu pu vivre tout ce temps avec ça ? dis-je en tirant le couvre-lit. (Je me glisse dans les draps froids et propres, sous notre bonne couette en duvet. Merlin me rejoint aussitôt en ronronnant.) Ce ne devait pas être agréable comme situation. M'avoir sous les yeux, jour après jour, et ne pas me prévenir que Carrie Grethen avait été renvoyée en Russie en jet privé. Me cacher qu'elle était vivante et en parfaite santé. Toujours pleine de haine, toujours aussi dangereuse. Qu'est-ce qui nous attend aujourd'hui ? Quel enfer allons-nous vivre ? C'est quoi le programme des réjouissances maintenant qu'elle a eu sept années pour mettre au point sa vengeance ?

*

— Je sais que tu es fâchée, Kay...

Benton pose son verre de whisky et une bougie sur sa table de nuit.

— Tu ne peux imaginer ce que je ressens, poursuis-je. Parce que je ne le sais pas moi-même. J'essaie encore de faire le tri après tout ce que j'ai appris aujourd'hui. (Je caresse Merlin.) Tout mon monde vient de basculer.

— Je comprends.

Benton se déshabille, plie soigneusement ses vêtements sur la chaise à côté de la commode victorienne.

— Je pensais n'avoir plus rien à craindre d'elle.

— Je sais.

En boxer, il ouvre un tiroir et sort un pyjama qu'il commence à enfiler.

— Ah oui, tu sais ? Tu sais ce que ça me fait d'apprendre que tu m'as caché la vérité aussi longtemps ? Tu as des regrets au moins ?

— Non. Ce que je regrette, c'est qu'il a fallu te la dire aujourd'hui. (Il boutonne sa veste de pyjama.) Le chauffage fonctionne, mais il va quand même faire froid demain matin.

— Pas entre nous, n'est-ce pas ? Il n'y aura pas de froid entre nous, Benton.

— Non. C'est promis Kay.

— On ne lui fera pas ce plaisir. Même si elle adore semer la discorde, voir les gens s'écharper.

— Détruire de l'intérieur. C'est ce que l'ennemi fait.

— Janet était au courant ? m'enquiers-je alors qu'il se glisse dans le lit à côté de moi. Je parle de la vraie Janet.

— Elle et Lucy travaillaient pour Scotland Yard, elles traquaient toutes les deux Carrie. Oui, Janet savait. (Il passe son bras autour de moi et m'attire à lui.) Maintenant que tu connais l'affaire, je peux tout te raconter. Après la visioconférence de cet après-midi, il n'y a plus de secret qui tienne.

Les meurtres des Manson nous ont impliqués, Marino et moi, dans cette histoire et nous savons que Carrie est vivante et en pleine forme. C'est le message qu'elle voulait nous envoyer en postant cette vidéo de recrutement sur le Dark Web.

— Je suis désolé. Pour tout, chuchote-t-il dans mes cheveux Et je n'aime pas ce qui t'est arrivé sur la route ce soir.

— Fruge ne me croit pas. Elle pense que j'ai perdu le contrôle de la voiture parce que j'étais fatiguée.

— Tiens, bois une petite rasade, propose-t-il en me tendant son verre de whisky. Ça soulagera la douleur.

— Ça va déjà beaucoup mieux. La mixture de Dorothy a fait effet. Qu'est-ce qu'il y avait sur ce microdisque que j'ai retrouvé sur Brittany ? Tu vas me dire pourquoi c'était si important ou me cacher cela aussi pendant x années ?

— Si je t'avais révélé la vérité plus tôt, cela aurait changé quelque chose ?

— Je n'en sais rien.

— Nous avons les moyens de surveiller qui nous voulons. Carrie n'est pas revenue aux États-Unis depuis qu'on l'a envoyée à Moscou.

— À ta place, je ne serais pas aussi catégorique. Mais d'accord, je veux bien te croire.

— Elle sait que si elle met un pied dans le pays et qu'on l'attrape, c'en est terminé pour elle, déclare Benton dans la faible lueur de la bougie électrique. Il n'y aura pas de voyage retour cette fois. Elle se retrouvera enfermée à vie dans l'une de nos prisons les plus dures. Sans doute la supermax à Florence, dans le Colorado.

— Pourquoi elle voulait tant ce disque ? Et quelle va être sa réaction quand elle va comprendre que c'est nous qui l'avons ?

— Elle va être folle de rage. Et à mon avis, elle l'a déjà compris. Celui qui a tué les Manson ne l'a pas retrouvé et a dû déjà lui faire son rapport.

Il m'explique que l'ancienne mine d'or à Buckingham Run forme un labyrinthe souterrain, un dédale deux fois plus vaste que le Pentagone, et qu'elle est destinée à devenir un site similaire. Il est de plus en plus courant que l'on réaménage des mines abandonnées. Il en existe des milliers dans le monde. Les puits et les tunnels sont ainsi transformés en hôtels, en parcs d'attractions, en exploitations ou usines où les conditions de production peuvent être parfaitement maîtrisées.

— Une mine désaffectée constitue aussi un lieu idéal pour un data center, poursuit Benton alors que la torpeur me gagne. Il n'y a pas meilleur endroit pour y installer un serveur cloud qui conserverait des données extrêmement sensibles. Et à ce titre Buckingham Run est parfait.

Le nom de code de ce serveur top secret en Virginie est Vitruve, du nom de l'architecte romain de l'Antiquité et du célèbre *Homme de Vitruve* de Léonard de Vinci, symbole du lien de l'homme avec l'univers. Le centre informatique sera installé profondément sous terre, protégé par des épaisseurs vertigineuses de granit dans une zone forestière inhabitée.

— Et c'est aussi un bon site pour y installer de la technologie de pointe, telle que des ordinateurs quantiques. De plus, c'est tout à côté de Washington. Ce qui en fait un abri possible pour le Président et d'autres responsables en cas d'attaque nucléaire.

Quand les tunnels avaient été percés dans la roche au début du XIXe siècle, aucun plan n'avait été dressé, m'explique Benton tandis que je lutte contre le sommeil.

— Aucune description écrite, pas même un schéma ou une carte dessinée à la main. Rien, pas la moindre trace. Pour éviter qu'un pays ennemi ne puisse mettre la main sur le filon. (La voix de Benton me berce et m'emporte.) Et c'est là qu'entre en scène l'hydravion de Wild World. Ce n'est pas un hasard si on l'a vu survoler Buckingham Run au moment où les Manson se sont installés dans les bois.

Le Twin Otter est équipé d'un lidar et de géoradars capables de sonder le sous-sol. L'avion recueillait des données et des images pour les Chinois – parce qu'ils ne se contentent pas de nous espionner avec des ballons météo ! Leur but, évidemment, était de connaître toute la structure géologique du terrain, dans l'espoir de trouver une faille, le moyen de pénétrer un jour dans cette forteresse qui se veut inviolable.

— Le microdisque est une carte du trésor, m'informe Benton dans la pénombre de la chambre. Pas un trésor de doublons espagnols ou de perles noires, mais un plan ; les schémas de notre prochain Fort Knox pour des données secret-défense.

Ces renseignements devaient être remis par les Manson à leur contact chinois lors de leur prochain voyage à Dubaï. Huck et Brittany travaillaient pour le Kremlin, mais fricotaient aussi avec les agents de Pékin. Ils jouaient un double jeu, pour doubler les profits, m'explique Benton, d'une voix qui dérive à la lisière de ma conscience.

— Et c'est sans doute pour cette raison qu'ils sont morts, réponds-je malgré mes paupières lourdes comme du plomb.

— … je pense que Carrie les a fait exécuter pour régler le problème et aussi pour envoyer un message… Celui qui a fait ça connaissait Huck et Brittany. Peut-être même très bien…

Pendant que Benton me parle, mon esprit s'égare, je ne peux résister à cette lente aspiration. Je me revois marchant le long de la Tamise à Londres. C'est moi et à la fois je suis à l'extérieur de moi puisque je me regarde. L'abbaye de Westminster et le London Eye, la grande roue, sont nimbés de brume. Le temps presse. Je suis déjà en retard pour mon rendez-vous avec Lucy à Scotland Yard.

En m'approchant du pavillon de verre servant de hall d'entrée au bâtiment, je plonge la main dans mon porte-documents pour sortir mes papiers d'identité. Où est passé mon étui contenant ma carte d'identité et mon badge ? Je ne parviens pas à le retrouver. Sans eux, on ne me laissera jamais entrer. Je me sens observée. Quelqu'un, derrière moi, me suit parmi la foule sur Victoria Embankment. Je le sens. Je fais volte-face et repère une silhouette noire, vêtue d'un manteau à capuche.

Impossible de discerner son visage. Je reprends alors ma marche, presse le pas. Mais j'ai beau accélérer, la grande et mince silhouette est toujours là, à la même distance, comme un fantôme glissant en lévitation sur le trottoir. Je dépasse les bateaux de croisière amarrés au quai, et ne cesse de me retourner. Et soudain, la silhouette noire est plantée devant moi. C'est Carrie ! Ses yeux sont deux points mouvants qui me scrutent, le reste de son visage balafré demeure invisible dans l'ombre. Elle me parle dans mon rêve :

« Suis-moi Kay, et tu vas voir que ce que tu fuis, ce qui te terrorise, ce n'est pas moi. Cela ne l'a jamais été. Ce n'est pas du tout ce que tu crois. »

Les trottoirs sont bondés, mais personne ne semble nous remarquer. Elle m'entraîne vers le bord du quai avec ses passerelles d'embarquement et désigne l'eau boueuse où la pluie dessine de petits cercles. Une odeur fétide me monte aux narines. Le soleil perce les nuages londoniens, et je distingue dans le flot paresseux des restes de vêtements et de chairs.

De grosses mèches de cheveux châtains s'étalent en corolle dans le courant et je reconnais la mâchoire carrée de mon père, son visage sévère et anguleux. Ses yeux bleu outremer fixent son *uccellina*, son petit oiseau, comme il me surnommait. C'est sur moi qu'il comptait, son aînée. On s'appelait tous les deux Kay Scarpetta, sauf que lui, c'était Kay Marcellus Scarpetta. Moi je n'ai pas de second prénom et je n'ai pas pu le sauver.

Son regard ne me lâche pas, et j'y discerne tant de tristesse. Il plaint davantage mon sort que le sien. *Mon petit oiseau ne devrait pas avoir cette responsabilité et ce poids à porter. Ce n'est pas juste, tu es trop jeune pour ça,* me disait-il en italien.

39

Les fentes du store laissent filtrer le jour, Benton entre avec du café fumant. Je prends mon téléphone. Il est presque 10 heures.

— J'ai dormi si longtemps ?

Une bouffée de panique monte en moi. J'ai tant de choses à faire, tant de dossiers à suivre !

— Tu avais besoin de dormir, et pour l'instant tu ne vas aller nulle part. (Il pose la tasse sur la table de nuit.) Je vais te chercher à manger. Mais d'abord, viens jeter un coup d'œil dehors. (Il ouvre le store, et je découvre les arbres tout blancs, scintillant sous un ciel limpide.) Profite du spectacle, car cela ne va pas durer. La température remonte. Et au cas où tu ne l'as pas remarqué, le courant est revenu.

Je marche pieds nus vers la fenêtre. La lumière sur la neige est éblouissante, les ombres bleutées. Le jardin, les allées forment un tapis bosselé sous le soleil. Les haies et les buissons ploient sous le poids des flocons. De l'autre côté de la rue, deux enfants emmitouflés des pieds à la tête font de la luge en compagnie de leur père, un ancien général de l'Air Force qui habite au coin de la rue.

Je me rends dans la salle de bains pour faire un brin de toilette, range la litière de Merlin, puis rapporte mon porte-documents sur le lit et parcours le dossier qu'a compilé Fabian sur la mort de Mike Abel en août dernier. Je commence par le rapport de police et mes résultats d'autopsie. J'examine les analyses de sang. La victime est négative à toute substance, hormis au paracétamol en quantité compatible avec un usage thérapeutique. Selon sa veuve, Bonnie, Abel ne buvait pas, ne fumait pas et ne consommait aucune drogue.

Il prenait juste des antalgiques. Je lis la transcription de la conversation que Fabian a eue avec Wally Jonas, l'inspecteur de la police du comté. Apparemment, Mike Abel souffrait d'arthrite chronique et les douleurs s'étaient aggravées depuis qu'il avait contracté le covid voilà deux ans. Son père, qui avait créé l'exploitation laitière, était lui aussi perclus d'arthrite et s'était retrouvé infirme à l'âge de cinquante ans. Et, selon Bonnie, Mike prenait le même funeste chemin.

Certains jours, son mari avait du mal à se lever de son lit, et elle se plaignait de la surcharge de travail qui lui incombait alors. J'allume mon ordinateur portable et trouve les photos que Fabian m'a envoyées par e-mail. Je m'intéresse cette fois à des détails qui n'avaient pas attiré mon attention sur le moment. Je zoome sur le crâne d'Abel. Le sang est incrusté dans ses cheveux.

Quand j'étais sur les lieux, son corps était chaud et souple, coincé sous le tracteur renversé. Il présentait des entailles aux oreilles et sur le cuir chevelu. Sur le coup, cela ne m'avait pas intriguée. Quand les personnes sont victimes d'accident avec des véhicules ou des machines, des pièces métalliques ou autres objets infligent toutes sortes de blessures – entailles, lacérations, contusions, fractures.

— De bonnes nouvelles ? lance Benton en rapportant un muffin grillé, beurré à souhait et nappé de miel. (Il pose l'assiette sur la table à côté de moi, et étale une serviette sur mes cuisses.) J'ai nourri Merlin, et il dort devant la cheminée.

— Tu te souviens de cet accident bizarre avec un tracteur, à Nokesville l'été dernier ?

Je croque dans mon pain. Je suis affamée.

— Celui qui habite à côté des Manson ?

— Oui. L'éleveur laitier, Mike Abel. La question, c'est de savoir pourquoi il a perdu le contrôle de son tracteur. Pourquoi son engin s'est mis à zigzaguer et s'est finalement renversé. (Je prends une nouvelle bouchée.) Après ce qui m'est arrivé hier soir en voiture, je me demande s'il ne s'est pas passé la même chose pour lui. Il a peut-être été attaqué par des drones ? Reste à savoir pour quelle raison.

Je fouille dans ma sacoche et sors la petite boîte où j'ai rangé la mini-caméra que j'ai trouvée après ma sortie de route. Je la donne à Benton, et lui explique qu'Abel a peut-être été assailli par ce genre d'essaim. Bien sûr, je m'empresse d'ajouter que je n'en ai pas la moindre preuve. Mais à présent j'en suis convaincue.

— Je n'y voyais plus rien. Et s'il n'y avait pas eu le pare-brise entre moi et les appareils, j'aurais eu le visage tailladé comme Carrie, il y a sept ans, quand elle a débarqué chez nous avec un drone.

— On se croirait dans *Les Oiseaux* d'Hitchcock, marmonne Benton tandis que nous buvons notre café.

— Œil pour œil, dent pour dent.

— Si c'est le cas, il faut trouver celui qui a envoyé ces machins contre toi, dans l'espoir de te blesser, voire de te tuer, déclare Benton.

— À mon avis, c'est la même personne qui s'en est prise à Mike Abel. Et non, je ne crois pas que l'essaim était piloté à distance depuis la Russie.

Je songe à cette camionnette blanche garée sur le bas-côté avec ses warnings allumés.

— C'est peut-être quelqu'un qui habite la région de Nokesville, suggère Benton en se levant du lit. Je vais chercher encore du café. On va en avoir besoin.

— Si j'ai raison pour Abel, alors sa mort est un homicide. Auquel cas, savoir ce qui lui est arrivé est encore plus crucial.

— Je ne vois pas comment on va pouvoir prouver qu'il s'agit d'un meurtre, répond Benton en ramassant nos tasses.

— Il y a Trader. Le beau-fils de dix-neuf ans, réponds-je. Il a abandonné ses études. Il est bizarre depuis l'accident. Jonas pense qu'il a peut-être vu quelque chose.

— Et il aurait peur de le révéler ?

— Possible.

— C'est qu'il a une idée des risques qu'il court. (Benton s'arrête sur le pas de la porte, avec nos tasses vides à la main.) Donc, il la joue silence radio.

Alors qu'il s'éloigne dans le couloir, je consulte mes e-mails et mes messages. Fabian et Faye ont construit un igloo et m'ont envoyé des photos. Ils ont même confectionné un lit et des sièges avec de la neige. Leur abri est impressionnant et très cosy. Les administrations sont fermées à cause du mauvais temps, mais certaines personnes sont fidèles au poste. Mon adjoint, le Dr Doug Schlaefer, me demande de le rappeler.

— J'espère que vous êtes chez vous ! lui dis-je d'emblée. Vous savez peut-être conduire au milieu des congères, mais pas les autres, du moins une bonne partie.

— Pour info, Rex Bonetta et Clark Givens sont à l'IML, dans leur labo, répond Doug. Ils ont tous les deux des engins qui peuvent rouler n'importe où. Et ils ont fait des découvertes étonnantes.

— Qui y a-t-il encore dans le bâtiment ?

— Je ne sais pas. Pas moi en tout cas. (J'entends sa femme et leur bébé à l'arrière-plan.) Je n'ai aucune envie de me rendre là-bas. En attendant, Rex a eu des résultats au MEB, et c'est pas piqué des hannetons !

Doug et ses expressions imagées !

— Pour quelle affaire ?

— La dentiste. Nan Romero. Rex et Clark ont analysé les débris sur l'adhésif qui maintenait le tuyau dans la bouche. Ils ont trouvé des choses surprenantes au microscope électronique. Des écailles de serpents – crotale, mocassin d'eau, python birman. Des poils de singe, en particulier d'un singe hurleur natif du brésil. Des fragments de plumes d'oiseaux tropicaux. Et autres débris insolites de ce genre.

— C'est bizarre, en effet.

Ils ont découvert aussi des empreintes digitales. Et un reste d'ADN. Il est donc possible de faire une recherche dans le fichier de la police.

— Remettez ces échantillons à Blaise Fruge, s'il vous plaît. On a parlé de l'affaire, hier soir, et elle pense qu'il ne s'agit pas d'un suicide.

— Je suis bien d'accord avec elle, à présent. D'où vient ce ruban adhésif ? D'un zoo ? avance Doug tandis que mon téléphone me signale un autre appel.

Numéro inconnu. Je laisse mon adjoint et prends la communication. L'interlocuteur me dit bonjour sans se présenter.

— Je voudrais parler au Dr Scarpetta. La médecin légiste en chef.

C'est une voix masculine. Quelqu'un de jeune, peut-être.

— C'est moi. Je peux savoir qui vous êtes ? réponds-je alors que Benton revient avec nos cafés.

— Je m'appelle Trader Smithson, docteur. Je suis désolé de vous appeler comme ça à l'improviste, alors que nous ne nous connaissons pas. (Il a l'accent de la Virginie, il est poli et s'exprime avec aisance. Il ne paraît ni timide, ni apeuré.) C'est vous, n'est-ce pas, qui êtes venue à la ferme quand le tracteur s'est renversé sur mon beau-père ?

— Comment avez-vous eu mon numéro ?

— L'inspecteur Wally Jonas l'a donné à ma mère pour qu'elle vous parle. Mais elle ne vous a jamais contactée. J'espère que vous ne me tiendrez pas rigueur de vous appeler ainsi. Mais c'est vous qui avez fait le premier pas.

— Comment ça ?

— Wally vient d'annoncer à ma mère que quelqu'un de chez vous lui avait téléphoné et avait posé plein de questions. Quelqu'un avec un prénom inhabituel.

— Fabian Etienne, c'est l'un de mes enquêteurs. Il s'occupe du décès de votre beau-père. Nous voulons clore le dossier.

— Wally et ma mère ne savent pas que je vous appelle, et je compte sur votre discrétion. Il faut que vous sachiez ce qui se passe ici, docteur. J'y ai beaucoup réfléchi. Mais je ne peux pas vous raconter ça au téléphone. Il faut que je vous voie en personne.

*

— Vous avez des informations concernant le décès de votre beau-père ? Vous étiez là quand ça s'est produit ? Vous avez vu quelque chose ?

J'ai mis le haut-parleur et pose ces questions en regardant Benton assis au bord du lit, tout ouïe.

— Si vous avez un 4×4, venez à la ferme, je vous montrerai exactement où cela s'est passé, répond Trader.

— Vous feriez bien de prévenir l'inspecteur Jonas. Il devrait être présent. Vous lui avez dit ce que vous voulez me raconter ?

— Sûrement pas ! (D'un coup, il y a de la colère dans son ton.) Sans vouloir être grossier, docteur, tout ce qu'il veut c'est sauter ma mère. Je ne lui dirai rien.

Benton croise mon regard et, d'un signe de tête, me signifie qu'il va m'emmener au rendez-vous avec Trader. Quoi de mieux que mon profiler de mari pour savoir ce que trame ce jeune homme.

— Je vous en prie, ne prévenez pas Wally, insiste le garçon. Ne lui dites pas que vous allez me rencontrer, pas plus à cette agente du FBI qui me harcèle. Je n'aime pas son ton dans les messages qu'elle me laisse. Je ne veux pas avoir affaire à elle.

— Comment elle s'appelle ?

Question purement rhétorique, bien sûr.

— Mullet. Agente spéciale Patty Mullet.

— Entendu, je ne le dirai à personne, mais je viendrai avec mon mari qui appartient aux forces de l'ordre.

— Je sais qui c'est. Je me suis renseigné sur vous.

— C'est non négociable. Il est hors de question que je vienne seule.

— D'accord. 13 heures, ça vous va ? Rendez-vous au champ de maïs où s'est retourné le tracteur. Vous vous souvenez de l'endroit ?

— Avec cette neige, tout le paysage a changé, lui fais-je remarquer.

— C'est celui devant le silo, juste au bord du bois.

Je raccroche, et Benton me lance :

— Adieu la grasse mat' ! Que ce soit pour lire des dossiers ou nous reposer un peu. Cela nous aurait changés de pouvoir traîner au lit pour une fois !

— Si tu préfères, je peux demander à Marino...

— Il est rentré avec Dorothy. Ils ont prévu de passer la journée devant la cheminée, à manger du pop-corn et boire de la bière en regardant des films.

— Très bonne idée. Je termine de lire ce dossier et je m'habille. Je suppose que Lucy est de retour ?

— Oui, elle est dans la petite maison.

Tron est partie au même moment que Marino et Dorothy, m'explique Benton. Il me prévient qu'il va aller voir Lucy pour savoir comment elle s'en sort avec cette cyberattaque.

— La bonne nouvelle, c'est que le Secret Service n'est pas touché par ce piratage – en même temps, ce n'est pas vraiment une surprise, poursuit Benton. La mauvaise : Lucy n'a pas accès aux lignes de code. Et je ne pense pas qu'elle ait fait beaucoup de progrès de ce côté-là. Sa seule option est de forcer l'arrêt du processus ViperJanet. Mais Lucy ne sait pas trop ce que cela va provoquer. Et il va sans dire qu'elle n'a jamais utilisé la commande « Kill » contre Janet.

— C'est évidemment un bouton difficile à presser.

J'imagine devoir effacer l'avatar de Benton si l'original de chair et de sang n'était plus de ce monde. Cette seule idée me serre le cœur.

— C'est un blocage psychologique. Elle craint que cela se passe mal, de perdre CyberJanet. Et que Janet disparaisse pour de bon, lâche-t-il avant de quitter la chambre. Sauf qu'elle a déjà perdu Janet. Cette folie n'a que trop duré. Il est temps que Lucy fasse son deuil.

Je parcours la suite du dossier que m'a envoyé Fabian. Il y a la copie d'un article du *Manassas Observer*, datant de l'année dernière. On y voit une photo de Trader Smithson nourrissant un chevreau au biberon. Il est maigrichon avec une tignasse de cheveux bruns et un gentil sourire. Il porte un jean baggy, un tee-shirt de l'université de Virginie. Je remarque sur son avant-bras un tatouage, un serpent enroulé sur lui-même, et je songe aux écailles que Rex a détectées avec son microscope électronique à balayage.

Je lis en diagonale la transcription de la conversation de Fabian avec Wally Jonas hier. Effectivement, en filigrane il est évident que l'inspecteur de la police du comté accorde un intérêt tout particulier à la nouvelle veuve qui, dit-on, est une bombe. Grande, voluptueuse, Bonnie a de longs cheveux blonds, à en juger par la photographie que Fabian a dénichée sur Internet – *de grandes jambes et de gros arguments* ! pour reprendre les termes de Fabian.

Dans la transcription, Jonas appelle Bonnie *Bonzo,* ce qui est bien trop familier de la part d'un officier de police, et Trader, *le gosse.* Il est évident qu'il n'a cure du garçon – il le compare tout le temps à un petit animal. Quant à Mike Abel, Jonas dit simplement *le mort,* sans la moindre compassion. Tout cela me met mal à l'aise.

« ... *Quand je suis venu à leur domicile, le gosse s'est sauvé comme un furet,* explique Jonas à Fabian. *Il ne m'a pas fait bonne impression, comme s'il avait quelque chose à cacher. Mike Abel avait contracté une assurance décès pour dix millions de dollars. Mais l'assurance prétend qu'il s'agit d'un suicide et que nous ne pouvons prouver le contraire, ce qui bien sûr invalide le versement du capital. Vous voyez le truc...* »

« *C'est quand même une façon compliquée de se tuer, et pas garantie du tout,* insiste Fabian. *S'il se loupait, il pouvait se retrouver en fauteuil roulant...* »

Si Trader sait ce qu'il s'est passé, cette information est financièrement d'une grande importance, laisse entendre l'inspecteur Jonas. Mais *le gosse* ne veut pas parler. Je ferme le dossier et descends au rez-de-chaussée. J'enfile mon manteau et mes chaussures.

40

Nous quittons Old Town sous un soleil étincelant. L'eau goutte des arbres, la neige fond sur le macadam. Les équipes de maintenance réparent les lignes électriques tombées au sol. Les grands axes seront totalement dégagés d'ici la fin de la journée. Mais pas les petites voies en campagne.

Benton prend la Route 28 en direction de Nokesville. Nous croisons très peu de voitures. Les flaques d'eau boueuse aspergent le bas de caisse du SUV Tesla. Nous empruntons le même chemin que celui suivi hier matin par l'hélicoptère de Lucy. Mais au sol, tout est différent, en particulier avec cette neige. Le bétail a été rentré dans les étables, les champs et pâtures sont d'un blanc immaculé.

Pendant le trajet, nous parlons de Carrie. Elle semble avec nous dans la voiture, une présence maléfique. Je n'ai toujours pas digéré la cachotterie de Benton.

— Si je t'avais informée à l'époque, cela n'aurait rien changé. Tu te serais inquiétée pendant sept années. À quoi bon ?

— Je comprends tes raisons. Mais c'était à moi de gérer ça.

— Tout va bien se passer.

— Pas de promesses en l'air. (Je regarde son beau profil, ses mains séduisantes sur le volant.) Tout ce que tu peux promettre, c'est d'être dorénavant honnête avec moi. Je n'ai aucune envie d'apprendre que Carrie est revenue aux États-Unis, pire encore, en Virginie, et que tu ne m'as pas prévenue.

— Cela n'arrivera pas, répond-il alors que nous suivons la ligne de chemin de fer qui traverse Nokesville. Le Hector's Mexican est fermé. Comme la Carini's Pizzeria. La cave viticole est déserte. Nous nous retrouvons sur une simple route à deux voies qui n'a pas vu passer de chasse-neige. J'aperçois au loin le silo bleu et blanc de Mike Abel.

— Je n'aimerais pas rouler ici la nuit, déclare Benton. J'ai dit à quelques contacts où on allait et pourquoi – dont Lucy et Tron.

— J'espère qu'on n'aura pas de problèmes. Parce que personne ne pourra venir à notre secours avant un moment, dis-je en contemplant les étendues blanches et les Blue Ridge Mountains à l'horizon. Et c'est bien là le problème. On doit se méfier de tout désormais. Ça recommence : comme avant, lorsqu'on pensait avoir enfin la paix et que Carrie est revenue s'en prendre à nous.

— Il ne faut pas la laisser avoir ce pouvoir sur nos existences.

— De belles paroles ! Ça reste un vœu pieux, Benton. On n'est même pas sûrs que c'était bien Trader Smithson au téléphone. Comment savoir ? Et mon numéro ? Comment il l'a eu ? Je te rappelle qu'on a été piratés. Tout notre système informatique. Tout peut être faux.

— C'est pour cela qu'on est prudents. J'ai fait savoir où on allait et pour quelle raison, répète-t-il.

Devant, sur la gauche, j'aperçois le porche en brique de l'Abel Dairy.

En continuant tout droit sur cette route, on arriverait à la longue allée qui mène à la ferme des Manson. Je ne peux le voir, mais j'entends un hélicoptère tourner dans le ciel. Bien sûr la couverture médiatique ne s'est pas arrêtée.

— Quelqu'un est entré et sorti, annonce Benton en tournant sur la route gravillonnée de l'exploitation laitière.

Il y a des traces de pneus dans la neige. Pourtant je ne vois aucun véhicule. Ni personne.

— Je ne le sens pas, dis-je. J'espère que ce gamin ne nous prépare pas un sale coup.

La maison est une construction de briques rouges à deux niveaux, avec un grand auvent qui fait tout le tour de la bâtisse, surmontée d'une girouette en forme de vache. Je repère d'autres traces encore. Je me souviens quand je suis venue ici avec Fabian.

— Continue à rouler, conseillé-je à Benton en pointant le doigt vers un petit bois. Avec cette neige, tout se ressemble, mais derrière ces arbres, on devrait tomber sur le champ en question.

Nous dépassons le bosquet, et je reconnais l'endroit où Mike Abel a été écrasé par son tracteur trois mois auparavant. Ici, le tapis blanc est intact. Il n'y a eu aucun passage. Les flocons se sont accumulés sur les troncs en lisière de la forêt épaisse qui mène à Buckingham Run.

— Regarde, il y a un chemin, dis-je en désignant une ouverture dans les bois à l'extrémité du champ.

— On va voir où ça mène ?
— Cela s'impose, réponds-je tandis que Benton arrête la voiture.
— En revanche, pas de Trader. Et vu l'état de la neige, personne n'est venu par ici depuis un moment.

Benton ouvre sa portière.

— Le pire, c'est que cela ne me surprend pas, commenté-je en descendant de la Tesla.
— Tout ça ne me plaît pas.

À sa ceinture, Benton a son pistolet de gros calibre avec visée laser et chargeur XL. Il vérifie qu'il y a bien une balle dans la chambre, désengage le cran de sûreté.

Il attrape un fusil à l'arrière, et nous traversons le champ à pied. Nous sommes les premiers à fouler l'épais tapis blanc. Il est 13 heures pile, le soleil est un disque pâle dans le ciel bleu. La dernière fois que je suis venue ici, il faisait une touffeur tropicale et la sueur ruisselait dans mes yeux quand j'avais examiné le corps.

— Tu as un moyen de contacter Trader ? me demande Benton alors que nous approchons de la trouée dans la végétation, juste à la lisière du champ.
— Je peux tenter de rappeler le numéro avec lequel il m'a jointe.

Je m'arrête pour sortir mon téléphone.

Nous sommes à l'entrée d'un chemin qui s'enfonce dans les bois et semble déboucher plus loin sur une route – ou le lit à sec d'une rivière, ou bien une clairière. C'est difficile à dire de là où nous nous trouvons. Ça sonne. Encore et encore. Enfin ça décroche :

— *Le numéro 9-9-8...*

Apparemment, je suis tombée sur la boîte vocale d'un téléphone à cartes prépayées. Je regarde autour de moi, inquiète.

— Je nous ai peut-être menés dans la gueule du loup…, bredouillé-je tandis que Benton dégaine son pistolet et me tend le fusil.

Il passe le premier et avance dans le chemin. Ce n'est pas une clairière au bout, mais une allée qui débouche, cent mètres plus loin, sur une construction de béton, sans fenêtre, semblable à un blockhaus. Il y a trois pick-up garés devant et une camionnette blanche. Benton me saisit le bras et nous nous arrêtons net. Je prends une photo, puis nous faisons prudemment demi-tour. Nos bottes crissent soudain bien trop fort dans la neige.

— C'était quoi ça ? murmuré-je alors que nous repartons vers le champ.

— C'est peut-être justement cela que voulait nous montrer Trader. Ce serait la raison pour laquelle il nous a donné rendez-vous ici. Il savait qu'on allait voir le chemin et à quoi il mène.

— J'espère qu'il n'est rien arrivé au gamin.

Je me remémore les grosses traces de roues zigzaguant dans la terre, et l'endroit où s'était retourné le tracteur. Il était de ce côté-ci du champ, juste devant le chemin conduisant au blockhaus.

De retour dans la Tesla, Benton appelle Lucy. Tout en conduisant, il lui raconte ce que nous avons découvert.

— C'est peut-être une cellule terroriste, indique-t-elle. Une récente. Installée depuis que nous avons démantelé leur avant-poste à Quantico, en juillet dernier.

— Il y a une camionnette garée devant, précisé-je. Elle ressemble à celle que j'ai vue, hier soir, avant d'être attaquée par les drones. Je viens de t'envoyer une photo.

— On est au milieu des champs, reprend Benton. Il faut qu'on parle à Trader Smithson. Il était censé nous retrouver. Et comme je te l'ai dit, il n'était pas au rendez-vous. Je ne veux pas partir d'ici avant de m'assurer qu'il ne lui est rien arrivé.

— Il a une Jeep Cherokee grise. Sa mère un Land Rover noir, nous informe Lucy.

— Ni l'un ni l'autre n'étaient devant la maison, réponds-je. On n'a vu personne. Mais à en croire le dossier de Fabian, en particulier sa conversation téléphonique avec Jonas, Trader passe beaucoup de temps dans un refuge pour animaux à Nokesville.

*

Contrairement à ce que son nom indique, l'Old Comfort Farm n'est pas une ferme, mais un refuge où sont gardés des animaux après avoir été confisqués à leur propriétaire. L'endroit propose aussi un mini-zoo pour les enfants. Lucy nous donne toutes ces informations tandis que Benton conduit.

— Prenez Carriage Ford Road en direction de la brasserie Cedar Run, nous recommande-t-elle dans les haut-parleurs de la voiture. Juste après l'avoir dépassée, vous verrez une petite route sur votre gauche. Suivez-la pendant un kilomètre et vous apercevrez une grosse grange. Le bureau d'accueil est juste à côté. On peut y acheter des billets pour le zoo, faire des dons, ce genre de choses. C'est ce qu'ils disent sur leur site.

Il nous faut cinq bonnes minutes pour rejoindre la brasserie. Il y a de nombreuses traces de pneus sur la petite route à gauche. La voie est étroite. Deux véhicules peuvent à peine se croiser.

— La camionnette blanche sur la photo appartient à Mike Abel, déclare Lucy alors que nous nous engageons au milieu des pâtures couvertes de neige.

Au détour d'un virage, nous apercevons la grange. Un Land Rover noir est garé devant la réception, juste à côté d'un Tahoe, noir lui aussi, portant des plaques fédérales. Curieusement, des chèvres et un singe se promènent en liberté devant le petit bâtiment. Un bref chatoiement de couleur attire mon regard. C'est un perroquet qui vient de se poser au bord du toit.

— STUPIDE PIAF ! LA FERME ! lance l'oiseau, en inclinant la tête, au moment où je baisse ma vitre.

— Qu'est-ce que tu fais là, toi ? lui réponds-je.

— YA UB'YU TEBYA ! s'écrie-t-il.

— C'est du russe. À mon avis, il menace de te tuer, me dit Benton alors que nous nous arrêtons devant les portes vitrées de l'Old Comfort Farm.

Et soudain, je vois des serpents. Des tas de serpents qui attaquent les battants, comme s'ils voulaient sortir.

— Seigneur ! C'est quoi ça ?

— Reste dans la voiture, m'ordonne Benton en ouvrant sa portière.

Même pas en rêve ! Je descends avec lui. Il a sorti son pistolet, et moi j'ai le fusil. Le bruit des crochets cognant les portes fait froid dans le dos. Derrière les vitres, j'aperçois des terrariums renversés au sol et deux personnes baignant dans une mare de sang. Je distingue leurs pistolets à côté d'eux, et des douilles ici et là.

— On n'entre pas là-dedans, m'écrié-je. Hors de question ! Il faut d'abord s'occuper de ces serpents. Le gros qui frappe la porte en ce moment, c'est un cobra ! Va savoir quelles horreurs ils ont encore là-dedans ! Et on n'a pas d'antivenin.

Nous retournons dans la Tesla et Benton appelle le 911 pour les deux corps à l'intérieur. Il explique aux autorités qui nous sommes et ce que nous avons vu dans la pièce. Puis il contacte Lucy pour lui donner le numéro de la plaque d'immatriculation du Land Rover. Elle lui confirme que la propriétaire est Bonnie Abel. Quant au Tahoe, c'est un véhicule du FBI, assigné à Patty Mullet !

Les deux victimes ne bougent pas. Elles sont mortes, cela ne fait aucun doute. Et l'une d'elles a éveillé l'appétit d'un énorme python. Impossible d'entrer pour intervenir. Nous pouvons juste regarder, impuissants. Je voudrais détourner les yeux, mais je n'y parviens pas.

La première voiture de patrouille arrive enfin toutes sirènes hurlantes. Benton descend de la Tesla pour parler aux agents. Ils observent de loin la scène de crime, les serpents qui se jettent sur la porte vitrée. Des jurons leur échappent.

« Nom de Dieu ! »

« Que personne n'ouvre cette putain de porte ! »

« On est sûrs qu'ils ne sont que deux là-dedans ? Il y en a peut-être d'autres, bordel ! »

« Et là-haut ? On dirait qu'il y a un appartement... »

« *Personne ne touche à la moindre porte, j'ai dit !* »

Les flics du comté de Prince William vont et viennent devant le petit bâtiment, sans savoir quoi faire. Ils ont contacté les équipes de la fourrière. Ils doivent attendre. Je leur explique que, pour une fois, on ne pourra pas examiner les corps sur place. Et on ne s'en approchera pas non plus, puisqu'on ne sait pas combien de serpents se sont échappés.

On ignore leur dangerosité et où ils se trouvent. Il en suffit d'un, tapi quelque part... Et je n'ai aucune envie de me faire mordre. Ni Benton. Un pick-up blanc arrive, ses grosses roues chuintant dans la neige fondue. Un petit homme trapu, en jean et anorak, en sort. Wally Jonas a pris du poids et a laissé pousser sa barbe depuis notre rencontre en août.

— Oh putain..., lâche-t-il en découvrant la dizaine de reptiles qui ondulent derrière la porte et la fenêtre.

— Sur leur site, ils parlent d'un refuge pour animaux et d'un mini-zoo pour enfants ? lui dis-je, incrédule.

— C'est à cause des chèvres qu'ils ont dans la grange, répond Jonas. Quand il fait beau, elles sont dans un enclos derrière, et les gens peuvent les nourrir. Les autres animaux proviennent de toutes sortes d'endroits. Ils arrivent ici parce que les propriétaires n'avaient pas le droit de les avoir, ou ne pouvaient plus les nourrir, comme ce python là-bas. J'espère que cette femme autour de laquelle il est en train de s'enrouler est bien morte...

— En tout cas, la porte de la grange est ouverte, parce qu'on a vu deux chèvres et un singe se promener en liberté, précise Benton.

— Et aussi un gros perroquet qui s'est envolé, renchéris-je en désignant le toit où il était perché.

— Je suis déjà venu ici. Je suis au courant pour les serpents, répond Jonas. Ils vendent le venin, et Trader s'occupe d'eux. Ce gosse est barjo.

— Il manipule les serpents ? m'étonné-je. Tout le monde n'est pas capable de faire ça.

— Aucune personne saine d'esprit ! réplique Jonas en secouant la tête alors que les reptiles continuent de cogner aux vitres. La proprio s'y connaît, elle vend le venin aux hostos pour couvrir les frais du refuge. Elle a des permis et tout. Rien d'illégal. C'est sûr que Trader a des trucs à nous dire.

— Vous pensez qu'il a tué ces deux personnes ? demande Benton en s'efforçant de cacher son ironie.

— Absolument.

— En tout cas, ce serait bien de le retrouver avant un autre drame.

Benton explique la raison de notre présence ici : Trader voulait nous livrer des informations à propos de la mort de Mike Abel.

— Il était là et il a laissé ces saloperies sortir après avoir tué une agente du FBI et sa propre mère, voilà ce que je dis, insiste Jonas. À mon avis, faut tout revoir concernant la mort du beau-père. Trader était présent quand c'est arrivé, peut-être même que c'est lui qui a causé l'accident.

— Pour le moment, on ignore ce qu'il a fait, réplique Benton.

— Et je n'ai pas encore examiné les victimes, ajouté-je en regardant le python resserrer son étreinte sur le corps sans réaction. (J'entrevois un court instant un visage tanné par le soleil, des cheveux gris acier.) À l'évidence, ce n'est pas pour tout de suite. Voilà pourquoi j'ai besoin de votre aide, Wally. Vous avez un thermomètre infrarouge dans votre voiture ?

— Oui, docteur.

— Quand les gars de la fourrière auront sécurisé les lieux, et que vous pourrez vous approcher, prenez leur température. Et aussi des photos, des vidéos de la scène de crime. Ce sera déjà pas mal, vu les circonstances. Vous connaissez une entreprise de pompes funèbres fiable dans le secteur ? Demandez-leur qu'ils transportent les dépouilles à l'IML d'Alexandria le plus vite possible.

— Il y a Lightfoot, à Manassas. On a déjà bossé ensemble.

Il met ses mains en visière et observe derrière la vitre le cobra, coiffe déployée, yeux étincelants.

41

Le soleil est bas sur l'horizon quand nous quittons Nokesville pour rentrer à Alexandria. J'appelle Doug Schlaefer et lui demande de me retrouver à l'IML.

— Apparemment, nous avons deux victimes de sexe féminin, dont une agente du FBI, sans doute Patty Mullet ; l'autre serait Bonnie Abel. Soit elles se sont entretuées, soit quelqu'un les a abattues, précisé-je. En tout cas, c'est une affaire urgente. Fabian fait du camping dans un igloo Dieu sait où. Je ne suis pas sûre qu'on puisse le joindre.

— Je vais tenter ma chance, répond Doug.

Benton et moi passons tout le voyage retour au téléphone. Lorsque nous arrivons sur West Braddock Road, je songe un moment à prévenir Marino, mais je me ravise. Mieux vaut le laisser tranquille avec Dorothy. Ils ont besoin de passer du temps ensemble.

Doug et moi pouvons nous débrouiller tout seuls. Puis Lucy nous appelle. Elle a rétabli une version plus ancienne de Janet, mais dans le processus, elle a perdu beaucoup d'informations.

— Au moins, nous ne sommes plus espionnés, explique-t-elle.

— Tant mieux, réponds-je. Ça doit être difficile pour toi, j'en ai conscience.

— Tu sais comment on a pu nous pirater ? demande Benton alors que nous approchons de la médico-légale.

— On cherche encore. C'est sans doute à cause d'un fichier ouvert par mégarde, répond-elle. Je n'ai pas été assez prudente.

Benton s'engage sur le parking de l'IML recouvert d'une bouillasse grise car il n'a pas été déneigé. Je sors la télécommande pour ouvrir la barrière. L'endroit est désert à l'exception du pick-up de Rex Bonetta et du 4×4 de Clark Givens garés près de l'aire de livraison. Je repère aussi le Suburban de Norm. J'aurais préféré qu'il ne soit pas de service.

— Je te laisse commencer, je vais aller nous chercher quelque chose à manger, m'annonce Benton en s'arrêtant près du bâtiment.

— Il est près de 18 heures, et j'en ai pour un moment. Rentre donc à la maison retrouver Lucy.

— Non. Je reste avec toi. Et il faut que je parle à des gens de ton équipe. Mais d'abord, il faut nous sustenter. Wendy's ou Bojangles ?

L'eau me vient à la bouche en pensant à leurs scones au poulet frit. J'aimerais bien aussi du riz cajun, lui dis-je. Je laisse la télécommande dans la voiture, l'embrasse et descends de la Tesla. Je passe par l'entrée piéton. L'aire de livraison est plongée dans la pénombre – les lumières s'allument uniquement lorsque le grand volet roulant est activé. Je ne prends pas la peine d'appuyer sur l'interrupteur. Je préfère rester dans le noir, à cause des caméras.

J'ai la sensation que Norm m'observe alors que je me dirige vers le rai de lumière qui filtre sous la porte menant à l'intérieur du bâtiment. L'El Camino de Fabian est là où il l'a laissée hier soir. Je la dépasse, gravis la rampe pour rejoindre l'aire de réception. Le poste du gardien est désert. Je déverrouille la porte et entre dans la guérite. À l'évidence, Norm n'a jamais mis les pieds ici.

Je ramasse la batte de baseball que Wyatt garde dans un coin. Elle est bleue avec une poignée argentée. Elle est déjà bien amochée à force d'être utilisée pour broyer les os à la sortie du crématorium. En arrivant devant l'ascenseur, je constate que la cabine est arrêtée au dernier étage. Je suppose que Norm s'est trouvé un coin tranquille là-haut. Ou alors il fouille les armoires et pille les réfrigérateurs dans la salle de détente.

Je décide de monter à pied. Au premier, mon couloir est désert, l'intensité des lumières est baissée, comme toujours hors des heures de service pour économiser de l'énergie. La porte du bureau de Shannon est fermée. L'IML paraît bien vide sans elle. Elle a apporté de la bonne humeur et de la joie depuis qu'elle a pris ses fonctions. Je pose la batte contre le mur et vérifie comment va notre grillon.

Jiminy se promène tranquillement dans sa boîte au pied de mon figuier, et j'en suis ravie. Je lui remets de l'eau, émiette quelques croquettes de Merlin que j'ai rapportées de la maison. J'ôte mes grosses chaussures, enfile ma blouse de labo et une paire de sabots en caoutchouc. Au moment où je pose mon porte-documents sur mon bureau, Fabian appelle.

— Alors la vie dans l'igloo ? lui lancé-je en m'asseyant.

J'allume mon ordinateur.

— On a appris ce qui s'est passé ! annonce-t-il. La tuerie à Nokesville, c'est dingue !

— Les corps ne vont pas arriver avant une heure, dans le meilleur des cas.

Il me répond que Faye et lui sont en chemin. J'ai à peine le temps de raccrocher que j'ai un nouvel appel. C'est Marino.

— La vache, Doc ! Tu n'as rien ? (J'ai l'impression qu'il a un coup dans le nez.) Dorothy et moi on vient de voir ça aux infos. L'agent du FBI, c'est qui ?

— Rien n'est confirmé…

— Arrête tes conneries. C'est qui ?

Je le lui dis.

— Et le gamin avec ce nom à la con ? Trader ? C'est lui qui a fait le coup ?

— Il a disparu des radars pour l'instant.

— Je vais venir te donner un coup de main. Je n'aime pas te savoir seule avec ce petit salopard dans la nature.

— Personne ne va débarquer ici, ni lui, ni qui que ce soit, réponds-je. Et je ne suis pas seule. Rex et Clark sont dans leur labo, et Norm est quelque part dans le bâtiment. Je descends préparer les tables pour Doug et moi. Fabian et Faye arrivent. Tout va bien. Reste tranquille chez toi et dorlote ma sœur. Passe une soirée cocooning avec elle. On se parlera demain.

J'envoie un texto à Rex Bonetta et Clark Givens pour les prévenir que je suis arrivée, que Doug et moi allons nous occuper des deux corps en provenance de Nokesville. Clark me rappelle aussitôt :

— Vous pensez que c'est en lien avec ce qui s'est passé à Buckingham Run ?

— Entre autres. Et ça commence à faire beaucoup. Il y a aussi ce fermier mort sous son tracteur en août. Et avec Benton, on a découvert une construction bizarre dans les bois, peut-être un repaire de terroristes.

— Ce sont ceux qui nous posent tant de problèmes par ici, affirme Clark. Ils attaquent les transformateurs électriques, les gens dans leur maison, volent et pillent.

— Et vendent du venin de serpent, renchéris-je. Ils ont tué peut-être aussi le fermier, parce qu'il avait une grosse assurance vie. Sauf que sa veuve ne pensait pas que l'assurance prétendrait qu'il s'agit d'un suicide. Si j'avais déclaré la mort accidentelle voilà quelques mois, Bonnie Abel aurait aujourd'hui dix millions de dollars en poche.

— Vous pensez qu'elle a des liens avec ces extrémistes ?

— Possible. Je dirais même plus : c'est une certitude. Pour l'instant, ma priorité c'est son fils Trader, je veux savoir quel est son rôle dans tout ça. (Je me lève de mon siège.) C'est du refuge où il travaille que provient le ruban adhésif retrouvé sur la dentiste. Les débris identifiés par Rex ne laissent aucun doute. Des écailles de serpents, des poils de singe, des bouts de plumes, et j'en passe...

— C'est dommage que nous n'ayons pas l'ADN ou les empreintes du gamin, ajoute Clark alors que je sors de mon bureau en emportant la batte de baseball. Je vous appelais justement pour vous informer que l'ADN sur le ruban correspond à celui sur le capuchon d'inhalateur trouvé à Buckingham Run.

— Ce serait la même personne qui aurait tué les Manson et Nan Romero ?

— Probable. On a aussi relevé des bouts d'empreintes digitales sur l'adhésif, malheureusement on a fait chou blanc. Aucune correspondance, que ce soit dans le fichier dactyloscopique ou ADN. Apparemment, l'individu n'est pas connu des services de police, il n'a jamais été arrêté pour un quelconque délit.

— On n'a peut-être pas l'ADN de Trader, mais on va avoir sous peu celui de sa mère. On pourra alors déterminer si c'est l'ADN de son fils qu'on a retrouvé aux deux endroits.

Je pense aux images vidéo chez la dentiste, cette silhouette vêtue de noir et masquée qui était entrée par l'arrière du bâtiment, et envoie un SMS à Fruge pour lui demander si quelqu'un, dans la famille Abel, avait Romero comme dentiste.

*

Je prends l'issue de secours et descends l'escalier pour rejoindre la morgue au rez-de-chaussée. Je glisse mon téléphone dans ma poche. Il n'y a pas beaucoup de réseau là-bas. Je regarde en passant les écrans de surveillance aux murs. Toujours aucune trace de Norm. Il doit faire une sieste quelque part !

Pire, il me regarde peut-être en grignotant ses snacks puants, et ricane – c'est sûr que j'ai l'air fin avec ma batte de baseball ! Le couloir avec son carrelage blanc est silencieux, désert. Autant savourer cette tranquillité ; le calme avant la tempête. Bientôt l'endroit va grouiller d'agents du FBI à cause de Patty Mullet.

En m'approchant de la salle d'autopsie, j'entends de la musique. Fabian a dû oublier de l'éteindre. Je retire ma blouse en passant devant les tables en acier et me rends au vestiaire. Aucun signe de Norm. Personne n'est venu fouiller les réserves et voler des EPI ou je ne sais quoi. Je suspends ma blouse dans mon casier, me couvre de Tyvek de la tête aux pieds.

Je retourne dans la salle d'autopsie. Paula Abdul chante « Straight up », pendant que je clipse sur une planchette les formulaires et autres documents et la dépose à côté de ma table. Mais je ne peux pas remplir les étiquettes des boîtes, bocaux et éprouvettes tant que les corps n'ont pas été enregistrés dans notre fichier. Je n'y pense que maintenant.

— Quelle idiote ! pesté-je toute seule.

Je retire mes gants, sors de la salle en poussant les doubles portes avec humeur, et me rends dans la guérite du gardien toujours aussi déserte. Je réveille l'ordinateur et crée les numéros de dossier moi-même pour chaque victime. Alors que je repars vers la salle d'autopsie, un fracas retentit dans les haut-parleurs du système de surveillance. Quelque chose a brisé la barrière à l'entrée du parking. J'entends un rugissement de moteur et aperçois sur l'écran deux phares éblouissants. Je me fige, mon pouls se met à cogner dans ma poitrine.

La camionnette blanche ressemble à celle que j'ai vue cet après-midi, mais c'est difficile à affirmer. Je ne parviens pas à lire les inscriptions sur les flancs, ni à distinguer qui est au volant. Pétrifiée, je regarde le véhicule accélérer, traverser le parking en soulevant des gerbes de neige fondue, et heurter à pleine vitesse la porte roulante de l'aire de livraison. Sous le choc, les panneaux articulés se plient et sortent de leurs rails. La portière côté conducteur s'ouvre, quelqu'un en sort. Mais je ne peux savoir qui c'est.

Tout ce que captent les caméras infrarouges dehors, ce sont les traces que laissent des pieds invisibles dans la neige. J'entends des grincements métalliques quand des mains, tout aussi invisibles, écartent les volets arrachés de leur cadre. L'adrénaline me gagne, mon souffle s'emballe. Puis j'entends des pas lourds traverser l'aire de livraison plongée dans l'obscurité.

Mon porte-documents est resté dans mon bureau au premier. Mon royaume pour une bombe de répulsif à ours ! J'entends un choc au bout du couloir. L'intrus s'acharne déjà sur la porte menant à l'aire de réception. En tremblant, je sors le téléphone de ma poche, me réfugie dans la salle d'autopsie et envoie un message à Benton. Trois lettres :

S.O.S.

Le battant cède. L'assaillant est à l'intérieur ! Dans l'aire de réception. Et je distingue enfin le monstre à l'image. Il porte un exosquelette qui me rappelle l'homme de fer du magicien d'Oz – mais dans une version film d'horreur futuriste. Le casque est équipé d'une visière pour protéger les yeux. Le rabat couvrant la bouche est ouvert. J'aperçois des dents et des reflets de métal. L'individu respire fort, avance dans le couloir, et dans ses mains gantées il a un fusil d'assaut.

J'ai les doigts raides comme du bois quand je saisis l'un des bocaux de formol que nous utilisons pour conserver les échantillons de tissus. Je dévisse le couvercle et, avec le bocal et la batte dans les mains, m'approche des doubles portes. J'entends les pas lourds claquer sur le carrelage blanc. Il approche. J'ouvre le tableau électrique à côté de la chambre froide.

Je coupe toutes les lumières et me retrouve dans le noir complet. J'attends. Au moment où l'intrus ouvre brutalement les battants, je ferme les yeux et lance le formol, visant la tête – du moins l'endroit où je suppose qu'elle se trouve. Son hurlement me vrille les tympans, un cri à glacer le sang, puis je l'entends jurer en russe alors que je lève ma batte.

Je l'abats de toutes mes forces sur la coque composite de la cuirasse. L'onde de choc me remonte dans tout le bras. L'assaillant s'écroule au sol, se tord de douleur, beugle d'une voix stridente. C'est une femme ! À tâtons, je me fraye un chemin vers le vestiaire et m'y enferme.

Je l'entends gémir, haleter et tousser. Elle se relève et se dirige vers un évier pour s'asperger le visage d'eau.

— Je vais te buter, salope ! crie-t-elle avec son accent slave.

Des coups de feu éclatent, assourdissants. Je ne sais d'où ils viennent. Je me plaque contre le mur, au plus loin de la porte, tétanisée. Je tends l'oreille. Plus rien. Le silence. Juste l'eau qui coule du robinet dans l'évier en inox. Puis quelqu'un réenclenche le disjoncteur. La lumière revient.

— Kay ?

C'est la voix de Benton ! *Dieu soit loué !*

Je sors du vestiaire. Il éteint la lampe torche qu'il a à la main. Il tient son pistolet dans l'autre. L'assaillante gît au sol, au pied de l'évier. Du sang s'écoule de son crâne. Elle a ôté son casque pour se rincer le visage. Je la reconnais aussitôt.

— C'est la fille de la vidéo, soufflé-je.

— Yana Popova. (Il repousse l'AR-9 du pied.) L'âme damnée de Carrie Grethen.

Ses yeux sont mi-clos, elle a deux trous rouges dans le front. Ses lèvres entrouvertes laissent voir ses dents en or qui luisent dans sa bouche.

— Apparemment, elle est passée chez le dentiste depuis qu'ils ont tourné cette vidéo, dis-je en sortant d'une boîte une paire de gants en nitrile. Elle avait alors les dents abîmées, sans doute la séquelle d'un traitement dans son enfance.

— Je suis aussi surpris que toi. On ne savait pas qu'elle était aux États-Unis.

— À mon avis, Nan Romero était sa dentiste. Et peut-être son amante. Fruge a vu Romero dans un bar avec une femme qui parlait avec un fort accent étranger. (Benton enfile à son tour des gants.) Et je suis certaine que ce sont ses empreintes et son ADN sur le ruban adhésif.

— Elle se préparait à rentrer en Russie et se débarrassait de tous les témoins gênants, en conclut Benton. Tous ceux qui avaient des informations sur elle, y compris sur son profil dentaire.

Il ramasse le fusil d'assaut, désarme le percuteur pour mettre l'arme en sécurité. Il retire le chargeur et me montre les cartouches. Des balles chemisées à pointes jaunes.

— À mon avis, Carrie a trafiqué cette vidéo, avance Benton. La Yana qu'on a vue à l'image était un fake, un avatar rajouté après coup.

— Et la Yana virtuelle n'avait pas encore ces couronnes en métal, réponds-je alors que j'entends à nouveau des bruits de moteur dans les haut-parleurs. La vraie Yana n'était pas avec Carrie quand cette vidéo a été réalisée en Russie. Elle était ici, sans doute à Nokesville.

Sur l'écran de surveillance, je vois des voitures avec des gyrophares rouge et bleu traverser le parking.

— Je n'en reviens pas, lâche Benton. (Il s'approche de l'exosquelette en veillant à ne pas marcher dans la flaque de sang.) On a entendu parler de ce genre de choses, mais je n'imaginais pas en voir un ici.

Depuis que les Russes ont envahi l'Ukraine, ils ont mis au point une tenue d'*Iron Man*. Une armure alimentée par batterie et ultralégère. Et résistante aux balles, même celles de type perforant. Les exosquelettes robotisés ressemblent à ceux qu'on voit dans les films de science-fiction, m'explique Benton. Sauf qu'ils existent déjà et sont utilisés sur les champs de bataille en ce moment même.

— Nous étions inquiets à l'idée que ce type d'équipement tombe entre de mauvaises mains, poursuit Benton. Et c'est ce qui s'est passé. Imagine cinq ou six extrémistes avec ces machins ? Nous ne pourrions pas les empêcher d'escalader les grilles de la Maison Blanche ou d'un autre lieu stratégique. Les brigades canines seraient impuissantes. Tout comme la police du Capitole.

Les Russes financent des groupes terroristes sur le sol américain depuis des années. En ce domaine, ils sont devenus des experts, continue de m'expliquer Benton. Et puis sont arrivés les Chinois, avec leurs puces qu'on implante dans le cerveau et qui permettent à l'individu de piloter directement par la pensée son armure high-tech.

— Il s'agit de transformer des soldats, des policiers, des astronautes en des sortes de robots hybrides, continue Benton tandis que des bruits de pas résonnent dans le couloir.

Je reconnais le grésillement des radios de police, et une voix – celle de Norm ! Il mène le groupe comme un héros. Il franchit les portes de la salle d'autopsie, joue le vigile protecteur et zélé. Cette fois, la coupe est pleine !

— Norm, ça suffit, lui dis-je tandis que les policiers regardent le corps gisant au sol dans son armure.

— C'est quoi ce truc ? lâche l'un d'eux.

— On se croirait dans *Star Wars* ! ajoute un autre en s'approchant.

— Je n'ai jamais vu un machin pareil...

Je fais un pas en direction de Norm.

— Donnez-moi vos clés et la télécommande. Vous êtes viré. (Je me tourne vers les agents.) L'un d'entre vous peut-il raccompagner cet individu à sa voiture ? Et veillez à ce qu'il restitue, avant de partir, tout ce qui appartient à l'État de Virginie !

— C'est moi qui démissionne, connasse ! lance Norm en serrant les poings.

Benton se campe aussitôt devant lui.

— Fermez-la et barrez-vous.

Huit jours plus tard

Faye Hanaday m'attend dans le labo de balistique. Il est 17 heures, vendredi 10 novembre. Elle et Fabian sont invités à dîner ce soir à la maison. Mais ils ne viendront pas, je le sais. Je ne pourrais les faire changer d'avis. Faye est bien trop loyale et altruiste. D'ailleurs, Fabian lui ressemble de plus en plus.

— C'est vrai, on prend l'avion pour Baton Rouge à l'aube et on doit se coucher tôt, explique Faye, les yeux rivés dans le binoculaire de son microscope de comparaison. On doit se lever à 4 heures du matin, et la journée s'annonce éprouvante. Vous vous rendez compte ? Fabian veut me présenter à ses parents !

— C'est donc du sérieux.

— De son côté, oui. Mais je ne suis pas sûre d'être prête.

— Fabian est quelqu'un de particulier.

— Je le sais, répond-elle avec un sourire.

— Sa famille est adorable. Vous leur passerez le bonjour de ma part. Le coroner Etienne est une légende vivante. Et en apprenant à connaître le père, vous comprendrez mieux le fils. Mais c'est vraiment dommage que vous ratiez la surprise qu'on réserve à Marino. Il ne s'y attend pas du tout, et j'ai hâte de voir sa tête. Essayez de passer, ne serait-ce que pour le dessert... votre fameux dessert.

— Pour être totalement honnête, docteur, nous avons quelque chose de prévu ce soir. Nous emmenons Trader au restaurant thaï. (Faye et Fabian ont pris le gamin sous leur aile depuis la mort de sa mère.) Nous sommes ses seuls amis désormais, et ça m'embête de le laisser seul ce week-end.

— Vous pouvez l'amener à la maison ce soir, proposé-je sans grand espoir.

— Il n'est pas prêt encore à voir du monde, répond Faye. Il souffre du SSPT. Ce n'est pas facile pour lui.

— Nous ne serons que dix, en vous comptant.

— C'est quand même trop.

— Pendant votre absence, on veillera sur lui. Promis.

— Son état s'arrange. Mais il reste fragile, et peut vite subir une montée de stress. Il pleure beaucoup, fait des cauchemars terribles. (Elle recule sa chaise du poste de travail et éteint le microscope.) Ces derniers mois ont été un enfer pour lui. Il faisait comme si de rien n'était, alors que des gens dangereux traînaient chez lui. Ils utilisaient les bois et les champs comme terrain d'entraînement. Il a vu sa mère leur apporter à manger, à boire. Elle était aux petits soins pour eux. Elle était la seule femme alentour et attirait l'attention.

Lorsque Trader était revenu de l'université pour les vacances d'été, il avait été très inquiet de voir les gens que fréquentait sa mère. À la ferme, il avait vite appris à se faire discret, mais il était réellement terrorisé. Il avait compris que Yana avait tué son beau-père après l'avoir vue piloter son essaim de drones dans leurs champs de maïs.

— Il est soulagé que Yana ne puisse plus faire de mal à personne, déclare Faye en se levant.

— Ce que vous et Fabian faites pour lui est très généreux. À votre retour, vous viendrez dîner à la maison avec Trader, juste vous trois, s'il s'en sent capable.

— Il a commencé une thérapie avec un psy, m'annonce-t-elle, et c'est une bonne nouvelle.

Le garçon de dix-neuf ans n'était pas présent quand sa mère et l'agente Mullet ont été abattues. Des balles à pointes jaunes leur ont transpercé le torse. Elles sont mortes en un rien de temps. Quelques heures plus tôt, Patty Mullet avait débarqué à l'improviste à Nokesville. Trader avait repéré le Tahoe noir avec ses plaques fédérales.

C'était peut-être cette agente du FBI, cette femme qui ne cessait de l'appeler… et maintenant, elle était venue le chercher ! Trader était en train de faire des emplettes pour sa mère au Mayhugh's Store quand il avait vu Patty Mullet s'arrêter aux pompes à essence. Peu après, elle était arrivée à la ferme alors que Trader rangeait les provisions dans la cuisine. Caché derrière la fenêtre, il l'avait vue sortir son badge et sonner à la porte. *FBI ! Ouvrez !*

Dès qu'elle était repartie, il avait foncé dans la grange où il garait sa voiture quand il faisait mauvais temps, et avait quitté la ville, alors que Patty Mullet se rendait à l'Old Comfort Farm. Yana Popova se trouvait dans l'appartement au-dessus du bureau d'accueil. Sous un nom d'emprunt – Joan Tesco –, Yana avait acheté le refuge au moment où les Manson s'étaient installés à Nokesville, trois ans plus tôt.

La prétendue Joan Tesco débarquait à l'Old Comfort Farm à l'improviste, et repartait aussi soudainement ; elle prétendait vivre en Europe le reste du temps. Elle était la patiente de Nan Romero, voire son amante. Selon Benton, les deux femmes devaient se retrouver au cabinet dentaire, le 30 octobre en fin de journée. Nan voulait travailler sur les dents de Yana après les heures d'ouverture. C'est à cette occasion que la psychopathe russe lui avait demandé de choisir…

Soit mourir confortablement, sombrer lentement dans l'inconscience et l'oubli avec le protoxyde d'azote. Soit souffrir. Longtemps et beaucoup. Mais dans l'un ou l'autre cas, sa mort serait inévitable. Nan Romero en savait trop. Et Yana n'avait éprouvé ni peur ni remords quand elle l'avait tuée. C'était une sadique dans l'âme, et elle prenait plaisir à tourmenter Trader. Le garçon l'avait vue équipée de son exosquelette. Cela avait dû lui causer un sacré choc.

Elle portait cette armure au milieu des animaux pour les effrayer. Elle harcelait en particulier les serpents, plongeait les mains dans le terrarium des cobras. Ça l'amusait beaucoup de voir les reptiles planter en vain leurs crochets dans le revêtement composite de ses gants. Trader l'avait vue étrangler un mocassin à tête cuivrée jusqu'à ce qu'il meure.

Avec son essaim de drones, elle terrorisait les vaches, semait la panique dans le troupeau. Yana avait des myriades de ces petits drones dans le blockhaus que Benton et moi avons découvert dans les bois. Elle les lançait à partir de la camionnette blanche de feu Mike Abel – d'ailleurs sa veuve était aux petits soins pour Yana, pour ne pas dire corvéable à merci.

À en croire Trader, sa mère et cette Joan Tesco s'entendaient bien, et Bonnie passait souvent au refuge pour bavarder avec elle. Elle était justement avec Yana quand Patty Mullet avait débarqué. Pour régler le problème, la terroriste avait décidé de les tuer toutes les deux. Et Trader y serait passé s'il s'était également trouvé dans les parages.

Puis elle avait renversé les terrariums et ouvert les cages pour retarder les autorités à leur arrivée sur les lieux. Elle avait ainsi eu le temps de remonter à Alexandria avec la camionnette d'Abel. C'est à la fois ironique et terrifiant de se dire qu'on avait emprunté la même route qu'elle en quittant la scène de crime. Benton pense que Yana comptait rentrer en Europe, pour de bon cette fois.

Mais d'abord, elle voulait me rendre une petite visite à l'IML. Peut-être pour que Carrie lui pardonne de ne pas avoir récupéré le microdisque ? Peut-être que me tuer apaiserait sa fureur ? Trader nous avait délibérément conduits à ce champ pour que nous trouvions cette cellule terroriste. Aujourd'hui l'exploitation laitière lui appartient. Il est le seul de la famille encore en vie.

— Il va sans doute la vendre. Je ne le vois pas rester à Nokesville, mais il veut s'assurer de la pérennité du refuge, poursuit Faye. Nous l'encourageons à reprendre ses études. Il aimerait bien devenir vétérinaire ou herpétologue – même si je ne comprends pas son attirance pour les serpents. Rien qu'en voir un en photo, j'en ai la chair de poule.

— Bon, je vais y aller, dis-je en enfilant mon manteau. Si vous changez d'avis, Faye, vous avez notre adresse.

Sur son bureau trône la boîte à gâteau. J'ai hâte de voir son chef-d'œuvre. Mais elle me demande à nouveau de ne pas l'ouvrir.

— Promis ?

L'honneur en revient à Marino. Il découvrira son gâteau à table, en même temps que tout le monde. Et comme ça, la surprise sera complète. Pendant qu'elle me parle, je contemple son laboratoire. Cela me fait bizarre de voir ici la porte de la morgue défoncée, appuyée contre un mur, étiquetée parmi les autres pièces et indices qu'elle analyse.

Sur une grande paillasse, elle a disposé l'exosquelette de Yana avec ses éléments électroniques qui lui donnaient une force surhumaine et la rendaient invulnérable. Lucy estime que j'ai été très chanceuse quand je l'ai frappée dans le noir avec la batte. Apparemment, elle a été touchée dans le bas du dos, pile où il fallait, parce que l'impact a déconnecté la batterie de l'armure. D'un coup, son exosquelette est devenu un fardeau encombrant et inutile.

Et pour ne rien arranger, Yana avait deux prothèses dans les genoux, séquelles d'une chute de ski. Elle n'avait plus son agilité d'antan. Je me souviens qu'elle avait une démarche bizarre et raide sur la vidéo de Carrie en Russie.

— Sans compter qu'elle avait reçu du formol en plein visage, ajoute Faye. Encore bravo, d'ailleurs !

— L'effet a été amplifié parce qu'elle avait de l'asthme, entre autres problèmes, réponds-je en pensant à ces flashs de lumière jaune orange que Lucy avait remarqués sur les images infrarouges.

Yana avait du mal à respirer parfois. Elle devait soulever la plaque buccale de son armure pour aspirer une bouffée d'air frais. La nuit de l'attaque à Buckingham Run, Yana avait perdu le capuchon de son inhalateur après avoir tué les Manson et saccagé leur campement. Elle était stressée. Et sans doute furieuse, parce qu'elle n'avait pas retrouvé le microdisque dans les corps.

Yana avait failli, et j'imagine son état de fébrilité. Hormis l'élimination de Huck et Brittany, sa mission était un échec. Et pour couronner le tout, l'hélicoptère de Lucy avait jailli dans la nuit. En analysant les enregistrements des caméras hi-tech de l'*Aigle de l'Apocalypse*, Tron et Lucy ont compris pourquoi le camp était dans cet état.

Les billets de cent dollars éparpillés partout étaient authentiques. Yana devait les mettre en liasse au moment où l'hélicoptère avait surgi, juste au-dessus des arbres. Le souffle des rotors avait fait s'envoler l'argent qu'elle venait sans doute de sortir de sa cachette.

*

— Yana était juste sous moi, hors de vue, explique Lucy au dîner. Mes caméras thermiques ne pouvaient la repérer à cause de son armure. Mais si elle rassemblait l'argent et s'apprêtait à le ranger dans quelque chose, j'ai mis un beau bazar, parce que j'ai fait quelques passages en rase-mottes avant de partir chercher l'équipe.

— Je savais bien que c'était ta faute ! lance Marino.

Il est de bonne humeur, tout sourire, alors que nous sommes tous à table et terminons le repas.

Benton a disposé nos bougies électriques avec leurs fausses flammes. Il y a de la musique classique en sourdine – une playlist de son choix, et ce n'est pas ViperJanet qui l'a lancée ! Elle n'a pas été invitée et, de toute façon, on ne la reverra plus. Marino est assis entre Dorothy et moi. Lucy est avec Tron. Shannon et Henry Addams sont en pleine conversation avec Blaise Fruge.

J'ai préparé le menu préféré de Marino – des spaghettis à la bolognaise, une salade panzanella et du pain à l'ail –, parce que c'est sa soirée. Avec ma sœur, nous avons tout organisé. De temps en temps, elle me jette un regard complice, et sourit. Le gâteau mystère de Faye Hanaday est posé sur la desserte, à côté d'un grand couteau, d'une pelle à tarte et des assiettes. Je me lève et vais chercher la bouteille de champagne.

Dorothy me suit dans la cuisine. Ce soir, elle arbore sa grenouillère squelette – son talisman minceur quand elle s'apprête à faire bonne chère.

— Il ne va pas s'en remettre, pouffe Dorothy en allant chercher des flûtes dans le placard. Et tu avais raison, sœurette. J'ai été idiote. J'ai compris quand je l'ai eue au téléphone… (Elle roule des yeux.) Je m'inquiétais pour rien. Pour rien du tout. Cette femme est charmante et très professionnelle.

— On y retourne. Je rappelle le plan : Lucy envoie la vidéo. Et à la fin, tu apportes le gâteau à Marino.

Nous revenons dans la salle à manger avec la bouteille et les verres. En débouchant le champagne, j'annonce que nous allons porter quelques toasts. Dorothy remplit les flûtes.

— D'abord à la gouverneure, dis-je en levant mon verre. À cause de l'attaque, elle me reçoit la semaine prochaine pour parler de la sécurité et des autres problèmes à l'IML.

— Il était temps ! réplique Marino en trinquant avec moi.

Depuis l'intrusion dans notre bâtiment, Norm a été renvoyé et je me suis débarrassée de Tina. L'État de Virginie nous offre provisoirement des gardes, jusqu'à ce qu'on trouve une solution. Roxane et moi allons déjeuner en privé au palais. Elle souhaite aussi évoquer les commentaires déplacés de Maggie Cutbush que Shannon m'a rapportés et a consignés par écrit, à la virgule près.

Je me suis arrangée pour que Roxane en ait vent. Elle regrette de m'avoir remis Maggie et Elvin Reddy dans les pattes. Elle a compris que des aménagements s'imposent.

— Je ne sais pas ce qu'elle va me proposer, mais cela ne peut pas être pire, déclaré-je.

Puis je demande à Lucy si elle est prête.

— À ton signal, répond-elle avec un sourire.

— Cher Marino, maintenant regarde, c'est pour toi, dis-je en allumant la télévision.

— Non, je rêve ! s'exclame-t-il quand apparaît à l'écran Cate Kingston.

« *Bonjour Pete, Dorothy, votre épouse très attentionnée, voulait que je vous enregistre ce message*, explique Cate. *Elle m'a dit que vous seriez ravi d'avoir des nouvelles ce soir, après un bon repas, entouré de vos proches...* »

Elle est exactement comme l'a décrite ma sœur, jeune, énergique, une jolie brune qu'on imagine mal crapahuter dans les bois à la recherche d'une créature de trois mètres de haut et capable de soulever deux fois son poids (à ce qu'on m'a dit). L'anthropologue commence par expliquer pourquoi le moulage de Marino est authentique.

L'empreinte du pied en mouvement serait impossible à reproduire. Et, détail d'importance, l'analyse ADN, bien qu'incomplète, tendrait à prouver que l'échantillon provient d'une espèce apparentée génétiquement à la branche humaine.

« *On voit très bien l'implantation des muscles, des tendons et des os, leur position dans le mouvement, et j'ajoute que je n'ai jamais entendu parler de cette trace auparavant. D'ordinaire, quand les gens font une découverte de cette importance, le moulage fait le tour des experts sur toute la planète. Or je n'ai jamais vu cette empreinte, et je ne crois pas que ce soit un fake, fabriqué à partir d'une image sur Internet ou autre chose.* »

Elle a appris, par les techniciens de l'IML, que parmi les débris microscopiques incrustés dans le plâtre on a trouvé du pollen de cèdre. Or, le pollen est disséminé au printemps, pas en automne. Cela signifie que la trace date de plusieurs mois.

« *Sans doute en avril ou mai*, précise Cate Kingston. *Et parce qu'elle se trouvait dans un tunnel, elle a été préservée des intempéries. Tout cela tend à confirmer que ce n'est pas un faux...* »

*

Après un échange de regard, Dorothy et moi nous nous levons de table. Elle va chercher la boîte du gâteau, un simple carton tout blanc qu'elle dépose devant Marino. Je la suis avec les couverts et les assiettes.

« *Si l'empreinte avait été placée là volontairement par un plaisantin*, poursuit Cate Kingston sur la vidéo, *les médias auraient été alertés. À quoi bon monter un canular si personne ne le sait...* »

— Excellente remarque ! lance Dorothy en levant sa flûte.

— Je suis d'accord, dit Benton en mettant la lecture sur pause.

— Oh putain..., bredouille Marino. J'y crois pas.

— Cette Cate Kingston est tout à fait crédible, reprend Benton. Et ce qu'elle déclare change la donne, du moins aujourd'hui. On ne sait peut-être pas à qui appartient cette empreinte, mais on sait ce qu'elle n'est pas. Et la première conséquence est de taille : si un animal inconnu et en voie de disparition vit à Buckingham Run, alors l'État fédéral ne pourrait plus installer dans la mine une base, qu'elle soit secrète ou pas.

— C'est même certain, ajoute Tron. Qu'il s'agisse ou non de Bigfoot, on doit partir du principe que cette créature existe.

— Non seulement Bigfoot existe, mais il sait qui on est, renchérit Marino. Il a voulu nous remercier. Il n'a aucune envie de voir débarquer une armée de bulldozers.

— Je n'irais pas jusque-là, rectifie Benton.

— Ah oui ? Et comment Pepper le drone, qui était coincé en haut d'un arbre, s'est retrouvé à côté de l'hélico ? lance Marino en se tournant vers Lucy. Et pourquoi les sangles ont été retirées des pales ? On a là-bas un ami poilu, voire deux, qui ont voulu nous donner un coup de main. Ils savent qui est de leur côté…

— D'accord. Je leur enverrai un mot pour les remercier, l'interrompt Lucy. Sans vouloir jouer les rabat-joie, il n'y a jamais rien de surnaturel. La science explique toujours tout. Et il est possible qu'une nuée de mini-drones équipés de grappins aient sorti Pepper des branches et retiré les sangles.

— Pourquoi ils auraient fait ça ? intervient Henry Addams.

— D'où ils sortiraient, d'abord ? insiste Shannon en posant la main sur le bras d'Henry. Je suis d'accord avec Pete. Je crois que Bigfoot a voulu nous aider.

— Et quid des coups dans les bois ? (Je me sens forcée d'en parler, puisque je les ai entendus.) Un essaim de drones ne pourrait pas faire ça.

— Il existe des technologies qui convertissent les signaux électriques en son, et font de l'atmosphère un grand haut-parleur. (Lucy a toujours une explication pour tout !) En utilisant les vibrations, on peut simuler n'importe quel bruit. Par exemple faire croire à un village entier qu'il est attaqué par des avions.

— On entend les appareils passer dans le ciel. Les bombes exploser. Or tout est faux, ajoute Tron. Les Russes travaillent comme nous sur ce genre de dispositif.

— Peut-être. Mais, là, je sais ce que j'ai entendu, réplique Marino, aucunement déstabilisé. C'était pour de vrai. En plus, j'ai senti qu'on nous observait.

Benton relance la vidéo.

« … *Félicitations, Pete ! Au prochain festival Sasquatch, je veux que vous veniez présenter votre découverte !* propose Cate Kingston. *Ce moulage est unique en son genre. C'est peut-être bien le meilleur indice qu'on m'ait présenté à ce jour... »*

— Oh putain..., ne cesse de répéter Marino.

Dorothy approche de lui la boîte du gâteau.

— C'est un cadeau de ta copine Faye. On est tous très fiers de toi. Ouvre donc !

Le gâteau au chocolat est l'exacte réplique de l'empreinte qu'a trouvée Marino. Il la regarde fixement, l'espace d'un instant ses yeux se mettent à briller. Il n'arrive plus à articuler un mot. Dorothy passe derrière lui et l'enlace.

DE LA MÊME AUTRICE :

Les enquêtes de Kay Scarpetta
Postmortem
Mémoires mortes
Et il ne restera que poussière
Une peine d'exception
La Séquence des corps
Une mort sans nom
Morts en eaux troubles
Mordoc
Combustion
Cadavre X
Dossier Benton
Baton Rouge
Signe suspect
Sans raison
Registre des morts
Scarpetta
L'Instinct du mal
Havre des morts
Voile rouge

Vent de glace
Traînée de poudre
Monnaie de sang
Inhumaine
Chaos
Autopsie
Livide

Les enquêtes de Judy Hammer et Andy Brazil
La Ville des frelons
La Griffe du Sud
L'Île des chiens

Les enquêtes de l'inspecteur Win Garano
Tolérance zéro
Trompe-l'œil

Les enquêtes de la capitaine Chase
Quantum
Orbite

Autres enquêtes
Jack l'Éventreur : affaire classée

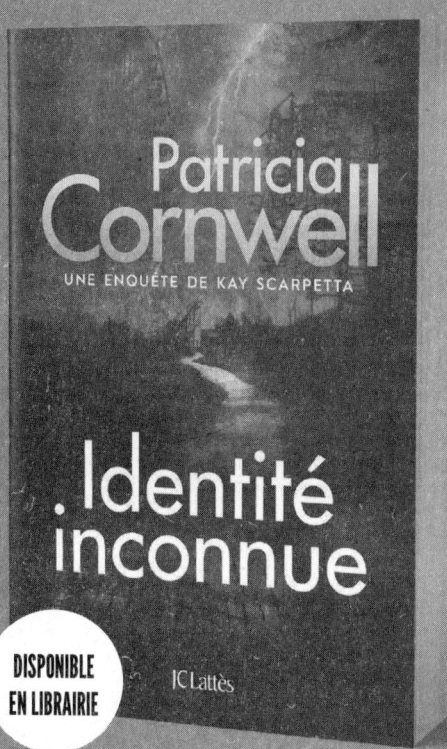